新潮文庫

人間の絆

下巻

サマセット・モーム
金原瑞人訳

新潮社版

11525

人間の絆

下巻

64

ところが朝の三時に目が覚めてしまい、それきり寝られなかった。またミルドレッドのことを考えだした。頭から閉め出そうとしたが、できない。何度も何度も同じことを考えるうちに、めまいがしてきた。彼女が結婚するのはしかたがない。女性が生活のために働かなくてはならないのはつらいだろう。快適な家庭を保障してくれる男が現れたら、結婚してもなんら責められることはない。彼女にしてみれば、フィリップと結婚して貧しい生活を送るなんてとても考えられないだろう。もし貧しさに耐えられる支えがあるとすれば、愛しかないが、彼女にはその愛がない。それは彼女の責任ではない。これも、ほかのことと同様に受け入れるしかない。フィリップは自分にそういいきかせた。心の底には傷つけられた自尊心がある。そもそも彼女への想《おも》いは、プライドを傷つけられたのがきっかけで生まれた。そして心の底にある自尊心がいま、とんでもなく惨《みじ》めな気持ちをかきたてている。そして彼女を軽蔑《けいべつ》しているのと同じくらい自分を軽蔑している。将来の計画をいくつか考えてみたが、どれもすでに何度もくり返し浮かんできたものばかりで、そのうえ彼女の思い出が邪魔をする。白く柔らかい頬へのキス、語尾を引きずるような声。それなのにしなければならない勉強が山ほどある。落とした二科目に加えて、もうひとつ化学の試験が待っているのだ。それまで病院では仲間から孤立していたが、いまは親しい相手がほしくてたまらなかった。考えてみれば相手がいないわけでもなかった。じつは二週間ほど前、ヘイワードがロンドンに寄るから食事でもどうかといってきたのを、邪魔をされたくなかったので、断ったのだ。ヘイワードは社交シーズン〔春から夏にかけて英国でさまざまな社交行事が行われる期間〕にくる予定らしい。そこでフィリップは意を決して手紙を書くことにした。

時計が八時を打つと、ほっとしてベッドから出た。顔は青ざめ、ぐったり疲れていた。しかしバスタブにつかって着替え、朝食をとると、ふたたびいつもの生活にもどったように思えた。痛みは少し薄らいだようだ。朝の講義には出る気がしなかったので、陸海軍協同組合の店《アーミー&ネイヴィー・ストア》にいってミルドレッドの結婚プレゼントを買った。あれこれ迷ったあげく、化粧カバンにした。二十ポンド。とても気軽に買える値段ではない。そのうえ派手で下品だ。しかし彼女のことだから、きっと値段がわかるに違いない。フィリップはさびしい満足を味わっていた。これを贈れば、彼女を喜ばせると同時に、彼女に対する軽蔑を表明することができる。

フィリップは不安とともに、ミルドレッドが結婚する日を待っていた。耐えがたい苦痛にさいなまれそうな予感がしていたところ、土曜日の朝、ヘイワードからの手紙がきて、ほっとした。それには、当日早めに着くので、部屋をさがすのを手伝ってほしいと書いてあった。フィリップは気を紛らわしたくてたまらず、時刻表をみてみるとそれらしい列車はひとつしかなかった。そして再会すると、うれしかった。荷物は駅に預け、ふたりで元気に出発した。ヘイワードは彼らしく、まずナショナル・ギャラリーを一時間ほどみようといった。しばらく絵をみてなくて、このままだと日常生活に支障をきたすというのだ。フィリップのほうも、もう何ヶ月も絵や本のことを話す相手に会っていない。ヘイワードはパリで会ったとき以来、フランスの新しい詩人にはまっていた。フランスでは多くの詩人が活躍していたので、フィリップに何人か天才的な詩人を教えた。ふたりはギャラリーのなかを歩きながら、それぞれの好きな絵を言い合った。ひとつの話題が次の話題を生み、たがいにすっかり興奮した。太陽が明るく輝く、暖かい日だった。

「公園にいこう」ヘイワードがいった。「部屋探しなんか昼食のあとでいいよ」

公園では気持ちのいい春が感じられた。こんな日には、生きているだけで楽しくなれる。木々の若葉が空に映え、うっすら青い空には小さな白い雲がぽつぽつと浮かび、池のむこうには近衛《このえ》騎兵隊の建物が並んでいる。美しく整った風景は十八世紀の絵の魅力そのものだ。ここにあるのはジャン＝アントワーヌ・ヴァトー〔フランス、ロココ時代の画家〕の美ではない。ヴァトーの風景画は牧歌的で、夢に現れるような山間の谷を思い起こさせるが、ここにあるのはもっと散文的な、ジャン＝バティスト・パテル〔フランス、ロココ時代の画家〕の美だ。フィリップは心が軽くなった。そしてそれまで本で読んだだけだったのだが、芸術は（見方によっては自然のなかにも存在するもので）魂を苦痛から解放してくれると実感した。

　ふたりはイタリアン・レストランに入ると、藁《フィアスコ》で下半分を包んだキャンティを一本注文した。そして料理をつつきながら、話し続けた。ハイデルベルクでの知り合いのことを思い出しながら話したり、パリのフィリップの仲間のことを話題にしたり、本や絵や、道徳や人生について語った。ふいにフィリップの耳に三時の鐘がきこえた。もう、ミルドレッドは結婚している頃だ。胸がずきんと痛んだ。一、二分、ヘイワードの声がきこえなくなった。しかしキャンティをグラスに注いだ。フィリップは酒には慣れていなかったので、頭のなかがもうろうとしていた。いずれにせよ、しばらくは気をつかうようなことは何もない。鋭い頭も何ヶ月も使っていないせいですっかり鈍くなり、いまはヘイワードとの話に酔っていた。趣味の合う相手がいてくれて、本当によかった。

「こんなに天気がいいのに、部屋探しをするなんて、もったいないよ。今夜はぼくの部屋に泊ればいい。部屋探しは明日か月曜日にしよう」

「わかった。じゃ、これからどうする」ヘイワードがきいた。

「蒸気船に乗って、グリニッジにいこう」

ヘイワードもその案が気に入ったので、ふたりで馬車に乗ってウエストミンスターブリッジまでいった。そしてちょうど出航寸前だった蒸気船に乗った。そのうちフィリップが唇に笑みを浮かべて話しだした。

「いまでもよく覚えてるんだけど、ぼくがパリにいったとき、たしかクラットンだったかな、ずいぶん長々としゃべっていただろう。美は画家と詩人によって形になる、つまり彼らが美を創造するのだって。物そのものにはなんの違いもない。ジョット〔イタリア、フィレンツェ派の画家、彫刻家、建築家〕の作った鐘楼も、工場の煙突も変わりはない。ただ、美しいものは、その後の多くの人々を感動させ、その感動でもって豊かに育つ。その意味で、古い物は新しい物よりも美しい。ジョン・キーツの『ギリシアの壺《つぼ》に寄せて』は書かれたときより、いまのほうが素晴らしい。なぜなら、百年の間、恋人たちが読み、心を病んだ人たちが慰めを得たからだ」

次々に変わっていく風景のどれをみてこんなことを思い出したのか想像するのは、ヘイワードにまかせた。安心して、そういうことをまかせられる相手がいるのがうれしかった。ずいぶん長いあいだはまりこんでいた生活から、ふいに以前の生活にもどったような気がした。色合いが微妙に変わるロンドンの空気に染まる灰色の石造りの建物は、柔らかい色調のパステル画のようだ。埠頭《ふとう》や倉庫が作る風景は、日本の浮世絵のような緊張感のある洗練された美を感じさせる。川を下るにつれて、大帝国の象徴ともいうべき広い河口に近づく。多くの船が行き来している。この光景を美しく描き歌いあげた画家や詩人を思うと、感謝の気持ちでいっぱいになる。船はプール・オブ・ロンドン〔ロンドンブリッジより下流の部分〕にさしかかった。この広大な風景を、いったいだれが描き切ることができるだろう。想像力がうずき、この広い流れをいまでも、過去の人物が船で行き来しているような気がしてくる。ボズウェル〔英国の伝記作家で、サミュエル・ジョンソンの伝記が有名〕を連れたサミュエル・ジョンソン〔英国の辞書編集者、詩人〕がいるかもしれない。軍艦に乗りこむ海軍大臣サミュエル・ピープスがいるかもしれない。イギリスの歴史とロマンスと大冒険の壮大な野外劇がここに息づいているのだ。フィリップは目を輝かせてヘイワードをみた。

「やあ、チャールズ・ディケンズ」フィリップはうれしくてたまらず、微笑《ほほえ》みながら目の前の景色に声をかけた。

「絵をやめて、残念だとは思わないのかい」ヘイワードがきいた。

「全然」

「じゃ、医者という職業が好きなんだな」

「全然。大嫌いだよ。だけど、ほかにすることがないんだ。まず二年間、つまらない勉強があるんだけど、ぼくには理系の頭がないらしい」

「だが、また職を変えるわけにはいかないだろう」

「もちろん。医者になるよ。病院で働くようになれば、多少は好きになれるかもしれない。ぼくは何よりも人間に興味があるらしい。ただ、最も自由のきく職業は医者だと思う。知識を入れた頭と道具と薬を入れたカバンがあれば、どこでも食べていける」

「じゃ、開業するつもりはないんだ」

「開業するとしても、ずいぶん先だと思う。病院での契約期間を終えたら、船医になるつもりなんだ。アジアにいってみたくてね。マレー諸島、シャム、中国、そんなところにいってみたい。そしてそこで働く。医者なら、どこでも仕事はある。インドでコレラ患者を診るとか、そんな仕事がね。あちこち旅して回りたい。世界をみてみたいんだ。貧乏人がそれをやるとしたら、医者しかないだろう」

船はグリニッジに着いた。イニゴー・ジョーンズの設計したクイーンズ・ハウスが堂々と川に面してたっている。

「ほら、あのへんだよ。プア・ジャック〔一九世紀、英国の海軍士官・作家フレデリック・マリヤットの小説のタイトル『プア・ジャック』より〕が泥のなかにもぐって小銭をさがしてたっていうのは」フィリップがいった。

ふたりはのんびり歩きながら公園に入った。ぼろぼろの服を着た子どもたちが遊びながら、うるさいくらい大声を上げ、あちこちで年寄りの水夫が陽を浴びている。まさに百年前の光景だ。

「残念なことに、パリでの二年間はむだだったわけだ」ヘイワードがいった。

「むだ？　そこで遊んでいる子ども、日射《ひざ》しが地面に描く模様、木の間からもれる光、この空——もしパリにいってなかったら、一生、この空の美しさに気づくことはなかったと思う」

ヘイワードはフィリップが泣きだすまいとこらえているのに気が付いて驚いた。

「どうしたんだよ」

「なんでもない。なんか、ずいぶん感傷的になっちゃって、ごめん。六ヶ月間、美に飢えていたんだ」

「きみは現実的な人間だと思ってたんだが。そんなことをいうとは、おもしろいな」

「やめてくれよ。おもしろく思ってもらいたくなんかないから」フィリップは声を上げて笑った。「さあ、まずい紅茶でも飲みにいこう」

65

ヘイワードが訪ねてきてくれたことは、フィリップにとって大きな救いになった。日ごとにミルドレッドのことを考える時間が少なくなった。過去を振り返ると、嫌悪《けんお》感しか浮かんでこない。なぜ、あんなみっともない愛に屈従していたのだろう。ミルドレッドのことを思うと、怒りと憎しみしかわいてこない。彼女がいなければ、こんな屈辱は味わわなくてすんだのだ。頭のなかに浮かぶ彼女は、人格も行動も異様に誇張されていて、こんな女と付き合っていたかと思うと身震いするほどだった。

「自分がいかに弱い人間か、よくわかる」フィリップは思った。この恋愛事件は、パーティでやらかした大失敗のようなもので、言い訳のしようがない。唯一《ゆいいつ》の薬は忘れることだ。あの屈辱を思うとおぞましくてたまらず、それが助けになった。脱皮した蛇のようなもので、脱いだ皮をみると吐き気がした。ふたたび自分を取りもどせたことがうれしくてたまらない。自分が失っていた世界がどんなに美しいかを思い出した。愛という名の狂気にとらわれていたときは、すっかり忘れていたが、これでよくわかった。もしあれが愛なら、二度と人を愛したりしない。フィリップはヘイワードに、今回のことをかいつまんで話した。

「ソフォクレスだっけ」フィリップがたずねた。「わが心をむさぼり食う野獣のような情熱から、どうかお救いくださいと祈ったのは」

まさに生まれ変わったような気がした。吸いこむ空気までがそれまでとは違うように思える。そして世界のどこをみても、子どものように楽しい。フィリップは、正気を失っていた期間を、苦役の六ヶ月と呼んだ。

ヘイワードがロンドンに落ち着いてから数日後、ブラックステイブルから葉書が転送されてきた。あるギャラリーの内覧会の案内だった。フィリップはヘイワードといっしょにギャラリーにいき、カタログをみた。すると、ローソンの絵があるのに気づいた。

「ローソンが葉書をくれたんだ」フィリップがいった。「会いにいこう。きっと自分の絵の前にいるよ」

ルース・チャリスの肖像が隅のほうにあって、近くにローソンがいた。大きなソフト帽をかぶり、大きめの薄い色のスーツを着て、ぼんやり立っている。まわりには内覧会に集まった派手な服の人々が大勢いる。ローソンはフィリップをみると大喜びで、いつものようにしゃべりまくった。ロンドンに住んでいる、ルース・チャリスは浮気女だ、アトリエを借りた、パリはもう終わった、肖像画を一枚頼まれている、いっしょに食事をして、これまでのことをたっぷり語ろう。フィリップはヘイワードを紹介して、パリで一度会っていると教えたが、おかしかったのは、ローソンがヘイワードのおしゃれな格好と洗練されたマナーに少し気圧《けお》されていることだった。ふたりがパリで借りていた乱雑な小さなアトリエにいたときより、服も態度もずっと様になっている。

食事の途中、さらにローソンの話が続いた。フラナガンはアメリカに帰った。クラットンはいなくなった。彼は芸術や芸術家仲間にかかわっている限り、何かをするチャンスには絶対巡り会えない、なんとかするにはそこから逃げだす以外にないという結論に達したらしい。そしてそれを実行しやすくするために、パリの仲間と片っ端からけんかをした。クラットンは仲間に容赦なくありのままの真実を突きつけるようになり、この街を出てヘローナにいくと宣言したとき、だれも止めようとしなかった。ヘローナはスペインの北部にある小さな町だ。クラットンは列車でバルセロナにいく途中で目にして好きになり、いまはひとりでそこに住んでいるらしい。

「だけど、いつ芽が出るんだろう」フィリップがいった。

フィリップは、クラットンの人間的な葛藤《かっとう》に興味があった。つまり、心のなかにあるつかまえどころのないものを表現しようとする葛藤だ。そのせいで彼は落ちこみ、気持ちが殺伐としてしまった。フィリップはなんとなく、自分も同じような気がしていたが、自分にとっての悩みの原点は生き方そのものだ。それこそが自分の自己表現なのだが、どう生きていけばいいのかがつかめない。しかしそんなことを考えている余裕はなかった。ローソンがルース・チャリスとの一件についてあからさまに話しだしたからだ。彼女はローソンを振って、イギリスからやってきたばかりの若い画学生と付き合い始めたのだが、それがあちこちで派手な噂《うわさ》になった。ローソンは、だれかが飛びこんで、その若者を助けてやらなくてはならないと考えた。このままだと破滅するしかない。それをきいてフィリップは思った。ローソンが最も残念に思ったのは、肖像を描いていた最中に彼女に逃げられたことだろう。

「女には芸術に必要な感性がない」ローソンがいった。「あるような振りをしているだけだ」ところがその続きはずいぶん哲学的だった。「ただ、彼女の肖像画を四枚描いたんだが、描きかけで終わった最後の一枚が傑作になったかどうかが疑問なんだ」

フィリップは彼の気楽な恋愛観がうらやましかった。十八ヶ月もの間、楽しく過ごし、ルース・チャリスにただで理想のモデルになってもらい、別れてもあまり悲しむこともない。

「ところで、クロンショーは？」フィリップがきいた。

「あいつは、だめだ」いつもの陽気な調子で答えた。「半年後には死んでるね。この冬、肺炎になった。英語の通じる病院に七週間いて、退院するときに、禁酒するか死ぬかどちらかしかないといわれたらしい」

「かわいそうに」アルコールに弱いフィリップがいった。

「多少は控えたらしいんだが、相変わらずリラには顔を出していて、そうなると飲まないわけにはいかない。というわけで、オレンジ水入りのホットミルクを飲むつまらないやつになってしまった」

「そのことを本人にはいってやったんだろう」

「それくらい、自分でもわかってたよ。少し前からまたウィスキーを飲み始めた。本人がいうには、この年で再出発は無理だ、半年楽しく生きて死ぬほうが、みじめに五年生きるよりいいってさ。それで最近はずいぶん金に困っているようだった。病気の間、ずっと稼ぎがなかっただろう？　それにいっしょにいる女のせいで、ひどい目にあってる」

「初めて彼に会ったときは、感心したんだ。すごい人だと思って。それにしてもつくづく嫌になるよ。低俗で中産階級的な生き方だけが報われるなんて」

「あいつは元々、負け犬だ。遅かれ早かれ、野垂れ死にすることになってた」

　フィリップはそれをきいて悲しくなった。だからこそ、あわれなんじゃないかと思ったからだ。もちろん、原因があって結果がある。しかしその必然性のなかにこそ、人生の悲劇すべてがあるのではないか。

「おっと、忘れてた」ローソンがいった。「きみがパリを引き払ったあと、クロンショーがプレゼントを送ってきたんだ。またもどってくると思ってたから、そのままにしてある。送るまでもないと思ったしね。ロンドンに持ってきてあるから、そのうちアトリエに遊びにこいよ。持っていってくれ」

「その前に、何だか教えてくれてもいいだろう」

「ぼろい絨毯《じゅうたん》の切れ端だ。まあ、たいしたものじゃない。クロンショーに、いったいなんだってあんなものを送ってきたんだときいたことがある。レンヌ通りの店で、十五フランで買ったらしい。ペルシア絨毯みたいだ。きみに人生の意味をたずねられたことがあって、これがその答えだといってた。まあ、ひどく酔っ払ってたけどな」

フィリップは声を上げて笑った。

「そうそう、そうだった。もらいにいくよ。それが彼の口癖だった。そしてこういっていた。自分でみつけろ、そうでないと意味がないって」

66

勉強は楽々と順調に進んだ。やることは山ほどあった。七月には初年度の総合課程のうち三科目の試験がある。そのうちのふたつは落第した科目だ。しかし毎日が楽しかった。新しい友人ができた。ローソンはモデルを探して、ある劇場で代役を務めている女の子をみつけた。そしてモデルになってもらおうと、日曜日にささやかな昼食に招待した。その子は付き添いの女性を連れてくることになっていた。フィリップはローソンに、その女性の相手をするよう頼まれたのだ。これは楽だった。というのも、その女性というのがおしゃべり好きの気持ちのいい人で、話しやすかったからだ。それに、遊びにいらっしゃいよ、ヴィンセント・スクエアに部屋を借りていて、いつもは五時にお茶をするからといってくれた。そこで、いってみると歓迎されたので、またいってみた。ミセス・ネズビットは二十五歳くらいで、とても小柄で、不細工だが感じのいい顔立ちだった。目の色がとても明るく、頬骨が高く、口が大きい。色のコントラストが近代フランス画家の肖像画を思わせる。肌は抜けるように白く、頬はとても赤く、太い眉《まゆ》と髪はとても黒い。じつにちぐはぐで、いささか不自然でもあったが、決して不快ではない。夫とは別居していて、自分と子どもの生活費を、通俗小説を書いて稼いでいた。当時、その手の読み物を専門に出す出版社がひとつふたつあって、仕事には困らなかった。原稿料は安く、三万語の小説をひとつ書いてたった十五ポンド。しかし彼女は満足していた。

「だって、一冊の値段が二ペンスなんだもの。それに読者は同じものを何度も何度も読みたがるでしょ。だから書くといっても、ただ登場人物の名前を変えるだけ、それだけでいいわけ。退屈したら、洗濯のことや、部屋代のことや、赤ちゃんの服のことを考えて、また書き始めるの」

　そのほか、彼女はエキストラとして、いくつかの劇場に出ていて、それが週に十六シリングから二十一シリングになった。一日が終わると、ぐったり疲れて、死んだように眠った。貧しいながらも楽しく暮らしていた。ユーモアのセンスが抜群で、腹立たしい状況を笑いに変えることができた。不都合なことがあって、まったくお金がなくなると、数少ない金目の品物をヴォクスホールブリッジ通りの質屋に持っていって、状況がよくなるまで、パンとバターだけで食いつなぐ。彼女はいつもはつらつとしていた。

フィリップはそういうのんびりした生活態度に興味を持った。そして彼女は苦しい生活をねたにしておもしろおかしい話をきかせてくれる。フィリップが、なぜもっと良質な文学作品を書かないのかとたずねると、彼女はこう答えた。自分にそういう才能がないのがわかっているし、一日に数千語書きとばして仕上げる粗末な作品はそれなりの原稿料になるだけでなく、それが自分の限界だということもわかっている。いまの生活を続けられればいい。親戚《しんせき》はないし、友人も同じくらい貧しいし。

「先のことなんか考えないの。三週間分の部屋代と、一、二ポンドの食費がありさえすれば、それで十分。いまだって大変なのに、将来のことまで心配していたら、生きていられないわ。とことん行き詰まったら、そのときはまたなんとかなるものよ」

やがてフィリップは毎日、お茶の時間に遊びにいくようになった。そして負担をかけないよう、ケーキやバターや紅茶を持っていった。そのうちお互いをノラ、フィリップと、気安く呼び合うようになった。フィリップは、これほど共感できる女性がいるとは思ってもいなかった。自分の悩みに喜んで耳を傾けてくれる相手ができて、とてもうれしかった。あっという間に時間が過ぎる。フィリップは彼女への気持ちを隠そうとしなかった。最高の話し相手だ。そしてミルドレッドとくらべずにはいられなかった。片方は、頑固で愚かで、自分の知らないことにはまったく興味を持とうとしない。片方はなんでもすぐに受け止めて、知的な意見を返してくる。ミルドレッドのような女と結婚してもいいと思った自分を思い出すと、ぞっとした。ある晩、フィリップはノラに、ミルドレッドとの事をすべて話した。どう考えても自慢になる話ではなかったが、やさしく受け止めてもらって、心からほっとした。

「もうすっかり立ち直ったみたいね」フィリップが話し終えると、彼女はそういった。

彼女はときどきおかしなふうに首を曲げることがある。ちょうどスコッティッシュ・テリアの子犬みたいな感じだ。しょっちゅう、背もたれがまっすぐな椅子《いす》にすわって縫い物をした。忙しくて、いつも何かしている。フィリップは彼女の足元でくつろいだ。

「すべてが終わってくれて、どんなにうれしいか」フィリップはため息をついた。

「かわいそうに。大変だったのね」彼女は小声でいうと、やさしくフィリップの肩に手を置いた。

フィリップはその手を取ってキスをしたが、彼女はさっと手を引いた。

「どうして？」彼女がまっ赤になった。

「だめ？」

彼女は目を輝かせ、フィリップをちらっとみて微笑んだ。

「だめ、じゃないけど」

フィリップは膝《ひざ》をついて、彼女をみた。彼女はフィリップの目をのぞきこんだ。大きな口が楽しそうに震えている。

「何をするつもり」

「あなたは、とても魅力的だ。ぼくにこんなに親切にしてくれるなんて。あなたが好きです」

「ばかなこといわないで」

フィリップは目の前の両肘《りょうひじ》をつかんで引き寄せた。彼女はそのまま前かがみになった。フィリップは相手の赤い唇にキスをした。

「どうして」彼女はまたたずねた。

「気持ちがいいから」

彼女は答えなかったが、やさしい表情を目に浮かべて、フィリップの髪をなでた。

「ほら、そんなことをするなんて、ばかよ。わたしたちはいいお友だちだったでしょう。このままのほうがいいわ」

「もしぼくの理性に訴えたいなら、そんなふうに頬をなでないほうがいいですよ」

彼女はくすくす笑ったが、やめなかった。

「わたしが悪かったみたいね」

フィリップは驚いて、少しうれしくなり、彼女の目をのぞきこんだ。みているうちに、その目が柔らかくうるんできた。そこに浮かんだ表情にフィリップは魅了された。心臓がふいに震え、涙がこみあげてきた。

「ノラ、ぼくのことを嫌い？」

「おりこうさんのくせに、なぜそんなことをきくの」

「だって、ぼくのことを好きになってくれるなんて思えないから」

フィリップは彼女を抱きしめて、キスをした。彼女は笑いながら、まっ赤になって、声を上げ、うれしそうに体をゆだねた。

フィリップは彼女を放すと、しゃがみこんで、相手をしげしげとみた。

「ああ、どうしよう」

「なにが」

「びっくりした」

「そして、うれしかった？」

「最高だった」フィリップは思わず大声でいった。「胸が弾んで、ときめいて、誇らしい気持ちになった」

フィリップは相手の両手をつかんでキスでおおった。実りある長続きしそうな幸せの始まりだ。こうしてふたりは恋に落ちたが、依然として友だち同士でもあった。ノラは母性的で、フィリップへの愛に満足していた。つまり相手をかわいがって、しかって、大げさに反応する。また家庭的でもあったので、相手の健康や洗濯のことにも気をつかった。フィリップが気にしている足のこともよくわかっていて、それを思いやる気持ちが無意識のうちにやさしさになって表れていた。彼女は若く、たくましく、健康で、人を愛するのは当然にみえたし、活発で陽気だった。彼女がフィリップを好きなのは、日常でふと気づいたおもしろいことをいっしょに笑ってくれるからだったが、なにより、フィリップという人間が好きだったからだ。

彼女がそういうと、フィリップはうれしそうにこういった。

「それはちがうと思う。あなたがぼくを好きなのは、ぼくが口数が少なくて、言葉をさしはさんだりしないからだよ」

　フィリップには愛しているという自覚はまったくなかった。ただただ好きでたまらないのだ。いっしょにいるのが楽しく、話をするのがおもしろくて興味深い。自信を取り戻させ、魂に負ったすべての傷を癒《い》やしてくれた。彼女に好かれていると思うと、いてもたってもいられない。彼女には勇気があって、楽観的で、運命に挑む気力がある。ささやかながら自分なりの哲学があり、それは無邪気だが実際的なものだ。

「わたしは教会とか牧師さんとか、そういったものは一切信じていないの。神さまは信じているけど、神さまは、わたしたちが責任を果たして、困った人をできるだけ助けてあげていれば、あとは好きにしなさいって考えているような気がする。そして人間ってだいたい、いい人ばかり。そうでない人はかわいそうだけど」

「死んだあとのことは考える？」

「そんなこと、わからないでしょう」彼女は微笑んだ。「でも、いいところだといいなと思ってる。いずれにしても、部屋代とか、小説のことでわずらわされないところでしょ」

　彼女には女性的な細かい心づかいがあった。フィリップが自分の才能に見切りをつけてパリから帰ってきたことを立派だといい、それを本気でほめたとき、フィリップは感動して何もいえなかった。自分でも英断だったのか、意志が弱かっただけなのか決めかねていたのだ。彼女が立派だと思ってくれているのがわかって、うれしかった。彼女は、仲間が本能的に避けていたことについて堂々と意見をいってくれたのだ。

「足のことを気にするのは、ばかばかしいわよ」彼女はフィリップが赤くなるのをみて続けた。「だれも、あなたが気にするほど気にしてないんだから。最初に会ったときは気になるけど、すぐに忘れちゃうと思う」

フィリップは黙っていた。

「怒った？」

「いや」

彼女はフィリップの首に腕をかけた。

「わたしがこんなことを口にするのは、あなたが好きだから。そんなことで悩んだりしないでほしいの」

「なんでもいいたいことを、いって」フィリップはにっこりして答えた。「ぼくがあなたにどれほど感謝しているか形にしてみせられたらいいのに」

彼女はほかのことも、フィリップに教えた。乱暴な振る舞いはしないよう言い聞かせ、フィリップがかっとなると笑って制した。紳士としての態度を教えたのだ。

「あなたにいわれたら、なんでもすると思う」フィリップは一度、彼女にいったことがある。

「あら、そんなこといっていいの」

「もちろん。あなたにしろといわれたら、なんでも喜んでしますよ」

フィリップには自分がどんなに幸せかよくわかっていた。彼女から妻が与えてくれるものをすべて与えてもらって、自分は自由でいられるのだ。彼女はこれまで出会ったなかで最も魅力的な友人で、男とは違うやさしさをもって接してくれる。ふたりの性的な関係はあくまでも友情を構成する一要素にすぎなかった。そのなかでは最も強い力を持っていて、それがあれば友情は完璧《かんぺき》になるが、なくても壊れはしない。フィリップも欲望が満たされたせいで、穏やかで、人付き合いもよくなった。自信も完全に回復した。たまに、恐ろしい情熱にとりつかれていた冬のことを思い出すことがあり、そういうときはミルドレッドへの憎悪と、自分への嫌悪で頭がいっぱいになった。

試験が近づいてくると、ノラまでが自分のことのように気をもむようになった。彼女があまりに熱心なので、フィリップは感心し、感動した。結果がわかったら、すぐに教えにきてねといわれていた。フィリップは今回、三科目とも合格した。それを告げると、彼女は声を上げて泣きだした。

「よかった。本当に心配だったの」

「ばかだなあ」フィリップは笑ったが、胸に熱いものがこみあげてきた。

　こんなふうに喜んでもらって、うれしくない人はいない。

「それで、これからどうするの」

「のんびり休みます。十月に冬学期が始まるまで、なにもすることはないし」

「ブラックステイブルの伯父様のところに帰ったら」

「冗談でしょう。ロンドンで、あなたと遊びます」

「わたしは、帰ってくれたほうがうれしいけど」

「なぜ。ぼくに飽きてしまった？」

　彼女は声を上げて笑うと、フィリップの両肩に手を置いた。

「だって、ずっと勉強ばかりで、すっかり疲れてみえるんだもの。新鮮な空気を吸って、休んできたらいいと思う。ブラックステイブルに帰ってくれば」

　フィリップは一瞬何もいわず、愛《いと》しそうに彼女をみつめた。

「あなた以外の人にいわれたんだったら、ぜったいにそんなこと信じないけど、あなたは本当にぼくのことだけを考えてくれる。いったい、ぼくのどこがいいんです」

「そのまえに、わたしのいいところをいってみて」彼女は陽気に笑いながらいった。

「あなたは、思慮深く、親切で、何も強要しない。思い悩まず、迷惑をかけず、ささいなことで喜んでくれる」

「嘘《うそ》ばっかり。でも、ひとつだけいっておくわね。わたしは珍しく、経験から学ぶことができる人間なの」

67

フィリップはじりじりしながら、ロンドンにもどる日を待っていた。ブラックステイブルでの二ヶ月間、ノラはしょっちゅう手紙をくれた。元気のいい大きな字で書いた長い手紙ばかりだ。陽気でユーモラスで、内容は日々のささやかな出来事、家主の女性の家庭争議、思わず吹き出しそうになるエピソード、彼女のリハーサルでのおもしろいトラブル——ロンドンの劇場で上演されていた演《だ》し物にエキストラとして出ていたのだ——小説を出してくれている出版社の人とのいざこざなど。フィリップは読書にひたり、海で泳ぎ、テニスをし、ヨットを走らせた。そして十月の初め、ロンドンにもどって総合科目の第二期の試験準備を始めた。どうしても合格してしまいたかった。これが終われば、退屈な教科は終わり、外来患者担当の実習生になって、教科書の勉強だけでなく人と触れ合えるようになる。ノラとは毎日会っていた。

ローソンは夏の間は南部の港町プールにいって、港や海岸のスケッチをたくさん描いてきた。肖像画の注文をふたつ受けていたので、光の加減が悪くなったらロンドンを去るといっている。ヘイワードもロンドンにいて、冬は海外で過ごすといいながら、一週間、また一週間と決心がつきかねている様子だ。ヘイワードはこの二、三年のうちすっかり脂肪がついて——フィリップが初めてハイデルベルクで彼に会ったのは五年前だ——早くもはげ始めていた。本人はそれをとても気にしていて、頭頂部の薄くなったところを長い毛で隠すようにしている。唯一のなぐさめは、額の形がとてもいいことだ。青い目は色が薄れかけて生気がなく、唇は若い頃の張りを失って、だらしなく青ざめている。いまでも、将来あれをやるこれをやるといってはいるものの、説得力はない。そして仲間も信じてくれていないのがわかっているので、ウィスキーを二、三杯飲むと、愚痴っぽくなる。

「まあ、敗残者ってとこだな」彼はぼやいた。「過酷な生存競争には向いていないんだ。できることといったら、ぼーっと突っ立って、野蛮な連中が群をなして目的にむかって突っ走っていくのをながめることくらいだ」

まるで、勝者よりも敗者のほうが繊細で貴重だといわんばかりの口調だ。自分が超然と構えているのは、低俗なものすべてを忌《い》み嫌っているからだとほのめかしてもいた。そしてプラトンをほめあげる。

「そろそろプラトンは卒業したと思っていたよ」フィリップはうんざりしていった。

「そうかい」ヘイワードは眉を上げた。

ヘイワードは話を続ける気はなかった。この頃、威厳のある沈黙は効果的だということを発見したのだ。

「同じ本を何度も読む意味がわからないよ」フィリップはいった。「それって、立派にきこえるけど、ただ怠惰なだけじゃないか」

「それは、自分は頭脳明晰《めいせき》だから、最も深遠な哲学者の思想を一読して理解できるということかい」

「ぼくはプラトンを理解したいなんて思ってない。批評家じゃないしね。ぼくがプラトンを読むのは、プラトンに興味があるからじゃなくて、自分に興味があるからなんだ」

「じゃあ、なんで、そんなものを読む？」

「ある意味、楽しいから。ぼくにとって、読書は習慣みたいなもんなんだ。だから、本を読んでいないと落ち着かない。ほら、煙草《たばこ》と同じだよ。それからまたある意味、自分を知りたいからでもある。目だけで飛ばし読みしているような気もするんだけど、ときどき、ぼくのためだけに書かれたような段落や言葉に出会うことがあって、するとそれが自分の一部になる。自分にとって意味のあるものはすべて一回で頭に入ってくる。あとは何度読んだって同じだよ。ほら、ぼくは閉じたままの蕾《つぼみ》みたいなものなんだよ。だから、読んだものや、したことの影響をほとんど受けない。ところが、自分にとって非常に重要な意味を持っていることがあると、それが蕾を開いてくれる。花びらを一枚、一枚、開いてくれる。そして花開くんだ」

フィリップはその比喩《ひゆ》に満足していたわけではないが、感じているけれどよくわからない気持ちを、それ以外に説明のしようがなかった。

「一生懸命、頑張って、いっぱしの人物になろうってわけか」ヘイワードは肩をすくめていった。「みっともないぞ」

フィリップはヘイワードのことをよく知っていた。軟弱なくせにプライドが高い。なので、そばにいるときは気持ちを傷つけないように注意しないといけない。彼は怠惰と理想を取り違えて、どっちがどっちかわからなくなっているのだ。いつだったか、ローソンのアトリエに新聞記者がやってきたことがあって、記者はヘイワードの話に引きこまれ、一週間後、新聞社の局長から、批評を書いてほしいという手紙がきた。四十八時間、彼はどうするか決めかねて苦悶《くもん》した。それまでずっとその手の仕事をしたいといってきたので、断るのは恥ずかしいが、仕事をしなくてはならないと思うと、それだけでパニックに陥ってしまうのだ。結局、断って、ほっとした。

「仕事の邪魔になるからね」そのときヘイワードはフィリップにいった。

「仕事って、どんな」フィリップはずけずけときいた。

「内なる活動を大事にしていくことさ」

彼はそういって、アンリ・フレデリック・アミエルをほめたたえた。アミエルはジュネーブ大学の非常に聡明《そうめい》な教授で、素晴らしい業績をあげるだろうといわれていたが、それを果たすことはなかった。そして死後ようやく、彼の失敗の理由と原因がわかった。論文のなかにあった詳細にわたる膨大な日記〔一万七千ページにわたる内省的な日記で、死後発表されて評判になった〕にはっきり書かれていたのだ。ヘイワードは謎《なぞ》めいた笑いを浮かべた。

ヘイワードはそれでも本については楽しく語ることができた。彼の場合、趣味は洗練されていて、見識は高く、いつもいろんな思想に興味を持っていたので、話し相手として理想的だ。ただ彼にとって思想はなんの意味も持たない。というのも、影響されることがまったくないからだ。それでいて思想を、まるでオークションの磁器のように扱い、その形や輝きを愛《め》でて、心の中で値段をつける。そしてケースにもどすと、それきり忘れてしまう。

そしてすごい発見をするのもヘイワードだった。ある晩、前もって詳しく説明してから、フィリップとローソンをビーク通りの酒場に連れていった。とてもいい店で、歴史的にも味がある——ロマンティストの想像をかきたてる十八世紀の栄光を残している——だけでなく、ロンドン一のかぎ煙草を置いていて、パンチもうまい。ヘイワードはふたりを、大きな細長い部屋に案内した。陰気な感じだが造りは立派で、壁には裸婦の大きな絵が何枚かかけてあった。どれもベンジャミン・ヘイドン〔英国、一九世紀の画家〕風の歴史や神話をモチーフにした絵だが、煙とガスとロンドンの空気のせいで、古い巨匠の絵のようにみえる。黒い羽目板、重量感のあるくすんだ金色の天井の縁飾り、マホガニーのテーブルなどが、贅沢《ぜいたく》で落ち着いた雰囲気を漂わせている。壁沿いに置いてある革張りのソファも柔らかく座り心地がいい。ドアの向かいにあるテーブルの上には雄羊の頭の入れものが置いてある。このなかにあの有名なかぎ煙草が入っているのだ。三人はパンチを注文して飲んだ。ラム酒入りのホットパンチだ。その芳醇《ほうじゅん》な味わいはとてもペンで書き記すことなどできない。この手の小説の貧弱な語彙《ごい》と、貧相な修飾語はとてもその任に堪えない。華麗な美辞、宝石のような異国風の言葉がむやみに浮かんでくるだけだ。血を温め、頭をすっきりさせ、魂を幸せで満たす。やがて、気のきいたことをいってみたくなり、気のきいたことに耳を傾けたくなる。それは音楽のあいまいさと数学の明晰さを持っている。そのどちらか片方だけで、ほかのものすべてに匹敵する。それはやさしい心の温かさを持っているが、その味、におい、感触は言葉では表しきれない。チャールズ・ラムはあの天才的な筆で、古き良き日々の日常を魅力的に描いた。バイロン卿《きょう》は『ドン・ジュアン』で、筆舌に尽くしがたい荘厳さを描ききった。オスカー・ワイルドは、ビザンチンの錦織《にしきおり》の上にイスファハーン〔一六～一八世紀のサファビー朝ペルシアの首都〕の宝石を山と積むようにして、心惑わせる美を創造した。しかしここのホットパンチは考えるだけで、ローマ皇帝ヘリオガバルスの開いた饗宴《きょうえん》の光景が頭に浮かんでめまいがする。またドビュッシーの繊細なハーモニーが耳に響く。そのハーモニーはまるで古くさく、ロマンティックな香りのするチェストのようで、そのなかの古い衣装、襞飾《ひだかざ》り、長靴下、胴衣《ダブレット》などが忘れ去られた時代を思わせ、谷間のユリのかすかなにおいや、チェダーチーズの独特のにおいを思い出させるのだ。ヘイワードがこの得がたい飲み物を出す酒場をみつけたのは、ケンブリッジでいっしょだったマカリスターという男と通りで出会ったのがきっかけだという。マカリスターは株の仲買人で哲学者だった。そしてこの店に、週に一度顔を出す。フィリップとローソンとヘイワードは毎週火曜日の夜、ここに集まるようになった。店は時代の流れに置いていかれたせいで、ほとんど客はなく、話を楽しむにはもってこいの場所だった。マカリスターは骨太で、横のわりに縦が短く、顔は丸く、声は柔らかい。カントの哲学を学んでいて、すべてを純粋理性で考え、学理を語るのが好きだった。フィリップはわくわくして彼の話に聞き入った。ずいぶん前から、形而上学《けいじじょうがく》ほどおもしろいものはないと考えていたものの、それが人生にどう役に立つのかわからなかったからだ。ブラックステイブルで考えて自分なりに作りあげたこぢんまりした理論は、ミルドレッドとの関係ではほとんど役に立たなかった。理性が実生活の役に立つとはとても思えない。人生は人生で、わが道を歩いているように思えるのだ。あのとき自分を捉《とら》えていた激しい感情と無力感をいまでも生々しく覚えていた。まるで地面にロープでくくりつけられて、必死にもがいていたかのようだ。これまで多くのためになりそうな言葉を読んできたが、人生においては自分の経験から判断する以外ないような気がしていた（ほかの人もそうなのかどうかはわからない）。だから、行為の是非《ぜひ》はいちいち考えず、それがいいのか悪いのかという判断もしなかった。どう考えようが判断しようが、体が自然に動いてしまう。それも自分の一部が動くのではなく、全部が動く。そしてその力は理性とはまったく関係がない。理性が教えてくれるのは、ほしくてたまらないものを手に入れるにはどうすればいいか、くらいだ。

マカリスターは、定言命法について話した。

「行動せよ。自分の行動すべてが、あらゆる人間の行動の普遍的規範となるように」

「それって、まったくナンセンスにしか思えないんですけど」フィリップがいった。

「いってくれるなあ。イマヌエル・カントの言葉に対して、そうくるか」マカリスターがいった。

「いけませんか。だれかがいったことを持ちあげるなんてばからしいじゃないですか。みんな、他人の考えを持ちあげすぎですよ。カントがあれこれ考えたのは、それが真実だからではなく、彼がカントだったからです」

「なるほど。じゃあ、定言命法に反論してみてほしい」

(ふたりは、まるで帝国の命運がかかっているかのように話しだした)

「定言命法は、人は自分の意志によって進む道を選べるという前提に立っています。だからこそ、理性が確実な導き手になる。しかし理性の力が情熱の力より強いはずありません。ふたつは別物です。反論はこれで十分じゃありませんか」

「きみは情熱の奴隷《どれい》で満足しているらしいな」

「ええ、奴隷です。それはどうしようもありません。しかし、満足してはいません」

フィリップは笑った。

フィリップは話しながら、ミルドレッドを追いかけているとき自分を駆り立てた熱い狂気を思い出していた。それに激しくあらがって結局は負け、なんと恥ずかしく思ったことか。

「ありがたいことに、ようやくそういった思いすべてから自由になった」フィリップは心のなかで思った。

だが、そういいながらも、それが本心なのかどうか自信はない。あの情熱に翻弄《ほんろう》されていたときは、信じられないほどの活力に満ちていたし、心までがかつて経験したことのない力に突き動かされていた。いまよりずっと生の実感があった。生きていること自体に喜びがあり、魂の切望があった。それを思うと、いまの生活はどことなくつまらない。あれほど悲惨な目にあっていながらも、すさまじいほどの生が充実していた。

しかしフィリップの不用意な言葉は、自由意志についての議論を触発し、マカリスターは記憶力のよさに物を言わせて、次々に反論を展開した。議論好きだけあって、フィリップが自己矛盾に陥るように誘導し、とことん譲歩しない限り逃れられないところまで追いつめた。論理で足をすくって、権威で圧倒した。

　しかたなく、フィリップはこういった。

「そうですね。ほかの人については何もいえません。自分のことをいうだけです。自由意志という幻想は自分のなかで非常に強く、それから逃れることはできません。だけど、それは幻想にすぎないと確信しています。ただ、それは自分の行動の強い動機のひとつでもあるんです。何かをしたいと思うときは、自分でそれを選んだつもりでいるし、それが自分の行為に影響をおよぼします。ところがいったん事が終わってみると、それは元からそうなるしかなかったように思えるんです」

「それから引きだされる結論は？」ヘイワードがきいた。

「後悔は先に立たず、役にも立たないってことかな。こぼしたミルクを嘆いてもしょうがない。宇宙のあらゆる力が協力して、ミルクをこぼしちゃったんだから」

68

ある日の朝、起きかけて、頭がくらっとした。そしてまた横になって、ふと具合が悪いのに気がついた。全身が痛み、悪寒《おかん》に体が震える。下宿の女主人が朝食を持ってきてくれたので、ドアのすきまから、具合がよくないので紅茶とトーストを持ってきてくださいと頼んだ。しばらくして、ドアを叩《たた》く音がして、グリフィスが入ってきた。彼とは丸一年、同じ屋根の下に暮らしていて、すれちがうときに会釈《えしゃく》する程度だった。

「体調が悪いんだって？　ちょっと入って、みてあげよう」

フィリップはなぜか赤面して、軽い調子で、一、二時間すればよくなると思いますと答えた。

「だが、体温は測ったほうがいい」

「いえ、そんな必要ありませんよ」フィリップは少しいらっとしていった。

「まあ、いいから」

　フィリップが体温計をくわえていると、グリフィススはベッドに腰かけて、しばらく楽しそうに話しかけていたが、そのうち体温計を取って目盛りをみた。

「ほら、これだ。寝ていたほうがいい。ディーコン先生にきてもらおう」

「いいですよ。なんでもないんですから。どうか、ほっといてください」

「ほっとくわけにはいかないな。きみは熱があって、寝てなくちゃいけないんだ。そうだろう？」

　彼はいうことなすことすべてに落ち着きとやさしさがあって、魅力的だった。

「病人の扱いがとても上手ですね」フィリップは小声でいうと、にっこりして目を閉じた。

　グリフィススは枕《まくら》の形を整え、手《て》際《ぎわ》よくシーツや毛布をのばしてフィリップの体を包んでやった。それからフィリップの居間にいってサイフォンをさがしたが、なかったので自分の部屋から取ってくると、今度は鎧戸《よろいど》を下ろした。

「寝ているといい。先生は病棟の回診をしているから、それが終わったらすぐに連れてくる」

　フィリップには、何時間もだれもこなかったように思えた。頭が割れるようで、体がうずいてしかたない。泣きだしてしまいそうだ。ドアを叩く音がして、健康そうで、たくましく、陽気なグリフィスが入ってきた。

「ディーコン先生だ」

医師がやってきた。中年で、物腰が柔らかく、フィリップも見覚えがあった。医師はいくつか質問をすると、聴診器を当てて、診断を下した。

「なんだと思う」医師は笑いながら、グリフィスにきいた。

「インフルエンザですね」

「正解だ」

医師は陰気な部屋をみまわしていった。

「よかったら、病院に入れてあげよう。ひとり部屋を用意してもらえると思う。そのほうが、ここにいるより回復は早い」

「いえ、ここのほうがいいです」フィリップがいった。

ひとりで静かにしていたかったし、いつものことだが、知らないところにいくと気後れしてしまうのだ。それに看護婦に面倒をみてもらうのも、病院の殺風景な清潔さもいやだった。

「ぼくが看病します」グリフィスがとっさにいった。

「ああ、それならいい」

医師は処方箋《しょほうせん》を書いて、いくつか指示を与えて出ていった。

「さあ、これからはぼくのいうとおりにしてもらうぞ」グリフィスがいった。「昼も夜も、ぼくが看護する。一人二役だ」

「それはとてもうれしいんですけど、何もしてもらわなくてだいじょうぶです」

グリフィスはフィリップの額に手をのせた。フィリップは大きくて、ひんやりした、乾いた手でさわられて、ほっとした。

「調剤室にいって、薬をもらってくる」

しばらくしてもどってきたグリフィスは薬をフィリップにのませた。それから階上《うえ》にいくと本を持ってもどってきた。

「午後、ここで勉強してもいいかい？　ドアを少し開けておくから、用があったら声をかけてくれ」

夕方、フィリップが浅く不快な眠りから覚めると、居間から話し声がきこえてきた。だれかがグリフィスに会いにきたらしい。

「ああ、今夜はだめなんだ」グリフィスの声がきこえた。

それから一、二分後、まただれかが入ってきて、グリフィスをみて驚いた。フィリップがきいていると、グリフィスが説明する声がした。

「ここに下宿している二年生の看病をしているんだ。かわいそうにインフルエンザだ。だから、今夜のホイスト〔ブリッジの元になったトランプゲーム。一八、一九世紀に流行した〕は中止だ」

グリフィスがひとりになると、早速フィリップは声をかけた。

「今夜、集まりか何かがあるんだったら、中止になんかしないでください」

「きみのためじゃないんだ。外科の勉強をしなくちゃいけなくてね」

「延期になんかしないでください。ぼくはだいじょうぶです。ほっといてください」

「わかった、わかった」

容態は悪くなり、夜になると意識がもうろうとしてきたが、明け方、浅い眠りから目を覚ました。グリフィスがひじ掛け椅子から立って膝をつくと、石炭をひとつひとつ暖炉にくべた。パジャマのうえにガウンを羽織っている。

「何をしているんですか」フィリップがたずねた。

「起こしちゃったかな。こっそり、火をおこそうと思ってね」

「なんで、ベッドで寝てないんです。いま何時ですか」

「五時くらいかな。今夜は、起きていようと思ったから、ひじ掛け椅子を上から持ってきたんだ。マットレスを敷いたら、ぐっすり寝てしまって、呼ばれても気がつかないかもしれないからね」

「そんなに気をつかわないでください」フィリップはうめくような声でいった。「インフルエンザなんですよ。うつったらどうするんです?」

「そのときは、きみが看病してくれればいいよ」グリフィスはそういって笑った。

朝、グリフィスは鎧戸を上げた。ずっと起きていたので、顔色は悪くて疲れてみえたが、相変わらず元気だ。

「さあ、体を拭《ふ》いてあげよう」グリフィスが陽気にいった。

「いや、自分でやります」フィリップが恥ずかしそうに答える。

「ばかなことをいうんじゃない。病室にいたら、看護婦に拭いてもらうだろう。ぼくは看護婦代わりなんだ」

フィリップは疲れきって、抵抗することもできなかった。グリフィスはフィリップの手、顔、足、胸、背中と拭いていった。やさしくていねいに拭きながら、親しげにいろんな話をする。それから、病院と同じように、シーツを替え、枕の形を直し、毛布をかけてやった。

「アーサー看護婦長に、この看護ぶりをみせたいくらいだ。きっとびっくりするだろうな。ディーコン先生が朝早く診察にきてくれるらしい」

「なぜ、こんなに親切にしてくれるんです」

「予行演習みたいなものかな。患者を持つのは楽しいもんだよ」

グリフィスはフィリップに朝食を食べさせると、部屋を出て、着替えて、食事にいった。十時ちょっと前に、ブドウと花を持ってもどってきた。

「こんなにしてくれるなんて、信じられません」フィリップがいった。

結局、五日間、寝こんだ。

ノラとグリフィスが交代で看病をした。グリフィスはフィリップとほぼ同い年だったが、いつも機嫌良く、母親のように接してくれた。頭がよく、親切で、頼もしい。しかし何より素晴らしいのは、そばにいるだけで元気になれそうな気持ちにさせる、そのエネルギーだった。フィリップは母親や姉に甘やかされたことがなかったので、このたくましい若者の女性的なやさしさに深く感動した。病気もよくなるにつれて、グリフィスはフィリップの部屋でのんびり過ごすようになり、愉快な恋の冒険を語るようになった。彼は恋愛好きで、三、四人と同時につきあうこともあるらしい。そして面倒から逃れるために考案した対応策はきいていて楽しかった。自分の身にふりかかったことをなんでもロマンティックに脚色する才能に長《た》けていた。借金で首が回らず、金目の物はすべて質屋に入っているというのに、いつも陽気で、快活で、気前がいい。根っからの冒険好きで、いかがわしい職業の人間やうさん臭いことをやっている人間が好きだった。ロンドンの酒場に入り浸っているどうしようもない連中の間にも知り合いが多い。風俗の女たちからは友だち扱いで、日々の苦労や問題や喜びなどをきかされていた。カードのいかさま師たちは、彼がいつも金に困っているのを尊敬していて、夕食をおごったり、五ポンド札を貸してくれたりした。試験は落ち続けていたが、これも陽気に受け流し、リーズで開業している父親の叱責《しっせき》にもじつにおとなしく心からあやまるので、父親のほうも本気で怒れない有様だ。

「本を読むのは大好きなんだが」グリフィススは陽気にいった。「勉強は、からっきしだめでね」

　グリフィススはじつに楽しく毎日を過ごしているが、若いときを自由気ままに放埒《ほうらつ》に暮らしていても、開業医になれば大成功することは間違いない。生来の魅力で、患者の病気も治してしまいそうだ。

　フィリップは寄宿学校にいたとき、背が高く率直で元気のいい生徒を尊敬していたように、彼を尊敬した。そしてインフルエンザが治る頃には、大の親友になっていた。そして狭い居間に遊びにいっては、彼が楽しそうに腰をかけて次々に煙草を吸いながらおもしろい話をするのを心から楽しむようになった。フィリップはときどき彼を連れてリージェント通りの酒場に出かけた。ヘイワードはグリフィススをばかだと思ったが、ローソンは魅力を認めて、しきりにモデルになってほしいといった。たしかに彼は絵になる。青い目、白い肌、豊かな巻き毛。四人が、自分にはまったくわからないことを議論していることもよくあったが、それを黙ってききながら、ハンサムな顔に人のよさそうな笑みを浮かべているところは、自分がそこにいるだけで四人はうれしいのだといわんばかりで、まったくその通りだった。マカリスターが株の仲買人だと知ると、グリフィススは話をききたがった。マカリスターはにやっと笑うと、あのときあの株を買っていれば、今頃大金持ちになっていただろうなどと話しだした。きいていてフィリップは思わず唾《つば》をのみこんだ。いろんなことがあったせいで、予想外の出費がかさんでいたからだ。マカリスターがいうように、簡単な方法で少しでも金を増やせれば、これほどありがたいことはない。

「今度、間違いなくもうかる話をきいたら、教えるよ」マカリスターがいった。「ときどき、そういうことがあるんだ。まあ、じっくり待つことだね」

フィリップは五十ポンドもうかれば、どんなにうれしいかと思わずにはいられなかった。そうすれば、ノラがほしがっている冬物の毛皮のコートを買える。フィリップはリージェント通りの店をみて回って、五十ポンドで買える品物をさがしてみた。彼女にはほしいものはなんでもプレゼントしたい気持ちだった。毎日がこんなに楽しいのは、彼女のおかげなのだから。

69

ある日の午後、講義が終わり、フィリップは下宿に向かった。顔を洗い、着替えをして、いつものように、ノラのうちにいっていっしょにお茶をするつもりだった。玄関の前で鍵《かぎ》を出して入ろうとすると、女主人がドアを開けて声をかけた。

「女の方が待ってらっしゃいますよ」

「ぼくを」思わず声を上げた。

フィリップは驚いた。ノラに決まっているが、いったいなんで？

「入れるつもりはなかったんですが、三回もやってきて、あなたがいないといって大騒ぎをするもんだから、しかたなく、なかで待っててくださいといったんです」

説明する女主人を押しのけて、フィリップは部屋に飛びこんだ。そのとたん、顔から血の気が引いた。ミルドレッドだ。椅子《いす》に座っていたが、気がつくと、すぐに立ち上がった。近づこうともせず、話しかけようともしない。フィリップはあっけにとられて、何をいっていいのかわからなかった。

「いったい、何をしにきたんだ」

彼女は返事をせず、泣きだした。顔をおおうこともなく、手は体の脇《わき》にたらしている。まるでメイドの職をさがしにきた女の子のようだ。みじめでたまらない感じが伝わってくる。フィリップは、自分の気持ちさえわからない。ふいに、背を向けて、部屋から逃げだそうかと思った。

「また会うとは思わなかった」しばらくしてフィリップがいった。

「あたし、死んじゃいたい」彼女は喉《のど》を詰まらせていった。

フィリップは彼女をそこに立たせたままでいた。とにかく落ち着かなくては、それしか考えられない。膝が震えている。フィリップは彼女をみると、絶望して低くうなった。

「いったい、どうしたんだ」

「彼がいっちゃったの――エミールが」

フィリップの胸がうずいた。そしてそのとき、以前と同じ気持ちで彼女を愛していることを知った。ずっと愛していたのだ。その彼女が、いま目の前にしおらしく、なすすべもなく立っている。フィリップは彼女を抱きしめて、涙に濡《ぬ》れた顔をキスでおおいたかった。ああ、いったいどれくらい会わなかっただろう！　どうしていままで耐えられたんだ？

「座って。飲み物を作るから」

フィリップは暖炉のそばの椅子を引いて座らせた。そしてウィスキーのソーダ割りを作って渡すと、彼女はすすり泣きながら飲んだ。そしてフィリップを、大きな目で悲しそうにみつめた。目の下には黒いしわが広がっている。最後にみたときよりもやせて、青ざめている。

「あなたに結婚してっていわれたとき、結婚すればよかった」

フィリップはなぜか、それをきいて胸がときめいた。それまで必死に自制して、彼女に触れないでいようと思っていたのだが、こらえきれなくなって、彼女の肩に手を置いた。

「かわいそうに。ひどい目にあったね」

彼女はフィリップの胸に顔を埋《うず》めて、大声で泣きだした。邪魔な帽子は脱ぎ捨てた。フィリップは、ミルドレッドがこんなに泣くことがあるとは思ったこともなかった。そして何度もキスをした。彼女は少し楽になったようだ。

「フィリップ、あなたはいつもやさしかった。だから、きてみたの」

「何があったのか教えてくれないか」

「だめ。そんなこと、いえない」彼女は叫んで、フィリップから離れた。

フィリップはそばに膝《ひざ》をついて、頰を彼女の頰に当てた。

「ぼくに話せないことなんてないよ。だって、ぼくはきみが何をしても責めたりしないんだから」

彼女はぽつぽつと話し始めた。ときどき激しく泣きだして、話がわからなくなることもあった。

「先週の月曜日、あの人はバーミンガムにいって、木曜日にもどってくるって約束したのに、もどってこなかったの。だから、金曜日に、どうしたのか手紙できいてみた。それでも返事がこなかったから、返事をくれないなら、バーミンガムにいくって手紙を書いたの。そうしたら、今朝、弁護士から手紙がきて、あなたにはなんの権利もない、うるさくつきまとうなら、法的手段に訴えるって」

「そんなばかな」フィリップは大声を上げた。「妻をそんなふうに扱うなんて、ありえない。けんかでもした？」

「ええ、したわ。日曜日にけんかして、あの人は、おまえにはうんざりだといった。

けど、前にもそういったことがあって、そのときは帰ってきたのよ。だから、本気じゃないと思った。あの人が怒ったのは、あたしが子どもができたっていったからなの。できるだけ隠してたんだけど、いつまでも黙っていられないでしょう？　そしたら、それはおまえの責任だ、おまえが気をつけるべきだったって。そのときの言葉をきかせてあげたい！　あたし、すぐにわかったの。あいつは紳士なんかじゃないって。一ペニーも置かないで、出ていっちゃったの。お家賃だって払ってなかった。あたしだってそんなお金は持ってないし、家主のおばさんからは、泥棒扱いよ」

「もっとちゃんとしたところを借りたのかと思ってたんだけど」

「あの人はちゃんとしたところを借りるっていったのよ。それなのに、借りたのはハイベリーにある家具付きの部屋。ほんとにけちなの。あたしのことをぜいたく女だっていうけど、ぜいたくできるお金なんかもらったことがないわ」

彼女は、重要な話とどうでもいい話を混ぜこぜにして話すので、フィリップは首をかしげてしまった。何をいいたいのかわからない。

「そんなにひどいやつがいるかなあ」

「あなたは知らないからそんなことをいうのよ。あの人がきて、膝をついて、もどってきてくれといっても、絶対、もどらない。ほんとにばかだった。あんなやつのことを気にかけたりしたなんて。それに、稼ぎだって、いってたほどじゃないし。嘘ばっかり！」

フィリップはちょっと考えてみた。彼女があまりにつらそうなのをみて、自分のことを考える余裕がなかったのだ。

「ぼくがバーミンガムにいってこようか。彼に会って、話をつけてくる」

「そんなの、むだよ。あいつは絶対にもどってこない。それくらい、わかってる」

「だけど、むこうにも責任を取らせないと。このままですませるわけにはいかないよ。こういうことには詳しくないけど、弁護士に相談した方がいいと思う」

「どうやって。だって、そんなお金ないもの」

「ぼくが出すよ。知ってる弁護士に手紙を書いてあげる。スポーツマンで、ぼくの父親の遺産を管理してくれているんだ。これから、いっしょにいこう。まだ事務所にいると思う」

「ううん。手紙を書いてちょうだい。ひとりでいってくるから」

彼女も少し落ち着いてきた。フィリップは椅子に座って、手紙を書いた。それから、彼女が金を持っていないのを思い出した。幸い、前の日に小切手を現金に換えたばかりだったので、五ポンド渡すことができた。

「あなたって、あたしにいつもやさしくしてくれるのね、フィリップ」

「きみの役に立てることが、とてもうれしいんだ」

「まだ、あたしのこと好き」

「いまでも好きだよ」

彼女が唇を突き出すと、フィリップはキスをした。彼女の態度にはそれまでなかったつつましさがあった。フィリップは、それまで耐えてきた苦しみが報われたような気がした。

彼女が出ていったとき、気がつくと、二時間がたっていた。フィリップは信じられないほど幸せだった。

「かわいそうに、かわいそうに」フィリップは小声で繰り返した。それまで感じたことのない愛が全身を駆けめぐっていた。

ノラのことはまったく忘れていたところ、八時頃に電報がきた。開く前から、ノラからだとわかった。

ナニカ　アッタノ？　ノラ

フィリップはどうしていいのか、どう返信していいのかわからなかった。いま、彼女はエキストラで芝居に出ていて、それが終わる頃に迎えにいって、彼女のうちまで送っていくことはできる。たまにそうしていたのだ。しかし、今晩はどうしても会う気にはなれない。手紙を書こうかと思ったが、いつものように、「大好きなノラへ」という書き出しを書く気になれなかった。しかたなく電報を打つことにした。

スマナイ　ヨウジデキタ。フィリップ

頭に彼女の姿が浮かんで、少しぞわっとした。不細工な小さい顔、高い頰骨、赤味の強い頰。あの荒れた肌を思うと、うんざりした。あんな電報を打ったからには、そのあとなんとかしなくてはならないことはわかっていたものの、とりあえずこの場はなんとかなる。

次の日、フィリップはまた電報を打った。

イケナクテ　スマナイ。テガミヲカク。

ミルドレッドは午後の四時にくるといっていた。都合の悪い時間だったが、フィリップはそういえなかった。彼女が最優先だ。窓際に立って外をながめ、彼女の姿がみえると玄関まで迎えにいった。

「それで？　ニクソンには会ったかい」フィリップは勢いこんでたずねた。

「ええ」彼女は答えた。「でも、だめだった。どうしようもないみたい。泣き寝入りする以外ないって」

「だけど、そんなばかな話はないよ」フィリップは大声でいった。

彼女は疲れきったように椅子に座った。

「理由はきいた？」

彼女はくしゃくしゃの手紙を渡した。

「フィリップ、あなたが書いてくれた手紙、じつは持っていかなかったの。昨日はいえなかったんだけど、ほんとに、いえなかったんだけど、エミールとは結婚してないの。できなかったの。あの人には奥さんもいて、子どもも三人いるの」

フィリップは心臓が止まるかと思った。嫉妬《しっと》と苦痛で、死ぬかと思った。

「だから、おばさんのところにはもどれなかったの。だから、あなた以外に頼る人がいなかったの」

「どうして、そんな男といっしょになろうと思ったんだ」フィリップは、動揺が表に出ないように低い声でたずねた。

「わからない。最初は、結婚してるって知らなかったの。でも、それをきいたときは、さんざんいいたいことをいってやった。それから何ヶ月も会えなくて、それからまたお店にきて、好きだっていわれて、あたし、もう何が何だかわからなくなっちゃって。どうしようもなかったんだと思う。それで、いっしょになったの」

「じゃあ、あの男を好きだったんだ」

「わからない。あの人のいってることには、笑うしかなかったんだけど、でも、あの人には何かひかれるものがあったの。絶対に後悔させないっていわれて、週に七ポンドやるといわれて――あの人、週給十五ポンドだっていってて、もう、みんな、嘘、まるっきりでたらめだった。あたしは毎朝、お店にいくのにうんざりしてて、おばさんともあまりうまくいかなくなってて、だって、親戚《しんせき》なのに、メイドみたいに使われてたのよ。それで、自分の部屋は自分で掃除しなさいっていわれて、掃除をしないと、だれもしてくれなくって。ほんとに、なんで、あんなことをしたんだろう。あの人がお店にやってきて、あんなこといわれて、あたし、もう、そうするしかないような気になっちゃったの」

フィリップは彼女から離れて、テーブルについて座ると、頭を抱えた。これほどみじめな男がいるだろうか。

「あたしのこと、怒ってないわよね、フィリップ」彼女が心配そうにたずねた。

「ああ」フィリップは顔を上げたが、彼女のほうをみようとはしなかった。「ただ、つらくてしょうがない」

「なぜ」

「いいかい、ぼくはどうしようもなくきみのことを愛していたんだ。だから好かれようと、なんでもした。きみは人を愛することができないんだと思ってた。それなのに、すべてを捨ててあんなひどい男といっしょになった。それだけで、くやしくてしょうがない。いったい、あんな男のどこがよかったんだ」

「フィリップ、本当にごめんなさい。あとになって、それこそ、心から後悔したわ。それは、本当よ」

フィリップはエミール・ミラーのことを思い出してみた。青白く不健康な顔、こそこそ動く青い目、趣味の悪い気取った服。いつも着ていた明るい赤のニットのヴェスト。フィリップはため息をついた。彼女は立ち上がってやってくると、フィリップの首に腕を回した。

「ねえ、フィリップ。あたし、死ぬまで忘れられない言葉があるの。あなた、結婚してほしいっていってくれたでしょう」

フィリップは相手の手を取って、顔を上げた。彼女は体をかがめて、キスをした。

「フィリップ、もし、まだあたしのことを好きなら、あたし、あなたのためになんでもする。あなたは、どこからどこまでも、本物の紳士なんだもの」

心臓が止まった。その言葉に、フィリップは軽い吐き気を覚えた。

「すごくうれしいけど、もう無理だ」

「もう、あたしのこと好きじゃなくなった」

「いや、好きだ。心から愛してる」

「じゃ、いっしょに楽しく暮らしましょう。いまが、そのチャンスじゃない？　だってもう、邪魔はないんだし」

フィリップは彼女の手を振りほどいた。

「きみはわかってない。ぼくはきみを初めてみたときからずっと好きで好きでしかたなかった。だけど、あの男が現れた。いまいましいことに、あいつのことがまざまざと頭に浮かぶ。考えるだけで、吐き気がする」

「それって、変よ」

フィリップは彼女の手を取って、微笑《ほほえ》んだ。

「きみにやさしくしてもらえて、ぼくはうれしくてしょうがないんだ。心から感謝している。だけど、この気持ちはどうしようもない」

「あなたって、本当にいい人ね、フィリップ」

ふたりは話すうちに、以前の親しい仲にもどっていった。遅くなったので、フィリップはいっしょに夕食を食べて、ミュージックホールにいこうと誘った。彼女はすぐには、うんといわなかった。というのも、いまの自分の状況にふさわしい行動をとらなくてはと思っていて、直感的に、こんなみっともない思いをしているときに遊びにいくのはまずいような気がしたからだ。最後には、フィリップが、ぼくを喜ばせると思って付き合ってほしいといい、彼女のほうも、じゃあ、仕方ないわねと承知した。これまでにない彼女の気持ちにフィリップはうれしくなった。彼女に、じゃあ、以前、よくいったソーホーの小さなレストランに連れていってちょうだいといわれ、フィリップは心の底から彼女に感謝した。そういってくれるということは、あの店に楽しい思い出があるからに違いない。食事が進むにつれて、彼女は少しずつ陽気になった。角の酒場から持ってきてもらったブルゴーニュ産のワインで心が温まったせいで、悲しそうな顔をしなくてはならないことなど忘れてしまったらしい。フィリップは、これからのことを話してもだいじょうぶだと思った。

「それで、いまはお金に困っているってわけだ」ちょうどいいきっかけがあったので、フィリップはたずねた。

「昨日、あなたにもらったのがあるだけ。そのうち三ポンドは部屋代に入れちゃったけど」

「じゃあ、十ポンド渡すから、しばらくはそれでやりくりして。ぼくは弁護士に会いにいって、ミラーに手紙を書いてもらう。むこうにも責任があるんだから、いくらかは請求できるはずだ。百ポンドほど取れれば、赤ん坊が生まれるまでなんとかなる」

「あんなやつからは一ペニーだってほしくないわ。飢え死にするほうがまし」

「だけど、知らん顔して逃げてそのままなんて、ひどすぎる」

「あたしにだって、プライドがあるわ」

これはフィリップにとってちょっとやっかいな問題だった。医師の資格を取るまでは、切り詰めて暮らさないといけないし、その後、自分の病院にしろ、よその病院にしろ、内科か外科の研修医として勤める間の資金も必要だ。ところがミルドレッドにいわせれば、エミールはいろんな点でけちらしい。フィリップは、彼女をたしなめて、けちといわれたくはなかった。

「あいつからは一ペニーだってほしくない。物乞《ものご》いでもするほうがまし。こんなふうになるまでは、あれこれ仕事をさがしてたのよ。でも、この体じゃ、もう無理。体のことはちゃんと考えないとだめでしょう」

「しばらくは心配しなくていいよ。また働けるようになるまでは、ぼくがすべて面倒みるから」

「やっぱり頼もしいわ。あたしエミールにいってやったの。あたしにだって頼れる人はいるんだからって。あなたのことを文字通りの紳士なのよって、いってやったの」

次第に、彼女が別れるにいたった事情がわかってきた。まずミラーの妻が、彼が定期的にロンドンにいっているとき浮気をしていると気がついて、会社の社長に会って、事情を話した。妻は離婚するといい、社長はそんなことになったらミラーを首にするといった。ミラーは子どもがかわいくてたまらず、離れることなどとても考えられなかった。妻と愛人とどちらを選ぶかということになって、妻を選んだ。彼女との間に子どもができると面倒なことになるので、それだけはいつも気にしていたのだが、結局ミルドレッドもいつまでも隠しておけなくなって、そのことを告げると、パニックになったらしい。そしてけんかになって、そのままいなくなった。

「それで、予定日は？」

「三月の初め」

「三ヶ月後か」

これからのことを考える必要があった。ミルドレッドは、ハイベリーの部屋にはいたくないといい、フィリップも、近くにいてくれたほうがいいと考えた。そして次の日、部屋をさがそうということになり、彼女は、近所ならヴォクスホールブリッジ通りあたりがいいといった。

「あとのことを考えると、あのあたりがいいと思うの」

「あとのことって？」

「そこに住むのは二ヶ月か二ヶ月ちょっとにして、そのあとは妊婦さんの世話をしてくれる家にいこうと思ってるの。とてもいいところで、そこの人たちも素敵なの。週四ギニーで、それ以外は何もいらないって。もちろんお医者さんに払うお金はいるけど、それだけ。前にそこでお世話になった友だちにきいたんだけど、そこを経営している女性がすごくいい人らしいの。あたしは、夫が士官でいまインドにいってることにしようかな。出産のために、健康のこともあって、ロンドンにきたって」

彼女がこんなふうに話すのをきいて、フィリップは驚いていた。ほっそりして青白い顔をみると、冷ややかな処女のようだ。フィリップは、彼女が胸のなかにこれほどの激しい気持ちを持っているとは思ってもいなかった。なんとなく不安になるとともに、鼓動が速くなった。

70

部屋にもどると、きっとノラから手紙がきていると思っていたのだが、きていなかった。翌朝も同じだった。連絡がこないのが妙に気になるし、不安でもあった。前年の六月以来、ロンドンにいるときは毎日会っていたのだ。それなのに、二日も会いにいかず、なんのいいわけもしないのはおかしいに決まっている。もしかして、運悪く、ミルドレッドといっしょにいるところをみられたのかもしれない。彼女が傷ついたり悲しんだりしているかと思うと、耐えられなかった。そこで、その日の午後、訪ねてみることにした。フィリップはノラを責めたい気分だった。こんなふうに親密になったのも彼女のせいなのだ。この関係が続くと思うとうんざりする。

ミルドレッドには、ヴォクスホールブリッジ通りの建物の三階にふた部屋続きを借りてやった。騒々しいが、彼女は窓から馬車の行き来の音がきこえるようなところが好きなのは知っていた。

「一日中だれも通らないゴーストタウンみたいなところはいや。生きてるって実感できるところがいいわ」

フィリップはしかたなくヴィンセント・スクエアにいった。玄関のベルを鳴らしたときは、不安のあまり胸が悪くなった。ノラにひどいことをして申し訳ない気持ちがあったし、責められるのが怖かった。彼女はすぐ怒るほうだし、フィリップは言い合いが嫌いだった。おそらく、正直にいうのがいちばんいいのだろう。ミルドレッドがもどってきて、自分はこれまで以上に激しく彼女を愛しているといえばいい。フィリップは心からすまなく思っていたが、ノラにしてやれることは何もない。彼女が苦しむのはよくわかっていた。自分を本当に愛してくれている。それが以前はうれしかったし、感謝もしていた。ところがいまは、それが恐ろしい。彼女は、こんな目にあうようなことは何もしていない。いったいどんな顔で挨拶《あいさつ》をするだろう、そんなことを考えながら、フィリップは階段を上っていった。彼女がどんな態度を取るか、いろんな想像が頭をかすめる。ドアをノックした瞬間、血の気が引いた。この不安をどうやって隠そう。

彼女はせっせと書き物をしていたが、ドアが開くと、さっと立ち上がった。

「足音でわかったわ」彼女は大声でいった。「いったい、どこに隠れてたの、いたずらっ子ね」

彼女は顔を輝かせてやってくると、フィリップの首に腕を回し、きてくれてうれしいといった。フィリップは彼女にキスをすると、落ち着こうと思い、まず紅茶を一杯ほしいといった。彼女は火をかきたてて、やかんの湯をわかした。

「すごく忙しくて」フィリップはおどおどといった。

彼女は明るい声で話しだした。最初は、初めての出版社から小説の依頼があって、一冊十五ギニーで買ってもらえることになったことだった。

「天から降ってきたみたいな話でしょう？　ふたりで何かできないか考えてたの。いっしょにささやかな旅行をしない？　オクスフォードで一日過ごすのはどうかしら。あそこの大学にいってみたかったの」

フィリップは相手の顔をみつめた。かすかな非難の色が目に表れているのではないかと思ったのだ。しかしそこには、いつもの素直で陽気な表情しかなかった。会えて、うれしくてたまらないという気持ちしかない。フィリップは落ちこんだ。こんな相手に、残酷な事実を伝えるわけにはいかない。彼女はトーストを焼いてくると、小さく切って、子どもに食べさせるみたいにフィリップに食べさせた。

「ワンちゃんはお腹《なか》いっぱい？」

フィリップがにっこりうなずくと、彼女は煙草《たばこ》に火をつけて渡した。それからいつものようにうれしそうに、そばにいってフィリップの膝に座った。彼女はとても軽い。フィリップの腕のなかでくつろぐと、幸せそうにそっとため息をついた。

「何か素敵なことを話して」彼女が小声でいった。

「何を話そう」

「ちょっと想像力を働かせて、わたしのことを好きって、いってみて」

「そんなこと、わかってるくせに」

フィリップの頭には、ミルドレッドとのことを話そうという気持ちはもうまったくなかった。何があっても、今日は彼女をそっとしておこう。あとで手紙を書けばいい。そのほうが簡単だ。彼女が泣くところを想像すると、いたたまれない。彼女が唇を突き出した。フィリップはキスをしながら、ミルドレッドとミルドレッドの青白く薄い唇を思い浮かべた。フィリップはキスをしながら、ミルドレッドへの思いが片時も頭から離れない。それは形がなかったが、影よりは実体があるように思えた。それが常に意識に割りこんでくる。

「今日は珍しく無口ね」

彼女のおしゃべりは、ふたりの間の定番のジョークになっていた。

「だって、そんなふうにしゃべられたら、言葉を差し挟めないって。話し方を忘れちゃいそうだ」

「でも、わたしのいうこときいてないでしょう。お行儀が悪いんだから」

フィリップは少し赤くなった。自分の秘密へのあてこすりかもしれないと思ったのだ。そしてぎこちなく、目をそらした。今日は彼女の体の重さがうっとうしい。そしてさわられたくなかった。

「足がしびれちゃった」

「ごめんなさい」彼女は声を上げて、飛び下りた。「減量しなくちゃ。それか、紳士の膝に座る癖をやめるかね」

フィリップはわざとらしく大股《おおまた》で歩いてみせると、膝に乗られないよう、暖炉の前にいった。彼女が話すのをきいていると、ミルドレッドの十倍くらい好ましい女性に思える。ずっと話がおもしろいし、こちらから話すのも楽しい。ずっと賢いし、性格もいい。親切で、勇敢で、正直だ。フィリップは苦々しく思った。ミルドレッドは、そのどれも当てはまらない。もし自分に理性のかけらでもあれば、ノラから離れるようなことはしないだろう。ミルドレッドといっしょにいるより、はるかに幸せになれるはずだ。心から愛してくれる。ミルドレッドは助けてもらったのを感謝しているだけだ。しかし重要なのは愛されることではなく愛することだ。とにかくミルドレッドがほしくてたまらない。ノラと午後ずっと過ごすより、ミルドレッドと十分いっしょにいるほうがいい。ノラが与えてくれるものすべてより、ミルドレッドのひんやりした唇との一回のキスのほうがはるかにうれしい。

「この気持ちはどうしようもない」フィリップは心のなかでつぶやいた。「全身、彼女に奪われてしまったんだから」

いくら冷淡で、だらしなく、低俗で、愚かで、貪欲《どんよく》でも、かまわない。好きでたまらないのだ。ノラと幸せでいるより、ミルドレッドとみじめでいるほうがいい。

部屋を出るとき、ノラが何気なくたずねた。

「明日も会えるわよね」

「もちろん」

明日こられないのはわかっていた。ミルドレッドの引っ越しを手伝うことになっている。しかしそういう勇気はなかった。電報を打つことに決めた。次の日の朝、ミルドレッドは部屋をみて満足した。フィリップは昼食のあといっしょにハイベリーに向かった。彼女は服を詰めたトランクを持っていたが、もうひとつのトランクにはいろんなものがごっちゃに入っていた。クッション、ランプシェード、額入りの写真などだ。そういったもので、家庭的な雰囲気を出そうと思っているらしい。ほかには大きな段ボール箱が二、三あったが、荷物はすべて四輪馬車の屋根にのる程度しかなかった。ヴィクトリア通りをいく途中、フィリップは馬車の奥のほうに引っこんでいた。ノラにみつかるとまずいと思ったのだ。まだ電報を打つ機会がなかったし、ヴォクスホールブリッジ通りの郵便局から打つわけにもいかない。近所で何をしているのだろうと思われてしまうし、そもそも近くまできているなら、なぜ彼女のところにいかないのか言い訳ができない。フィリップは三十分くらい寄ることにしようと思ったが、いかなくてはならないと考えると、いらいらしてくる。ノラがうとましかった。彼女のせいで、こんな卑劣で屈辱的な思いをしなくてはならない。しかしミルドレッドといると幸せだ。荷物をほどく手助けをするのも楽しい。自分がみつけて、部屋代を払っている部屋に住まわせるのだと思うと、彼女が自分のものになったような気がしてわくわくしてくる。フィリップは彼女に苦労させるつもりはなかった。彼女のために何かすることがうれしかったし、彼女のほうもだれかが自分のために何かしてくれるなら喜んでまかせるほうだった。フィリップは服をトランクから出して、片づけた。彼女がもう外には出ないというと、部屋履きを持ってきて、ブーツを脱がせてやった。

フィリップはこういう下僕のようなことをするのが好きだった。

「そんなに甘やかしちゃだめ」彼女は愛《いと》おしそうにフィリップの髪をなでながらいった。フィリップは膝をついてブーツのボタンをはずしている。

そして彼女の手を取ってキスをした。

「ここにきてくれて、ありがとう」

フィリップはクッションを置き、額入りの写真を飾った。緑の陶器の水差しがいくつかある。

「これに挿す花を買ってこなくちゃ」フィリップがいった。

それから自慢げに部屋をみまわして仕事の成果を確認した。

「今日はもう外に出ないから、茶会服《ティーガウン》に着替えるわ。後ろのホックをはずして」

彼女はなんのためらいもなく、女性を相手にしているかのように、背中を向けた。フィリップが男であることなど忘れているようだ。だがフィリップのほうは、こんなことを頼まれるのは親しみの表れだとばかりに、うれしく思った。そして不器用な指でホックをはずした。

「初めてきみが働いている店にいったとき、自分がこんなことをすることになるなんてこれっぽっちも思ってなかった」フィリップは無理に笑いながらいった。

「だって、だれかにはずしてもらわなくちゃ」

彼女は寝室に入るとペールブルーのティーガウンに着替えた。安っぽいレースの飾りがあちこちについている。フィリップは彼女をソファに座らせると、紅茶をいれた。

「いっしょに紅茶を飲んでいる暇はないんだ」フィリップは残念そうにいった。「面倒な約束があってね。だけど、三十分くらいでもどってくるから」

なんの約束なのときかれたら、どう答えようかとひやひやしていたが、彼女のほうはまったく興味がないようだった。フィリップは部屋を借りるとき、ついでに夕食をふたり分頼んでおいたので、夜はふたりでのんびり過ごすつもりだった。フィリップは急がなくてはと思い、ヴォクスホールブリッジ通りでトラムに乗った。着いたらノラにすぐ、長くはいられないといったほうがいい。

「悪いけど、挨拶するくらいの時間しかないんだ」フィリップは彼女の部屋に入るなりいった。「むちゃくちゃ忙しくて」

彼女はうなだれた。

「ねえ、何かあったの?」

また嘘をつかなくてはならないと思うと、いらっとした。そして病院で実地授業があって、どうしても出席しなくちゃいけないといいながら、顔が赤くなるのがわかった。相手がけげんな顔をしているかと思うと、よけいに腹が立ってきた。

「あら、じゃあ、しょうがないわね。明日は一日、ここにいてくださる？」

フィリップは間の抜けた顔で彼女をみた。明日は日曜日だ。ミルドレッドとふたりで過ごすのを楽しみにしていた。それくらいは礼儀として当然だと思っていたのだ。初めての部屋にひとりきりで置いておくわけにはいかない。

「あの、本当に悪いんだけど、明日は約束があって」

フィリップには、なんとしても避けたいと思っていた状況になりかけたのがわかった。ノラの頬の赤味が強くなった。

「でも、ゴードンさんご夫妻を昼食にご招待してあるの」ゴードンは俳優で、妻といっしょに地方を巡業しているが、日曜日はロンドンにいる。「一週間前に、いっておいたでしょう？」

「本当にごめん。忘れてた」フィリップはおずおずといった。「悪いけど、たぶんこられないと思う。ほかにだれか、代わりにきてもらえないかな」

「明日は何があるの？」

「そんなききかたしないでくれよ」

「わたしにはいえないの？」

「いうのは簡単だけど、そういうことをいちいち説明させられるのはいやだ」

ノラの態度が突然変わった。必死に怒りをこらえて、フィリップのところにいき、両手を握った。

「ねえ、フィリップ、明日はわたしをがっかりさせないでちょうだい。あなたといっしょに過ごすのをずっと楽しみにしてたの。ゴードン夫妻もあなたに会いたがっているし。きっと楽しい時間になると思うわ」

「きたいのは山々なんだよ」

「わたし、あれをしてこれをしてって、いわないほうだと思うの。それにあなたのいやがるようなことはほとんど頼んだりしないし。そのお約束、なんとかしてくださらない？　今回だけでいいから」

「本当に、本当にごめん。断りようがないんだ」フィリップは不機嫌そうにいった。

「じゃあ、なんなのか教えてちょうだい」彼女がなだめるようにいった。

言い訳を思いつくだけの時間はあった。

「グリフィススの妹がふたり、週末に遊びにくるんだよ。だからいっしょにどこかにいくことになったんだ」

「あら、それだけ？」彼女はうれしそうにいった。「ほかのどなたかに代わってもらえばいいじゃない」

フィリップは、もう少しましな言い訳にすればよかったと後悔したが、どうしようもない。

「いや、本当に、本当に悪いんだけど、無理なんだよ。約束しちゃったし。その、約束を破るわけにはいかないだろう」

「でも、あなたはわたしにも約束したでしょう。それに、わたしのほうが先よ」

「そんな無理をいわないでくれよ」

彼女の顔色が変わった。

「きたくないから、こないんでしょう。この二、三日、何をしていたの？　態度がいつもとまるっきり違うじゃない」

フィリップは懐中時計をみた。

「もう、いかないと」

「明日はくる？」

「いや」

「なら、もう二度とこないで」彼女はかっとなって怒鳴った。

「じゃ、そうする」

「どうぞ、ご自由に」彼女は皮肉たっぷりにいった。

フィリップは肩をすくめて出ていった。この程度ですんでほっとした。泣かれることもなかった。通りを歩きながら、彼女との関係をあっさり清算できて、うれしかった。ヴィクトリア通りに入ると、ミルドレッドに持っていく花を買った。

ささやかな夕食は申し分なかった。フィリップはキャビアの小瓶をひとつテーブルに置いた。彼女の大好物だ。女主人はカツレツに野菜を添えたものとデザートを持ってきてくれた。フィリップはブルゴーニュ産のワインを注文してあった。これも彼女の好きなワインだ。カーテンは引いてあって、暖炉の火は赤く、ミルドレッドのランプシェードがひとつランプにかけてある。部屋のなかは心地よかった。

「まるで、わが家って感じだね」フィリップはにっこりした。

「あなたに助けてもらわなかったら、今頃みじめな暮らしをしていたと思う」

食事が終わると、フィリップは暖炉の前にひじ掛け椅子をふたつ持っていって、ふたりで座った。そしてのんびりとパイプを吹かした。幸せで、心からくつろいだ。

「明日は、何をしよう」

「明日はタルス・ヒルにいくわ。あのお店の女主人、あなたも覚えてるでしょう。あの人、結婚したの。それで呼ばれてるの。あの人はあたしが結婚したと思ってて」

フィリップはがっかりした。

「だけど、ぼくは、日曜日はいっしょに過ごそうと思って、招待を断ったんだよ」

フィリップは思った。もし彼女が自分のことを愛してくれているのなら、いっしょにいるといってくれるだろう。ノラならためらうことなく、そういってくれるはずだ。

「あら、ばかなことをしたわね。あたし、三週間以上前に約束しちゃったの」

「だけど、ひとりでいくつもり？」

「ええ。エミールは仕事で出かけてるっていうわ。あそこの女主人のお相手は手袋屋さんで、とってもいい人よ」

フィリップは黙って、苦々しい思いをかみしめていた。彼女がちらっとみていった。

「あたしがちょっと遊びにいくからって、怒ったりしないわよね、フィリップ。だって、どこかにいくなんて、これが最後のチャンスなんだから。次はいつになるかわからないし。それに約束しちゃったんだもの」

フィリップは彼女の手を取って、微笑んだ。

「もちろんだよ。思い切り楽しんでおいで。きみが幸せなら、ぼくはうれしい」

青い表紙の小さな本が開いたまま伏せてソファの上に置いてある。フィリップは何気なくそれを手に取った。二ペンスの安い小説で、作者はコートニー・パジェット。

ノラのペンネームだ。

「あたし、彼の本、大好き」ミルドレッドがいった。「全部読んでるのよ。上品なところがとってもいいの」

フィリップは、以前、ノラがいった言葉を思い出していた。

「わたしの本は、メイドさんたちにとても評判がいいの。みんな、わたしのことを紳士だと思ってるみたい」

71

フィリップは、グリフィスからいろいろきいていたので、そのお返しに、自分の複雑な恋愛事情を打ち明けた。日曜日の朝食のあと、部屋着を着て暖炉の前に座り、煙草を吸いながら、前日の出来事を報告した。グリフィスは、よかったじゃないか、面倒なことにならずに解消できたんだから、といった。

「女といい関係になるのはいたって簡単だが」グリフィスはしたり顔でいった。

「別れるのは大変だ」

フィリップは自分の背中を軽くたたいてやりたい気分だった。なにしろ、うまく別れられたのだ。大いにほっとしていた。そしてミルドレッドがタルス・ヒルで楽しんでいるところを想像すると、うれしくてたまらなかった。がっかりしたものの、それで彼女が喜んでくれるなら、なんの文句もない。心から満足していた。

ところが月曜日、テーブルの上にノラからの手紙が置いてあった。

フィリップへ

土曜日はいやな思いをさせて、ごめんなさい。どうか許して。そして午後のお茶の時間にはいつものようにきてちょうだい。あなたのことが好きでたまらないの。

あなたのノラ

フィリップは落ちこんだ。どうしていいかわからない。手紙を持ってグリフィススに相談にいった。

「返事は出さない方がいいよ」

「いや、そんなわけには」フィリップは思わず大声でいった。「いつまでも彼女を待たせておくかと思うと、つらくて。郵便配達の人のノックをまだかまだかと待ちわびる人の気持ちを知らないから、そんなことがいえるんだよ。ぼくはよく知ってる。だから、だれもそんな目にあわせたくない」

「いいかい、そういう関係を断つには、だれかがつらい思いをしなくちゃいけないんだ。そこは耐えるしかない。ひとついっておくと、そういうつらさは長く続かない」

フィリップには、ノラをそんな目にあわせていいとは思えなかった。グリフィススには、ノラがどんなに傷つくかわかっていないのだ。フィリップは、ミルドレッドがミラーと結婚するといわれたときの痛みをまだ覚えていた。あんな思いはだれにもさせたくない。

「傷つけたくないなら、彼女のもとにもどればいい」グリフィスがいった。

「無理なんです」

フィリップは立ち上がって、部屋の中を歩き回った。ノラに腹が立った。どうして、ほっといてくれないんだ。ぼくがもう愛していないのはわかっているくせに。女性はそういうことには敏感だと、みんながいっている。

「いったい、どうすればいいんだろう」

「いいかい、この程度のことで大騒ぎするんじゃない。これくらい、だれだって乗り越えるものなんだ。彼女のほうだって、きみが考えているほど、ほれてるわけじゃないかもしれない。だれでも、相手の気持ちを大げさに考えたがるもんなんだよ」

グリフィスは言葉を切り、おもしろがっているかのようにフィリップをみた。

「さあ、ひとつだけいい方法がある。手紙を書いて、もうおしまいだと告げるんだ。間違えられないよう、はっきり書くこと。彼女は傷つくけれど、きみが中途半端《はんぱ》なことをすれば、もっとつらい思いをすることになる」

フィリップは椅子《いす》に座ると、手紙を書いた。

ノラへ

きみを不幸にしたことは、本当に申し訳ない。しかし、ぼくたちのことは土曜日のときのままにしておいたほうがいいと思う。この関係をいつまでも続けても意味がない。会うことが楽しくなくなったからだ。きみに出ていけといわれて、ぼくは出ていった。二度ともどることはないと思う。さようなら。

フィリップ・ケアリ

これをグリフィスにみせて、どう思うかたずねた。彼は読んで、ちらっと瞬《まばた》きをしただけで何も答えなかった。

「うまくいくんじゃないか」

フィリップは部屋を出て、手紙を投函《とうかん》した。暗い気持ちで朝を迎えた。ノラがあの手紙を読んでどう思ったか、あれこれ想像してしまう。彼女が泣いているんじゃないかと考えては自分を責めた。しかし同時に、ほっとしていた。悲しんでいるところを想像するほうが、実際に悲しんでいるところをみるよりは楽だし、これからはミルドレッドを思う存分愛することができる。午後、講義が終われば彼女に会えると思うと、それだけで胸がときめいた。

いつものように部屋にもどって着替えをしようと、玄関の鍵《かぎ》を鍵穴に差しこんだとき、後ろで声がした。

「いっしょに入っていいかしら。三十分も待ってたのよ」

ノラだ。フィリップは髪の付け根まで赤くなるのを感じた。彼女の声は元気そうだった。怒っている感じはまったくないし、別れ話のことなどまったく知らないといわんばかりだ。フィリップは追いつめられたような気がした。不安でどうにかなってしまいそうだったが、なんとか微笑んでみせた。

「ああ、もちろん」

ドアを開けると、彼女は先に居間に入った。フィリップはおどおどしながら、落ち着こうと、煙草を勧め、自分も一本取った。彼女は明るい顔を向けた。

「なぜ、あんなひどい手紙をくださったの、いたずらが過ぎるわ。わたしがあれを本気に取ったら、どうするの。悲しくてたまらなくなるところだったのよ」

「いや、本気で書いたんだ」フィリップは真顔で答えた。

「ばかなこといわないでちょうだい。このあいだは、ついかっとなってしまって、だから、お手紙を書いて、あやまったじゃない。それでも気がおさまらないようだったから、もう一度あやまりにきたの。つまり、あなたの主人はあなたなんだから、わたしはあなたにつべこべいうつもりはないってこと。あなたにいやなことをさせようなんて思ってないから」

彼女は椅子から立ち上がると、衝動的にフィリップのほうにいって、両手を差しだした。

「ねえ、仲直りしましょう、フィリップ。もし怒らせたんだったら、ごめんなさい」

フィリップは手を取られたまま、彼女のほうをみようとはしなかった。

「手遅れなんだ」

彼女は力なく床に座ると、フィリップの膝《ひざ》を抱きしめた。

「ねえ、ばかなことをいわないで。わたしも、ついかっとなるところがあるから、あなたを傷つけてしまったのは、よくわかる。でも、いつまでも不機嫌でいるのはばからしいわ。ふたりしていやな思いをしたって、なんにもならないでしょう。ほら、ふたりで、あんなに楽しかったじゃない」彼女はゆっくりフィリップの手をなでた。

「あなたが、とっても好きなの、フィリップ」

　フィリップは立ち上がって彼女から離れると、部屋の反対側にいった。

「本当に悪いと思う。だけど、どうしようもないんだ。すべて終わったんだ」

「もう、わたしのことを愛してないってこと」

「うん」

「ずっとわたしと別れようと機会をねらっていて、その機会がやってきたの」

　フィリップは答えなかった。彼女はじっとこちらをみている。フィリップはいたたまれない気持ちだった。彼女はさっきと同じところで、ひじ掛け椅子に寄りかかっている。声を上げずに泣きだしたが、顔を隠そうとはしない。大粒の涙が頬を伝っている。嗚咽《おえつ》をもらすことはなく、それがよけいに痛ましい。フィリップは目をそむけた。

「傷つけてしまって、心からすまないと思う。ただ、もう、きみを愛せなくなったんだ。だけど、それはぼくの責任じゃない」

彼女は答えない。ただ、そこに座っていた。どうすることもできず、涙が頬を流れ落ちている。思い切りなじってくれたほうがずっといい。フィリップは、彼女が怒るだろうと思って、心の準備はしていた。そしてこう考えていた。話がこじれて、お互いにひどいことを言い合えば、別れて当然という流れになる。ところが、そのまま時間がたつばかりだった。そのうちフィリップは、彼女が声を上げずに泣いているのをみるのが怖くなってきた。そこで寝室にいって、コップに水をくんでくると、軽く体をかがめて差しだした。

「少し飲んだら？　楽になるから」

彼女は力なく、コップを唇に当てて二、三口飲んだ。それから、疲れきった声でそっと、ハンカチを貸してちょうだいといった。そして目を拭《ぬぐ》った。

「そう、わかっていたわ。あなたが、わたしほど愛してくれていないことくらい」彼女は喉《のど》からしぼりだすようにいった。

「だけど、いつだって、そういうものかもしれない」フィリップはいった。「心から愛しているからといって、相手がそうだとは限らない」

フィリップはミルドレッドのことを考えて、苦い思いがこみあげてきた。ノラは長いこと、何も答えなかった。

「ずっとみじめで不幸だった。生きているのが嫌で嫌でしょうがなかった」

彼女はフィリップにではなく、自分に語りかけていた。フィリップは、彼女がそれまで、夫とのことや貧しい生活のことで不満をいうのをきいたことがなかった。彼女が世界に対して堂々と構えているのをみていつも尊敬していたくらいだ。

「そこへ、あなたが現れて、とてもやさしくしてくれた。すごく頭がよくて感心しちゃった。心から信頼できる人ができて、幸せでしょうがなかった。あなたのことが大好きだった。まさか、終わっちゃうなんて思ってもなかった。わたしは何も悪くないのに」

ノラの目からまた涙がこぼれた。しかし少ししっかりしてきたのか、フィリップのハンカチで顔を隠している。必死に自制しようとしているのがわかった。

「もう少し、お水をちょうだい」

そういって目を拭う。

「ばかな真似《まね》をしてごめんなさい。こんなことになるなんて、思ってもみなかった」

「本当に、ごめん、ノラ。ぼくだって、きみがぼくのためにしてくれたことすべてに感謝してるんだ」

フィリップは、ふと考えた。ノラは自分のどこが好きなんだろう。

「いつも同じね」彼女はため息をついた。「相手に親切にしてほしかったら、ひどい扱いをすればいい。やさしくしたら、ひどい目にあう」

彼女は床から立ち上がると、帰るといった。それから、フィリップを長いことじっとみていた。そしてため息をついた。

「でも、なぜ。いったい、何があったの」

フィリップはふいに決心した。

「やっぱり、話してしまおう。ぼくのことをひどく思ってほしくないから。どうしようもないってことをわかってほしい。ミルドレッドがもどってきたんだ」

彼女の顔がさっと赤くなった。

「なぜ、すぐにいってくれなかったの。それくらい、いってくれればよかった」

「できなかったんだ」

彼女は鏡をみて、帽子をまっすぐにした。

「馬車を呼んできてもらえる。歩けそうにないの」

フィリップは外に出て、通りかかった辻馬車《つじばしゃ》を止めた。しかし彼女が歩道まできたとき、まっ青になっているのに気がついて驚いた。つらそうに歩くところは、まるでいきなり年老いてしまったかのようだ。あまりに具合が悪そうで、ひとりで帰す気になれなかった。

「家まで送ろうか」

彼女が何も答えなかったので、フィリップは馬車に乗りこんだ。ふたりは黙ったまま、馬車は橋を渡った。さびれた通りでは、子どもたちが甲高い声を上げて遊んでいる。玄関の前で馬車が止まっても、彼女はすぐには下りようとしなかった。足を動かす気にもなれないようだ。

「ノラ、どうか許してほしい」

彼女はフィリップをみた。また涙が光ったが、唇にぎこちない笑みが浮かんだ。

「かわいそうに。わたしのことをまだ心配してくれてるのね。気にしないでいいわ。あなたを責めたりしないから。だいじょうぶ、ちゃんと乗り越えてみせる」

彼女は、軽くさっとフィリップの顔をなでた。ちっとも怒ってなんかないわといわんばかりの仕草だったが、かすかに触れただけだった。そして馬車から飛び下りて、家のなかに入った。

フィリップは御者に代金を払うと、ミルドレッドの部屋まで歩いていった。心のなかには奇妙な重いわだかまりがあった。自分を責める気持ちがわいてきた。しかし、なぜ？　ほかにどうしようもない。果物屋の前を通ったとき、ミルドレッドがブドウを好きなのを思い出した。彼女の気まぐれを思い出すことで、彼女に愛を示すことができるのがうれしくてたまらなかった。

72

それから三ヶ月、フィリップは毎日、ミルドレッドに会いにいった。講義の本を持っていって、お茶のあとは勉強をした。ミルドレッドはソファに寝そべって本を読んでいる。フィリップはときどき目を上げて、しばらく彼女をみつめながら、唇に笑みを浮かべると、彼女のほうも、みられているのに気がついた。

「あたしなんかみて時間をむだにしちゃだめでしょう、ばかね。勉強しなさい」

「暴君だなあ」フィリップはうれしそうにいう。

女主人がやってきてテーブルに夕食の用意を始めると、フィリップは本を置き、上機嫌で冗談を交わす。女主人は小柄で、ロンドン生まれでコックニー訛《なま》りがあり、中年で、話が面白く、早口だった。ミルドレッドはずいぶん仲よくなって、自分がどうしていまここにいるのかについて、手のこんだ作り話をしては喜んでいる。人のいい小柄な女主人は感動して、そんな話に聞き入り、ミルドレッドが気持ちよくいられるためになんでもしてやろうという気になっている。ミルドレッドは体裁を気にして、フィリップは兄ということにしてあった。夕食はいつもいっしょで、フィリップは自分の注文した料理が、ミルドレッドの気まぐれな食欲をそそるとうれしかった。テーブルのむかいに彼女の顔がみえると、それだけでうっとりしたし、ときどきうれしくてたまらず彼女の手を取って握りしめることもある。夕食の後、彼女が暖炉の前のひじ掛け椅子に座ると、フィリップはそばで床に座り、彼女の膝にもたれて煙草を吸う。ふたりともまったくしゃべらないこともよくあって、たまにフィリップは、彼女が眠っているのに気がつく。そんなときは、起こさないようにじっとして、ぼんやり暖炉の火をながめながら、幸せを噛《か》みしめるのだった。

「少し眠れた？」彼女が目を覚ますと、フィリップはにっこりしてきいた。

「寝てなかったわ。ただ、目をつぶってただけ」

彼女は絶対に、眠っていたと認めなかった。粘液質と呼ばれる体質で、妊娠が苦になるタイプではなかった。とはいえ、健康にはとても気をつかっていて、だれのいうことにも耳を傾けた。毎朝、晴れていれば、健康のために散歩に出かけ、決まった時間は外にいるようにしていた。あまり寒くなければ、セント・ジェイムズ・パークのベンチに座っていることもある。しかしそれ以外のときは、幸せそうにソファに座って、次々に本を読んだり、女主人としゃべったりしていた。噂話《うわさばなし》が大好きで、フィリップにあれこれ話してきかせる。女主人のこと、客間のある階を借りている人たちのこと、両隣の家に住んでいる人たちのこと。ときどき、パニックになることがあって、フィリップに、出産のときはすごく痛いんだってとか、あたし死ぬかもしれない、怖い、などと訴えた。女主人の出産のときのことを細かく話し、居間のある階を借りている女性のことも（実際には、その女性とはろくに話したこともなく、自分でも「あたしはひとりでいるのが好きで、だれかと始終いっしょにいるのは嫌いなの」といっている）あれこれ話すのだった。それも嫌悪《けんお》と好意が奇妙に入りまじった調子でしゃべる。しかし普段は、落ち着いて、出産の日を待っていた。

「だって、赤ん坊を産むのはあたしが最初ってわけじゃないもの。そうでしょ？　それにお医者さんも、なんの心配もいらないって。あたしって丈夫にできてるみたい」

産み月になると世話になる産院を経営しているミセス・オーウェンに紹介された医師がいて、ミルドレッドは週に一度、検診に通っていた。その医師がいうには、出産に十五ギニーかかるということだった。

「もちろん、もっと安くあげることもできたのよ。だけど、ミセス・オーウェンが、絶対あの先生がいいって勧めるもんだから。こんなところで、けちって、あとで後悔するようなことになりたくないし」

「きみが幸せで、安心できるなら、それくらいなんてことないよ」

彼女は、フィリップがしてくれることはすべて当然だと思っていた。そしてフィリップも彼女のために金を使うことがうれしくてたまらなかった。五ポンド紙幣を一枚渡すたびに、うれしくて、誇らしくて、ぞくっとする。フィリップはもうずいぶん散財していた。彼女には経済感覚がまったくなかった。

「お金って、どこにいっちゃうのかしら」彼女はよく独り言のようにいった。「指の間から水みたいにこぼれていくの」

「そんなことどうでもいいよ。きみのために、何かしてあげられるだけで、ぼくはうれしいんだから」

彼女は縫い物が下手だったので、生まれてくる赤ん坊に必要なものを作るつもりはなく、買う方がずっと安いのよといっていた。フィリップは最近、相続した抵当証券のひとつを売って銀行に五百ポンド預け、これをもう少し簡単に利益を産むものに投資しようと考えていたので、いつになく気が大きくなっていた。ふたりはしょっちゅう、これからのことを話し合った。フィリップは、生まれた子どもは手元に置いて育てようといったが、ミルドレッドは、いやだといった。生活費を稼がなくてはならないし、それなら、赤ん坊がいないほうが働きやすいというのだ。以前働いていた会社の店にもどって、子どもはどこか田舎のきちんとした女性に預けたいという。

「週に七シリングくらいでちゃんと世話をしてくれる人をみつけられるわ。そのほうが赤ん坊のためにも、あたしのためにもいいはずよ」

フィリップには、赤ん坊がかわいそうな気がして、考え直すようにいうと、彼女のほうは、相手が出費にこだわっているのだろうと思った。

「心配しなくてもだいじょうぶ。あなたに払ってもらおうなんて考えてないから」

「冗談じゃない、ぼくはいくら払ったってかまわないんだ」

彼女のほうは心のどこかで、死産ならいいと思っていた。ほとんど表には出さなかったが、フィリップにはわかっていた。そして最初はショックだったが、そのうち、自分たちにとっては、そのほうがいいのかもしれないと認めざるをえなくなった。

「口でならなんとでもいえるわ」ミルドレッドはかみつくようにいった。「若い女がひとりで生きていくのは大変なのよ。赤ん坊ができて楽になるはずないんだから」

「よかったじゃないか、ぼくを頼ればいい」フィリップはにっこりして彼女の手を取った。

「本当に、感謝してる」

「そんな、水くさい！」

「でも、あたしだって、しっかりお返しをしてるわよね」

「おいおい、お返しなんていらないよ。ぼくがあれこれしているのは、きみを心から愛しているからなんだ。だから、きみはぼくになんの借りもない。ぼくを愛してくれてないんだったら、何もほしくない」

フィリップは少しショックを受けていた。彼女は自分の体を、何かをしてもらった代わりに差しだす物品か何かのように考えているようなのだ。

「だって、フィリップ、あたしはあなたにお返しをしたいと思うんだもの。こんなにやさしくしてもらってるんだから」

「まあ、それにしても、そんなに急がなくていいよ。きみがまた元気になったら、ふたりでささやかな新婚旅行にいこう」

「悪い人」

予定日は三月の初めで、彼女は体力が回復したらすぐ二週間ほど海岸にいくつもりでいた。その間、フィリップは心置きなく試験勉強ができる。そのあと、イースターの休みに、ふたりでパリにいく。フィリップは、パリですることを延々と話した。その頃のパリは最高だよ。カルチェラタンにある、なじみの小さなホテルに泊ろう。そして小さな素敵なレストランを回って、いろんなおいしい料理を食べるんだ。芝居にいこう。ミュージックホールにも連れていってあげる。ぼくの友人に会うのも楽しいと思う。フィリップがクロンショーのことを話すと、彼女は、会ってみたいといった。それにローソンもいるはずだ。一ヶ月ほどパリにいくといっていた。それから、バル・ブリエというダンスホールにもいこう。少し足を伸ばして、ヴェルサイユやシャルトルやフォンテーヌブローにもいってみよう。

「大散財じゃない」彼女がいった。

「大散財、結構。ぼくはそうしたくてたまらないんだ。ぼくにとってこれが、どんなにすごいことか、わかってる？　ぼくはいままできみ以外だれも愛したことはないんだよ。これからもきみみたいな人は現れないと思っている」

彼女は目に笑みをたたえて、その熱い言葉に耳を傾けていた。フィリップは彼女の目にそれまでみたことのない温かみをみたと思い、感謝した。彼女は以前よりずっとやさしくなった。かつてフィリップをいら立たせた傲慢《ごうまん》なところはもうない。ふたりでいることに慣れてしまったので、ことさら取りつくろうこともなくなったのだ。以前のようにわざわざ髪を大げさにまとめることもなく、いまではシンプルにひとつにまとめている。そしていつものごてごて飾った服はやめてしまった。気取らない服の方が似合う。顔がみるからにほっそりしているので、目がとても大きくみえる。目の下には深いしわが数本あって、白い頬が、それを際立《きわだ》たせていた。そのせいで悲しげにみえ、どこまでも切ない気持ちをそそる。フィリップには、彼女がどことなく聖母のようにみえた。そして、いつまでもふたりでこうしていたい気持ちになった。これほど幸せだと思ったことは、いままでになかった。

　フィリップは、毎晩十時には、そこを出ることにしていた。彼女が早めに眠りたいというからだ。そしてそのあと二時間ほど懸命に勉強して、むだにした時間を取り戻そうとした。帰る前にはいつも彼女の髪にブラシをかけた。そして、おやすみをいうとき、キスの儀式をした。まず両のてのひらに（指は驚くほど細く、丹念にマニキュアを塗った爪《つめ》はきれいだった）、それから閉じた目、最初は右、次は左、最後は唇。こうして、愛の喜びで胸をいっぱいにして帰路につくのだった。フィリップは自分を焼きつくす自己犠牲の欲望をかなえる機会をずっと待っていたのだ。

　そのうち、彼女が出産のために産院に入るときがきた。フィリップの面会は午後しか許されなかった。ミルドレッドは素性をまた変えた。夫は軍人で、いま軍務のためインドにいることにしたのだ。フィリップは義理の弟として、産院の経営者のミセス・オーウェンに紹介された。

「あたしも、話に気をつけなくちゃ」ミルドレッドがいった。「だって、ここにインドの高官の奥さんが入院してるんだもの」

「ぼくだったら、ちっとも気にしないけどね。だって、その人の夫もきみの夫も同じ船に乗っているんだろう？」

「どんな船」彼女は無邪気にたずねた。

「幽霊船」

無事、女の子が生まれた。フィリップが呼ばれていってみると、その子は母親のそばに寝ていた。ミルドレッドはぐったり疲れていたが、すべて順調で、ほっとしている。そしてフィリップに赤ん坊をみせ、自分もしげしげとみつめた。

「なんか、不思議な生き物ね。自分の子どもだなんて、信じられない」

たしかに赤くて、しわしわで、奇妙な生き物だ。フィリップはそれをみて、にっこりしたが、なんといっていいかわからなかった。院長夫人がそばに立っていて、落ち着かない。こちらをみる目からすると、ミルドレッドの話などこれっぽっちも信じていなくて、フィリップを父親だと思っているようにしかみえないのだ。

「名前はなんにしよう」

「まだ迷っているの。マデリンにするかセシリアにするか」

院長夫人はしばらく席を外した。フィリップはかがみこんで彼女の唇にキスをした。

「すべて無事に終わって、ほんとうによかったね、ミルドレッド」

彼女は細い腕をフィリップの首に回した。

「本当に頼りになる人ね、フィリップ」

「なんだか、初めて、きみが自分のものになったような気がするよ。ぼくはずっと、きみを待ってたんだ、ミルドレッド」

院長夫人がドアまでやってくる足音がきこえたので、フィリップはあわてて体を起こした。なかに入ってきた院長夫人の口元にはかすかな笑みが浮かんでいた。

73

三週間後、フィリップは赤ん坊を抱いたミルドレッドを見送った。行き先はブライトン〔イングランド南部の海辺の保養地〕。彼女はすぐに回復して、それまでみたことがないほど健康そうにみえた。エミール・ミラーと二度週末を過ごした食事付き宿泊所にいく予定だ。そこへは、夫が仕事でドイツにいくことになったので、子どもを連れていくと手紙で知らせてある。彼女は作り話をするのが好きで、実際、細かいところまで考えだすのがうまかった。ミルドレッドはブライトンで子どもを預かってくれる女性をみつけたいといった。フィリップは愕然《がくぜん》とした。まだ生まれたばかりの子をだれかに預けるのはかわいそうだと思ったのだ。しかし彼女は、常識的に考えれば、こんな身の上の子は母親になつくまえにどこかにやったほうがいいという。フィリップは、子どもが生まれて二、三週間もすれば、彼女も母性本能が目ざめるから、いっしょに育てようと説得できると考えていたのだが、そんなことはまったくなかった。ミルドレッドは子どもにはやさしく、必要なことはすべてしたし、ときには相手をするのが楽しいようで、子どものことをあれこれ話すこともあった。しかし、つきつめると、子どもには無関心で、自分の分身だなどとは思っていなかった。生まれたときから父親似にみえて、いつも、この子が大きくなったらどうしようと不安そうだった。そしてばかなことをしてしまったと後悔していたのだ。

「あのとき、せめていまくらいの分別があればよかった」

そういって、赤ん坊のことを真剣に考えているフィリップを笑った。

「フィリップったら、本当の父親でも、そんなに大騒ぎしないわよ。エミールがそんなに喜んでいるところをみてみたいもんだわ」

フィリップの頭は、子どもを預かる家の悪い噂や、利己的で冷酷な親から預かった哀れな子を虐待《ぎゃくたい》する連中の話でいっぱいだった。

「ばかなことをいわないで。最初にまとまった額を払ってしまうから、そんなことになるのよ。週払いにすれば、むこうだって、ちゃんと面倒をみるわよ」

フィリップはそれでも、子どもを預けるなら、子どものいない親で、ほかの子どもはみないところに預けた方がいいといった。

「養育費なんて、どうでもいいんだよ。子どもがひもじい思いをしたり、なぐられたりしないですむなら、週に半ギニー払ったってかまわない」

「おかしな人」彼女は声を上げて笑った。

フィリップは、この子の不遇《ふぐう》を思うと、いたたまれない気持ちになった。小さくて、醜くて、うるさい。母親にしてみれば恥辱《ちじょく》と苦痛の出産だった。だれからも望まれていない。頼れるのはフィリップという、まったくの他人だけ。食べ物も、家も、体を包む服も、ほかに頼る人がいない。

列車が動きだすと、フィリップはミルドレッドにキスをした。赤ん坊にもキスをしたかったが、彼女に笑われそうでやめた。

「手紙を書いてほしいんだ。それから、きみたちがもどってくるのを楽しみに待ってる。ああ、待ち遠しくてたまらないよ」

「試験、落ちないようにね」

フィリップは懸命に勉強をして、残りの十日間はそれこそ必死で頑張るつもりだった。何がなんでも合格しなくては。まず時間と金の問題がある。とくに金に関していえば、この四ヶ月の間に信じられないほどの勢いでなくなった。それから、これが終わればまったく興味のわかない勉強から解放される。このあとは内科、産科、外科の勉強が待っているが、それはいままでの解剖学や生理学よりずっとおもしろい。残りの科目は楽しみだ。それに、ミルドレッドに落ちたというのもしゃくだった。試験は難しくて、一回で合格する学生は少ないのだが、もし落ちたら、ばかにされるに違いない。なにしろ彼女は、自分の考えていることを遠慮なくいって相手を傷つけるのが得意なのだ。

ミルドレッドから、無事に着いたという絵葉書が届いた。フィリップのほうは毎日半時間かけて、長い手紙を書いた。もともと自分の感情を口で伝えるのは恥ずかしくて苦手だったのだが、今回のことで、ペンを使えば気持ちを伝えられることに気がついた。それこそ、口にするとばかばかしく思えるようなことが何でも書けてしまうのだ。この発見に気をよくして、フィリップは思いのたけを打ち明けた。いままで伝えることができなかったけど、全身にきみへの熱い思いがあふれていて、ぼくの行動も考えもすべて、すべてにその影響を受けていると書いた。また将来のこと、目の前に開けている幸福のこと、彼女への感謝も書いた。考えてみたんだ（それまでしょっちゅう自問してきたものの、言葉にはしなかった）、きみといるとなぜこんなにうれしくてたまらなくなるんだろう。わからない。ただ、きみがそばにいてくれさえすれば幸せなんだ。そしてきみがいなくなると、世界はいきなり寒々しい灰色に染まる。ぼくにわかっているのは、きみのことを思うと、体のなかで心臓が大きくふくらんで、息もできないくらいになって（まるで肺を押しつぶさんばかりに）、激しく鼓動を打って、きみといる喜びが苦痛にさえ感じられるということだ。膝ががくがくして、不思議なことに力が抜けて、まるでずっと何も食べていないような感じになって、体が震えてくる。そんなことを書く一方で、いまかいまかと彼女の返事を待った。頻繁《ひんぱん》に手紙がくるなどと期待してはいなかった。彼女にとって手紙を書くのは大変なことだからだ。四回に一回ほどの返信に書かれた、短く下手な文章で十分満足だった。彼女は部屋を借りている宿泊所のことや、天気のことや、赤ん坊のことを書いてきた。海辺の遊歩道を、下宿で知り合った女の人と散歩したんだけど、その人はあたしの娘が大好きなのとか、土曜日の夜はお芝居をみにいったとか、ブライトンは人が増えてきている、とか書いてきた。事実をそのまま書いただけなのだが、フィリップは感動した。下手な字で書かれた、堅苦しい調子の文章を読むと、笑って、抱きしめて、キスをしたいという奇妙な気持ちに襲われるのだった。

フィリップは晴れやかな気持ちで自信を持って試験に臨んだ。試験は二科目あったが、どちらも楽勝だった。あとで口頭試問があって、こちらは少し神経質になったが、ちゃんと答えられた。フィリップは結果が発表されると、意気揚々とミルドレッドに電報を打った。

部屋にもどると、ミルドレッドから手紙がきていた。もう一週間ブライトンにいたいという内容だった。週七シリングで赤ん坊を預かってくれる女性をみつけたけれど、その人のことを調べておきたいし、この海岸の空気がとても自分の体にいいらしいから、もうしばらくいて完璧《かんぺき》に元気になって帰りたいというのだ。それから、とてもいいづらいけど、新しい帽子を買うお金を送ってほしい、いつも同じ帽子をかぶって女友だちと会うわけにいかない、彼女はとても服装に気を使う人なの、と書かれていた。

フィリップはひどく落ちこんだ。試験に合格した喜びも吹き飛んでしまった。

「ぼくの思いの四分の一でもあれば、一日も早くもどってきたいと考えるだろうに」

　フィリップはすぐに思い直して、そんな自分勝手なことを思うんじゃない、いまは彼女の健康が何より重要なんだと自分に言い聞かせた。ところが、しばらくは何もすることがない。なら、ブライトンにいって一週間、毎日、彼女と過ごせばいいじゃないか。そう思うと、わくわくしてきた。いきなり押しかけるのもおもしろいかもしれない。宿泊所に部屋を取ったということも知らせないで。そこで列車の時刻を調べた。が、ふと考えた。彼女が喜ぶかどうか自信が持てなかったのだ。むこうで仲間が何人もできたに違いない。フィリップは寡黙《かもく》なほうだが、彼女はばか騒ぎが好きだし、ほかの人たちといっしょにいるほうが楽しいのはわかりきっている。一瞬でも、自分が邪魔になっていると感じるかと思うと、いたたまれなかった。そんな危険を冒すつもりにはなれない。手紙を書いて、ロンドンにいてもすることはないから、一週間ほどきみの顔がみられるところにいきたいと伝えることさえできなかった。フィリップが一週間何もすることがないのは彼女も知っているはずで、もしきてほしければ、そういってきているはずだ。フィリップはいやな思いをするのは避けたかった。もし、そちらにいきたいと手紙を書いて、こういう理由があるのでごめんなさいという返事がくることを考えると、とてもそんな気にはなれない。

次の日、フィリップは手紙を書いて、五ポンド紙幣をいっしょに入れた。手紙の最後に、今週末、会いたければ、ぼくは喜んでいくけど、すでに予定があるならわざわざ変える必要はないからと書きそえた。そしてじりじりしながら返事を待った。きた手紙にはこう書かれていた。もっと前にわかっていれば、そうしたんだけど、土曜日の夜はミュージックホールにいく予定を入れちゃったの、それに、あなたがここに泊ったら、この下宿でみんなの話題になってしまうわ。よかったら、日曜日の朝きて、一日いっしょに過ごさない？　メトロポールで昼食を食べて、そのあと、娘を預かってくれることになっている、いかにもレディという感じの人に紹介するから。

日曜日。うれしいことに快晴だった。ブライトンに近づくにつれ、客車の窓から日《ひ》射《ざ》しが降りそそいできた。ミルドレッドはプラットホームで待っていた。

「迎えにきてくれたんだ、ありがとう！」フィリップは彼女の両手を握りしめて、うれしそうにいった。

「くるって、わかってたくせに」

「きてくれればいいなとは思っていたけど。それにしても、元気になったね」

「信じられないくらい効果があったようよ。でも、できるだけここにいたほうがいいみたい。それに食事付き宿泊所は裕福な人が多くて素敵なの。だから楽しく過ごしたわ。ここ何ヶ月も人と会わなかったから。ときどき、うんざりしちゃったくらい」

彼女はとても垢抜《あかぬ》けてみえた。買ったばかりの大きな黒い麦わら帽子には、安物の花がやたらたくさんくっついていた。首にはイミテーションの白鳥の羽毛でできた長い襟巻きをゆるく巻いている。相変わらず、やせていて、歩くときは軽く前かがみになる（前もそうだった）。しかし目はそれほど大きくはみえない。肌も健康的とはいえないまでも、以前の土気色ではない。フィリップはいっしょに海辺まで歩きながら、ここ数ヶ月、ふたりで散歩をしていなかったことを思い出し、ふいに自分の足のことが頭に浮かんで、それを隠そうと、ぎこちない足取りになってしまった。

「ぼくに会えてうれしい？」フィリップの胸のなかでは愛が躍っていた。

「あたりまえじゃない。そんなこと、きかないで」

「そういえば、グリフィススが、よろしくといってた」

「まあ、厚かましい」

フィリップは何度もグリフィススのことを話していた。とくに女性関係については、内緒だからといわれたこともしゃべって、彼女を楽しませた。ミルドレッドはいやそうな顔をしてきいていたが、じつは興味津々《しんしん》だった。そしてフィリップは彼の容姿と魅力を詳しく話してきかせた。

「きみもきっと好きになると思う。ぼくもそうなんだ。とにかく愉快で楽しくて、本当にいいやつなんだよ」

まだ単なる顔見知りだったとき、グリフィススが献身的に看病してくれたことは詳しく話した。

「彼を好きにならない人はまずいないね」

「あたし、顔のいい男の人ってきらいなの。ほら、みんなうぬぼれ屋でしょう」

「彼も会いたがっているんだ。ぼくがさんざん話したからね」

「どんなふうに？」

フィリップにとっては、彼女のことを話す相手はグリフィスス以外いなかった。そして少しずつ話すうちに、すべてを語ってしまったのだ。五十回くらいは話題にした。どこがどう美しいか、うれしそうに細かいところまで描写したので、グリフィススはそのほっそりした手の形や肌の白さまで想像できるくらいだ。そして、フィリップが彼女のうっすら青く薄い唇の魅力を語るのをきいたときは、声を上げて笑った。

「そんなことに、そこまでほれるなんて、嘘《うそ》みたいだ」グリフィススはいった。「その調子じゃ、人生を楽しむ余裕がないよ」

フィリップは笑った。グリフィスはまだ経験したことがないらしい。夢中になってしまうと、相手が肉かワインか、吸いこむ空気のようなものになってしまい、それがないと生きていけなくなってしまうのだ。もちろん、グリフィスは知っていた。フィリップがその女を出産まで世話したことも、その女と旅行にいこうとしていることも。

「まあ、報われる資格は得たんだね」グリフィスはいった。「ずいぶん金がかかると思うけど、なんとかやりくりできて、よかったじゃないか」

「いや、できてないんだ。だけど、かまうもんか!」

昼食にはまだ早かったので、フィリップはミルドレッドと遊歩道の休憩所でベンチに座って、日射しを浴びながら、行き来する人々をながめていた。ブライトンの男の店員が二人、三人と固まって、ステッキを振りながら歩いていくかと思うと、女の店員が数人いっしょにくすくす笑いながら足早に過ぎていく。ロンドンから日帰りでやってきた客はひと目でわかる。疲れた顔に爽《さわ》やかな風が心地よさそうだ。大勢のユダヤ人、ぴったりしたサテンのロングワンピースを着てダイヤモンドをつけた体格のいい女たち、大げさな身振りの小柄で小太りの男たち。ホテルに週末泊っている中年の男たちがきちんとした服装でせわしく歩いているのは、たっぷり食べた朝食を消化して、昼食をたっぷり食べるためだ。彼らはお互いに、ここにくると病気も治る、「ブライトン医師」と呼びたいくらいだとか、ここは「海辺のロンドン」だ、などと話して夕方まで過ごす。名の知れた男優の顔もぽつぽつとみえる。注目を浴びてもまったく気にしていないふりをして歩いていく。たまにエナメル革のブーツをはき、毛皮の襟のコートを着て、銀の握りがついたステッキを持っていることもあれば、ハンティングからもどってきたばかりといわんばかりに、ニッカーボッカーズをはき、ゆったりしたハリス・ツイードのロングコートを着て、ツイードの帽子を後ろにずらしてかぶっていることもある。日の光に照らされた青い海は目を見張るほど美しい。

ふたりは昼食の後、ホウヴまでいって、赤ん坊を預かってくれるという女性に会った。裏町の小さな家に住んでいたが、なかは清潔できちんと整頓《せいとん》されていた。名前はミセス・ハーディング。中年で、体格がよく、白髪まじりの髪に、赤くて丸い顔をしている。キャップをかぶったところは母親らしくみえる。フィリップは、親切そうな人だと思った。

「赤ん坊の世話は大変じゃありませんか」フィリップがたずねた。

ミセス・ハーディングがいうには、夫は牧師補で、かなり年上なので教会でいつも使ってもらえるとは限らない、というのは、牧師は若い人を使いたがるからで、いまでは牧師が休暇や病気で代理を務めるときのわずかな稼ぎと、慈善団体が支給してくれる多少の年金で暮らしているのだが、さびしい生活なので、子どもの面倒をみて週に何シリングかもらえるなら、とてもありがたい、ということだった。そして、ちゃんと食べるものは食べさせますよと約束した。

「とてもよさそうな人でしょう？」その家を出ると、ミルドレッドがいった。

ふたりはメトロポールまでもどってお茶を飲んだ。ミルドレッドは人の多いところや音楽隊が好きだった。フィリップは話し疲れて、彼女の顔をながめていた。彼女は、女性が入ってくると目ざとくそちらをみた。身につけている物の値段には異様に詳しく、ときどきフィリップのほうに身を寄せて、小声で感想を伝えた。

「あの羽根飾りのついた帽子、みえる？　七ギニーはするわよ」

あるいは「フィリップ、あれ、オコジョの毛皮にみえるでしょ。でもウサギよ、あれは——オコジョじゃないわ」彼女は勝ち誇ったように笑った。「一キロくらい遠くからでもわかるもの」

フィリップはにっこりした。彼女がうれしそうなところをみるのは楽しい。彼女の子どもっぽい話をきいていると、おもしろくて、つい顔がほころんでしまう。楽団がセンチメンタルな曲を演奏している。

夕食の後、駅まで歩いていく途中、フィリップは彼女の腕を取って、フランス旅行の予定を話した。彼女はロンドンには来週末にもどるけれど、その次の土曜日まではいけないといった。フィリップはすでにパリのホテルを予約してあって、あとは切符を買うだけだった。

「二等車でもいいよね。あまり贅沢《ぜいたく》はできないんだ。それにむこうで楽しむほうがいいと思う」

カルチェラタンのことは百回くらい話した。ふたりで素敵な古い通りを散歩して、美しいリュクサンブール公園のベンチにのんびり腰かけて、きっと天候もいいから、パリを見飽きたら、フォンテーヌブローへいってみよう。木々がいっせいに芽吹く春だから森の緑はなにより美しい、まるで歌曲のようだ、そして愛の甘い痛みに似ている。ミルドレッドは黙ってきいていた。フィリップは振り向いて、彼女の目をのぞきこんだ。

「ほら、いっしょにいきたいだろう」

「もちろんよ」彼女は微笑《ほほえ》んだ。

「ぼくは楽しみでしょうがない。明日からの数日、どうやって過ごせばいいかわからないくらいだ。何かあっていけなくなったりしたらどうしよう。どんなにきみを愛していることが、ときどき、たまらなくいらだたしくなる。それが、ようやく……」

フィリップは最後までいえなかった。駅に着いたが、あまりにゆっくり歩いてきたので、おやすみをいう時間がなかった。フィリップは彼女にあわただしくキスをすると、転げるように切符売り場に駆けていった。彼女はその場に立っていた。フィリップが走っていくところはグロテスクなくらい滑稽《こっけい》だった。

74

土曜日、ミルドレッドが帰ってきた。その晩、フィリップは彼女を独り占めした。芝居のチケットを買い、夕食にシャンパンを飲んだ。ロンドンで久しぶりに楽しい夜を過ごせて、彼女はすべてに満足した。劇場から馬車に乗ると、ぴたりと体を寄せた。フィリップは彼女のためにピムリコにあるアパートの部屋を借りてあった。

「ぼくに会えてうれしい？」

彼女は何も答えず、そっとフィリップの手を握った。彼女がそういう態度を取ることは珍しく、フィリップは気が遠くなりそうだった。

「グリフィスを、明日の夕食に誘ったんだ」

「あら、ありがとう。あたしも会いたかったの」

日曜日の夜は、いっしょにいくところがなく、フィリップは一日中ふたりきりだと彼女が退屈しないかと思い、グリフィスは話がおもしろいから、呼べば三人で楽しくすごせるだろうと思ったのだ。自分にとってはどちらも好きな相手だったので、ふたりが知り合って、友人になってくれればいいとも考えていた。フィリップは別れ際にこういった。

「パリ行きまであと、たった六日だね」

日曜日は、ロマノ・レストランの二階で夕食をとることにした。食事が最高においしくて、そのわりに値段が驚くほど手頃だからだ。フィリップとミルドレッドは先に着いて、グリフィスを待つことになった。

「いつも遅れてくるんだ」フィリップがいった。「たぶん、大勢の女の子のだれかと楽しくやってるんだろう」

ところが、案外とすぐにやってきた。グリフィスはハンサムで、背が高く、ほっそりしている。背筋を伸ばしてあごを少し上げているところは堂々としてみえ、それがまた魅力的だった。そして、形のいい巻き毛、大きく親しげな青い目、赤い唇など、どれもが素敵だった。フィリップは、ミルドレッドがうっとりみつめているのに気がついて、不思議とうれしかった。グリフィススはふたりに微笑んで挨拶《あいさつ》をした。

「あなたのことは、さんざんきかされていますよ」彼はそういって、ミルドレッドの手を握った。

「あたしのほうがあなたのことをフィリップからさんざんきかされてるわ」

「しかも悪口をね」と、フィリップ。

「じゃ、ぼくは悪者？」

　グリフィススがそういって笑った。フィリップは、ミルドレッドが、彼のきれいに並んだ白い歯と、相手を明るい気分にさせる笑顔に気づいたのがわかった。

「ふたりとも幼友だちみたいに思ってるんじゃないか」フィリップがいった。「ぼくがふたりのことを十分すぎるほど話してるから」

　グリフィススは最高に機嫌がよかった。というのも、ようやく最終試験に合格して、医師の資格が取れ、ロンドンの北にある病院の外科に研修医として勤めることが決まったからだ。勤務は五月からで、それまでの休みは故郷に帰ることにしていたので、この街も今週が最後だった。そこで、思い切り遊ぼうと考えていたのだ。今夜は早速、愉快なばか話を始めた。フィリップは、とても真似のできない話しっぷりにいつもほれぼれしていた。たいして内容はないのだが、語り方が絶妙だ。まるで生き生きとした空気が押し寄せてくるかのようで、そばにいる者は圧倒され、その力が体温のように伝わるのを感じる。ミルドレッドも大喜びで、フィリップもこんな彼女はみたことがなかった。ささやかな夕食も成功したらしく、フィリップはうれしかった。彼女も大いにはしゃいで、声を上げて笑った。彼女の第二の性格になっている上品ぶった慎みなど、すっかり忘れている。

そのうちグリフィスがいった。

「その、なんというか、あなたのことをミセス・ミラーと呼ぶのがよそよそしくてしようがないんですよ。フィリップからは、いつもミルドレッド、ミルドレッドときかされているので」

「じゃ、そう呼べばいいよ。ミルドレッドだって、そう呼ばれたからといって、きみの目玉をくりぬいたりしないから」

「じゃ、ぼくのこともハリーと呼んでもらいたいな」

フィリップは黙って座り、ふたりがしゃべるのをながめながら、楽しそうな人々をみるのはなんと気持ちのいいことだろうと思っていた。グリフィススはときどきフィリップをみて、きみはまじめだねえと軽くからかった。

「ねえ、フィリップ、この人はあなたのことが本当に好きなのね」ミルドレッドがにこにこしながらいった。

「こいつは、じつにいいやつなんですよ」グリフィススはそういうと、楽しそうにフィリップの手を取って振った。

グリフィススがフィリップを気に入っているということがまた、その魅力を増していた。三人ともアルコールには弱いほうだったので、すぐに酔っ払ってしまい、グリフィススはさらにおしゃべりになって騒ぎだし、フィリップはおもしろがりながらも、頼むから静かにしてくれといいだす始末だ。グリフィススには話の才能があって、彼の語る女性遍歴は、ロマンティックなところもおかしいところもリアルに再現されていた。すべての話において、彼は騎士であり道化だった。ミルドレッドは興奮して目を輝かせ、もっともっととせがんだ。すると彼は次から次にまた話を始めるのだ。まわりの明かりが消え始めて、彼女は驚いた。

「まあ、今夜は時間がたつのが早いこと。九時半にもなってないと思っていたのに」

席を立って、外に出るとき、彼女は、おやすみなさいといってから、こう付け加えた。

「明日、フィリップの部屋でお茶を飲むことになってるの。よかったら、いっしょにどう」

「それは、うれしいな」

ピムリコにもどる途中、ミルドレッドの話は最初から最後までグリフィスのことばかりだった。ほれぼれする容姿、趣味のいい服、声、陽気さ。

「彼のことを好きになってもらえて、本当にうれしいよ」フィリップはいった。「きみは最初、会うのをいやがってただろう」

「あの人があなたのことを気に入っているのが、とてもうれしいの、フィリップ。ほんとに素敵なお友だちね」

彼女はフィリップのほうに唇を突き出した。そんなことはめったになかった。

「今夜はとっても楽しかったわ、フィリップ。ありがとう！」

「いや、なんてことないよ」フィリップは声を上げて笑った。彼女がこんなに喜んでいるのをみて、目頭が熱くなった。

彼女は玄関のドアを開けてなかに入る前に一度振り向いて、フィリップにいった。

「ハリーに、大好きよっていっといて」

「わかった」フィリップは笑いながら答えた。「おやすみ」

次の日、ふたりで紅茶を飲んでいると、グリフィスがやってきて、のんびりとひじ掛け椅子《いす》に座った。大きな体がゆったり動くのが不思議と色っぽい。フィリップは黙って、ふたりが話しこんでいるのをながめていたが、楽しかった。どちらも大好きなので、たがいに相手のことをよく思っているのは当然の気がした。グリフィスがミルドレッドの関心を引くのはまったく気にならない。夜になれば、彼女とふたりきりになれるのだ。妻思いの夫が、妻の愛情をこれっぽっちも疑うことなく、妻が知らない男と他愛なくじゃれあっているのをながめているような感じだ。そのうち七時半になった。

「ミルドレッド、食事にいこう」

ちょっと間があった。グリフィスは何か考えているようだ。

「そうか、そろそろおいとましないと」少しして彼がいった。「こんな時間だとは」

「今夜、何か予定があるの？」ミルドレッドがきいた。

「いや、別に」

また間があって、フィリップは少しいらっとした。

「ちょっとさっぱりしてくるよ」フィリップはそういうと、ミルドレッドのほうをみた。「きみも手を洗うだろう」

　彼女は返事をしなかった。

「夕食もいっしょにいかが」彼女はグリフィスにたずねた。

　グリフィスはフィリップをみて、さめた顔で見返しているのに気づいた。

「昨晩、ごちそうになったからね」彼は笑った。「邪魔すると悪い」

「ううん、そんなことない」ミルドレッドはあきらめなかった。「フィリップ、あなたもいって。邪魔なんかじゃないわよね」

「きたければ、きてもらえばいいんじゃないか」

「じゃ、お言葉に甘えるかな」グリフィスがすぐに返事をした。「階上《うえ》にいって、着替えてくるよ」

　彼が部屋から出ていくと、フィリップが顔をしかめてミルドレッドのほうをみた。

「いったいなんで、夕食に誘ったりしたんだ？」

「だって、しょうがないじゃない。何もすることがないっていう人を誘わないなんて変でしょ」

「ばかばかしい！　だいたい、なんで、予定があるかどうかなんてきいたんだ」

　ミルドレッドの青白い唇が少しこわばった。

「たまには、ちょっと楽しみたいからよ。いつもいつもふたりきりでいると、うんざりするの」

グリフィスが大きな足音を立てて下りてきた。フィリップは寝室にいって手と顔を洗った。夕食は近所のイタリアンの店にいった。フィリップは不機嫌そうにむっつりしていたが、すぐに、これだとグリフィスをよけいに引き立ててしまうと思い、いらだちをなんとか隠そうとした。ワインをがぶ飲みして、胸の痛みをまぎらわせ、会話に参加した。ミルドレッドのほうは、さっきいったことを後悔しているのか、何かにつけてフィリップの機嫌を取ろうとする。やさしい気づかいをみせようとしているのだろう。そのうちフィリップも、つまらない嫉妬《しっと》にかられた自分が愚かしく思えてきた。夕食後、ミュージックホールにいくことにして、辻馬車《つじばしゃ》を拾った。ミルドレッドはふたりの間に座った。フィリップは手を握られて、怒りを忘れたが、彼女の反対の手をグリフィスが握っているのに気がついて、また激しい痛みに襲われた。それはもう肉体的な痛みといってよく、フィリップはうろたえながらも、それまで思いつかなかったことを自問した。ミルドレッドとグリフィスはひかれ合っているのではないか。芝居はまったく目に入らなかった。疑惑と怒りと失望と惨《みじ》めさの霧が目の前に立ちこめている。しかし、必死でそんな印象を持たれないようにと、しゃべったり笑ったりした。そのうち、奇妙に自虐的な気持ちにとりつかれ、何か飲んでくるといって席を立った。それまでミルドレッドとグリフィスは一分たりともふたりきりでいたことはない。フィリップは、試してみたくてたまらなかった。

「じゃ、いっしょにいこう」グリフィスがいった。「ちょっと喉《のど》が渇いた」

「いや、だめだよ。ミルドレッドの話し相手をしてくれなくちゃ」

自分でも、なぜそんなことをいったのかわからなかった。ふたりをそのままにすれば、耐えがたいまでに苦痛が増すだけなのに。フィリップはバーにはいかず、上のバルコニー席へいった。そこからなら、ふたりに気づかれずに観察することができる。ふたりは舞台から目をそらして、微笑みながら見つめ合っている。グリフィスはいつものように楽しそうに流暢《りゅうちょう》に話しかけ、ミルドレッドはうっとり聞き入っている。フィリップは恐ろしいほど頭が痛くなった。このままもどったら、邪魔をすることになる。ふたりは、自分がいない時間を楽しんでいる。苦しくてたまらず、時間がたつうちに、席にもどるのが恥ずかしくなった。彼らはもう自分たちのことしか頭にない。フィリップは、夕食代もチケット代も自分が払ったことを苦々しく思い出した。ばかばかしい！　あまりの恥辱に顔がまっ赤になった。自分がいないところで、ふたりが楽しそうにしている。このまま帰ればいいと直感的に思ったが、帽子もコートも置いてきた。このまま帰ってしまうと、どうにも言い訳ができない。フィリップは席にもどった。こちらを振り返ったミルドレッドの目に迷惑そうな表情が浮かんだ気がして、心は沈んだ。

「ばかに長かったじゃないか」グリフィスはにっこり笑って、フィリップを迎えた。

「知り合いにあってね。しばらく話しこんでいたんだ。途中で抜けられなくて。きみたちは仲よくやっていると思ってね」

「ああ、とても楽しかったよ。ミルドレッドのほうはどうか知らないが」

彼女はさもうれしそうに馴《な》れ馴れしく笑い声を上げた。そのいやらしい響きが耳から伝わって、フィリップはぞっとした。そして、そろそろ出ようといった。

「そうだな」グリフィスがいった。「じゃあ、いっしょに彼女を送っていこうか」

フィリップは、ふと思った。彼女がグリフィスにそういうように頼んだのではないか、自分とふたりきりになりたくなくて。馬車のなかで、フィリップは彼女の手を取ろうとはしなかったし、彼女も手を差しださなかった。しかし最初からグリフィススの手を握っているのはわかっていた。フィリップは、この状況を身の毛がよだつほどいやらしいと思った。馬車のなかで考えた。ふたりは自分に知られないように会う約束をしたのではないか。劇場でふたりきりにしなければよかった。ふたりのために絶好のチャンスを作ってやったようなものだ。

「このまま乗っていこう」ミルドレッドの住んでいるところに着くと、グリフィスがいった。「疲れて、部屋まで歩く気になれない」

帰りの馬車のなかで、グリフィスは陽気にしゃべっていた。フィリップがぽつぽつとしか返事をしないのに気がついていないかのようだ。しかし、そんなはずはない。そのうち、さらに口数が少なくなって無視できなくなると、グリフィスは急に不安そうに口をつぐんだ。フィリップはひと言でもいいたかったが、気後れして言葉が出てこない。だがこのままだと、機会を逸してしまう。いますぐ、いいたいことをいうのが一番だ。フィリップは言葉をしぼりだすようにしていった。

「ミルドレッドを好きなんだろう」フィリップはいきなりたずねた。

「おいおい」グリフィスは声を上げて笑った。「今夜は、なんだか変だと思ってたんだが、それが原因かい。そんなはずないだろう、フィリップ」

彼は腕に手をかけようとしたが、フィリップは体を引いた。相手が嘘をついていることはわかっていた。しかし、彼女の手を握っていなかったと、いえるものならいってみろと迫ることなどできそうもない。ふいにフィリップは情けなくなり、自制がきかなくなった。

「ハリー、きみにとってはどうでもいいことだと思う。相手の女性はたくさんいるんだろう。頼むから、彼女を取り上げないでくれ。彼女はいま、ぼくの全人生といっていい。いままで、ずいぶんみじめな思いをしてきたんだ」

声が震え、いやでも、すすり泣きがこみあげてくる。いたたまれない気持ちだった。

「おいおい、フィリップ、きみを傷つけるようなことをするはずがないだろう。きみはじつにいいやつだ。そんなことするもんか。ちょっとふざけてみただけだよ。きみがそんなふうに考えるとわかってたら、もっと気をつけるんだった」

「本当に？」

「あんな子は趣味じゃない。誓ってもいい」

フィリップはほっとしてため息をついた。ちょうど馬車が玄関の前に着いた。

75

次の日、フィリップは気持ちよく目を覚ました。付きまとってミルドレッドをうんざりさせないよう、夕食まで待つことにした。そして迎えにいくと、珍しく彼女の準備ができていたので、からかった。そして自分がプレゼントした新しいロングワンピースを着ているのをみて、とても似合うねといった。

「お店に持っていって、直してもらわなくちゃ。スカートのラインが変なの」

「じゃ、急いでもらわないと。もしパリに持っていくつもりならね」

「それには間にあうわ」

「あと三日しかないよ。十一時の列車でいいかい？」

「あなたさえよければ」

ほぼ一ヶ月、彼女を独り占めできる。フィリップは熱にうかされたような、飢えたような目で彼女をみた。それほどまでに恋い焦《こ》がれている自分がおかしくて、笑ってしまいそうだ。

「いったい、きみのどこにこんなにほれてしまったんだろう」フィリップは微笑みながらいった。

「あら、そういう言い方をする？」

やせぎすで、骨が透けてみえそうだし、胸は少年のようで、口元は、薄くて青白い唇をふくめて、醜い。肌は、かすかに緑っぽい。

「パリにいったら、増血剤を山ほど飲ませてあげるよ」フィリップは笑いながらいった。「もっと太って、顔色をよくしないと」

「あたし、太りたくないわ」

彼女はグリフィスのことを口にしなかった。夕食のとき、フィリップは自信もあったし、相手も自分を頼っているのがよくわかっていたので、少しいじめてやろうと思った。

「昨日の晩は、ハリーとずいぶん楽しそうだったね」

「前にもいったけど、あたし、あの人に恋してるの」彼女は笑った。

「ありがたいことに、彼は違うらしい」

「なんで、そんなことがわかるの」

「きいてみたんだ」

彼女は少しためらってフィリップの顔をみた。その目が意味ありげに光った。

「今朝、あの人から手紙をもらったの。読みたい」

彼女は封筒を渡した。グリフィスの太くて読みやすい字で書かれている。便箋《びんせん》に八枚、気取らない魅力的な文章が書きつらねてあった。いかにも女の扱いを心得た男の手紙だ。心から愛している、ひと目見たときから恋に落ちてしまった、きみを愛してはいけないと思った、フィリップがきみのことを好きでたまらないのを知っている、しかし、この気持ちはもうどうしようもない。フィリップは掛け値なしにいいやつだ、だから、自分のことが恥ずかしくてしょうがないが、もうこれは、だれのせいでもない、きみにすべてを持っていかれてしまった。そのあとも、女の喜びそうな言葉が書かれていて、最後は、明日、昼食をいっしょにできるのはとてもうれしい、きみに会いたい気持ちでいっぱいだと結ばれていた。日付は昨夜だ。グリフィスはフィリップと別れたあと、これを書いたに違いない。そしてわざわざ投函《とうかん》しに出ていったのだろう。フィリップはてっきり、グリフィスは寝ていると思っていた。

読んでいるうちに鼓動が速くなって、吐き気がしてきたが、驚いた表情は外に出さず、にっこり微笑んで、冷静にミルドレッドに手紙を返した。

「昼食は楽しかった？」

「とっても」彼女はうれしそうにいった。

フィリップは手が震えているのがわかったので、テーブルの下に隠した。

「グリフィスのいうことを真に受けちゃだめだよ。ただの遊びなんだから」

彼女は手紙を受け取ってみつめた。

「あたしも、持っていかれてしまった気持ちなの」彼女は強いて、悪びれることもなくいった。「自分がどうにかなっちゃったみたい」

「ぼくはぼくでちょっといやだな」

彼女は相手の顔をちらっとみた。

「ずいぶん冷静そうにみえるけど」

「じゃあ、どうすればいい？　髪の毛をかきむしってみせようか」

「あなたが怒るのはわかってたわ」

「おかしなことをいうなあ。ぼくはちっとも怒ってなんかいないよ。少しでも考えれば、こうなるってことはわかってたんだから。グリフィススを呼ぶなんて、ばかなことをした。あらゆる点において、ぼくにまさっているからね。ずっと愉快だし、とてもハンサムだし、楽しませるのがうまいし、きみが喜びそうな話ができる」

「いったい、何がいいたいわけ。あたしがばかだっていうんなら、それはしかたないわ。でも、あたしはあなたが思っているほどばかじゃないつもり。とにかくあなたは、あたしに対して偉そうにしすぎよ」

「けんかを売ってるのかい」フィリップは穏やかにきいた。

「いいえ。ただ、なんで、あたしを何もわかってないばか扱いするのかがわからないだけ」

「ごめん。怒らせるつもりはないんだ。ただ、冷静に話し合えればいいと思っただけだ。おたがい、できれば、こんなことで大騒ぎしたくないだろう？　きみが彼にひかれているのはわかっていたし、当然だと思う。ただ、何より傷ついたのは、彼がきみを誘惑したことだ。だって、彼は、ぼくがどんなにきみのことを好きかよく知ってるんだから。あんな手紙をきみに書くなんてひどすぎる。それも、その五分前には、ぼくに、あんな子は趣味じゃないといったくせに」

「あの人のことを悪くいえば、あたしがあの人を嫌いになると思ってるなら、大間違いよ」

フィリップはちょっと黙った。どういえば、いいたいことをわかってもらえるか、わからない。冷静に、ていねいに説明しようと思っていたのだが、気持ちがたかぶって考えを整理できない。

「一瞬で終わる恋のためにすべてを犠牲にするなんて無益だよ。結局、彼は十日も付き合えば、相手の女の子に飽きてしまうんだから。そしてきみは冷淡だ。そんな付き合いがきみのためになるとは思えない」

「それはあなたの考えでしょ」

彼女の好戦的な言い方に、フィリップは困った。

「きみが彼のことを好きになったなら、それはどうしようもない。ぼくはできる限り、それに耐えるしかない。一方で、ぼくたちはうまくいっている。ぼくときみのことだよ。そしてぼくはきみに対してひどいことはしていない、そうだろう? ずっと前から、きみはぼくのことを愛してはいなかったけど、それなりに好きでいてくれた。ふたりでパリにいけば、きみはグリフィスのことなんか忘れる。きみなら、忘れようと思えば、簡単に忘れられるはずだ。ぼくだって、それくらいのことをしてもらっていいはずだ」

彼女は黙ったままだ。ふたりは食事を続けた。そのうちフィリップは気まずくなって、ほかのことを話し始めた。ミルドレッドがろくにきいていないのには気がつかない振りをした。彼女は機械的に相づちを打つだけで、それ以外に何もいおうとしなかったが、突然、相手の言葉をさえぎって口をはさんだ。

「フィリップ、土曜日はいけないわ。お医者さんに止められたの」

嘘なのはわかっていたが、フィリップはこうたずねた。

「いつなら、いける」

彼女は顔を上げて、フィリップの顔が青ざめてこわばっているのに気がつくと、目をそらせた。一瞬、フィリップのことを怖いと思った。

「はっきりいったほうがいいわね。あたし、あなたといくつもりはないの」

「たぶん、そんなとこだろうと思ってた。だけど、いまさらそれは無理だよ。だって、チケットも何もかも準備しちゃったんだから」

「あたしがいきたくなければ、それでいいっていったでしょ。あたしは、いきたくないの」

「ぼくも気が変わったんだ。これ以上、きみに振り回されるのはごめんだ。いっしょにいこう」

「フィリップ、あたし、あなたのことは好きだけど、それって、友だちとしてなの。それ以外の関係は無理。そんなふうに好きじゃないし、そんなふうに好きにはなれないのよ、フィリップ」

「一週間前は、楽しみにしてたじゃないか」

「一週間前はね」

「まだ、グリフィスに会ってなかったから?」

「さっき、あたしが彼のことを好きになったなら、それはどうしようもないと思うっていったでしょ」

彼女は不機嫌そうに、目の前の皿をにらんでいる。フィリップは怒りのあまりまっ青になった。思わず殴りつけてやりたいと思った。目に黒いあざをつくったミルドレッドの顔が頭にうかぶ。近くのテーブルで十八歳くらいの若者がふたりで食事をしていて、ときどきミルドレッドのほうをみている。フィリップは、自分がかわいい女の子と食事をしているのをうらやましがっているのだろうかと思った。できれば、代わってみたいと思っているのかもしれない。沈黙を破ったのはミルドレッドだった。

「いっしょにパリにいって、何がおもしろいの。あたしは彼のことばかり思ってるのよ。あなたに楽しいわけないでしょ」

「それはそれでいい」

彼女はフィリップのいいたいことを考えて、まっ赤になった。

「恥ずかしいと思わないの」

「何を」

「あなたは文字通りの紳士だと思ってた」

「大間違いだね」

フィリップはそういって、せいせいした。そして思わず声を上げて笑った。

「ばか笑いしないで」彼女が大声でいった。「フィリップ、あなたとは無理。本当に悪いと思う。あなたにはひどいことをしたと思うけど、どうしようもないんだもの」

「きみが困ったとき、ぼくはできる限りのことをした。赤ん坊が生まれるまでのお金をなんとか工面したし、出産の費用もすべて用意した。そのうえ、ブライトンにいきたいといえば、そのお金も用立てた。赤ん坊の養育費も払っている。そのうえ、きみの服もぼくが買ったものだ。きみがいま着ている物はすべてぼくが買ったものじゃないか」

「紳士っていうのは、相手に、あれをしてやった、これをしてやったなんて、いわないものよ」

「いいかげんにしろ。紳士かどうかなんて、どうでもいい。もし紳士だったら、低俗で無神経な女と付き合って時間を無駄にするはずがない。きみがぼくを好きかどうかなんて、どうでもいい。ただ、ばかにされるのはうんざりだ。とにかく、土曜日にぼくとパリへいくんだ。それがいやなら、もうこれきりだ」

彼女は怒りで頬をまっ赤にして、それまで取りつくろっていた慎みをかなぐり捨てていった。

「あなたを好きになったことなんて一度もないわ。それなのに、しつこくつきまとってきて。キスだって、いつも、いやでいやでしょうがなかった。もう、さわられるのもいや。あたしが飢え死にしそうになっても、さわらないで」

フィリップは皿の料理を飲みこもうとしたが、喉の筋肉がそれを拒否した。そこで、目の前の飲み物をなんとか流しこむと、煙草《たばこ》に火をつけた。全身が震えていた。口を開くこともできない。ただ、相手がいなくなるのを待つだけだ。しかし彼女は黙りこくったまま、白いテーブルクロスをみつめている。もしふたりきりだったら、フィリップは彼女を抱きしめて、思い切りキスをしただろう。ふと、唇に唇を押しあてたときの、彼女の長くて白い喉の様子を想像してしまった。ふたりが何もいわないまま、一時間が過ぎた。フィリップはウェイターがこちらをちらちらみているだろうと思い、勘定を頼んだ。

「いこう」フィリップがそっけなくいった。

彼女は返事もせず、ハンドバッグや手袋を取ってコートを着た。

「次はいつグリフィスに会うんだ」

「明日」彼女はそっけなく答えた。

「このことは、彼と話し合ったほうがいいと思う」

彼女はなにげなくハンドバッグを開けると、小さな紙をみつけて、取り出した。

「このワンピースの代金」彼女はおずおずといった。

「それが？」

「明日、代金を払うことになってるの」

「それで？」

「払うつもりはないってこと？　買えばいいっていったくせに」

「まあね」

「じゃ、ハリーに頼むわ」彼女はそういって、頬をまっ赤にした。

「彼のことだ、喜んで払ってくれるよ。ぼくから七ポンド借りてるし、先週は顕微鏡を質に入れたし、ちょっと困っているらしいけど」

「そんなことといって、脅かさなくていいわよ。自分の分くらい、自分で稼げるから」

「せいぜい、頑張ってくれ。ぼくはもう一ペニーも出すつもりはない」

彼女は土曜日に払う部屋代や、赤ん坊の養育費のことが頭に浮かんだが、何もいわなかった。レストランを出ると、フィリップがたずねた。

「馬車を呼ぼうか？　ぼくは散歩をしながら帰るけど」

「お金を持ってないの。今日の午後、部屋代を払ったから」

「歩いて帰るのもいいんじゃないか。明日もし会いたければ、お茶の時間には部屋にいると思う」

フィリップは帽子を取って軽くうなずくと背を向けて歩いていった。一瞬、振り向くと、彼女が同じ場所に立っておどおどしながら通りの行き来をみつめている。フィリップはもどっていって、笑いながら彼女の手に硬貨を押しつけた。

「二シリングあれば、うちまで帰れるよ」

彼女が何かいうまえに、フィリップはさっさと歩き去った。

76

次の日の午後、フィリップは自室に座ったまま、ミルドレッドがくるだろうかと考えていた。前の夜はろくに眠れず、午前中は医学校のクラブで次々に新聞を読んで過ごした。休みなので知り合いの学生はほとんどロンドンにはいなかったが、ひとりかふたり顔見知りがみつかったので、チェスをしたりして退屈な時間をつぶした。昼食をすませると、ぐったり疲れてひどい頭痛が始まったので、部屋に帰って横になり、小説でも読もうと思った。グリフィスには会っていない。昨夜もどってきたときはいなかった。その後、帰ってきた音がしたが、いつものようにフィリップの部屋をのぞいて寝ているかどうか確かめることはしなかった。朝方早く、出かける音がした。避けているのは間違いない。ふいに、部屋のドアをそっとノックする音が響いた。フィリップは飛び起きてドアを開けた。ミルドレッドが立っていたが、入ろうとしない。

「入りなよ」

彼女が入ると、フィリップはドアを閉めた。彼女は椅子に座ったが、なかなか話しださないでいる。

「昨日の晩、二シリング、ありがとう」

「なんてことないよ」

彼女はかすかな微笑みを浮かべた。それをみてフィリップは、子犬のおどおどした愛想のいい顔を思い浮かべた。いたずらをしてなぐられた子犬が、主人に取り入ろうとするときの顔だ。

「ハリーと昼食をしてきたの」

「ああ、そう」

「ねえ、フィリップ、土曜日、連れていってくれるつもりがまだあるんだったら、いっしょにいくけど」

勝利の快感が心臓を貫いた。しかしそれは一瞬だった。すぐに疑心が頭をもたげた。

「お金のため？」

「ある意味、そう」彼女はあっけなく答えた。「ハリーは何もできないの。ここの部屋代も五週間分たまってるって。それからあなたに七ポンド借りてて、仕立屋からも借金を取り立てられているし、質に入れられるものはもうみんな入れてしまったって。あたしはあたしで、新しいワンピースの代金を取りにきた女の人に帰ってもらったところ。それに部屋代も払わなくちゃいけないんだけど、すぐに仕事につけるわけないし。仕事なんて、空きができるまで待たなくちゃだめでしょう」

彼女は淡々と不満を並べた。まるで運命は不公平で、自分は当然のようにそれに耐えているといわんばかりだ。フィリップは何もいわなかった。彼女のいったことは十分に承知している。

「さっき、ある意味といったね」そのうちフィリップはたずねた。

「ええ、ハリーにいわれたの。あなたは、あたしたちふたりにとって、なくてはならない存在だって。心の支えだって。それから、あたしにあなたみたいにつくしてくれる男はいない、ふたりとも、あなたに対して不誠実なことをすべきじゃないって。それから、あなたがいったこともいった。自分は浮気者で、フィリップとは違う、彼を捨てるなんてばかだ、自分なんかと付き合ったって、すぐに終わるけど、フィリップは違う、そういってた」

「本当に、ぼくといっしょにいくつもりがある？」

「ええ」

彼女のほうをみると、みじめそうに唇の端が下がっている。フィリップは勝利の味を嚙《か》みしめた。やっと思い通りになりそうだ。そして自分の屈辱感を軽くあざ笑った。

彼女はちらっと相手の顔をうかがったが、何もいわない。

「きみといっしょにいきたくてしょうがなかったんだ。そしてようやく、長いことみじめな思いをしたあげく、幸せになれそうな気がしたというのに……」

フィリップは最後までいわなかった。そのとき、ミルドレッドがいきなり激しく泣きだした。前にノラが座っていた椅子に座って、同じように、椅子の背に顔を押し当てている。頭があたってできたへこみの横の、少し盛り上がっているところだ。

「なんでこんなに女性運が悪いんだろう」フィリップは心のなかでぼやいた。

彼女は泣きながら、細い体を大きく震わせている。フィリップは、これほど人目も気にせず泣き崩れる女性をみるのは初めてだった。恐ろしいほど痛ましく、心臓を引き裂かれるような気がした。思わず、ミルドレッドのそばにいって抱きしめた。彼女はあらがうことなく、みじめさに身を震わせながら、やさしい抱擁に身をまかせた。

フィリップはなぐさめの言葉を細切れにささやいたが、何をいっているのか自分でもほとんどわかっていない。ただかがみこんで、何度もキスをした。

「そんなに悲しい？」そのうちフィリップはたずねた。

「死んじゃいたい」彼女は切れ切れにいった。「赤ん坊が生まれたときに、死んじゃえばよかった」

帽子が邪魔そうだったので取ってやった。それから椅子の背に当てている頭を少しずらして楽にしてやると、テーブルにもどって椅子に座り、彼女をみた。

「恐ろしいね、愛というのは。それなのに、だれもかれもみんな、愛したいと思う」

それまでの発作的な泣き方がすっとおさまり、彼女は椅子に腰をかけた。疲れきって、頭をのけぞらし、両腕を脇《わき》に垂らしている。画家が服を着せてデッサンするのに使う、目鼻のない木製の人形のようだ。

「そんなにグリフィススを好きだとは知らなかったよ」

フィリップはグリフィススの愛し方をよく知っていた。というのも、自分をグリフィススに置き換えて、彼の目でみて、彼の手で触ってきたし、彼の体になって、彼の唇でキスをして、笑みを浮かべた青い目で彼女に微笑みかけてきたからだ。しかし彼女の激しい感情には驚いた。まさか、彼女が狂おしいほどの愛に身もだえすることがあるとは思ってもいなかった。だが、これはまさにそれだ。間違いない。フィリップは心の支えがなくなったような気がした。何かが壊れていく、そんな気がして、奇妙なことに体から力が抜けていった。

「きみがつらそうなところはみたくない。いやなら、いっしょにこなくていいよ。それでもお金は出してあげる」

彼女は首を振った。

「ううん、いくといったでしょう。いくわ」

「いっしょにいく意味がないだろう？　そんなにも彼のことを好きなんだから」

「ええ、そう、好きで好きでどうしようもないの。こんな気持ちが長く続くなんて思ってないし、あの人だって同じだと思うけど、いまは……」

彼女は黙りこんで目をつむった。すぐにも気絶しそうだ。フィリップは奇妙なことを思いついて、何も考えずに言葉にした。

「彼といっしょにいったらどうだい」

「どうやって。ふたりともお金がないのに」

「ぼくが出すよ」

「あなたが」

彼女は座り直して、フィリップをみた。目が輝いて、頰に色がもどってくる。

「最高に楽しいときが終わったら、ぼくのところにもどってきてくれるだろう？」

フィリップはそういったとたん、胸が痛んだが、その痛みは不思議なことに、かすかな快感を呼び起こした。彼女は目を丸くして、こちらをみつめている。

「でも、そんな、あなたのお金でなんて、だめよ。ハリーだって、そんな気にはならないと思うわ」

「ああ。だったら、きみが説得すればいい」

彼女が反対すると、フィリップはまた勧めたが、そのくせ、もっと激しく反対してほしいと思った。

「五ポンドあげるから、土曜日から月曜日までいってくるといい。なんてことない。彼は月曜日に故郷に帰って、そのあと、北ロンドンの病院で研修医として働くことになっている」

「ねえ、フィリップ、本気なの？」彼女は大声でいって両手を握りしめた。「もし、本当にふたりでいかせてくれるんだったら——そのあとは、心からあなたを好きになる。なんでもする。もしそうしてくれたら、この気持ちをきっぱり忘れてみせる。本当にお金を出してくれる？」

「いいよ」

彼女は様子がすっかり変わって、笑いだした。まるで気が違ったかのような喜びようだ。椅子から立ち上がって、フィリップのそばに膝《ひざ》をつき、彼の両手を握りしめた。

「あなたって、心の支えよ、フィリップ。あなたみたいないい人には会ったことがないわ。あとで怒ったりしない？」

フィリップは首を振ったが、心はうずいてしかたがなかった。

「ハリーにいってきていい？　あなたはそんなこと気にしないっていっていい？　あなたがだいじょうぶだって約束してくれなきゃ、彼は絶対、いくっていわないから。あたしがどんなにあの人を好きか、あなたにはわからない！　これが終わったら、あたし、あなたになんでもする。いっしょにパリでもどこでも旅行する。月曜日には」

彼女は立ち上がって、帽子を取った。

「どこにいくんだい」

「彼に、ききにいくの」

「いますぐ？」

「いてほしい？　だったら、ここにいる」

そういって座ったが、フィリップは軽く笑っただけだった。

「いや、どうでもいい。すぐにいったほうがいいんじゃないか。ただ、ひとつだけいっておきたいことがある。いまはグリフィスに会いたくないんだ。会えば、すごくいやな気がすると思う。だから、こういってほしい。ぼくは彼をうらんでなんかいないけど、しばらくは顔を合わさないようにしてほしいって」

「わかった」彼女はさっと立ち上がって手袋をはめた。「あとで、あの人がなんていったか報告にくるから」

「今夜はぼくとふたりで食事をしないか？」

「喜んで」

彼女は顔を上げて唇を突き出し、フィリップが唇を押しあててくると、両腕を彼の首に回した。

「大好きよ、フィリップ」

二時間後、彼女から書き付けが届いて、頭痛がするから夕食はできないといってきた。フィリップもそうなるだろうと思っていた。グリフィスといっしょなのはわかっている。恐ろしいほどの嫉妬がこみあげてきたが、突然あのふたりを捉《とら》えた情熱は、どこか知らないところからやってきたようなもので、神か霊がのりうつったのではないかとさえ思え、自分にはどうしようもなかった。ふたりが愛し合うのは当然に思えた。グリフィススはすべての点で自分より魅力的だし、自分がミルドレッドだったら、同じようにしただろうとも思う。最もつらいのはグリフィススの裏切りだ。おたがい大の親友だったし、自分がどんなにミルドレッドを好きか、彼もよく知っていた。なぜこんなひどいことができるんだろう。

ミルドレッドに会えたのは金曜日だった。顔をみたくてしょうがなかった。しかしやっと会えたとき、彼女の頭から自分がすっかり消えているのに気がついた。そこにはグリフィススしかいなかった。フィリップはとたんに、彼女を憎んだ。やっと、ふたりが愛し合っている理由がわかったのだ。それはグリフィススが愚かだからだ。とことん愚かだからだ！　そんなことはずっと前からわかっていたはずなのに、自分はそれに目をつぶっていた。彼は愚かで、頭が空っぽなのだ。そしてフィリップにはその愚かさが魅力に思えて、利己的な性格がみえなかった。彼は欲望を満たすためならだれでも平気で犠牲にする。生活そのものが尋常でない。酒場やミュージックホールで飲み歩き、女を次々に乗り換える！　本など一冊も読まず、浮ついたことと低俗なことにしか目がいかない。洗練されたものには目もくれない。しょっちゅう口にする言葉は、「かっこいい」。それが男に対しても女に対しても最高の賛辞なのだ。かっこいい！　ミルドレッドがほれるのも当然だ。似たもの同士なのだから。

フィリップは彼女を相手に、どうでもいいことばかり話した。彼女がグリフィススのことを話したがっているのはわかっていたが、口をはさませなかった。二日前の晩に、ささいな理由で夕食を断ったことにも触れなかった。いたって冷静に接し、突然、無関心になったと思わせようとした。そして、彼女が傷つくとわかっている小さなことを巧みに言い連ねた。しかしあからさまにはいわず、残酷なことをそれとなく口にしたので、彼女も何もいえなかった。そのうち彼女は椅子《いす》から立った。

「そろそろ、いかなくちゃ」

「いろいろ準備があるからね」

彼女が手を差しだしたので、フィリップはその手を取って、さようならといい、ドアを開けた。彼女がいいたいことがあるのはわかっていたし、冷ややかで皮肉っぽい態度で対応されて気後れしたこともわかっていた。フィリップは自分の内気さが相手にはしばしば冷淡にみえて、警戒心を起こさせることがあるのを知るようになってからは、それを意図的に使うことがたまにあった。

「こないだの約束、覚えてるわよね」フィリップがドアを押さえて、送り出そうとすると、彼女がきいた。

「なんだっけ」

「お金を出してくれるって」

「いくら？」

その氷のように冷たい言い方は、ひと言ひと言が攻撃的にきこえた。ミルドレッドは赤くなった。その瞬間、フィリップは、彼女がかっとなったのがわかった。そして、飛びかかるのを必死にこらえている相手の自制心に驚き、もっといじめてやりたくなった。

「明日、服の代金と部屋代を払わなくちゃいけないの。それだけ。ハリーはいかないって。だから、旅行のお金はいらないわ」

フィリップの心臓が肋骨《ろっこつ》に当たって音を立てた。押さえていたノブを放すと、ドアが閉まった。

「なんで」

「あなたのお金でいけるはずないって」

フィリップはまた胸のなかに住みついている自虐《じぎゃく》の悪魔につかまった。ふたりがいっしょにいくのがいやでたまらないのに、ミルドレッドにグリフィスを説得させようと思ったのだ。

「なぜいけないんだ。ぼくがいいといっているのに」

「あたしも、そういったの」

「もし本当にいきたいんだったら、遠慮することはないじゃないか」

「彼だっていきたいのよ。でも、お金がないから、いけないっていうの」

「彼がいやだというなら、きみに金を渡す、それならいいだろう」

「あたしも彼に、あなたからお金を借りて、もどってきたら、なるべく早く返せばいいっていってみたわ」

「きみが膝をついて、週末、旅行に連れていってくれるよう頼むとはね」

「ほんと、自分でもそう思う」彼女は恥ずかしげもなく、小さな笑い声を上げた。

フィリップは背骨を悪《お》寒《かん》が走るのを感じた。

「それで、どうするんだ」

「何も。だって、明日、帰っちゃうんだもの。帰らなくちゃいけないんだって」

それはフィリップにとって救いだった。グリフィススがいなくなれば、ミルドレッドはもどってくる。彼女はロンドンに頼れる知り合いはいないから、自分のところにくる以外ない。またふたりきりになれば、グリフィススとのことなんか忘れさせてやる。そのまま何もいわなかったら、思い通りになったかもしれない。ところが、ふたりに考え直させようという、悪魔の欲望がまた頭をもたげてきた。このふたりが、どこまで自分にひどいことができるのかみてみたくなったのだ。もうひと押しすれば、どちらもこちらの思うとおりになる。そうなれば、ふたりのあさましい了見を思い切りあざ笑ってやる。フィリップはひと言いうたびに、傷つきながらも、その痛みに恐ろしい喜びを感じていた。

「いまいかないと、二度とチャンスはないぞ」

「それも、いったわ」

彼女の声の強い調子に、フィリップははっとした。そしていらいらして爪《つめ》を噛んだ。

「それで、行き先は」

「あら、オクスフォードよ。グリフィススはあそこの大学にいたんだって。だから、校舎なんかを案内してくれるといってた」

フィリップは、かつて彼女にオクスフォードにいこうと誘ったときのことを思い出した。彼女は、そんなところをみても退屈するだけだからいやだと、きっぱり断ったのだ。

「たぶん、天気はいいし、今時はきっと楽しいと思うよ」

「思いつくことは、もうみんないってみたの」

「もう一回、いってみれば」

「あなたが、そういったっていっていい」

「そうまでいわなくても、だいじょうぶじゃないか」

彼女は一、二分、フィリップの顔をみつめていた。フィリップは気持ちを抑えて、親しげな顔で見返した。憎悪と軽蔑《けいべつ》にさいなまれながらも、好きで好きでたまらないのだ。

「じゃ、こうするわ。これから会いにいって、その気になってくれるかどうか、説得してみる。もし成功したら、明日、ここにくるから、お金をお願い。明日は、いつここにいる？」

「昼食のあと、もどって待ってるよ」

「ありがとう」

「服代と部屋代はいま渡しておくから」

フィリップは机までいって金を取りだした。ワンピース代が六ギニー、部屋代と食費、それから赤ん坊の一週間分の養育費。八ポンド十シリング渡した。

「本当にありがとう」

そういって、彼女は去った。

77

フィリップは医学校の地下で昼食を食べると、部屋にもどった。土曜日の午後で、女主人は階段を掃除していた。

「ミスタ・グリフィススは帰ってますか」フィリップはたずねた。

「いいえ。今朝出かけたきりですよ。あなたが出かけたすぐあとです」

「帰ってきますよね」

「さあ、どうでしょう。荷物を持って出られたようですよ」

フィリップは首をかしげた。それから、本を取りあげて読みだした。『千一夜物語』の翻訳で有名なリチャード・フランシス・バートンの『メッカへの旅』。ウエストミンスター公共図書館から借りてきたばかりだ。最初のページを読みだしたが、何も頭に入ってこない。まったく集中できない。玄関のベルの音が鳴らないかと、そればかり考えていた。グリフィススがミルドレッドを置いて、カンバーランドの故郷に帰ってしまったとは思いたくなかった。ミルドレッドは金をもらいに、すぐにでもここにくるはずだ。フィリップは歯を食いしばって読み続け、必死に集中しようとした。努力のかいあって、文は頭に入ってきたが、耐えている苦痛のせいで意味が曲がってしまう。ふたりに金を渡すなどというばかな提案をしなければよかったと、心から後悔していた。しかしそういったからには、撤回するわけにはいかない。それはミルドレッドのためではなく、自分のためだ。フィリップは病的といってもいいくらい頑固で、こうすると決めたらやり遂げないと気がすまない。三ページ読んだが、頭には何も残っていない。最初からまた読みだしたが、気がつくと、一文を繰り返し読んでいた。その文が頭のなかで恐ろしいほどねじれて、悪夢に出てきそうなものになっていく。できることがあるとすれば、外に出て夜中までもどってこないことくらいだ。そうすれば、ふたりは出発できない。ふたりが一時間おきに、自分がここにいるかどうか確かめにくるところが目に浮かぶようだ。そのたびに、がっかりするのを想像するとうれしくなる。フィリップはさっきの一文を無意識のうちにくり返し読んでいた。だが、外に出るわけにはいかない。ふたりがくれば、金を渡してやろう。そうすれば、人間がどこまで下劣になれるかこの目で確かめることができる。もう本を読むのは無理だ。単語を追うことさえできない。フィリップは椅子の背にもたれて目を閉じた。みじめな気持ちで、なすすべもなく、ミルドレッドがくるのを待った。

女主人が入ってきた。

「ミセス・ミラーにお会いになりますか」

「通してください」

フィリップは気を引き締めて、自分の気持ちを気取られないようにしようと思った。膝をついて、彼女の手を取り、頼むからいかないでくれと頼みたい衝動に襲われた。しかし、何をしたところで彼女の決意を変えることができないのはわかっていた。きっと、自分のいったことやしたことを、グリフィススに報告するにきまっている。そう思うと恥ずかしくなった。

「やあ、小旅行はどうなった」フィリップは明るい調子でたずねた。

「いくことになったわ。ハリーは外よ。あなたが会いたくないっていったら、邪魔にならないように待ってるって。でも、ちょっとでいいから入ってきて、さようならをいいたいっていってるの」

「いや、会いたくない」

フィリップには、自分がグリフィススに会うか会わないかを彼女が気にしているとは思えなかった。彼女がここにきたからには、さっさと出かけてほしい。

「ここに五ポンドある。さあ、いっておいで」

彼女は受け取って、さようならというと、背を向けて部屋から出ようとした。

「いつもどってくるんだ」

「月曜日よ。ハリーが故郷に帰るから」

フィリップは次の言葉をいうのが屈辱的なのはわかっていたが、嫉妬《しっと》と切望でどうしようもなかった。

「そのときは、会いにきてくれるね」

その口調につい本音がにじんでしまった。

「もちろんよ。もどってきたら、まっさきに知らせにくるわ」

フィリップは彼女の手を握った。それからカーテン越しに、玄関前に待たせてある四輪馬車に彼女が飛び乗るのをみつめた。馬車は走り去った。フィリップはベッドに横になり顔を両手でおおった。涙がこみあげる。こんなことをした自分が、いまいましくてならない。両手を握りしめ、体を思い切り縮めるようにして涙をこらえたが、どうしようもなく、痛々しいすすり泣きがこぼれた。

そのうち、疲れきって立ち上がると恥ずかしくてたまらず、顔を洗った。ウィスキーを多めに入れてソーダで割った。飲むと、少し楽になった。パリ行きのチケットが目に止まった。フィリップは暖炉の棚の上からそれを取ると、腹立ちまぎれに火に放りこんだ。換金できるのはわかっていたが、燃やしてしまうとほっとした。それから知り合いの顔でもみにいこうと思った。医学校のクラブにはだれもいなかった。話す相手がいないと、頭がおかしくなりそうだったが、ローソンはフランスにいっている。そこでヘイワードのところにいってみたが、玄関のドアを開けたメイドに、週末はブライトンにいらっしゃってますといわれた。そこで美術館にいってみたが、ちょうど閉まったところだ。どうしていいかわからず、途方に暮れた。そしてグリフィスとミルドレッドのことを考えた。オクスフォードにいく途中で、列車の座席に向かい合わせに座って幸せそうにしているのだろう。しかたなく部屋にもどったものの、恐ろしいほどのみじめさに打ちのめされた。またバートンの本を読もうとしたが、読みながら、なんて愚かなことをしたんだと胸のなかでくり返すばかりだった。いっしょにいけといったのは自分で、そのための金を出したのも自分で、無理やりいかせたのも自分だ。グリフィスをミルドレッドに紹介したらどうなるかくらい、どうしてわからなかったのか。自分の強い執着が彼の好奇心をそそるのは当然だ。ふたりはもうオクスフォードに着いているだろう。ジョン通りの小さな宿屋に泊るのかもしれない。フィリップはオクスフォードにいったことがないが、グリフィスからよくきかされていたので、ふたりがどこにいくかは手に取るようにわかった。クラレンドンで食事をする。そこはグリフィススが気分がいいときに夕食をとるレストランだ。フィリップはチャリングクロス近くのレストランで食事をしてから、芝居をみにいくことにした。オスカー・ワイルドの作品を上演している劇場の立ち見席にもぐりこんだ。今晩、ふたりも芝居をみているのだろうか。何かしないと暇を持てあますに違いない。あれほど頭の悪いふたりが話をするだけで満足できるはずがない。フィリップはふたりの低俗な趣味を思い出して、無性に楽しくなった。似合いのふたりだ。フィリップはぼんやりと芝居をみて、幕間《まくあい》のたびにウィスキーを飲んで気を引き立てた。酒には慣れていなかったので、すぐに酔いが回ってきたが、気持ちが荒れて、不機嫌になるばかりだ。芝居が終わると、もう一杯飲んだ。寝られそうになかったが、寝るつもりもない。想像してしまいそうな情景が恐ろしくてたまらなかった。だから考えないようにした。飲み過ぎたのはわかっていた。そして、おぞましくて浅ましいことをしたいという欲望にとりつかれた。溝のなかで転げ回りたかった。獣のようになって這《は》いずり回りたかった。

　フィリップは足を引きずりながらピカデリーを歩いた。酔っ払っていながらさめた気持ちで、怒りと惨《みじ》めさに心をかきむしられて。厚化粧の娼婦《しょうふ》に腕をつかまれて、引き止められた。フィリップは乱暴な言葉を吐いて、突き飛ばした。それから何歩かいって立ち止まった。あの女でもいいじゃないか。ひどい言葉を吐いたのが申し訳なく思えて、もどった。

「あの」フィリップは声をかけた。

「くたばれ」彼女が答えた。

フィリップは声を上げて笑った。

「ちょっといいかい。これから夕食を付き合ってもらえないか」

女は目を丸くしてフィリップをみつめ、しばらくためらっていたが、相手が酔っ払っているのに気がついた。

「いいわよ」

フィリップは、ミルドレッドからしょっちゅうきかされた言葉をきいておもしろく思った。そしてよくふたりでいったレストランにいくことにした。いっしょに歩いているとき、女が自分の足をちらちらみているのに気がついた。

「足が悪いんだ。何かいいたい？」

「変な人ね」女は笑った。

部屋にもどると、全身の骨が痛んだ。頭をハンマーで殴られているような気がして、叫び出しそうだ。そこでウィスキーをソーダで割って飲み、落ち着くと、夢のない眠りに落ちて、次の日の昼まで寝た。

78

ようやく月曜日になり、長い苦痛の時間が終わった。列車の時刻を調べてみると、グリフィスがその晩、故郷にもどれる最後の列車は一時過ぎにオクスフォードを出発することがわかった。おそらくミルドレッドはその数分後のロンドン行きの列車でもどってくる。駅まで迎えにいきたかったが、ミルドレッドは一日ひとりでいたいだろうと思った。たぶん、夜には、帰ってきたという手紙か何かがくるだろう。もしこなかったら、明日の朝、訪ねていけばいい。フィリップは弱気になっていた。グリフィスには激しい憎悪を感じていたが、ミルドレッドには、あんな日にあったというのに、身もだえするほどの欲望しか感じない。土曜日の午後、ヘイワードがロンドンにいなくてよかった、あのときは動揺して、人の温かさがほしくてたまらなかったから、洗いざらいしゃべって、なんて情けないやつだとあきれられたに違いない。いや、軽蔑されるどころか、驚いて愛想をつかされたかもしれない。なにしろ、ほかの男についていった女を引き受けるというのだから。しかし、ヘイワードに驚かれ、愛想をつかされたらどうだというのだ。どこまでも妥協してやる。これ以上の屈辱を受ける心の準備もできている。この欲望をみたすことができさえすればそれでいい。

その日の夕方、フィリップは気持ちと裏腹に、彼女の住んでいるところまで歩いていって、部屋の窓を見上げた。明かりは灯《とも》っていない。もどったかどうかたずねる勇気はなかった。彼女の約束を信じていた。しかし、翌朝になっても手紙はこない。昼頃、訪ねてみると、メイドに、まだお帰りになっていませんといわれた。フィリップは首をかしげた。グリフィスは前日すでに故郷にもどっていなくてはならない。結婚式の花婿《はなむこ》の付き添いをすることになっていたからだ。そしてミルドレッドは金を持っていない。フィリップは頭のなかであらゆる可能性を考えてみた。そして午後ふたたび訪ねて、書き置きを残した。それにはこの二週間のことはなかったかのように冷静に、夕食をいっしょにしようと書いておいた。待ち合わせの時間と場所を指定して、たぶんこないだろうと思いながら、そこで待った。一時間ほど待ったが、彼女はこなかった。水曜日の朝、さすがに、またききにいくのが恥ずかしく、使いの男の子に手紙を持たせて、返事をもらってくるようにいった。ところが一時間後、男の子は未開封の手紙を持ってもどってきて、まだ旅行からもどっていないそうですと伝えた。フィリップはわれを忘れた。この最後の裏切りは決定的だった。何度も繰り返し、ミルドレッドを罵倒《ばとう》し、この新たな失望をもたらしたグリフィススを呪《のろ》った。憎い相手を殺す喜びまでわかるような気がした。街を歩きながら考えた。暗い夜、相手の喉《のど》にナイフを突き立て、頸動脈《けいどうみゃく》を掻《か》き切り、路上で野良犬《のらいぬ》のように死んでいくのをながめる快感を思うと、ぞくぞくした。フィリップは悲しみと怒りで理性をなくしていた。ウイスキーは好きではなかったが、感覚を麻痺《まひ》させるために飲んだ。火曜日も水曜日も夜は酔っ払って眠った。

木曜日の朝、ずいぶん遅く起きるとベッドから出て、ぼんやりした目で、青ざめた顔で居間にいき、手紙がきていないかみてみた。奇妙な感覚が心臓を貫いた。グリフィススの手書きの文字だ。

フィリップへ

何をどう書けばいいかわからないのだが、書かないわけにはいかない。どうか、怒らないでほしい。ミリーを連れ去ったりするべきでないことはわかっていた。だが、どうしようもなかったのだ。それこそ、なにがなんだかわからなくなって、彼女を手に入れるためならなんでもしてやるという気になってしまった。彼女から、旅行にいくための金をきみが出してくれるときいたとき、断ることができなかった。そして旅行が終わってみると、自分のことが恥ずかしくてたまらず、なんとばかなことをしたのだと後悔している。どうか手紙を書いて、怒っていないといってくれ。いますぐにでも、そこにいって、きみに会いたい。ミリーから、ぼくには会いたくないといっていたときいて胸が痛んだ。一行でいいから書いてくれ。きみはいいやつだ。だから、どうか許してほしい。そうすれば、この罪悪感も少しは軽くなるかもしれない。ミリーといっしょに旅行にいっても、きみは気にしないだろう、気にするくらいなら金を出すなどというはずがないと思っていたんだ。だが、あんな申し出を受けるべきではなかった。こちらには月曜日にもどってきた。ミリーは二日ほどひとりでオクスフォードを回るといっていた。水曜日には帰ると思う。だから、きみがこの手紙を受け取るときには、もう彼女に会っているかもしれない。すべてがうまくいくよう願っている。頼むから、手紙を書いて、許すといってくれ。一通でいいから、書いてほしい。

ハリーより

フィリップは憤然と手紙を破り捨てた。返事を書くつもりもなかった。グリフィスの謝罪など軽蔑するしかないし、罪悪感が軽くなるなどきくだけで腹立たしい。卑劣なことも、やりたければやればいい、だが、あとになって後悔するのは見苦しい。こんな手紙は臆病者《おくびょうもの》の偽善だ。みじめな言い訳に、吐き気がする。

「冗談じゃない。下劣なことをしておいて、あとであやまれば、それですむと思っているのか」フィリップは、ぼそっといった。

そしてチャンスさえあれば、きっと仕返しをしてやると心に決めた。

それはともかく、ミルドレッドがロンドンに帰っていることがわかった。フィリップは急いで着替え、ひげを剃《そ》る暇も惜しんで紅茶を一杯飲むと、辻馬車《つじばしゃ》で彼女のところに向かった。馬車がのろくて、はっているとしか思えなかった。彼女に会いたい、胸が苦しい。知らず知らず、信じてもいない神に祈っていた。どうか彼女がやさしく迎えてくれますように。ただただ忘れたかった。フィリップは痛いほど心臓が打つのを感じながらベルを鳴らした。彼女をもう一度この腕に抱きしめたいという熱い思いで、それまでのすべての苦痛を忘れた。

「ミセス・ミラーはもどってますよね」フィリップはうれしそうにたずねた。

「出ていかれました」メイドが答えた。

「一時間ほど前にもどってらして、荷物を持って出ていかれました」

　一瞬、フィリップは言葉を失った。

「ぼくの手紙を渡してくれました？　どこへいくか、いってませんでした？」

　フィリップはようやく納得した。まただまされたのだ。彼女は自分のところにもどってくるつもりなどなかったのだ。フィリップはなんとか体面を取りつくろった。

「ああ、そうか。彼女から手紙がくるのかな。それとも、もう出したけど、宛先《あてさき》を間違えたのかも」

　フィリップは背を向けて、みじめな気持ちを噛みしめながら部屋にもどった。こんなことになるのは、わかっていたじゃないか。彼女はぼくのことなんかどうでもよかった、最初からばかにしていたんだ。哀れみも、やさしさも、思いやりもない女だ。こうなったからには、受け入れたくないことを受け入れるしかない。苦悩に押しつぶされそうだ。こんな苦しみに耐えるくらいなら死んだ方がましだ。そして、ふと思った。すべてに終止符を打とう。川に飛びこむか、線路に首をのせるか。ところが、その気持ちを言葉にした瞬間、全身がそれに反発した。理性の声が響いたのだ。この不幸は乗り越えられる。必死で頑張れば、彼女を忘れることができる。これほどいやしい女のために自殺するなどグロテスクだ。命はひとつしかない。それを投げ捨てるのはばかばかしい。この激しい気持ちを忘れられるとはとても思えなかったが、理性は、そんなことは時間の問題だと諭している。
ロンドンにいるつもりはなかった。ここではすべてが、不幸を思い出させる。伯父に電報を打って、ブラックステイブルにもどることを伝えると、急いで荷造りをして、次の列車に乗った。耐えきれないほどの苦痛を味わったみすぼらしい部屋から出ていきたかった。すがすがしい空気を胸に吸いこみたかった。自分にうんざりしていたし、少し頭がおかしいような気もしていた。

　成年になってから、フィリップは牧師館に帰ると一番いい部屋をあてがわれた。角部屋で、ひとつの窓は老木に視界をさえぎられていたが、ほかの窓からは、庭と、牧師館の芝地のむこうに広がっている草原がみえる。壁紙は幼い頃から変わっていない。壁にはヴィクトリア朝初期の奇妙な水彩画が何枚かかかっていた。牧師の若い頃の友人が描いたもので、あせた魅力がある。化粧台のまわりは糊《のり》のきいたモスリンの布がスカートのようにおおっている。衣服を入れる脚付きのたんす。フィリップはうれしくなって、ため息をついた。こういったものすべてが自分になんらかの意味を持っていることに、初めて気がついた。牧師館ではそれまでと同じ生活が続いている。どの家具も昔のままだし、牧師は同じ物を食べて、同じことを話し、同じ道を散歩する。少し太って、少し口数が減り、少し偏屈になった。妻のいない生活に慣れて、妻を思い出すことはほとんどなくなった。相変わらずジョサイア・グレイヴズと言い合いをしている。フィリップは彼にも会ったが、少しやせて、少しやつれて、少し頑固になっていた。相変わらず自分勝手なところがあって、祭壇にロウソクをともすのには反対している。通りの店も相変わらず、ちょっと変わっていておもしろい。フィリップは、水夫靴や防水帽や滑車など船上で必要なものを売っている店の前に立って、昔を思い出した。子どもの頃、船旅の魅力や、魔法に満ちた未知の冒険を思って胸を躍らせたものだ。

郵便配達が玄関を二度ノックするたびに、心臓が高鳴った。ロンドンの女主人がミルドレッドの手紙を転送してくれたのではないかと思ってしまうのだ。しかし、そんなことはありえない。いまになって冷静に考えてみると、ミルドレッドに自分を愛させるのは無理もいいところだ。男から女へ、女から男へ伝わるものがなんなのか、そして相手を奴《ど》隷《れい》にするものがなんなのか、それがわからない。性的本能と呼ぶのは簡単だが、もしそれだけなら、ある人より別の人に強く引きつけられる理由がわからない。人を引きつける力はあらがいがたく、理性で立ち向かうことはとてもできない。友情も、感謝も、利害も、その前にはまったく無力だ。自分はミルドレッドに性的な魅力を感じさせなかったから、何をしても彼女の気持ちを変えることはできなかったのだろうか。そう考えて、身震いした。もしそうなら、人間は獣と同じではないか。フィリップはふいに、人間の心は暗い謎《なぞ》に満ちているような気がした。ミルドレッドが自分に無関心だったので、彼女には性的な欲求がないと思った。あの貧血気味の容姿、薄い唇、腰が細く胸の平らな体つき、気だるそうな動作がそれを裏付けた。ところが突然、情熱の虜《とりこ》になり、すべてを危険にさらしてまでもそれを満たそうとした。彼女がなぜエミール・ミラーとあんな関係になったのか、さっぱりわからなかった。まるで彼女らしくなかったし、彼女自身も説明ができなかった。だが、今回グリフィススとの件でわかった。まったく同じだ。自分にはどうしようもできない欲望にさらわれてしまったのだ。彼女の心を不思議なくらい捉えたのはこのふたりの男のなんだったのか。ふたりとも粗野な性格で、軽薄な話と低俗なユーモアしか解さない彼女を笑わせた。しかし彼女をとらえたのはおそらく、あけすけな性的魅力だったのだ。それこそがふたりの最も顕著な特徴だ。彼女は上流志向が強く、生の現実には身震いし、体の機能をいやらしいと考え、ごく日常的なことを上品に話したがり、わざと難しそうな言葉を使いたがった。そんな細く白い背中を、ふたりの男に獣のような鞭《むち》で打たれ、彼女は官能的な痛みに震えたのだ。

フィリップはひとつ、決心した。あの苦悩を経験した部屋にはもどらない。女主人に手紙を書いて、その旨《むね》を伝えた。そして自分のものを身の回りに置きたかったので、家具付きではない部屋を借りることにした。そのほうが快適で安上がりだ。今回は安いことが何より重要だった。というのも、この一年半で、ほぼ七百ポンド使ってしまったからだ。この埋め合わせをするためには、かなり切り詰めた生活をしなくてはならない。先のことを考えると、ときどき、どうしていいかわからなくなる。ミルドレッドのためにあんなに金を使ったのは愚かというしかない。しかしまた同じような状況に陥ったら、同じことをするのもよくわかっていた。ときどき自分でも不思議に思うのだが、仲間がフィリップのことを、気持ちをあまり表に出さないうえに、動作がゆっくりなのをみて、意志のかたい、考え深い、冷静な男と思うことがある。フィリップのことを理性的だと思い、常識をわきまえているといってほめる。しかし本人にもわかっているのだが、落ち着いた表情は無意識につけた仮面に過ぎず、蝶《ちょう》の保護色のようなものなのだ。そして本人自身、意志の弱さに驚いている。ささいな感情にも風に舞う木の葉のように揺れ、大きな感情につかまると、どうしようもなくなる。自制がきかなくなるのだ。自制心があるようにみえるのは、ほかの人なら動揺するような多くのことに興味がないだけなのだ。

フィリップは自分なりに作ってきた人生哲学を考え、皮肉な思いにとらわれた。というのは、それまでに経験してきた危機においてろくに役に立たなかったからだ。そもそも思想とか哲学というものは、人生の重要な局面において助けになるのだろうか。人間のなかには本人にもまったくわからない力があって、人はそれに揺り動かされ、パオロとフランチェスカ〔『神曲』のなかのエピソードに登場する不義の愛に落ちたふたり〕をもてあそんだ地獄の暴風のようなものにあおられているのではないか。自分はいつもこれからどうするかを考えているくせに、いざ行動するときになると、本能や感情といった自分でもよくわからないものに翻弄《ほんろう》されて、どうしていいかわからなくなる。そして、環境と人格というふたつの力に動かされる機械のように行動してしまう。理性は外からながめて事実を観察するだけで、それに干渉する力はない。まるでギリシアの哲学者エピクロスの考える神々のようなものだ。はるか高みから人間たちの営みをながめているが、そこで何が起ころうが何もできない。

79

フィリップは学期が始まる二日前に、ロンドンにいって部屋を探した。ウエストミンスターブリッジ通りから脇《わき》に入ったあたりを歩いてみたが、陰気な感じがしていやだった。結局、ケニントンで好みの通りをみつけた。閑静で古い趣のある場所だ。

『ニューカム家の人々』を書いた作家サッカリーがテムズ川の左岸にみたロンドンを思わせる風情《ふぜい》がある。ケニントン通りを、ニューカム家の大きな四輪馬車が家族を乗せて西ロンドンにむかって走るところが目に浮かぶようだ。道の両側に並ぶスズカケノキがいっせいに芽吹いていた。フィリップが目をつけた通りの家々は二階建てで、ほとんどの窓に「貸し部屋あり」の貼《は》り紙があった。「家具なし」と書かれている部屋がある建物のドアをノックすると、いかめしい感じの寡黙《かもく》な女性が、小さな部屋が四つある上の階をみせてくれた。そのうちのひとつには、調理用のレンジと流しがある。週九シリング。部屋は四つもいらなかったが、安いし、すぐにでも落ち着きたかった。フィリップは掃除と朝食を頼めるかたずねたが、ほかの仕事でいそがしいといって断られ、かえってほっとした。部屋代さえもらえばそれでいいらしい。その女性からは、雑用をしてくれる女が必要なら、角を曲がったところの雑貨屋兼郵便屋できけばいいといわれた。

家具はわずかだ。パリで買ったひじ掛け椅子、テーブル、絵が数枚、クロンショーからもらった小さなペルシア絨毯《じゅうたん》。伯父からは、折りたたみのベッドを持っていけといわれていた。もう八月に家を貸すことはないから、不要になったとのことだ。十ポンドほどで、ほかに必要最小限の物を整えた。それから十シリングで居間に小麦色の壁紙を張った。壁にはローソンにもらったケ・デ・グラン＝ゾーギュスタン河岸通りのスケッチと、アングルの「オダリスク」と、マネの「オランピア」の写真をかけた。パリにいた頃は、これらの絵をみながらひげを剃っていた。そして画家を目指したことがあったのを思い出すために、スペインの若者ミゲル・アフリアの木炭デッサンを飾った。一番うまく描けた作品だ。全裸で、両手を握りしめ、足は独特の力で床をつかみ、顔にはとても印象的な決然とした表情が浮かんでいる。ずいぶん前のものなので欠点も目につくが、それでもこの絵はいろんな思い出もあり、みるにたえるものだった。ミゲルはどうしているだろう。才能のない者が美術や文学を追究する姿ほど無残なものはない。おそらく、寒さと飢えと病気に疲れ果て、どこかの病院で死ぬか、絶望の果てに濁ったセーヌ川に身を投げるかだ。しかしミゲルのことだ、南欧特有の移り気な気質にまかせて、イバラの道をあきらめ、マドリッドかどこかの会社員になり、政治や闘牛について熱く語っているのかもしれない。

フィリップはローソンとヘイワードを新居に招待した。ひとりはウィスキーのボトルを抱えて、もうひとりはフォアグラのパテを持ってやってきた。フィリップはふたりに、趣味がいいといわれて、うれしくなった。スコットランド人の株の仲買人も招待したかったのだが、椅子が三つしかなかったので、ふたりしか呼べなかった。ローソンは自分の紹介でフィリップがノラ・ネズビットと親しくなったことを知っていたので、数日前、彼女に会ったと話した。

「それで、フィリップはどうしてるって、きかれたんだ」

フィリップは彼女の名前が出たとたん、まっ赤になった(困ったことに、動揺すると赤くなる癖はなかなか治らない)。ローソンは、何があったんだといいたげな顔でフィリップをみた。彼も最近は一年のほとんどをロンドンで過ごすようになって環境にもなじみ、髪は短く切って、さっぱりしたサージのスーツに、山高帽をかぶるようになった。

「結局、別れたのか」

「もう何ヶ月も会ってなくてね」

「彼女、かわいかったぞ。白いオストリッチの羽根をいっぱいつけたおしゃれな帽子をかぶってた。暮らし向きもよくなったらしい」

フィリップは話題を変えたが、彼女のことは頭から離れなかった。しばらくして、三人でほかのことを話している最中に、いきなりたずねた。

「ぼくのことで怒っているようだった？」

「いや、全然。きみのことをすごくよくいってた」

「ちょっと、会いにいきたい気分なんだ」

「いけばいいだろう」

ノラのことはしょっちゅう考えていた。ミルドレッドが去ったあと最初に頭に浮かんだのが彼女だ。そして、彼女だったら、絶対あんなことはしなかっただろうと苦々しく思った。会って、なぐさめてほしかったが、そんな恥ずかしいことはできない。いつもやさしくしてくれたのに、あんなひどいことをしたのだから。

「別れたりしなければよかった！」ローソンとヘイワードが帰ったあと、寝る前にパイプを一服しながら独り言をいった。

ふたりで過ごした楽しい時間を思い出す。ヴィンセント・スクエアのこぢんまりした居間でのひととき、ギャラリーや劇場にいったときのこと、親しく会話をした楽しい夜。いつも気づかってくれ、話すとなんにでも興味を持ってくれた。彼女の愛は心温まるもので、いつまでもあせることがない。性的というより母性的な愛だった。それは得がたいもので、いつまでも、心から感謝しなくてはならないのはわかっていた。そうだ、彼女の前にひれ伏して、許しを乞《こ》おう、フィリップは決心した。本当にいやな思いをさせたが、彼女は心が広い、きっと許してくれる、そもそも悪意を抱くことができない人だ。手紙を書こうか？ だめだ。いきなり出向いていって、足元にひざまずこう。いざそのときになると、恥ずかしくてそんな大げさな真似《まね》などできないのはわかっていたが、その気持ちは本物だった。そして、もし許してもらえるなら、一生、ぼくを頼ってくれていいといおう。長年患《わずら》ってきたあのいまいましい病気から回復した、きみの素晴らしさはよくわかっている、ぼくを信頼してほしい。想像はさらに先へ飛んだ。日曜日、彼女を乗せてボートを漕《こ》いでいる自分がみえる。そうだ、グリニッジに連れていこう、ヘイワードとふたりで遊びにいったときのことはとても楽しくて、いまでも忘れられない。ロンドン港の美しさは思い出のなかの永遠の宝だ。夏の日の午後は、ハイドパークでいっしょに座って、会話を楽しもう。フィリップは、彼女の愉快なおしゃべりを思い出して笑った。まるで小石の上を流れる谷川のさざめきのようで、心地よく、軽やかで、個性的だ。彼女に会えば、こんな苦痛は悪夢のように心から消えてなくなる。

ところが次の日のお茶の時間、きっとノラがうちにいるはずの時間、フィリップはドアをノックしたとたん、勇気がなえてしまった。許してもらえるはずがない。自分の都合で勝手にやってくるなんて、ぶしつけにもほどがある。ドアが開いて、以前毎日のように通っていたときとは違うメイドが出てきたので、ミセス・ネズビットはいらっしゃいますかとたずねた。

「ケアリといいますが、お会いできるかどうか、きいてきてください。ここで待っています」

メイドは階段を駆け上がると、また足音を響かせながらすぐにもどってきた。

「どうぞ、お上がりください。三階の手前の部屋にいらっしゃいます」

「そうだった」フィリップは軽く微笑《ほほえ》んだ。

心臓が高鳴った。ドアをノックした。

「どうぞ」聞き慣れた陽気な声が迎えてくれる。

安らぎと幸福の新しい人生へようこそといわんばかりの口調だ。入っていくと、ノラがやってきてあいさつをした。それから、昨日も会ったわね、といわんばかりに手を握った。男が立ち上がった。

「こちらはミスタ・ケアリよ——ミスタ・キングズフォード」

フィリップはほかに客がいるので、がっかりして椅子に座り、男を観察した。その名前は初めてだったが、男はいかにもくつろいだ感じで座っている。四十代で、ひげはきれいに剃って、長い金髪を形よくまとめている。顔色はよく、疲れたような青い目をしている。金髪で色白の男の目は、年を取るとこうなる。大きな鼻、大きな唇、頬骨が突き出ていて、体つきはがっしりしている。背は高めで、肩幅が広い。

「一体、どうしているのかと思っていたのよ」ノラが快活にいった。「このあいだ、ローソンに会ったの。彼からきいた？　そのときにいっておいたの。そろそろ、あなたが会いにくる頃なのよねって」

彼女の顔に当惑の影はまったくない。フィリップは心を打たれた。これ以上ないほどばつの悪い思いをしてやってきた自分を、何事もなかったかのように迎えてくれる。彼女は紅茶をいれて、砂糖を入れようとしたので、フィリップは止めた。

「あら、ごめんなさい」彼女は声を上げた。「忘れてたわ」

フィリップは信じなかった。自分が砂糖を決して入れないことを彼女が忘れるはずがない。彼女は冷静にみえるが、それは取りつくろっているだけだという証拠だろう。

中断していた話が始まり、フィリップはすぐにふたりの邪魔をしているような気がしてきた。キングズフォードはとくにフィリップを気にとめることなく、流暢《りゅうちょう》にユーモアをまじえてしゃべっているが、少し押しつけがましい感じがする。新聞記者かなにからしく、話題のひとつひとつにおもしろいことをいうのだが、フィリップは自分が会話の外に置かれているのが腹立たしかった。そして相手が帰るまで、ここにいようと決めた。この男はノラが好きなのだろうか。フィリップは以前、彼女に言い寄った男たちを話題にして、ふたりでよく笑ったものだ。フィリップは自分とノラしか知らない話題を出そうとしたが、そのたびに男が割って入って、口をはさめない話に持っていってしまう。フィリップはノラにも少しいらだった。彼女にも、自分がないがしろにされているのはわかっているはずだ。いや、もしかしたらこれは彼女の罰なのか。そう思うと、フィリップはまた機嫌がよくなった。そのうち時計が六時を打ち、キングズフォードは立ち上がった。

「そろそろ、おいとまするよ」

ノラは握手をすると、階段の前まで送っていった。それからドアを閉めて、しばらく外にいた。フィリップは、ふたりは何を話しているのだろうと思った。

「ミスタ・キングズフォードというのはだれ」彼女がもどってくると、フィリップは軽い口調できいた。

「ハームズワース社の雑誌の編集者。最近のわたしの作品をよく買ってくださるの」

「このまま帰らないんじゃないかと思った」

「待っててくれて、ありがとう。お話がしたかったの」そういうと彼女は大きなひじ掛け椅子《いす》に足まで乗せて小さく丸くなると、煙草《たばこ》に火をつけた。フィリップは微笑んだ。彼女がこの格好をするのをみるのが好きだったのを思い出した。

「まるで猫みたいだ」

彼女の黒くて小さな目が輝いた。

「ほんと、こんな癖はやめなくちゃね。子どもみたいでおかしいもの。この年で。でも、足を体の下に入れると気持ちいいのよね」

「また、この部屋にもどってこられてすごくうれしい」フィリップはにこにこしながらいった。「どんなに、ここにきたかったか」

「じゃあ、もっと前にきてくれればよかったのに」彼女は愉快そうにいった。

「なんとなく不安で」フィリップはそういって赤くなった。

彼女はとてもやさしい顔を向けた。唇に、魅力的な笑みを浮かべている。

「不安だなんて」

フィリップは一瞬、ためらった。鼓動が速くなった。

「最後に会ったときのこと、覚えてる？　信じられないほどひどいことをしてしまった。だから、恥ずかしくて恥ずかしくて」

彼女はこちらをみつめたまま返事をしない。フィリップは頭のなかがまっ白になった。自分がとても非常識なことをしにきたのがわかった。彼女から救いの手を差しのべるつもりはないらしい。思い切っていうしかない。

「どうか許してほしい」

フィリップは激しい調子で話した。ミルドレッドが去ったこと、絶望に打ちひしがれて自殺まで考えたこと。ふたりの間に起こったことを洗いざらい打ち明けた。子どもが生まれたこと、グリフィスを紹介したこと、愚かにも彼を信じて、その結果、見事に欺《あざむ》かれたこと。そしてノラに訴えた。いったい何度、きみのやさしさと愛を思っただろう、それを捨ててしまったことが悔やまれてしょうがない。きみといっしょにいるときだけは、幸せを実感できた。いまになって、きみがどんなに大切かよくわかった。話しているうちに、感情がたかぶって声がうわずってきた。ときどき自分のいっていることが恥ずかしくてたまらなくなり、うつむいて話した。顔は苦痛にゆがんでいたが、話すと不思議と気が楽になった。すべて話し終えると、疲れきって倒れるように椅子の背にもたれて返事を待った。何ひとつ隠さなかった。自分を蔑《さげす》み、実際以上にあさましく自分を語った。フィリップは相手が何もいわないのに驚いて、しかたなく顔を上げた。彼女はこちらをみていない。顔はまっ青で、何か考えこんでいる。

「何かいうことはない？」

彼女はびくっとして赤くなった。

「つらかったのね。本当にかわいそう」

言葉を続けようとしたようにみえたが、彼女はまた黙りこんでしまった。フィリップはまた待った。ようやく、ぽつぽつと彼女が話し始めた。

「わたし、ミスタ・キングズフォードと婚約したの」

「どうして、すぐにいってくれなかったんだ」フィリップは大声でいった。「こんな恥ずかしい話をしなくてすんだのに」

「ごめんなさい。話の途中で止められなくて……あの人と会ったのは、あのすぐあと……」彼女はフィリップを傷つけなくてすむ言葉を探しているようだった。「お友だちがもどってきたと、あなたにいわれたあとだったの。わたし、すごくみじめで。あの人は驚くほど親切だった。だれかに振られたのがわかったんでしょうね。でも、もちろん、あなただってことは知らないわ。わたしも、あの人がいなかったら、どうなっていたか。それからふと思ったの。いつまでもこんな仕事を続けることはできないって。もうくたくたで、具合が悪かったの。あの人には夫のことも話した。そうしたら、離婚にかかるお金を出すから、できるだけ早く結婚してほしいといわれた。あの人はいい職についているから、わたしは働きたくなければ働かなくていいの。あの人はわたしのことをかわいいと思ってくれていて、面倒をみてやりたいって。だから、いまは、わたし、あの人のことがとても好きなの」

「じゃあ、もう離婚したんだ？」

「仮判決が下りたところよ。確定判決が出るのは七月。そうなればすぐに結婚する予定なの」

しばらく、フィリップは何もいわなかった。

「あんなばかなことをしなければよかった」しばらくして、ぼそっといった。

さっきの長々しい恥ずかしい告白を思い出していた。彼女は首をかしげてフィリップの顔をのぞいた。

「わたしのことを心から愛していたわけじゃないんでしょう？」

「人を愛するというのは、あまり楽しいものじゃないらしいね」

しかしフィリップはいつも立ち直りが早い。立ち上がると、片手を差しだした。

「幸せになるよう祈っている。考えてみれば、きみにとっては最高の条件だ」

彼女は少しだけさびしそうにフィリップをみると、その手を取って握りしめた。

「また、きてくださるわよね」

「まさか」フィリップは首を振りながら答えた。「きみが幸せなところをみると、うらやましくてたまらなくなるに決まってる」

フィリップはそこを出ると、ゆっくり歩いていった。結局、彼女のいうとおりで、心から愛してはいなかった。がっかりして、腹立たしくもあったが、何より虚栄心が傷ついていた。それは自分でもわかっていた。そしていまわかったのは、運命の神にうまくしてやられたということだ。フィリップは思い切り自分を笑った。自分の不運を笑えるという才能はあまりうれしいものではない。

80

三ヶ月間、フィリップは新しい科目を受講した。約二年前にこの医学校に入学した学生は多かったが、かなり数が減った。試験に合格するのが思いのほか難しいとわかって退学した者もいれば、ロンドンでの生活費が予想以上にかかりそうだと知った親に帰ってこいといわれた者もいれば、方向転換をした者もいる。フィリップの知っていた若者は、画期的な金儲《かねもう》けの手段を考案した。最初は物品を買ってそれを質に入れていたのだが、そのうち、後払いで物を買って、それを質に入れるほうが利益があがることを発見したのだ。ところが、そのうち病院でちょっとした話題になった。彼の名前が軽犯罪訴訟のリストのなかにみつかったのだ。彼は勾留《こうりゅう》され、結局、父親が仕方なく保証人になって、「白人の責務」〔植民地の有色人種を文明化すること〕を果たすべくイギリスの植民地へいくことになった。また、初めて都会に出てきた若者は、ミュージックホールや酒場の快楽にはまって、競馬好きの連中や予想屋や、馬の調教師たちと付き合うようになり、いまでは馬券屋の下働きをしているらしい。一度、ピカデリーサーカス近くの酒場で見かけたことがある。そのときは、ウェストの細いコートを着て、つば広の茶色の帽子をかぶっていた。もうひとり、歌と物真似のうまい学生がいた。医学校の喫煙コンサート〔ヴィクトリア朝の男性のみを対象とした音楽会〕で、当時過激な科白《せりふ》で評判だったコメディアンたちの物真似をして好評を博したあと、医学の道は捨てて音楽喜劇の道に入った。さらにもうひとり、フィリップが興味を持った学生がいた。彼は言動が乱暴で、深い感情とは無縁にみえたのだが、ロンドンの狭苦しい場所で息苦しく感じていたらしい。閉塞《へいそく》した空間のなかでやつれ、あるはずがないと思っていた魂が、手に握られたスズメのようにもがき、おびえ、小さくあえぎ、脈が乱れた。子どもの頃にながめた広い空や、何もない開けた場所が恋しくてたまらなくなり、ある日、ふいにいなくなった。だれにもひと言もいわず、講義と講義の間に。そのうち、医者になるのはあきらめて、農場で働いているといううわさが流れた。

フィリップは内科と外科を履修した。ありがたいことに、週に何度か、午前中に外来患者の傷に包帯を巻いたりして多少の収入を得られるようになった。聴診器の使い方を教わり、薬の調合を覚えた。七月には薬学の試験がある。多くの薬を使って、水薬や丸薬や湿布薬を作るのはおもしろかった。フィリップは、人間的な興味がわくものにはなんにでも飛びついた。

一度、グリフィススを遠目にみかけたが、殺しかねないので、避けた。グリフィススの友人も遠ざけた。共通の仲間もいたが、自分とグリフィススが不仲なのを知っているということは、その原因も知っているだろうと思ったからだ。そのうちのひとりに、非常に背が高く、頭が小さく、ぼんやりした感じのラムズデンという学生がいた。

グリフィスの信奉者で、ネクタイやブーツから、しゃべり方や仕草まで真似ていた。そのラムズデンから、グリフィスは手紙の返事がこないのでとても傷ついている、仲直りしたらどうだといわれた。

「彼に頼まれたのか」

「いや。自分の考えだ。彼は自分のしたことをすごく後悔していて、きみはいつも心の支えだったといっている。その埋め合わせをしたいと思っているんだ。病院にこないのも、きみと顔を合わすのが怖いからで、殺されかねないと思っている」

「それくらいはわかっているのか」

「ひどくみじめなんだと思う」

「その程度のみじめさくらい、ぼくならまったく平気でがまんできるけどね」

「許してもらえるなら、なんでもすると思う」

「子どもじゃあるまいし、大げさな！　気にすることなんかないだろう。ぼくは、いてもいなくてもいい人間だ。ぼくなんかと付き合う必要はない。それに、ぼくも彼にはまったく興味がないんだ」

ラムズデンはフィリップのことを辛辣《しんらつ》で冷淡な人間と思い、しばらく黙って、困ったようにあたりを見回した。

「ハリーは、あの女と関係を持ったことをすごく後悔しているんだよ」

「へえ、そうなんだ」

フィリップは淡々と話し、自分もそれに満足していた。だれにも、心臓がどんなに激しく打っているかわからなかっただろう。フィリップはいらいらしながらラムズデンが何かいうのを待っていた。

「じゃあ、このことはもうどうでもいいというんだね」

「ぼくにきいてるのか」フィリップはいった。「あたりまえだろう」

少しずつ、ミルドレッドとグリフィスのことがわかってきた。フィリップは唇に笑みを浮かべ、落ち着いた表情できいていたので、勘の鈍いラムズデンはすっかりだまされて、ふたりのことをしゃべってしまった。グリフィススとオクスフォードで週末を過ごしたことで、彼女の突然の激しい気持ちは落ち着くどころか、いよいよ燃えあがってしまった。そして彼が故郷に帰ると、二日間、ひとりでオクスフォードで過ごした。そこにいるととても幸せだったらしい。そしてどうしても、フィリップのもとにもどる気にはなれなかった。考えるだけで、身震いした。グリフィススのほうは、自分がかき立てた火にたじろいでいた。そもそも彼女と過ごした二日間が退屈でしょうがなかったのだ。楽しいお遊びはこれでおしまいにして、退屈な関係にはさっさと終止符を打つつもりだった。彼女に、必ず手紙をちょうだいねといわれ、グリフィススは正直で、慎み深く、もともと礼儀正しく、人当たりのいい男だったので、故郷に帰ると長く魅力的な手紙を書いた。すると彼女のほうも、とても情熱的で、とても稚拙な返事を送ってきた。なにしろ表現力がとぼしく、書き間違いも多いうえに、内容が低俗だ。グリフィススはうんざりした。そして次の日にまた一通、その次の日にまた一通、手紙がきて、彼女の気持ちがうれしいどころか不気味に感じられてきた。そこで返事を書かなかったのだが、今度は電報攻撃が始まった。具合が悪いの？　あたしの手紙は届いてる？　返事がこないと心配でたまらない、といった調子だ。グリフィススは仕方なく返事を書いたが、相手を怒らせない程度に、なるべくそっけない内容にした。電報はやめてほしい、母親に内容を説明するのが難しいし、母親は古い人間なので、大変なことが起こったのではないかと不安になるから、とも書いた。すると、またすぐに手紙がきた。どうしても会いたいから、質屋に入れられるものはすべて入れて（フィリップから結婚祝いにもらった化粧カバンも八ポンドくらいにはなるし）、お父さまの診療所がある村から五、六キロ離れた市場町にいって暮らすことにする、という内容だ。これにはグリフィススも震えあがった。すぐに、それも電報で、絶対にそんなことはしないように、ロンドンに着いたらすぐに連絡するからと伝えた。

そしてロンドンにもどって、研修医として務めることになっていた病院にいってみると、彼女が待っていた。彼は困ってしまい、彼女には、どんなことがあっても決してここにはこないようにといった。三週間ぶりに再会して痛感したのは、彼女といると退屈でたまらないということだ。なんで、こんな女に手を出してしまったのだろうと後悔し、できるだけ早く手を切ろうと思った。けんかは嫌いだったし、相手を傷つけるのもいやだったが、ほかにしたいことがあって、絶対に邪魔されたくなかったのだ。彼女と会うときは、機嫌良く、陽気に、機嫌を取り、やさしくした。説得力のある言い訳をひねり出しては、次に会う約束をなるべく先に延ばし、手をつくして避けようとした。無理やり約束をさせられると、直前に電報を打って断った。部屋を借りているところの女主人（仕事を始めても、最初の三ヶ月は同じ部屋に住んでいたので）には、ミルドレッドがきたら、いないといってほしいと言い置きをした。彼女が通りで待ち構えていることもあった。病院から出てくるのを二時間ほど待っていたらしい。グリフィスはやさしく親しげに言葉をかけると、急ぎの用事があるからといって逃げだした。そのうち、彼女にわからないように病院から抜け出すこつが身についた。あるとき、真夜中にもどってくると、建物の鉄柵《てっさく》の前に女が立っているのが目に入った。だれかすぐにわかったので、ラムズデンのところにいって泊めてもらった。翌日、女主人から事情をきかされた。ミルドレッドが玄関前の階段に何時間も座って泣いていたので、しかたなく、これ以上そこにいると警官を呼ばなくちゃいけなくなるといったらしい。

「まったく」ラムズデンがいった。「きみはラッキーだった。ハリーはぼやいてるよ。彼女にこれほどつきまとわれるとわかっていたら、絶対にこんな関係にはならなかったって」

フィリップの頭に、夜、玄関前の階段に座って何時間も泣いている彼女が気だるそうに顔を上げて、追い払おうとする女主人をみている姿が浮かんできた。

「いま、どうしているんだろう」

「ああ、どこかで仕事をみつけたそうだ。よかった。これで、一日忙しくしていられるだろう」

フィリップが最後の情報を耳にしたのは、夏学期が終わる前だった。ミルドレッドのあまりのしつこさに、人当たりのいいグリフィスもさすがに耐えかねて、これ以上つきまとうのはやめてくれ、どこかにいって、かまわないでくれといったらしい。

「そうするしかなかったんだ」ラムズデンはいった。「とんでもなく面倒になってきたからね」

「じゃあ、ふたりの関係は解消したってこと？」

「ああ、もう十日くらい会ってない。ほら、ハリーは女を捨てるのがうまいからね。あの女と別れるのは相当苦労したと思うけど、なんとか別れられたらしい」

それきり、彼女についての情報は入ってこなかった。ロンドンに住む名も知れない無数の人々のなかにまぎれてしまったのだ。

81

冬学期の初め、フィリップは内科外来担当の実習生になった。外来患者をみる非常勤の内科医が三人いて、それぞれ週に二日、病院にきていた。フィリップはティレル博士付き実習生の希望を出した。博士は学生に人気があり、実習生になるのは競争だった。三十五歳で、背が高く、やせ型で、頭がとても小さく、赤毛を短く切りそろえていて、青い目が特徴的で、赤ら顔。さわやかな声でよくしゃべり、軽いジョークが好きで、気楽な性格だった。すべて順風満帆で、顧問医師としても成功していて、将来はナイトの爵位《しゃくい》が待っている。学生や貧しい人々と触れ合うことが多いため、ちょっと偉そうな感じがあり、いつも病人と接しているため、健康な人間ならではの陽気な態度を身につけていた。多くの患者を相手にしていると自然とこうなる。彼の前に座った患者は、陽気な校長の前に立たされた男子生徒のような気持ちになる。そして博士にとって患者の病気は、つまらないいたずらのようなもので、いらだたしいというよりは微笑ましいものだった。

医学生は外来患者の診察室に毎日いって、患者をみて、様々な知識を吸収する。しかし実習生になると、することがもう少し明確になる。当時、聖ルカ病院の外来に当てられていたのは続きの三部屋と大きく暗い待合室で、待合室は太い石の柱と長いベンチが特徴だった。正午に〈書類〉〔貧困者が医療を無料で受けるために必要な公的書類〕をもらえた者は、ここで待つことになっている。いくつもの長い列ができる。手にガラスや陶器の薬瓶を持ち、ぼろぼろの服を着たきたならしい患者もいれば、ちゃんとした身なりの患者もいる。薄暗い部屋のなかで、あらゆる年齢の男女や子どもが座っているところは、不気味で恐ろしくさえあり、ドーミエ〔一九世紀、フランスの画家〕の描く陰惨な絵を思わせた。どの部屋も同じで、壁は薄紅色、高い腰板は栗色に塗られている。どの部屋も消毒薬のにおいが立ちこめ、午後から時間がたつにつれて、病人の体臭がそれに混じる。最初の部屋が最も大きく、まん中にテーブルがひとつと医師の座る椅子がある。その両側に少し低めのテーブルがひとつずつ置いてある。片方のテーブルにつくのが内科研修医で、反対側のテーブルにつくのが実習生。実習生は当日の分厚いカルテの束を持っていて、それには患者の氏名、年齢、性別、職業、診断などが記されている。

一時半になると研修医がやってきてベルを鳴らし、案内係に再診の患者を呼びにいかせる。患者は多く、ティレル博士がやってくる二時までに、できるだけ患者をみる。フィリップがつくことになった研修医は小柄で快活な男で、ことさら偉そうに振る舞っていた。見下すような態度で実習生を扱い、かつては同級生だったがまだ学生身分の連中が馴《な》れ馴れしくしてくるのを毛嫌いしていた。いまでは身分が違うのだから、それなりの敬意を示すのが当然だと思っているのだ。研修医が診察を始めると、実習生がひとりついて手伝う。患者が次々にやってくる。男が先だ。慢性気管支炎、「やっかいな激しい咳《せき》」、これがほとんどの患者の持病だ。ひとりが研修医の前へいくと、別のひとりは空いている実習生の前にいき、いずれも〈書類〉を渡す。患者は病状がよくなっていれば「十四日分」と書いてもらい、ガラスや陶器の薬瓶を持って調剤室へいき、十四日分の薬をもらう。この流れを知っている患者のなかには、あとに残って、内科医にちゃんと診察してもらおうとする者もいるのだが、たいがいはうまくいかない。三、四人、本当にていねいに診察する必要のある患者だけが残されることになっているのだ。

ティレル博士は元気よく、さっそうと現れる。サーカスの舞台に飛びこんでくる道化師にちょっと似ている。「ようこそ、みなさま、またお会いしましたね」といわんばかりだ。具合が悪い？　ばかばかしい。すぐに治してあげますよ。博士は椅子に座ると、みるべき再診の患者がいるかどうかたずね、いれば呼びだして手早く診察する。鋭い目で観察しながら症状をたずね、ジョークを飛ばし（実習生たちはおもしろがって笑う）、研修医をみる。研修医のほうも声を上げて笑うが、実習生までが笑うとは生意気だといわんばかりの態度は崩さない。博士は、今日はよく晴れてますねとか、暑いですねとかいってはベルを鳴らして、案内係に初診の患者を連れてこさせる。

患者はひとりずつ、ティレル博士のテーブルの前まで歩いてくる。老人、若者、中年の男。ほとんどが労働者階級で、湾岸労働者、荷車引き、工員、酒場の給仕などだ。しかしなかにはこざっぱりした身なりの患者もいる。みるからに上の階級、つまり店員や会社員といった人々だ。ティレル博士はそういった患者がくると、疑わしげな顔でみる。ときどき、貧乏人のふりをして汚い服を着てくる人もいるが、博士の目は鋭く、その手の偽装は見破るし、普通の病院の診察代を払えそうだと判断すると、診察を断ることもある。そういうことをするのは女のほうが多かったが、そのわりに、やり方が稚拙だった。ぼろぼろのコートやスカートを身につけて、指輪をつけたままだったりするのだ。

「アクセサリーが買えるなら、医者代くらいは払えるでしょう。ここは慈善病院なんです」博士はそういった。

そして〈書類〉を返すと、次の患者を呼んだ。

「でも、〈書類〉ならあります」

「そんなものがあるからといって、なんにもなりません。さあ、いってください。本当に貧しい人のための時間を盗むことは許されませんよ」

患者は怒りに顔をゆがめて、いかにも不機嫌そうに出ていく。

「あの女は新聞に投書して、ロンドンの慈善病院は怠慢だと訴えるんだろうな」ティレル博士はそういうと、にやっと笑って、次の〈書類〉を受け取り、患者を鋭い目でみる。

ほとんどの患者はこう考えていた。この病院は国の施設であって、その経費は自分たちの税金でまかなわれているのだから、ここで診察や治療を受けるのは当然の権利であり、自分たちのために時間をさく医者は、たっぷり報酬を受け取っているはずだ。

ティレル博士は実習生にも患者を診させた。実習生はまかせられた患者を、部屋の奥にしつらえた狭い診察室のひとつに連れていく。それぞれの部屋には、黒い馬巣織《ばすお》りの布をかけた診察台が置いてある。実習生はいろいろ質問して、肺と心臓と肝臓を調べ、その結果をカルテに書きこみ、所見を考えながら、ティレル博士がやってくるのを待つ。そのうち博士が男の患者を診終わり、学生を数人引き連れてやってくると、実習生はカルテを読み上げる。博士は実習生に、ひとつふたつたずねてから、自分で患者を診る。そして興味を引くことがあれば、学生たちにも聴診器を当てさせる。ひとりの患者相手に、二、三人が胸に、ふたりが背中に聴診器を当て、ほかの学生がいらいらしながら自分の番を待つこともある。学生に囲まれて立っている患者は戸惑いながらも、注目の的になっているので悪い気はしない。そして首をかしげて、ティレル博士が病状について早口でしゃべるのをきいている。二、三の学生がふたたび患者の胸に聴診器を当てて、博士が指摘した肺や心臓の雑音を確かめる。それが終わると、患者は服を着るようにいわれる。

　様々な患者の診察が終わると、ティレル博士はまた大きな部屋にもどって机につく。そばに学生が立っていれば、いま診断した患者にどんな薬を処方するかたずねる。学生はひとつふたつ薬の名前を告げる。

「ほう?」ティレル博士はいう。「たしかにいままでにない試みだが、いささか斬新《ざんしん》すぎやしないか」

するといつものように、まわりの学生がどっと笑う。博士は愉快そうに目を輝かせ、その学生がいったのとは違う処方を口にする。たまに症状の同じ患者がふたりいて、学生が博士と同じ処方をいうと、博士は工夫して別の処方を考えだす。また、調剤室では薬剤師たちがみな疲れていて、できあいの薬——といっても、長年の経験から作りだされたよく効く調合薬——に頼りがちなことを知っているので、たまに面倒くさい処方を書くこともあった。

「調剤室の連中にもやりがいのある仕事をさせてやらなくてはね。いつも似たような薬ばかり調合してると、頭も鈍る」

また学生が笑うと、博士はまわりを見回してジョークの効果を確かめるのだった。それからまたベルを鳴らし、案内係が顔を出すと、こういう。

「再診の女性患者を頼む」

そして椅子に深く腰かけ、研修医とおしゃべりをしているうちに、案内係が再診の女性患者を大勢連れてくる。何列にも並んでいる。前髪をのばして青白い唇をした貧血症の女の子たちは、わずかばかりの粗末な食べ物さえ消化できないのだろう。老いた女たちは、太っていたり、やせていたりするが、子どもを何人も産んだせいで年齢以上にふけこみ、冬期気管支炎で咳をしている。いろんな女がいて、患っている箇所もさまざまだ。ティレル博士と研修医は手早く患者を診ていく。時間がたつにつれて、部屋の空気がさらに重苦しくなる。博士は懐中時計をみてたずねる。

「今日、新患は多いのかな」

「少ないと思います」研修医が答える。

「じゃあ、入れてもらおうか。残りの再診の患者はきみにまかせる」

　こうして新患が呼び入れられる。男の場合、ほとんどの原因は過度の飲酒だが、女の場合は栄養失調が多い。診察が終わるのは六時頃だ。フィリップは、くたくただった。なにしろ立ちっぱなしで、部屋の空気は悪く、しじゅう気を張っていなければならない。仲間とのんびり歩いて医学校までいき、紅茶を飲んだ。

　仕事はめっぽうおもしろかった。ここには生の人間がいる。芸術家が作品を作るための素材がある。フィリップは奇妙な思いにとらわれてぞくぞくした。自分が彫刻家で、患者は手のなかにある粘土のような気がしたのだ。そしてパリでの生活を思い出して、楽しげに肩をすくめた。あの頃は、色や色調や明暗や、その他わけのわからないことを追いかけながら、ひたすら美しいものを作ろうとしていた。ところが生身の男や女と触れ合ってみると、それまで知らなかった力を感じてわくわくする。患者の顔をみて、患者の話をきいていると、興味をそそられて飽きることがない。部屋にやってくる様子からして違う。不格好に足をひきずりながら入ってくる人、小走りに入ってくる人、ゆっくり足を踏みしめるように入ってくる人、おずおずと入ってくる人。風体をみれば、ほぼ職業がわかる。そのほかにも、いろいろわかってくる。いいたいことを患者に伝えるには、どうたずねればいいか、だれもが嘘《うそ》をつくのはどういう話題についてか、どんな質問をすればいやでも本当のことをいわせることができるか。同じ事でも、人によって受け取り方が違う。重篤《じゅうとく》な症状ですといわれても、ジョークを飛ばして笑って受け止める人もいれば、絶望して黙りこむ人もいる。フィリップはなぜか、ここの患者にはあまり気後れすることがなかった。同情しているわけではない。同情は優越感から生まれる。そうではなく、患者といると落ち着くのだ。フィリップは患者の不安を取りのぞくことができた。どれくらいできるかやってごらんといわれて患者をまかせられると、患者が特別な信頼を寄せて自分に身をまかせてくれるような気がするのだ。

「もしかしたら」フィリップは微笑みながら心のなかでつぶやいた。「ぼくは医者の素質があるのかもしれない。自分にぴったりの職業を探し当てたのだとしたら、これはめっけものだ」

病院の午後の時間にこれほど興味を持っているのは、自分ひとりのような気がしていた。ほかの仲間にとっては、患者は男であれ女であれ、症状が特殊なものであれば興味を持つが、ありふれたものは面倒なだけだ。彼らは心臓の雑音に耳を傾け、肝臓の異常に驚き、肺の聞き慣れない音のことで話し合う。しかしフィリップは、それだけではなかった。ただ患者をみているだけで興味がわいた。頭や手の形、目の表情や鼻の長さ。診察室のなかで人間の根源的な部分が驚いて、しばしば日常の仮面を乱暴に脱ぎ捨て、ありのままの魂をさらすことがある。ときどき、だれに教わるでもなく身についた冷静さに出会って心から感動することもある。一度、粗野で字も読めない男に、この症状は絶望的ですと告げたことがあった。男は取り乱すことはなかった。フィリップは冷静なほうだが、人前で唇さえ動かさないでいる男の意志の強さに感心した。ひとりきりで自分の魂と向かい合うとき、自分もこれほど勇敢でいられるだろうか。絶望に屈服してしまうのではないだろうか。悲劇を目にすることもある。あるとき若い女が妹を連れてきた。妹は十八歳で、ほっそりした顔で、大きな青い目をしていた。秋の日射《ひざ》しを浴びると、金色の髪が輝いた。肌は驚くほど美しい。そこにいた学生たちはみな、にやにやしながらその子をみていた。薄汚い診察室にかわいい女の子がやってくることはほとんどないのだ。姉が家族のことを話した。父親も母親も、兄も妹も結核で死んでしまい、いまではふたりしか残っていないという。そして妹が最近咳をするようになり、やせてきた。姉が妹のブラウスを脱がせると、首のあたりがミルクのように白い。ティレル博士は黙って、いつものように手早く診察をすると、女の子の胸を指さして、二、三人の実習生に聴診器を当てるようにいった。そのあと、ブラウスを着るように女の子にいった。姉は少し離れたところに立っていて、妹にはきこえないように、小声で博士にたずねた。その声は不安そうに震えていた。

「先生、妹はだいじょうぶですよね」

「いや、残念だが」

「わたしには妹しかいないんです。もし妹がいなくなったら、だれもいなくなってしまうんです」

彼女は泣きだした。博士は眉《まゆ》を寄せてその子をみつめている。姉のほうも結核を患っていて、もうあまり長くないと考えているのだ。妹が振り返り、姉が泣いているのをみてすべてを理解した。かわいい顔から血の気が引いて、涙が頬を伝った。ふたりは一、二分、声を上げずに泣いていたが、人に見られることなどかまわず姉が妹を抱きしめて、赤ん坊のように揺すった。

　ふたりが去ったあと、ひとりの学生がたずねた。

「あとどれくらいだと思います」

　ティレル博士は肩をすくめた。

「彼女のきょうだいは最初の兆候が出てから三ヶ月以内に死んだ。同じくらいだろう。もし金があれば、まだ打つ手はあるんだが。まさか、あのふたりにスイスのサナトリウムにいけとはいえない」

　あるとき、みるからに丈夫そうでたくましい男がやってきた。痛みが続いて困っているのだが、組合の医者にかかってもちっともよくならないという。診断は、見こみなし、だった。それも、医学が役に立たないからというのなら、死ぬのは恐ろしいが、まだあきらめもつく。そうではなく、その男は複雑な文明という巨大な機械の小さな歯車にすぎず、自動人形と同じでそこから抜け出すことができないからだ。仕事をやめて、絶対安静にすればまだチャンスはあるのだが、医師の口からそんな無理なことはいえない。

「もっと楽な仕事はないのかい」

「うちの会社で楽な仕事なんて、あるわけないでしょう」

「このまま働き続けると、長くは持たないよ。かなり進行している」

「その、つまり、死ぬってことですか」

「いいたくないけどね。重労働はもう無理だ」

「仕事をやめたら、妻や子どもをどうやって養っていけばいいんです」

ティレル博士は肩をすくめた。この種のジレンマは数え切れないくらい経験してきた。時間は限られている。ほかにも診なくてはならない患者が大勢待っている。

「まあ、薬をあげるから、一週間後に、また具合を報告にきなさい」

男は、役に立たない薬の処方が書きこまれた〈書類〉を受け取ると部屋を出た。医者には好きなことをいわせておけばいい。働けないほど具合が悪いとは思えない。やっといい仕事にありついたんだ、放りだすつもりにはなれない。そういわんばかりだ。

「よくもって、一年かな」ティレル博士がいった。

ときには楽しいこともある。いかにもロンドンの下町風のジョークが飛び交うこともあれば、チャールズ・ディケンズが描きそうな太ったお婆《ばあ》さんが、ばかばかしい話を楽しく騒々しく話すこともある。あるとき、有名なミュージックホールのバレリーナがやってきた。五十代にしかみえないのだが、本人は二十八歳だと主張している。恐ろしいほど厚化粧で、大きな黒い目で遠慮なく、学生たちをじろじろみる。笑うときの顔がまた妙に色っぽい。自信に満ちあふれている。ティレル博士さえ酔っ払ったファンのように気安く扱われて、博士もそれをおもしろがっていた。彼女は慢性気管支炎で、それが仕事にさわって困っているという。

「なんで、こんなやっかいな病気になっちゃったのかしら。いままで病気なんて一切、したことがなかったのに。ほら、ひと目みれば、それくらいわかるでしょう」

彼女は目を丸くして学生たちを見回し、黒く塗った長いまつげを震わせ、黄色い歯をみせて笑った。コックニー訛《なま》りなのだが、変に気取った言葉を使いたがるものだから、ひと言ひと言が笑いを呼ぶ。

「冬期気管支炎」ティレル博士が真剣な顔でいった。「中年女性に多い症状です」

「あら、いやだ！ レディにむかって、そんなことをいうなんて。わたし、まだだれからも中年なんていわれたことないわ」

そういって目を大きく見開くと、ふざけた表情を浮かべ、首をかしげて博士をみた。

「医者というのは、職業柄しょうがないんですよ。女性に対しても、事実をそのまま伝えるしかなくてね」

彼女は薬の処方が書きこまれた〈書類〉を受け取ると、最後にもう一度、色気たっぷりの笑みを浮かべた。

「わたしのダンスをみにきてね。絶対に」

「はいはい」

博士はベルを鳴らして、次の患者を呼んだ。

「うれしい。先生みたいな方がみんなでわたしを守ってくださっているんですもの」

しかし全体としてみれば、悲劇でもなければ喜劇でもない。なんともいいようがない。とにかくいろんな要素がからみあっていて、涙もあれば笑いもあり、喜びもあれば悲しみもある。退屈なこと、面白いこと、どうでもいいこと。みたままなのだ。熱い感動、深刻な場面、悲しく滑稽《こっけい》な出来事。つまらないこともあれば、単純で複雑なこともある。希望もあれば絶望もある。母親の子どもへの愛もあれば、男の女への愛もある。情欲の病が重い足取りで部屋を回って、罪のある者もない者も、頼る者もない妻やあわれな子どもも、みんな一様に犯していく。酒が男や女をとらえて、いやおうなくその代価を求める。この部屋では、死がため息をつく一方、恐怖と恥辱にさいなまれた貧しい少女がやってきて、命を宿していると診断される。ここには善も悪もない。ただ事実があるだけだ。これが人の生なのだ。

82

その年の終わり、三ヶ月の内科外来の実習も終わりに近づいた頃、パリにいるローソンから手紙がきた。

フィリップへ

クロンショーがロンドンにいて、きみに会いたがっている。ソーホーのハイド通り43に住んでいるらしい。どのあたりなのかはわからないが、きみならわかるだろう。話し相手になって、ちょっと面倒をみてやってほしい。ずいぶんつらい状況らしい。それについては、自分から話すと思う。こちらは、ほとんどすべて、以前のままだ。きみがここにいたときと何も変わっていない。クラットンがもどってきたんだが、まったく手がつけられない。だれかれかまわず、けんかを売るんだ。みるからに、金に困っている。パリ植物園《ジャルダン・デ・プラント》の向こうの小さなアトリエに住んでいるらしいが、だれにも絵をみせようとしないし、どこにも出品しない。いったいどうしているのか、だれも知らない。たしかに天才かもしれないが、狂人かもしれない。ところで、こないだフラナガンとばったり会った。連れ合いにカルチェラタンを案内しているところだった。彼は絵には見切りをつけて、父親の仕事を継いだ。うまくいっているらしい。連れ合いはじつに美しい。そのうち肖像を描かせてもらうつもりだ。きみだったら、いくらもらう？　ふたりをびっくりさせちゃ悪いとは思うものの、あっちが三百ポンドと考えているところを百五十ポンドというのもばかばかしいからね。

フレデリック・ローソン

クロンショーに手紙を出すと、次のような返事がきた。ノートの紙を半分に切ったものに書いてあって、封筒は薄いうえに、配達中に汚れただけとは思えないほどきたない。

ケアリへ

もちろん、よく覚えている。きみが、『天路歴程』に出てくる「失意の沼」から抜け出したことに、おれも少しは力を貸したような気がしているんだが、その沼にいま自分がはまって、どうしようもない状態だ。ぜひ会いたい。何もわからない街で、頼る者もなく、俗物どもにひどい目にあわされている。パリのことを楽しく話す相手がほしい。といっても会いにきてくれとはいいがたい。なにしろここは、モリエールの『病は気から』に出てくる医者を招待するほど大きくないからな。しかしつつましい夕食をとっているおれに会うつもりがあれば、ディーン通りにあるオ・ボン・プレジールというレストランに、七時から八時の間にきてくれ。

J・クロンショー

フィリップは手紙を受け取った日に出かけた。そのレストランは狭く、最下層の人しかこないような店だった。常連はクロンショーひとりかもしれない。彼はすきま風を避けて隅に座り、いつものむさ苦しい分厚いコートを着ている。フィリップは、彼がそれを着ていないところをみたことがない。頭にはいつもの古い山高帽をかぶっている。

「ここだと、ひとりになれるんだ」クロンショーがいった。「この店も景気が悪いらしくて、たまにくるのは売春婦が数人、あとは仕事にあぶれたウェイターがひとりふたりだ。そろそろ店をたたむらしい。料理はくそまずい。まあ、そのおかげで、おれは助かってるんだが」

クロンショーの前にはアブサンのグラスが置いてある。会うのはほぼ三年ぶりだが、目を見張るほどの変わりようだ。前はかなり太っていたが、いまはやせ細って、顔色も悪い。首のあたりの皮膚がたるんでしわが寄っている。着ている服は借り物のようにぶかぶかだ。襟は三、四サイズ大きく、それがだらしない感じを増幅している。ひっきりなしに震えている手をみて、フィリップは、ノートの紙に書きなぐった崩れて読みづらい文字を思い出した。みるからに具合が悪そうだ。

「このところ、ほとんど食ってない。朝方はとくに吐き気がひどくてな。夜、スープを飲むくらいだ。あとはチーズを少し」

フィリップは無意識に、アブサンに目をやった。クロンショーはそれに気づいて、小言はごめんだとばかりに、冷やかすような顔をしてみせた。

「診察の結果、アブサンを飲むのはじつによろしくないとの結論に至ったわけか」

「間違いなく、肝硬変ですよ」

「大正解だ」

クロンショーはフィリップをみた。かつてはその表情でみられるとフィリップはいつも萎縮《いしゅく》してしまった。いいたいことくらいお見通しだ、といわんばかりの表情だ。

お互いわかっているなら、それ以上、話すことはない。フィリップは話題を変えることにした。

「いつ、パリにもどるんですか」

「パリにはもどらない。もうじき死ぬからな」

ごく当然のようにいわれて、フィリップはぎょっとした。そしていくつかいうべきことを考えたが、どれもいうだけ無駄な気がした。クロンショーはもう長くない。

「じゃあ、ロンドンに腰を落ち着けるんですね」フィリップはぎこちなくたずねた。

「ロンドンがなんだ。いってみれば、この身は水から出た魚だ。人が次々にぶつかってくる通りの雑踏を歩いているときも、おれは廃墟《はいきょ》をさまよってる。パリじゃ死ねないと思っただけさ。イギリス人に囲まれて死にたかった。自分でもよくわからないんだが、隠れた本能ってやつに引きずられてきたらしい」

フィリップは、以前クロンショーがいっしょに暮らしていた女を思い出した。だらしない子どもがふたりいた。しかしクロンショーはそんなことは話したがらないし、自分も話す気にはなれなかった。ただ、三人がどうなったのかは気になった。

「なぜ、そんなに死ぬ死ぬというんです」

「二年前の冬、肺炎をやって回復してね。まわりからは奇跡だといわれた。そいつをまた、やってしまいそうなんだが、今度は間違いなく死ぬ」

「ばかばかしい！　それほど悪くありませんよ。ただ注意が肝心です。なぜ、酒をやめないんです」

「飲みたいからさ。何をしようと、本人が結果を引き受ける覚悟があるならかまわないだろう。おれは結果を引き受ける覚悟がある。きみは酒をやめろやめろというが、おれに残されているのは酒だけだ。おれから酒を取ったら、何が残る。おれが、愛すべきアブサンからどれほど幸福をもらっているか、わかるか。恋い焦《こ》がれて、飲むときは、一滴一滴味わいながら飲んで、そのあとはなんともいえない多幸感に包まれる。こんなこと、きみには不快だろう。きみは清教徒的な潔癖主義者だから、肉体の快楽を軽蔑《けいべつ》している。しかしこれこそ最も激しく、最も素晴らしいものだ。おれは幸いなことに感覚が鋭いから、身も心も感覚にひたることができる。そろそろつけを払う頃だ。その覚悟はある」

フィリップはしばらく相手の顔をみつめた。

「怖くないんですか」

クロンショーはしばらく答えず、どういうか考えているようだった。

「ときどき怖くなる。ひとりのときにな」そういってフィリップをみた。「当然の報いだと思ってるなら、それは間違いだ。怖いなら怖いでいいじゃないか。キリスト教徒は、常に死を目前にみて生きるべきだというが、そんなばかな話があるか。真の意味で生きるには、自分が死ぬべき存在だということを忘れるべきだ。死は無意味だ。死の恐怖など、賢者の行動にはなんの影響も及ぼさない。おれはやがて身もだえして喘《あえ》ぐ。それはわかっている。そして恐れおののき、こんな結果をもたらした人生を激しく後悔する。だが、いま、そんな後悔はない。おれはいま、疲れ、老いて、病んで、貧しいが、まだしっかりこの手に魂を握っている。何ひとつ後悔してはいない」

「いつか、ぼくにくれたペルシア絨毯《じゅうたん》を覚えてますか」

クロンショーの顔に、相手をほっとさせるなつかしい笑みが浮かんだ。

「これがきみの問いに答えてくれるといったときのやつだろう？　きみが人生の意味をたずねたときのことだ。答えはみつかったかい」

「いいえ」フィリップは微笑《ほほえ》んだ。「教えてもらえませんか」

「まさか。おれにきいたって、しょうがない。自分でみつけない限り、意味がないからな」

83

クロンショーは詩集を出版することになっていた。もう何年も前からそうしろと仲間にいわれてきたのだが、根っからの怠け者で、必要なことを何もしていなかった。まわりから熱心に勧められると、イギリスでは詩への愛は死んでしまったと答えた。何年も思索と労苦を重ねて書き上げた本を出版したところで、大量の似たような本に囲まれ、書評で二、三行、冷やかしの言葉が書かれればいいほうで、売れてもせいぜい二、三十部、あとは断裁されるのがおちだ。名声を得るという夢も捨て、それもほかのすべてと同じ幻想だったとあきらめていた。ところがある人物が、それを引き受けたのだ。文学関係の男で、レナード・アップジョンといい、フィリップもクロンショーといっしょのとき、カルチェラタンのカフェで一、二度会ったことがある。イギリスでは有名な批評家で、近代フランス文学の解説者としても広く認められていた。フランス生活が長く、まわりには「メルキュール・ド・フランス」を当時の最も先端的な文芸雑誌にした人々がいた。そしてそこで得た彼らの意見を英語で表現するというじつに簡便な方法で、イギリスでは独創的な批評家との評判を取っている。フィリップは彼の書いたものをいくつか読んだことがあった。サー・トマス・ブラウンの文章を巧みに模倣して取りこみ、凝った文章、手のこんだ対句表現、古めかしく大仰な言葉を多用した文体は、表面的にはとても個性的にみえた。レナード・アップジョンはクロンショーの書きためた詩をすべて預かり、詩集が一冊できる分量があることを知った。そして自分の影響力を使って出版社と交渉すると約束したのだ。クロンショーは金に困っていた。病気をして以来、定収入のある仕事をさがすのが、それまで以上に難しくなっていたのだ。酒代さえろくに払えない状態だった。アップジョンから手紙で、この出版社も、あの出版社も、いい詩だとはいってくれるのだが、出版するほどではないといわれたと伝えてくると、彼は逆に出版したくなってきた。アップジョンに返信を書き、生活が逼迫《ひっぱく》しているので、どうか頑張ってほしいと伝えた。いま、死を目前にして、詩集を出版したくなったのだ。その思いの裏には、自分の詩への自負があった。輝ける新星として名をあげたいと思っていたのだ。それに、それまで人にみせずに書き続けた宝玉のような詩を、この世に別れを告げ、自分にとって詩など何の役にも立たなくなるとき、ばかにしたように世間にくれてやるというのは、なんとなく痛快な気もした。

彼がイギリスにくることにした直接の理由は、レナード・アップジョンから、出版社がみつかったという知らせが届いたからだ。さらに、彼の説得が奇跡的な効果をあげ、印税のうち十ポンドを前払いするということだった。

「十ポンド前払いだ」クロンショーはフィリップにいった。「ミルトンだって、『失楽園』を出版したとき、前金は十ポンドだったんだぞ」

アップジョンは、署名入りの記事を書くと約束し、友人たちにもいい書評を書くよう頼むといっていた。クロンショーは平静を装《よそお》っていたものの、自分が世間に与える衝撃を考えてうれしがっているのはすぐにわかった。

ある日、フィリップはクロンショーと夕食をいっしょにする約束をしていたので、いつもの貧相なレストランにいった。ところがいつまで待っても現れない。きいてみると、この三日間、きていないという。フィリップは軽く食事をしてから、クロンショーに教わった住所までいってみた。ようやくみつけたハイド通りは、みすぼらしい家屋が固まっていて、どの家もあちこちの窓が割れ、フランス語の新聞が汚らしく貼《は》りつけてある。ドアのペンキは何年も塗りかえられていない。一階は小さなわびしい店が並んでいる。洗濯屋、靴屋、雑貨屋。ぼろを着た子どもたちが道で遊び、古い手回しオルガンが耳障《みみざわ》りな騒々しい曲を鳴らしている。フィリップはクロンショーの借りている家（一階の店は、安い菓子を売っている）のドアをノックした。すると汚れたエプロンをした中年のフランス人女が出てきた。フィリップは、クロンショーはいますかとたずねた。

「ああ、はいはい、イギリス人だね。いちばん上の、裏の部屋を借りてる。いるかどうかは知らないけど、用事があるなら、上がって会ってくれば？」

階段にはガス灯がひとつあるだけだ。建物のなかは胸の悪くなりそうなにおいが立ちこめている。上がっていく途中、二階の部屋から女が出てきて、疑わしそうな顔でフィリップをみたが何もいわなかった。最上階には部屋が三つあった。フィリップは最初の部屋のドアをノックした。もう一度ノックしたが、返事がない。ノブを回してみたが、鍵《かぎ》がかかっている。そこで隣の部屋をノックしたが、返事がない、今度もノブを回してみた。するとドアが開いた。なかはまっ暗だ。

「だれだ」

クロンショーの声だ。

「ケアリですよ。入っていいですか」

返事はない。フィリップが入ってみると、窓は閉めてあって、悪臭が鼻をついた。通りの街灯のかすかな光が差しこんでいる。狭い部屋で、端から端までを占めるベッドがふたつある。あとは洗面台がひとつ、椅子《いす》がひとつ。それだけだが、人が入るすきまはほとんどない。クロンショーは窓際《まどぎわ》のベッドに寝ている。動いてはいないが、ふくみ笑いをしている。

「ロウソクをつけたらどうだ」

やっとクロンショーがいった。

フィリップはマッチをすった。床に燭台《しょくだい》があるのがわかった。ロウソクに火をつけて、洗面台の上に置いた。クロンショーは仰向けに寝たまま動かない。パジャマを着ているところは妙に滑稽《こっけい》にみえた。はげた頭も不気味だし、顔は土気色で、死人のようだ。

「ひどくつらそうですが、世話をしてくれる人はいるんですか」

「ジョージが毎朝、牛乳を一本持ってきてくれる。仕事にいく前にね」

「ジョージというのは？」

「おれがそう呼んでるだけだ。本名はアドルフらしい。この宮殿のようなアパートの同居人さ」

そういわれて、フィリップは、もうひとつのベッドが乱れたままなのに気がついた。枕《まくら》は頭の当たるところが黒く汚れている。

「まさか、この部屋でだれかといっしょに暮らしているんじゃありませんよね」フィリップは思わず声を上げた。

「どうして？　ソーホーじゃ部屋代が高い。ジョージはウェイターなんだ。毎朝八時に出ていって、店が閉まるまで帰ってこないから、まったく邪魔にならない。それに、おたがい寝付きが悪くて、やつはいままで経験したことをあれこれ話して時間を忘れさせてくれる。スイス人でね。おれはウェイターが好きなんだよ。彼らはじつにおもしろい視点で人生をながめている」

「寝付いて何日目なんです」

「三日かな」

「三日間、牛乳しか飲んでないんですか。いったいなんで、連絡をくれなかったんです。ぞっとしますよ。あなたが一日中ここで、看病する人もなく寝ていたなんて」

　クロンショーはちょっと笑った。

「おいおい、なんだ、その顔は？　まったく、そんな暗い顔をして。いいやつだな、きみは」

　フィリップは赤くなった。この悲惨な部屋と貧しい詩人の悲惨な状況をみて感じた気持ちが顔に出ているとは思わなかったのだ。クロンショーはフィリップをみながら、やさしい笑みを浮かべている。

「おれは本当に幸せなんだ。ほら、ここに校正刷りがある。おれは、ほかの人間なら耐えられないような状況も平気でね。実生活の苦労なんてどうってことない。夢さえあれば、時間と空間の支配者になれるからな」

ベッドの上に校正刷りがあった。クロンショーは暗いなかで横になっていたが、それを手に取ることはできた。校正をフィリップにみせるときの目は輝いていた。そしてページをめくりながら、美しく印字された紙面に見入り、一節を読んできかせた。

「悪くないだろう」

フィリップは、ふと思いついた。多少の出費になるし、余裕などまったくなかったが、こんなときに金銭的なことなどいっていられない。

「はっきりいわせてもらいます。こんなところに置いておくわけにはいきません。ぼくのところにひとつ部屋が空いてます。いまは何もありませんが、すぐにだれかからベッドを借ります。しばらく、うちにきてください。ここの部屋代は浮きますよ」

「おいおい、おれがそこへいったら、窓はいつも開けておけとかいうんだろう」

「窓を閉めたほうがいいなら、全部閉めてもらってかまいません」

「明日にはよくなるさ。今日だって、立てるんだから。ただ、ちょっと体がだるいだけなんだ」

「じゃあ、引っ越しくらい平気ですね。それにうちにくれば、気分の悪いときは寝てられるし、ぼくが看病できます」

「そちらさえよければ、お邪魔するか」クロンショーは、ぎこちないがうれしそうな笑みを浮かべた。

「よかった」

そして翌日、クロンショーを迎えにいくことになり、フィリップは忙しい午前中の仕事をやりくりして一時間を捻出《ねんしゅつ》した。そしていってみると、クロンショーはすでに着替えをすませ、帽子をかぶり、分厚いコートを着てベッドに座っていた。みすぼらしい小さいトランクに服と本を詰めて、足元に置いてある。まるで駅の待合室に座っているような格好だ。フィリップはそれをみると、声を上げて笑った。ふたりは四輪馬車に乗ってケニントンまでいった。途中、窓はぴったり閉めた。フィリップは客を寝室に通した。朝早くに出かけて、自分の使う中古のベッドと安い戸棚と鏡を買ってきてあった。クロンショーはすぐに校正を始めた。具合はかなりよさそうだ。

クロンショーは病気のせいで怒りっぽいところはあるが、それを除けば扱いやすい客だった。フィリップは朝の九時から講義があるので、夜までクロンショーとは会わなくてすむ。一、二度、あり合わせの物で作った夕食を勧めたが、クロンショーは落ち着かないようで、いつものソーホーの安いレストランですませた。フィリップはティレル博士にみてもらうよう勧めたが、断固として拒否された。医者は酒をやめろというに決まっているし、自分はやめないと決めている、というのがその理由だ。朝は恐ろしく具合が悪いが、昼、アブサンを飲むと足がしっかりしてくる。そして深夜にもどってくると、熱弁をふるうのだった。それは初対面のフィリップを驚かせたときとなんら変わるところがない。校正が終わり、詩集は春先に出版されることになった。その頃には、クリスマスねらいの新本の嵐《あらし》が過ぎ去っているからだ。

84

年が明け、フィリップは外科外来担当の実習生になった。仕事はそれまでと似たものだが、内科的な要素より直接的な要素が強い。そしてやってくる患者の多くの病気は二種類で、どちらも、人間に無関心な社会が体面を取りつくろった結果、広めてしまったものだ。フィリップがついた非常勤の外科医はジェイコブズという名前だった。背が低く、太って、思い切り陽気で、頭髪がなく、声が大きい。コックニー訛《なま》りがあって、学生からはよく「礼儀知らずの成り上がり」と呼ばれているが、外科医としても教師としても非常に優秀なため、そんなことはどうでもいいと思う学生もいた。ジョークが大好きで、それを患者にも学生にも分け隔てなく飛ばす癖があった。また、実習生をからかって喜ぶ癖もある。実習生たちは知らないことも多く、神経質になっていて、まだ対等に答えることができないので、格好の材料だったのだ。ジェイコブズは辛辣《しんらつ》なことを心おきなくいえる午後のこの時間を心から楽しみにしていた。一方、学生たちは、いじめられても我慢して微笑んでいた。ある日、フィリップと同じ内反足の少年がやってきた。両親は、何かいい治療法はないかたずねた。ミスタ・ジェイコブズはフィリップのほうをみていった。

「ケアリ、きみにまかせる。きみのほうがずっと詳しいだろう」

フィリップはまっ赤になった。ミスタ・ジェイコブズが笑いを取ろうとしていったのは明らかだ。いつもからかわれているほかの実習生も、取り入るかのように笑っている。実際これは、フィリップがこの病院にきてから熱心に研究している病気だった。図書館にある内反足やそれに関する様々な症例についての資料はすべて読んでいた。

フィリップは少年の靴と靴下を脱がせた。十四歳で、鼻は低く、瞳《ひとみ》は青で、顔にはそばかすが散っている。父親が、できるなら手当てをしてやってほしい、このままではろくな仕事につけないといった。ところが、男の子は自分の足が気に入っているようで、元気がよく、まったく臆《おく》するところがない。口数が多く生意気で、父親にしかられてばかりいる。自分の足がおもしろくてしょうがないらしい。

「格好が変なだけなんだよ、ほら」少年はフィリップにいった。「困ることなんか、何もないんだ」

「うるさいぞ、アーニー」父親がしかった。「少しは黙ってろ」

フィリップは少年の足を観察して、ゆがんだ足をゆっくりなでた。なぜ、この子は平気なんだろう。自分はずっとコンプレックスに悩まされてきたのに。なぜ、自分はこの子のように達感した平静さで自分の足をみられないのか。やがてミスタ・ジェイコブズがやってきた。少年はベッドの端に座り、フィリップと医師はその両側に立ち、それを学生たちが半円になって囲んでいる。ジェイコブズがいつものように内反足について簡潔に説明し、解剖学的な差異による形の違いについて述べた。

「きみのは尖足《せんそく》だったな」彼がふいにフィリップのほうを向いてたずねた。

「はい」

フィリップはほかの学生たちの目が自分に向けられるのを感じ、赤面してしまう自分を情けないと思った。てのひらに汗がにじむ。ジェイコブズの話は長年患者をみているだけあって流暢《りゅうちょう》でよどみなく、人並み外れた洞察力に裏打ちされている。医師という職業に多大な興味を持っているのがわかる。しかしフィリップはきいていなかった。早く話を終わりにしてくれればいいのにと願うばかりだ。ふと気がつくと、話しかけられていた。

「ケアリ、ちょっと靴下を脱いでくれないか」

フィリップは身震いした。いいかげんにしろと怒鳴りたい衝動に襲われたが、ここでそんな騒動を起こす勇気はない。さんざんばかにされるのもいやだった。そこで、平然と構えている振りをした。

「はい」

フィリップはベッドに腰かけて靴紐《くつひも》に手をかけた。靴紐がほどけないのではないかと思うくらい指が震えている。頭のなかにちらつくのは、学校で無理やり足をみせさせられたときのことや、そのとき心に食いこんだ屈辱《くつじょく》だった。

「足はきれいに清潔に保っているようだ」ジェイコブズがしゃがれ声で、コックニー訛りでいった。

まわりの学生がくすくす笑った。フィリップは、診察してもらいにきた少年が食い入るように自分の足をみているのに気がついた。ジェイコブズはフィリップの足を両手で持った。

「なるほど、思った通りだ。一度、手術を受けているね。子どもの頃かな」

ジェイコブズは流暢に説明を続けた。学生たちは身を乗りだして、フィリップの足をみている。ジェイコブズがフィリップの足を放してからも、二、三人が細かく観察していた。

「さあ、気はすんだかい」フィリップはそういって、皮肉な笑いを浮かべた。

全員殺してやりたかった。鑿《のみ》で（なぜ、鑿が頭に浮かんだのかは自分でもわからないが）、こいつらの喉《のど》をえぐってやったら、どんなにせいせいするだろう。人間というのは、ここまで残酷になれるのか！　地獄など信じていないが本当にあればいい、そこでこいつらが、想像できるかぎりの苦しみにもがきあえぐところをみてやりたいと思った。ジェイコブズが治療法について話し始めた。少年の父親に話すと同時に、学生にも話している。フィリップは靴下をはいて靴紐を結んだ。ようやく話が終わった。しかしジェイコブズはまだ考えていることがあるようで、フィリップのほうを向いた。

「ひとつ提案なんだが、もう一度、手術を受けてみないか。もちろん、まったく普通の足になることはないが、多少はましになると思う。考えてみてほしい。休みを取りたいときは、病院まできてくれるとなんとかできる」

フィリップもしばしば、この足がなんとかならないものかと考えてはいたものの、そのことを口に出すのがいやで、病院の外科の医師にはひと言も相談したことがなかった。また、それまでに読んできた資料によれば、子どもならまだ治療法があるが――当時、尖足の治療はいまほど発達していなかった――この年になってはたいした効果は望めないようだったのだ。しかしやってみる価値はあるかもしれない。もう少し普通の形の靴がはけるようになって、足をそれほど引きずらないで歩けるようになるかもしれない。神さまにお願いすればきっとかなうと伯父にいわれて、奇跡が起こりますようにと必死に祈ったときのことを思い出し、悲しそうに微笑んだ。

「あの頃は、純粋だったな」

二月の終わり、クロンショーの病状がみるからに悪化した。起き上がることもできず、ベッドに寝たきりで、窓を絶対に開けないでくれといい、医者にみてもらおうとしない。ほとんど何も食べず、ウィスキーと煙草《たばこ》をほしがった。フィリップには、どちらもよくないのはわかっていたが、クロンショーはきく耳を持たなかった。

「体に悪いことくらいわかってる。かまうもんか。きみは警告してくれた。できるのはそこまでだ。おれはそんな警告は無視する。だから、酒をくれ。あとは、ほっといてくれ」

レナード・アップジョンが週に二、三度やってきた。彼はみた感じが枯葉のようで、まさに枯葉のような男という言葉がぴったりだった。やせてひょろ長く、三十五歳で、薄い色の髪を長くのばし、顔は白い。外の空気に触れることなく長いこと暮らしてきたようにみえる。非国教会派の牧師がかぶるような帽子をかぶっている。フィリップは彼の恩着せがましい態度が気に食わなかったし、話しぶりは流暢だが内容は退屈だった。レナード・アップジョンは自己陶酔型の話し手で、聞き手の関心にはまったく興味がなく、話し上手の第一条件が欠けていた。そのうえ、相手がすでに知っていることを話していても、それに気づかない。彼はフィリップを相手に凝った表現を使って、ロダンやアルベール・サマンやセザール・フランクをどう捉《とら》えるべきかを語った。家政婦は午前中に一時間しかきてくれないし、フィリップは一日中、病院に勤めていなくてはならないので、クロンショーはほとんどここでひとりだ。アップジョンはフィリップに、だれかひとりつけるべきだと口ではいうものの、自分では何もしようとしない。

「偉大な詩人をひとりで放っておくなんて、考えるだけで恐ろしい。そばにだれもいないときに、死んでしまうかもしれないじゃないか」

「その可能性は大きいと思いますよ」フィリップはいった。

「なぜ、そんな無情なことができるんだ！」

「じゃあ、毎日、ここにきて仕事をしてください。そうすれば、彼が何か困ったとき、そばにいてあげられるじゃありませんか」フィリップはそっけなくいった。

「わたしが？　まさか。わたしは、自分の部屋でしか仕事ができないんだ。それに外に用事で出ることも多い」

アップジョンは、フィリップがクロンショーを自分の部屋に連れてきたことも気に入っていなかった。

「あのままソーホーにいさせてやるべきだった」彼はほっそりした長い手を振った。「あの薄汚い屋根裏部屋には、かすかだがロマンの香りがあった。ワッピングかショーディッチあたりならまだ我慢ができるが、よりによって上品ぶったケニントンに連れてくるとは！　ここは、詩人が死ぬ場所じゃない！」

クロンショーはしょっちゅう機嫌が悪く、フィリップは、病気のせいだと思って我慢するしかなかった。ときどきフィリップが帰ってくると、アップジョンがきていることがあり、そういうときクロンショーはフィリップのことを悪《あ》し様にののしっていた。そしてそれをアップジョンが満足そうにきいているのだ。

「つまるところ、ケアリには美のセンスがないんだ」そういって笑った。「中流階級の限界ってやつだな」

クロンショーはフィリップに対して非常に辛辣だった。フィリップは彼に対してかなり自制していた。しかしある晩、ついにこらえきれなくなった。その日は病院での仕事が大変で疲れきっていた。キッチンで紅茶をいれていると、レナード・アップジョンがやってきて、こんなことをいったのだ。クロンショーがぼやいていたんだが、きみはしつこく医者にかかれ医者にかかれといっているそうだな。

「きみには、いま自分がどんなに得がたい特権を享受《きょうじゅ》しているかわかっていないようだ。いまこそきみは、できる限りのことをするべきだ。それをさせてもらえるのはじつにありがたいことだ。その気持ちを態度で表すべきじゃないか」

「その得がたい特権とやらは、ちょっと荷が重いんですよ」

少しでも金のことが話題にでると、レナード・アップジョンはいつも相手を小ばかにしたような顔をする。自分の細やかな感性には耐えられないといわんばかりだ。

「クロンショーの立ち居振る舞いには、どことなく品性が感じられる。でしゃばって、それをそこなうようなことは慎んでほしい。きみには感じ取ることのできない繊細な想像力というものがある、それを受け入れるべきだ」

　フィリップの表情が曇った。

「じゃあ、本人にききましょう」フィリップは冷ややかにいった。

　クロンショーは仰向けになって本を読んでいた。口にはパイプをくわえている。なかの空気はよどんでいる。部屋はフィリップが片づけているにもかかわらず、クロンショーのいくところどこにでも付いて回るだらしなさがある。ふたりが入ってくると、彼は眼鏡を外した。フィリップは怒りをこらえかねていた。

「この人からきいたんですが、あなたは、ぼくが医者にみてもらえとうるさくてしょうがないといったそうですね。ぼくが医者にみてもらえというのは、あなたがいつ死んでもおかしくない状態だからです。診断をしてもらわないと、死亡診断書ももらえない。そしてぼくは詰問《きつもん》されて、なぜ医者を呼ばなかったといって責められることになる」

「それは考えなかった。医者にみてもらうよう勧めるのは、おれのことを考えてのことであって、きみのためだなんて思ってもなかったからな。きみの都合のいいときに、いつでも医者にかかるよ」

フィリップは何も答えず、わかるかわからない程度に肩をすくめただけだった。クロンショーがフィリップをみて軽く笑った。

「そんな怖い顔をするなよ。よくわかってる。きみはおれのためになんでもしてくれる気持ちでいるんだ。きみのいう先生にみてもらうよ。もしかしたら、何か手を打ってくれるかもしれない。それに何より、きみに安心してもらえる」それからアップジョンのほうに目を向けた。「ばかなことをしないでくれ、レナード。どうしてフィリップにそんなことをいう。こいつはおれと付き合うだけで、へとへとなんだ。きみは、おれが死んだあと素敵な記事を書いてくれればそれでいい。きみのことはよくわかっている」

次の日、フィリップはティレル博士のところにいった。クロンショーのことに興味を持ってもらえると思ったのだ。博士は仕事が終わるとすぐに、フィリップといっしょにケニントンまできてくれた。しかし、フィリップからきいたことを確認するだけだった。見こみはない、ということだ。

「入院させてもいいぞ」博士はフィリップにいった。「小さな部屋でよければな」

「何があっても、入院はしないでしょう」

「わかっていると思うが、いつ死んでもおかしくない。死ぬか、その前に肺炎になるかだ」

フィリップはうなずいた。ティレル博士はひとつふたつアドバイスをしてから、呼ばれればいつでも駆けつけるといって、住所を置いていった。フィリップが部屋にもどってみると、クロンショーは黙って本を読んでいた。医者がなんといったかたずねようとはしない。

「満足したか」

「ティレル博士にいくつかアドバイスをもらったんですが、絶対、どれにも従わないでしょうね」

「大正解だ」クロンショーはにやっと笑った。

85

二週間後、病院の仕事が終わって帰ってくると、フィリップはクロンショーの部屋のドアをノックした。返事がないので入ってみると、クロンショーはベッドの片側に体を丸くして横になっている。フィリップはそちらに歩いていった。眠っているのか、病気からくるかんしゃくの発作でじっとしているのか。フィリップは、クロンショーの口がぽっかり開いているのをみて驚いた。肩にさわってみた。思わず、悲鳴がこぼれる。クロンショーのシャツの下に手を入れて、心臓の上に手を置いた。どうしていいかわからない。仕方なく、以前きいたことを思い出し、口の前に鏡を当ててみた。クロンショーとふたりきりだと思うと、ぞっとした。帽子もコートもまだ脱いでいない。フィリップは階段を駆け下りて通りに飛びだし、馬車を止めて、ハーリー通りまでいってもらった。ティレル博士は在宅だった。

「すいません、すぐにきていただけますか。クロンショーが死んだようなんです」

「もしそうだったら、わたしがいってもしょうがないだろう」

「きてくだされば、とても助かります。玄関先に馬車を待たせてあるんです。三十分ほどで着きます」

ティレル博士は帽子をかぶった。馬車のなかで、ひとつふたつ質問した。

「今朝出かけるときは、いつもと変わらなかったんです。だからついさっき、うちに帰ったときは、すごいショックでした。ひとりで死んだと思うと……本人は死ぬのがわかってたんでしょうか」

フィリップは、クロンショーのいったことを覚えていた。最後の瞬間、彼は死の恐怖にとらわれたのだろうか。フィリップは自分がそんな状況に置かれたときのことを想像してみた。死が目前に迫り、勇気づける言葉をかけてくれる人がひとりもそばにいなくて、恐怖にがんじがらめになっている自分を。

「ずいぶん動揺しているようだな」

ティレル博士は青く澄んだ目でフィリップをみた。その目には同情の色が浮かんでいる。部屋に着くと、博士はクロンショーをみていった。

「死後数時間たっている。睡眠中に死亡したんだろう。たまにある」

遺骸《いがい》は縮んで、みすぼらしくみえた。とても人間とは思えない。ティレル博士はさめた目でそれをみた。それから懐中時計を取り出した。

「さて、そろそろいかないと。死亡診断書は届けさせる。親戚《しんせき》への連絡はきみがするのかい」

「親戚なんていないと思います」

「葬儀は？」

「ぼくがなんとかします」

ティレル博士はフィリップをちらっとみた。ソヴェリン金貨を二枚ほど渡そうかと思ったのだ。しかしフィリップの窮状は知らなかったので、葬式くらいなんとかするだろう、差し出がましいことをしていやな思いをさせないほうがいいと思った。

「何かできることがあれば、いつでも連絡してくれ」

フィリップは博士といっしょに外に出て、玄関先で別れると、電報局にいってアップジョンに電報を打った。それから、病院にいくとき毎日前を通り過ぎる葬儀屋にいった。何度も目に止まったのは、ウインドーに見本の柩《ひつぎ》ふたつといっしょに飾られている、黒い布に銀で書かれた三語だ。「安い、早い、安心」。それをみるといつも、楽しい気分になった。葬儀屋は小柄の太ったユダヤ人で、巻き毛の黒い髪は長く脂っぽく、黒の服を着て、大きなダイヤの指輪を太い指にはめている。フィリップがやってくると、持ち前の厚顔さと職業に欠かせない慇懃《いんぎん》さの入り混じった態度で迎えた。すぐにフィリップが困っているのを見て取り、女をひとりやって、必要なことはやらせますといった。葬儀については次々に豪華な提案が続いた。フィリップは恥ずかしくなってきた。反対しようとすると、けちなやつだといわんばかりの顔をされる。この手の話で値切るのは非常に難しく、結局、ずいぶん高い葬儀になってしまった。痛い出費だ。

「十分に心得ています」葬儀屋がいった。「大仰なものにはしたくない、ということですね。わたくし自身、飾り立てた葬儀は嫌いです。しかし、恥ずかしくないものにしたいと望んでいらっしゃる。おまかせください。できる限り値段をおさえて、なおかつ、品格をそこなわない、立派なものにしますから。これ以上はもう、何も申し上げる必要はありませんよね」

フィリップが部屋にもどって夕食をとっていると、女がきて遺体の世話をした。そのうちレナード・アップジョンから電報がきた。

フホウニ　オドロイテイル。カナシミニ　タエナイ。ザンネンナガラ　コンヤハイカレズ。カイショクノ　ヨテイアリ。ミョウチョウ　ハヤク　ウカガウ。ココロカラ　アイトウノ　イヲヒョウス。　アップジョン

少しして、女が居間のドアをノックした。

「終わりました。これでいいか、ごらんになってください」

フィリップはあとについていった。クロンショーは仰向けに寝かされている。目は閉じ、手は敬虔《けいけん》そうに胸の上で組んでいる。

「お花が少し必要ですね」

「ぼくが明日、買ってくる」

女は満足げに遺体をみた。仕事が終わったので、まくっていた袖《そで》をもどし、エプロンを取り、ボンネットをかぶった。フィリップは、いくら払えばいいかたずねた。

「はい、二シリング半くださる方もいらっしゃいますし、五シリングくださる方もいらっしゃいます」

フィリップは五シリング出さないと恥ずかしい気がした。女はとてもうれしそうに礼をいったが、フィリップが感じていると思われる悲しみにふさわしい程度におさえていた。女が去り、フィリップは居間にもどると夕食の残りを片付け、教科書になっているウィリアム・ジョンソン・ウォルシャムの『外科』を読もうとしたが、集中できなかった。思いのほか神経質になっていて、階段で物音がするたびに、びっくりして、心臓が暴れた。隣の部屋にあるもの――かつて人間であって、いまはそうでなくなったもの――が恐ろしくてたまらない。静寂が命を得て、そのなかで奇妙なものが動いている気がした。死がこの世ならぬ恐怖を引き連れて、この四つの部屋におおいかぶさっているかのようだ。かつて友人だったものが急に怖くなった。もう一度本を読もうとしたが、すぐにあきらめて放りだした。命を終えた人間の完璧《かんぺき》な虚《むな》しさを思うと、恐ろしくてたまらない。クロンショーが死んでしまったというのに、何も変わらない。彼の人生そのものがなかったかのようだ。フィリップは若い頃のクロンショーを想像してみた。まだほっそりして、跳ねるような足取りで歩き、髪の毛もたっぷりあって、喜びと希望にあふれていた頃の姿を想像するのは難しかった。フィリップは、すぐそばに警官がいることを念頭に置いて、好きなように生きるという考えに従ってきたが、今回はそれが通用しそうにない。クロンショーはそれを実行して、悲惨な最期を迎えた。好きなように生きるということは必ずしも正解とはいえないのかもしれない。フィリップは悩んで自問した。もしこの考えが役に立たないとしたら、いったいどんな考えに従って生きていけばいいのだ。なぜ人はひとつの考えに従って生きるのだろう。人は感情に従って行動するが、感情そのものが結果を導くわけではない。それが成功につながるか失敗につながるかは運次第だ。人生というのは理解不能な混沌《こんとん》そのもので、人は自分にもわからない力に操られて右往左往している。目的などだれの頭にもない。ただ行動するために行動しているだけなのだ。

　翌朝、レナード・アップジョンがやってきた。手には小さな月桂樹《げっけいじゅ》のリースを持っている。死んだ詩人の頭にのせるつもりらしい。そしてフィリップがむっつり黙りこんでいるにもかかわらず、はげ頭にのせた。しかしそれはグロテスクで、ミュージックホールの二流コメディアンがかぶっている帽子の縁にしかみえない。

「胸《ハート》の上に置くかな」アップジョンがいった。

「そこは腹ですよ」

アップジョンはくすっと笑った。

「詩人の心《ハート》の在処《ありか》は、詩人のみぞ知る」

居間にもどるとフィリップはアップジョンに、葬儀の次第を説明した。

「まさか、貧乏くさい葬儀にするつもりじゃないだろうね。柩《ひつぎ》の後ろには、何も乗せていない馬車が何台も続き、馬の頭にはゆったり揺れる豪華な羽根飾りをつけて、参列者をたくさん雇い、帽子には長い吹き流しをつけさせる。何も乗せない馬車の列が続くのもいいと思う」

「葬儀の費用はすべてぼくが持つことになりそうなんです。そしてぼくはいま、経済的に裕福ではない。というわけで、なるべく質素なものにしてもらいました」

「それならそれで、貧乏人の葬式にすればいいじゃないか。そのほうが、まだ詩人にふさわしい。きみには中流的で平凡な発想しかないらしいな」

フィリップは少し赤面したが、何も答えなかった。次の日、アップジョンは、フィリップが呼んでおいた馬車に乗って、柩のあとをついていった。ローソンはこられないので、花輪を送ってきた。フィリップはそれだけでは柩が寂しいだろうと、ふたつ買い足した。帰りは御者が鞭《むち》を振って馬を急がせた。フィリップは疲れきっていたので、すぐに眠ってしまったが、そのうちアップジョンの声に起こされた。

「詩集がまだ出てなくてよかった。出版を少し遅らせて、わたしが序文を書くことにしようと思う。墓地までいく途中で考えたんだ。なるべくいい形にしたいと思ってね。まず最初に『ザ・サタデー・レヴュー』誌に紹介を書くつもりだ」

　フィリップは何も答えず、沈黙が流れた。しかたなくアップジョンが話を続けた。

「書いたものをなるべく有効に使いたくてね。つまり、まず雑誌に紹介を書いて、それを詩集の序文にしようと思っているんだ」

　フィリップが注意してその雑誌に目を通していると、数週間後、それが載った。紹介文はかなりの反響があり、いくつもの新聞に抜粋が載った。とてもいい紹介文だった。伝記的な部分はあいまいなところが多いが、クロンショーの若い頃のことなどだれも知らないのだから、しょうがない。文章は繊細で、緻密《ちみつ》で、美しい。レナード・アップジョンは凝った文体で、カルチェラタン時代の詩作に励んでいた饒舌《じょうぜつ》なクロンショーの姿を活写している。まさに生き生きとした肖像画のように、イギリスのヴェルレーヌのように描いている。レナード・アップジョンの多彩な文章は、後半、重厚な響きを帯び、悲壮な音色を大きく響かせて、ソーホーの狭苦しい部屋での悲惨な晩年を映しだしている。抑制のきいた文体で——じつに魅力的に、自分は大きな感動をごく控え目に書いていることをほのめかしながら——この詩人を、花咲く果樹園にあるスイカズラでおおわれた小さな家に暮らしているかのように描いているのだ。ところがその後、善意はあるが、詩心なき無神経な人物によって、ケニントンという俗悪な環境に連れ去られてしまった！ レナード・アップジョンはケニントンを抑えた調子のユーモアで描写している。それはサー・トマス・ブラウンの語彙《ごい》を忠実に受けついでいる彼にとっては当然だ。それから、軽い皮肉を織り交ぜつつ、最後の数週間を追っている。クロンショーは、看護役を買って出た善意はあるが文学的感性なき若き医学生に耐えた。詩神ともいうべき放浪者は希望なき中産階級的環境に置かれ、哀れな状況に甘んじたのだ。灰から生まれた美、という言葉がイザヤ書から引用され、こう続く。これは巧まずして生まれたアイロニーであり、孤高の詩人は卑俗な敬意という罠《わな》のなかで死んでいくしかなかった、そしてこれはパリサイ人に囲まれたキリストを髣髴《ほうふつ》とさせる。クロンショーをキリストと対置した後、次のような卓抜な一節が続く。ひとりの友人——それがだれであるかは、格調高い文章のなかでは大げさなイメージでほのめかす程度にしか書かれていないのだが——その友人が月桂樹のリースを詩人の胸《ハート》の上に置くと、詩人の美しい手は恍惚《こうこつ》としてアポロンの葉の上に安らいだかのようにみえ、その葉は、芸術の香りを放ち、奥深く理解しがたい国、中国から肌の黒い水夫たちが持ち帰った翡翠《ひすい》よりも青かった。そして鮮やかな対比を用いた序文は、王子としてか、さもなくば乞食《こじき》として葬《ほうむ》られるべき人物の葬儀はじつに中流階級的で平凡で散文的なものであった、と結ばれ、これこそまさに、芸術、美、精神的なものに対する俗物主義の勝利だと締めくくられていた。

レナード・アップジョンが書いたもののなかで、これ以上のものはない。魅力的で優雅で哀悼の意にあふれた奇跡といっていい。そしてクロンショーの出来のいい詩をすべて序文に引用していたので、詩集が出たとき、その役割はほぼ終わっていたようなものだが、彼の文学的地位は一気に上がった。これ以後、彼は一流の批評家として認められるようになった。それまでは少し高踏的なところが敬遠されていたのだが、これは人間味あふれる最高の序文だった。

86

春、フィリップは外科外来担当の実習を終え、入院患者担当の実習生になった。これは六ヶ月続く。実習生は毎朝、まず男性の病棟、それから女性の病棟を研修医について回り、症状を書きとめ、検査をし、看護婦といっしょに仕事をする。一週間に二日は、午後になると担当の医師が患者を診察しながら、連れてきた少人数の学生にあれこれ教える。この仕事は外来患者の診断と違って、感動も、変化も、現実との直接的な接触もないが、知識は増える。フィリップは評判がとてもよく、彼自身、患者の世話をして喜ばれると、なんとなくうれしかった。患者の苦しみに深く同情するわけではないが、患者が好きだった。そして気取ったところがないので、ほかの実習生よりも好かれていた。そもそも、愛想がよく、励ますのがうまく、親身なところがあった。病院関係の人間はみんなそうだが、フィリップもまた、女性より男性の患者のほうが付き合いやすいと感じていた。女性の患者は不平をこぼすことが多く、機嫌が悪い。きつい仕事に耐えている看護婦のことを悪し様にいったり、してもらって当然のことをなぜしてもらえないのかと文句をいう。とにかく、扱いにくく、利己的で、手に負えない。

運のいいことに、友人ができた。ある日の朝、研修医に、男性の新患をひとりみるようにいわれた。フィリップはベッドの端に座って、その患者の〈書類〉に症状などを書きこんでいたのだが、職業欄にジャーナリストと書かれているのが目に止まった。名前はソープ・アセルニー。病院であまり目にする名前ではない。歳《とし》は四十八。突然の黄疸《おうだん》でやってきたのだが、症状がはっきりしないため、要観察とのことで入院させられたらしい。フィリップの事務的な質問に陽気に答える様子から、教育のある人物らしいことが伝わってきた。ベッドに寝ているので、背が低いのか高いのかはわからなかったが、頭も手も小さいので、小柄なのだろう。フィリップは人の手をみる癖があるのだが、アセルニーの手をみて驚いた。とても小さくほっそりしているうえに、指がすっとしていて美しく、爪《つめ》がバラ色だ。とてもすべすべして、黄疸の症状さえなければ、はっとするほど白いはずだ。患者はシーツの下から手を出していた。片方の手はゆるく開いていて、人差し指と中指がくっついている。そしてフィリップの質問に答えながら、満足そうに自分の手をみているようだった。フィリップは目を輝かせて男の顔をみた。黄色いのは別にして、きわだった特徴がある。目は青く、鼻は大胆に突き出たかぎ鼻で堂々としているが、不格好ではなく、白いものの混じったあごひげを少し伸ばして先を尖《とが》らせている。頭髪はかなり少なくなっているものの長くのばしていて、かつてはきれいな金髪の巻き毛だっただろうと思わせる。

「ジャーナリストとのことですが、どんな新聞に記事を書いているんですか」

「あらゆる新聞に。わたしの記事が載っていない新聞はないくらいです」

彼はベッド脇《わき》にある新聞を手に取ると、広告欄を指さした。大きな文字で、フィリップのよく知っている会社の名前が書かれている。「リン＆セドリー衣料百貨店、リージェント通り、ロンドン」とある。そして下に、それよりは小さく、しかしそれなりに大きい字で、「明日では遅い」と独断的な調子で書かれている。そのあと、あきれるほど当然な質問が続く。「なぜ、今日、注文しない？」それからまた同じ質問が、殺人犯の良心を金づちでなぐりつけるかのような大きめの文字でくり返される。「なぜ？」それから大胆に、「世界有数の市場から仕入れた数千組もの手袋を驚異の価格で。全世界で最も信頼できる工場で作られた何千足もの靴下を、衝撃的低価格で！」最後はふたたび質問で締めくくられているのだが、決闘場で、相手に手袋を投げつけるときのような迫力だ。「なぜ、今日、注文しないのか？」

「リン＆セドリー衣料百貨店の新聞広告を書いているというわけです」彼は美しい手

を軽く振りながらいった。「まあ、つまらない仕事ですが……」

フィリップはお決まりの質問や形式的な質問をしながら、ときどきうまく、相手が隠したくなるようなことを引きだす質問を混ぜた。

「外国にいらっしゃったことは」

「十一年間、スペインに」

「何をなさっていたのです」

「トレドにある、イギリスの水道会社で秘書を」

フィリップは、クラットンがトレドで数ヶ月過ごしたことを思い出し、この患者の返事にいっそう興味を持ったが、それを表に出すのは不適切だろうと思った。患者と病院勤務者の間にはある程度の距離を置かなくてはならない。フィリップは診察を終えると、ほかのベッドにいった。

ソープ・アセルニーの病状は深刻なものではなく、肌の色はかなり黄色かったが、体調はすぐによくなった。医師が経過観察にしたのは、いくつかの数値が平準値にもどるのを待とうと考えただけだ。ある日、病棟にいってみると、アセルニーは鉛筆を片手に読んでいた本を置いた。

「その本、ちょっと拝見していいですか」フィリップは本があると気になってしょうがない。

　手に取ってみると、スペイン語の本だった。サン・ファン・デ・ラ・クルス〔一六世紀、スペインのキリスト教神秘家の聖人にして詩人〕の詩集だ。開くと紙が一枚落ちた。拾い上げると、詩が書かれている。

「まさか、時間があるからといって詩を書いていらっしゃったはずはありませんよね。入院患者にはあるまじきことですよ」

「いや、翻訳でしてね。スペイン語は？」

「残念ながら」

「しかし、サン・ファン・デ・ラ・クルスについてはご存じでしょう」

「いえ、まったく」

「スペインの神秘家のひとりにして、最も優れた詩人です。英語に訳す価値のある詩人だと思いまして」

「みせていただいていいですか」

「まだ粗訳ですが」アセルニーはうれしそうにそれを渡した。読んでほしがっているのがよくわかる。

　鉛筆書きの、美しいがかなりの癖字で、読みづらい。昔のドイツ字体のようだ。

「書くのに恐ろしく時間がかかるでしょうね。素晴らしい」

「手書きだからといって、いいかげんでいいとは思いません」

フィリップは最初の節を読んでみた。

薄暗き夜
熱く燃える愛を心に
ああ、なんとうれしい巡り合わせ
みる人もなき道をゆけば
わが家はいまもう寝静まりて……

フィリップは思わずソープ・アセルニーの顔をみつめた。自分が彼に対してためらいを感じているのか興味を感じているのかわからない。フィリップはさっきの自分の話しぶりが少し偉そうで、間抜けに思われたかもしれないと思い、赤くなった。

「アセルニーとは、珍しいお名前ですね」フィリップは言葉につまって、たずねた。

「ヨークシャーに古くからある名でしてね。かつては、一家の長が馬で領地を一周するのに一日かかったという話ですが、今ではまったく。尻軽《しりがる》女と鈍足《どんそく》の騎馬には乗らずもがな、というやつです」

アセルニーは近視で、妙に真剣に相手をみて話した。彼は詩集を手に取っていった。

「スペイン語を習うといい。壮麗な言語です。イタリア語のような流麗さはないが——イタリア語はテノール歌手や手回しオルガン弾きのための言葉ですから——荘重さがある。庭園の小川のような軽さはないが、滔々《とうとう》として堂々たる大河の流れを思わせます」

彼の大げさな言葉をきいて、フィリップはおもしろく思った。そういう言葉づかいには敏感だったので、相手の話に耳を傾けることになった。アセルニーは多彩な表現を用い、心からの熱い情熱をこめて、『ドン・キホーテ』を原語で読む喜びを語り、魅力的な劇作家カルデロンの音楽性、ロマンティシズム、清澄《せいちょう》さ、情熱を語った。

「仕事にもどらないといけないので」フィリップがいった。

「申し訳ない。すっかり忘れていた。妻にトレドの写真を持ってくるようにいっておきますよ。ぜひおみせしたい。時間があれば、ぜひまた話し相手になってください。とても楽しかった」

それから数日、機会をみて会いにいくうち、フィリップはアセルニーと親しくなった。アセルニーは話がうまかった。とりたてておもしろいことをいうわけではないが、聞き手を引きこみ、熱をこめた鮮やかな語り口で相手の想像をかき立てるのだ。想像の世界に遊ぶことの多いフィリップは、目の前にみたことのない絵が次々に現れるような気がした。アセルニーは非常に礼儀正しく、また世間についても本についてもフィリップよりはるかに多くのことを知っていた。年齢もずっと上で、話のうまさがある種の魅力になっている。しかし慈善病院の入院患者としての分をわきまえていて、厳しい規則に従っていた。そしてこのふたつの立場の間でうまくバランスを取り、ユーモアを忘れずのんびりと暮らしているようだ。一度、フィリップはなぜこの病院にきたのかたずねたことがあった。

「社会の提供する便宜はすべて活用すべしというのが信条なのです。だから、生きている時代の恩恵にあずかり、病気になれば病院で手当てをしてもらう。それを恥ずかしいなどと思うのは間違っている。子どもは公立の学校にいかせています」

「本当ですか」

「子どもたちはいい教育を受けてますよ。わたしがウィンチェスターのパブリックスクールで受けたのよりはるかにいい。そうでなければ、わたしなどが子どもに教育をつけてやれるわけがないじゃありませんか。なにしろうちには子どもが九人いるのですから。わたしが退院したら、一度、会いにきてやってください。いいですね？」

「ぜひ」

87

十日後、ソープ・アセルニーは快復して退院した。フィリップは住所を教えてもらい、日曜日の一時に昼食を呼ばれることになった。アセルニーによれば、イニゴー・ジョーンズ〔英国、一七世紀の建築家。グリニッジのクイーンズ・ハウスなどを設計した〕の建てた家に住んでいるとのことだ。彼は何につけても大げさに語るのだが、自分の家の古いオーク製のバラスター〔手すりを支える細い柱〕のある手すりを大げさに語った。そしてフィリップが訪ねていくと、玄関のドアを開けるが早いか、入口の横木の優雅な彫刻をみてほしいといった。家は老朽化していて、塗料もとっくの昔にはげ落ちているものの、それなりの風格はある。場所はチャンスリー通りとホルボーンの間にある通りで、かつては華やかだったがいまでは貧民街とほとんど変わらない。あたり一帯の家を取り壊して、すっきりしたオフィス街にしようという計画もあるくらいだ。したがって家賃も安く、アセルニーは上のふたつの階を収入に見合った額で借りることができるというわけだ。フィリップはこのとき初めて、立っている彼を目にして背が低いのに驚いた。一メートル六十五センチほどだ。それに服装が変わっている。フランスの労働者がはくような青のリネンのズボンに、着古した茶のベルベットの上着という格好だ。腰にはまっ赤なサッシュ、襟はローカラーで、襟元には、「パンチ」誌に出てくる滑稽《こっけい》なフランス人のように、リボンのような蝶《ちょう》ネクタイをつけている。彼はフィリップを心から歓迎し、早速、家のことを語り始め、愛《いと》おしそうに手すりをなでた。

「ほら、みて、さわってみてください。まるでシルクです。これほどの優雅さは奇跡というほかない。ところが、五年後には取り壊し業者が薪代わりに燃やしてしまう」

アセルニーはフィリップに、ぜひ二階をみてほしいといって案内した。そこではシャツ姿の男がひとりと、赤ら顔の女がひとりと、子どもが三人、日曜の昼食の最中だった。

「この紳士に、ぜひ天井をみてほしいと思ってお邪魔しました。どうです、これほど素晴らしい天井をごらんになったことがありますか。ミセス・ホジソン、ご機嫌はいかがです。こちらはミスタ・ケアリ。入院しているときお世話になりましてね」

「どうぞどうぞ」男がいった。「ミスタ・アセルニーのお知り合いなら大歓迎です。この人ときたら、知り合いを片っ端から連れてきて、この天井をみせるんです。それも、こちらが何をしていようがおかまいなしでしてね。寝てようが、顔を洗ってようが、いつでもこの調子なんです」

ここの人たちがアセルニーを変わり者だと思っているのはすぐにわかった。だが、好意を持っているのは間違いなく、ぽかんと口を開けて話に聞き入っている。その前で、アセルニーはなめらかな口調で、十七世紀風の天井の美について語るのだった。

「この建物を取り壊すとは、恐るべき犯罪行為です、ホジソンさん。あなたは影響力のある市民なのですから、新聞に投書して抗議してはいかがです」

シャツ姿の男は声を上げて笑うと、フィリップにいった。

「この人ときたら、他愛のない冗談が好きでしてね。このまわりでは、みんないってるんです。ここらの家は不潔で困る、住んでいると体を悪くするって」

「不潔がなんです、芸術があればいい」アセルニーが大声でいった。「うちには子どもが九人いて、九人とも水はけのひどいこの家で育ったおかげで、ぴんぴんしています。いやいや、危ない橋をわたるのはごめんです。だれもが口にするいまどき流行の考えなど、まっぴら！　もしここから引っ越すことになったら、まず何よりさきに、水はけが悪い家を選ばなければと考えているくらいです」

ノックの音がして、幼い金髪の女の子がドアを開けた。

「パパ、ママが、おしゃべりはやめて、早くきて、食事してっていってるよ」

「わが家の三番目の娘です」アセルニーは大げさにその子を指さしていった。「名前はマリア・デル・ピラール〔「柱上の聖母」の意味。聖母マリアが柱の上に出現した奇蹟を指す〕というのですが、本人はジェインと呼ばれたほうがよく返事をします。ジェイン、ちゃんとはなをかみなさい」

「だって、ハンカチ持ってないもん」

「仕方ない」彼はそういうと、大きくて派手なバンダナを取り出した。「手でぬぐえばいいじゃないか。なんのために神さまが手を作ってくださったと思っている」

三人で階段を上がっていくと、フィリップは黒い羽目板の壁の部屋に通された。まん中には細長いテーブルがある。交差した鉄の脚の上にのったチーク材の天板ははずすこともできる。スペインの古いアイロン台だ。それが食卓らしい。席がふたつ作ってあって、それぞれ大きなひじ掛け椅子《いす》が置いてある。幅広のひじ掛け椅子はオークで、背もたれも座面も革張り。みるからに品があってエレガントだが、座り心地は悪い。ほかの家具はスペインの飾り戸棚くらいだ。戸棚は金めっきの鉄細工で飾られていて、下の台は粗い仕上げだが、キリスト教的デザインのきれいな彫刻がほどこされている。その上には二、三枚、表面がつややかな皿が立ててある。どれもあちこち欠けているが、色合いが美しい。壁には昔のスペインの大家の絵が何枚かかけてある。

どれも美しいが、額縁がかなり破損している。どの絵の素材も陰鬱《いんうつ》で、経年の劣化と保存の悪さのせいで傷《いた》んでいるうえに、そもそも美術品としては二流なのだが、情熱の輝きがある。その部屋に値打ちのあるものはひとつもないが、それらのかもし出す雰囲気はとてもいい。豪華さのなかに節度がある。フィリップにはそれらが、古きスペインの精神を象徴しているように思えた。アセルニーが飾り戸棚のなかの美しい装飾や隠し棚をフィリップにみせている最中に、背の高い女の子が入ってきた。ふたつに編んだきれいな褐色の髪が背中にかかっている。

「お母さんから、食事の用意ができました、待ってますって。お父さんたちが席についたら、わたしが料理を運ぶの」

「サリー、こちらはケアリさんだ、握手をしていただきなさい」それからアセルニーはフィリップのほうを向いていった。「大きいでしょう。いちばん上の子です。サリー、何歳になった」

「六月で、十五歳よ」

「わたしは、太陽のマリア《マリア・デル・ソル》と呼んでいます。最初の子で、スペインの中世王国、カスティリャの輝く太陽に捧《ささ》げようと思いましてね。ところが母親はサリーと呼ぶし、弟はプディング顔と呼ぶんですよ」

女の子はきれいに並んだ白い歯をのぞかせて恥ずかしそうに微笑《ほほえ》むと、赤くなった。たしかに十五歳にしては体格もよく背も高い。灰色の目は明るく輝いているし、額は広く、頬は赤い。

「お母さんに、ここにきてミスタ・ケアリと握手するようにいいなさい。食事はそのあとでいい」

「お母さんは、食事が終わってからご挨拶《あいさつ》するって。お客様にお会いする仕度ができてないから」

「なら、こちらから出向いて挨拶をしよう。お客様にヨークシャー・プディングを食べていただくのは、プディングを作る手を握っていただいてからだ」

フィリップはあとについていった。キッチンは狭いうえに人がいっぱいいて、ずいぶん騒がしかったが、入っていくとすぐに静かになった。中央に大きなテーブルがあり、そのまわりに食事を待つ子どもたちが座っている。オーヴンの前に女性が立っていて、焼けたジャガイモをひとつずつ取り出している。

「ベティ、ケアリさんだ」アセルニーが声をかける。

「まあ、こんなところにお連れするなんて。お客様に失礼でしょう」

彼女は汚れたエプロンを着け、丈の長いコットンのワンピースの袖を肘《ひじ》までまくりあげ、髪はヘアクリップを何本も使って止めている。大柄で、夫より十センチ近く背が高い。金髪で目は青い。顔立ちは整っていて、表情はやさしいが、年齢と、子どもをたくさん産んだせいで、太って、少し疲れた感じがある。目も色が薄くなり、肌も荒れて赤く、髪の色も抜けてしまっている。彼女は背を伸ばすと、手をエプロンで拭《ふ》いてから差しだした。

「ようこそ、いらっしゃいました」彼女はゆっくり話した。訛《なま》りがあって、フィリップにはそれがなんとなく懐《なつ》かしく思えた。「夫からきいてます。病院でとてもよくしてくださったんですってね」

「さて、うちのペットを紹介しましょう」アセルニーがいった。「これがソープ」彼は縮れ毛のぽっちゃりした男の子を指さした。「長男です。一族の家名、財産、責任を継ぐことになっています。こちらから順番にアセルスタン、ハロルド、エドワード」彼は三人の子どもたちに人差し指をむけていった。三人とも頬がバラ色で、健康そうで、にこにこしている。フィリップが微笑んで目を向けると、みんな恥ずかしそうにうつむいて皿をみる。「こちらは女の子で、まずマリア・デル・ソル……」

「プディング顔だよ」三人の男の子のひとりがいった。

「こらこら、もう少しましなジョークがいえないのか。さて、それから、マリア・デ・

ロス・メルセデス、マリア・デル・ピラール、マリア・デ・ラ・コンセプシオン、マリア・デル・ロサリオ」

「わたしはサリー、モリー、コニー、ロージー、ジェインと呼んでます」ミセス・アセルニーがいった。「さあ、あっちの部屋にいってちょうだい。食事を持っていくから。子どもたちはあとで手や顔を洗わせてから、ご挨拶にいかせるわ」

「おまえに名前をつけるとしたら、泡攻めのマリアだな。子どもたちはかわいそうに、いつも泡だらけだ」

「ケアリさん、先にお部屋にいってください。そうしないと、席について食事にするのがいつになるかわかりませんから」

フィリップはアセルニーと、修道僧が座っていそうな椅子に腰かけた。サリーがローストビーフを運んできた。つけ合わせはヨークシャー・プディングと焼いたジャガイモとキャベツ。アセルニーはポケットから六ペンス硬貨を出してサリーに渡すと、ビールを買いにやった。

「わざわざ食卓を用意してくださって恐縮です。お子さんたちといっしょでもよかったのですが」

「いいえ、わたしはいつもひとりで食事をするんですよ。そういう古いしきたりが好きなのです。女が男といっしょに食事をするのはいただけない。話がつまらなくなるし、女にとってもよくない。いっしょに食べると、女は考えるようになる、そしていったん考えだすと、あれこれ気にしだす」

主人も客も旺盛《おうせい》な食欲をみせた。

「こんなヨークシャー・プディングを食べたことがありますか。これを妻ほどうまく作る人間はほかにいませんよ。レディと結婚しない利点はこれです。もうお気づきでしょうが、妻はレディなどではありません。そうでしょう」

これは微妙な質問で、フィリップはなんと答えていいかわからなかった。

「そんな、考えもしませんでした」フィリップはぎこちなく返事をした。

アセルニーは声を上げて笑った。彼独特のうれしそうな笑いだ。

「いいえ、レディなどではありません。それどころか、父親は農夫で、そういう階層の人にはありがちですが、いまだHを発音するのをきいたことがありません。うちは子どもが十二人生まれて、そのうち九人が生きています。わたしはそろそろやめようといっているのですが、妻は頑固で、もう癖になったのか、二十人産むまで満足しそうにないのです」

そのときサリーがビールを持って帰ってきた。そしてフィリップのグラスに注ぐと、テーブルの反対側にいって父親にも注いだ。アセルニーは娘の腰に腕を回した。

「これほどかわいくて立派な体の女の子をみたことがありますか。まだ十五歳だというのに二十歳にはみえるでしょう。この頬をみてください。いままで一度も病気などしたことがない。この子と結婚する男はきっと幸せですよ。そうだろう、サリー」

サリーはにこにこしながらきいているが、それほど困った様子はない。この手の父親の自慢には慣れているのだろう。しかし、その控えめなところがとてもかわいい。

「お父さんたら、お料理が冷めちゃうわよ」彼女は父親の手から身を引いていった。「プディングがほしいときは声をかけてね」

ふたりだけになると、アセルニーは錫《すず》のジョッキを取って、ゆっくり、たっぷり飲んだ。

「まったく、イギリスのビールにまさるものはありません。この素朴な楽しみを神に感謝したい。ローストビーフとライス・プディング、旺盛な食欲とビール。一度、レディと結婚したことがあるのですが、ひどい目にあいました! いいですか、レディと結婚してはなりませんよ」

フィリップは笑った。目の前の情景が楽しくてしょうがない。奇妙な服を着た小柄な男。壁に羽目板を張った部屋、スペイン風の家具、イギリス風の料理、すべてが目を疑いたくなるほどちぐはぐだ。

「笑ってますね。ですが、妻に関しては上を望まないほうが幸せなのですよ。ほら、自分と同じ知的な妻がほしいとお思いでしょう。妻は相棒だなどというつまらない思いこみで頭がいっぱいでしょう。そのような浅はかな考えは捨てたほうがいい。わたしは妻に政治を語るつもりはないし、妻が微分をどう思っているかなど、どうでもいい。妻は料理が上手で、子どもの世話をしてくれれば、それで十分。わたしはふたつ試してみて、よくわかっているのです。さて、プディングをもらいましょうか」

彼が手をたたくと、すぐにサリーがやってきて皿を片づけだしたので、フィリップは立ち上がって手伝おうとしたのだが、アセルニーに止められた。

「いえ、そのままで。この子は邪魔をしないでほしいと思っているはずです。そうだろう、サリー。それにこの子は、給仕をしているときはお客さんに座っていてほしいはずです。騎士道精神など、無用の長物、百害あって一利なしです。そうだろう、サリー」

「ええ、お父さん」サリーはおとなしく返事をした。

「サリー、いまお父さんたちがなんの話をしているかわかっているか」

「いいえ。でも、お母さんはお父さんに、あんまり大げさな言葉を使わないでほしいと思ってるわよ」

アセルニーは大声で笑った。サリーがライス・プディングを持ってきた。味が濃く、クリーミーで、おいしい。アセルニーはすごい勢いで食べた。

「わが家の決まりの一つがこれです。日曜日のメイン料理は決して変えてはならない。いってみれば、儀式のようなものでしてね。一年に五十回、日曜日はローストビーフとライス・プディング。イースターの日曜日は、ラムとグリンピース、聖ミカエル祭には焼いたガチョウのアップルソースかけ。こうして、伝統を守っているわけです。サリーも結婚すれば、わたしに教わった賢いことの多くを忘れてしまうでしょうが、これだけは忘れないと思いますよ。つまり、善良で幸せでいたければ、日曜日にはローストビーフとライス・プディングを食べなくてはいけない」

「チーズを食べたくなったら、また呼んでね」サリーはさらりといった。

「カワセミの話をご存じですか」アセルニーがたずねた。フィリップは、彼が次々に話題を変えるのに慣れてきた。「雄が海の上を飛んで疲れてくると、たくましい翼を持った妻が下で支えてくれるんですよ。これこそ、男が女に望むことではありませんか。最初の妻とは三年いっしょに暮らしました。れっきとしたレディで、年間千五百ポンドの収入があり、ケンジントンの小さな赤レンガの屋敷で、ささやかながら素敵なディナー・パーティを開いていました。魅力的な女性で、だれもがそういっていました。弁護士が奥さんを連れてよく食事にやってきたものです。ほかにも文学好きの株の仲買人や、若い政治家もね。じつに魅力的な女性でしたよ。わたしも教会にいくときはシルクハットをかぶり、フロックコートを着るようにといわれました。クラシックのコンサートにも連れていかれました。彼女は日曜の午後の公演が好きでしてね。朝食は八時半。遅れていくと、料理は冷めている。彼女はいい本が好きで、いい絵をほめて、いい音楽を賞賛しました。まったく、じつに退屈でした！　彼女はいまも魅力的で、ケンジントンの赤レンガの小さな屋敷に住み、壁紙はウィリアム・モリス、壁にはホイッスラーのエッチングをかけ、ささやかで素敵なディナー・パーティを開くときは、子牛肉のクリーム煮を出し、ガンターのティーショップからアイスクリームを取り寄せます。二十年前とまったく変わっていない」

フィリップは、この不釣り合いな夫婦がどんなわけで離婚にいたったのかはたずねなかったが、アセルニーのほうから話しだした。

「ベティは正式の妻ではありません。ケンジントンの妻が離婚を認めてくれないものですから。なので、うちの子はひとり残らず、庶子です。だからといって何も変わらない。ベティは、ケンジントンの小さな赤レンガの屋敷につかえていたメイドでした。

じつは四、五年前、経済的に行き詰まりましてね、子どもが七人いたし、妻に助けを求めにいったのです。すると、援助はしてもいいが、ベティと別れて外国にいってほしいというのです。ベティと別れろと！　信じられますか。しばらく食うや食わずの生活が続きました。正規の妻にいわせれば、わたしはどん底の生活が好きなのだそうです。堕落して、落ちぶれてしまったと。いまでも週三ポンドで、洋服屋の新聞広告を書いていますが、ケンジントンの赤レンガの小さな屋敷にいなくてすむことを毎日、神に感謝しています」

サリーがチェダーチーズを持ってきた。アセルニーは自分のことを話し続けた。

「家族を養うのに金が必要だなどと思ったのが一世一代の大間違いでした。ジェントルマンやレディを育てるには金が必要だが、わたしは子どもたちにそんなふうに育ってほしくはない。サリーは来年になれば、働きにでます。仕立屋で使ってもらうことになっているのです。そうだろう、サリー。息子たちは国の役に立ってもらいたい。全員、海軍に入ってくれればうれしい。海軍なら、楽しい生活、健康な生活、食べ物もよければ、給料もいい、そのうえ死ぬまで年金がもらえる」

フィリップはパイプに火をつけた。アセルニーはハバナ産の刻み煙草《たばこ》を薄紙に巻いて吸った。サリーが食器を片づけた。フィリップは黙っていた。次々に相手のことばかりきかされて、戸惑っていたのだ。アセルニーは小柄だが声は大きく、大仰で、外国人ぽい顔つきで、押しも強い。まったく驚くべき人物だ。フィリップはクロンショーを思い出した。アセルニーも独自の考えを持ち、自由への憧《あこが》れもある。しかしアセルニーはずっと快活で、ざっくばらんで、クロンショーの話を魅力的なものにしていた抽象的な考えとは無縁だ。田舎の一族がとても自慢で、フィリップにエリザベス朝風の大きな屋敷の写真を何枚もみせた。

「アセルニー家はここに七世紀住んでいましてね。あそこのマントルピースや天井をおみせしたいものです！」

　壁に作り付けの戸棚があって、アセルニーはそこから家系図を取り出すと、まるで子どものようにはしゃいでフィリップにみせた。たしかに立派な家系だ。

「ほら、名前をみてください。ソープ、アセルスタン、ハロルド、エドワードといった名前が繰り返し出てくるでしょう。うちの息子の名前はすべて、そこからもらいました。そして娘にはスペイン風の名前をつけたのです」

　フィリップはふと、妙な気がした。もしかしたら、これはすべてよくできた作り話で、悪意などなく、ただ相手を感心させ、驚かせ、びっくりさせようという気持ちから出たものではないかという気がしてきたのだ。ウィンチェスター校で学んだといっていたが、人の立ち居振る舞いが人並み以上に気になるフィリップからみると、アセルニーに有名なパブリックスクールで教育を受けた人間の特徴はない。先祖が築いてきた壮大な家系についてきかされながら、フィリップは別のことを考えていた。アセルニーはウィンチェスターの商人か、競売人か、石炭商の息子か何かで、苗字《みょうじ》だけが、いま広げている家系図の一家との唯一《ゆいいつ》の共通点なのではないか。

88

ドアにノックの音がして、子どもたちが群れをなして入ってきた。こざっぱりして、こぎれいな格好をしている。顔は石鹸《せっけん》で洗って、髪はきれいになでつけてある。これからサリーに連れられて日曜学校にいくところだ。アセルニーは子どもたち相手に、芝居がかった、大げさなジョークを飛ばしていたが、子ども好きなのはひと目でわかる。みんなが健康でかわいいことを誇りに思っているところは、じつに微笑ましい。子どもたちはフィリップの前で少し恥ずかしがっているらしく、父親からいっていいといわれると、みるからにほっとした様子で部屋から駆けだしていった。二、三分して、ミセス・アセルニーが現れた。ヘアクリップははずして、前髪は念入りにカールしてある。シンプルな黒のロングワンピースを着て、安い花をあしらった帽子をかぶり、日頃の仕事で荒れて赤くなった手を黒のキッド革の手袋に押しこんでいる。

「教会にいってくるわ。何か足りないものはない」

「おまえのお祈りくらいかな、ベティ」

「お祈りをしても、たいしてご加護はありませんよ。神さまとはもう無縁になったくせに」彼女は微笑んだ。それからフィリップの方を向いて、ゆっくりいった。「この人ったら、本当に教会にいかないんです。無神論者みたい」

「ほら、ルーベンスのふたり目の妻みたいでしょう？」アセルニーは大声でいった。「十七世紀の服を着させれば、ぴったりだと思いませんか。こういう女性を妻にすべきなんです。ほら、みてください」

「また、後ろ足で立ち上がったロバみたいな勢いでしゃべってるのね」彼女は淡々といった。

彼女はやっと手袋のボタンをとめると、フィリップのほうを振り向き、ちょっと困ったようなやさしい笑みを浮かべた。

「お茶の時間まではいらしてくださいね。この人は話し相手がほしくてたまらないんです。でも、お眼鏡にかなう相手がそんなにいなくて」

「もちろん、お茶の時間まではいてくださるさ」アセルニーがそういうと、彼女は出ていった。「子どもは日曜学校にいかせることにしているんです。そしてベティには教会にいってほしいと思ってます。女は敬虔《けいけん》でなくてはいけない。わたしはちがうが、女と子どもはそうでなくてはね」

フィリップは、神がからんでくるとつい真剣になるほうなので、アセルニーのいいかげんな考えがちょっと気になった。

「しかし、自分が信じていないことを子どもが教会で教わって平気なんですか」

「真実であろうがなかろうが、美しければいい。そうではありませんか。真実で、かつ美しいものを求めるなど、ないものねだりもはなはだしい。ベティがカトリックだったらいいのにと思います。あの紙の花で作った冠をかぶって改宗するところをみてみたいものです。ところが、残念なことに、プロテスタントだ。それに宗教というのは資質の問題ですからね。もともと宗教的な資質があれば、どんなものでも信じるし、なければ、いくら信仰をたたきこまれても、いずれ抜け落ちてしまう。おそらく、宗教は道徳を教えるにはもってこいの学校ですよ。いってみれば、お医者さんが薬を溶かして使う溶媒《ようばい》のようなものです。それ自体に効力はないが、薬を摂取するにはそれがなくてはならない。人が道徳を身につけるときの溶媒が宗教なんです。だから宗教がなくなっても、道徳は残るでしょう。善良な人間になるには、神への愛を通じて善を知るほうが、ハーバート・スペンサー〔英国、一九世紀の哲学者・倫理学者〕を精読するよりいいに決まってますからね」

これはフィリップの考えとまったく異なっていた。フィリップはそのときでも、キリスト教は人間をおとしめる鎖で、なんとしてでも断ち切らなければならないと思っていたのだ。その考えは無意識のうちにターカンベリ大聖堂での陰気な礼拝や、ブラックステイブルの寒々とした教会での長く退屈な時間とともに頭にしみこんでいた。フィリップにいわせれば、アセルニーのいう道徳も、知性に乏しい人間がいつまでもしがみついているものであり、宗教を成り立たせているはずの信仰を捨てても捨てきれない、宗教の一部なのだ。しかしどう説明するか考えているうちに、議論より話をしたいアセルニーはカトリックについて滔々《とうとう》と語りだした。彼にとってのスペインの本質はここにあった。スペインが重要なのは、結婚生活で味《あ》わった悪しき因習からの逃げ場だからだ。派手な身振りと抑揚たっぷりの口ぶりで、アセルニーはフィリップにスペインの大聖堂を語った。暗く広々とした空間、金《きん》を惜しむことなく使った豪華な祭壇画、メッキのはげかかった堂々とした鉄の細工、あたりに漂う香《こう》、静寂。カトリックの白い紗《しゃ》の短い法衣をまとった高僧や赤い衣をまとった侍者《じしゃ》が、聖具室から聖歌隊のもとへ歩いていくところが目に浮かび、単調な夕べの祈りの声が耳に響くようだ。アセルニーが口にする地名——アビラ、タラゴナ、サラゴサ、セゴビア、コルドバ——がラッパの音のように胸を打つ。フィリップは古いスペインの町の、巨大な灰色の花《か》崗岩《こうがん》でできた教会が目にみえるような気がした。そのまわりには、風の吹きすさぶ黄土色の荒野が広がっている。

「ぼくもセビリアにはいってみたいと前々から思っていたんです」フィリップが何気なくいうと、アセルニーは大きく片手を上げて、一瞬口をつぐんだ。

「セビリア?」アセルニーは大声でいった。「いや、あそこはいかなくていい。セビリアで連想するのは、グアダルキビル川の岸の庭園でカスタネットを手に歌いながら踊る女、闘牛、オレンジの花、マンティーラ〔高く結った髪をおおうレースやシルクの被り物〕、刺繍《ししゅう》の入ったマニラショールくらいだ。あそこはコミックオペラ風スペイン、フランスでいえばモンマルトルのようなところです。あんな安っぽい魅力を長いこと楽しんでいられるのは、浅薄な知性しか持ち合わせない人間だけですよ。テオフィル・ゴーチエ〔フランス、一九世紀の詩人、作家〕がすでに、そのなけなしのおもしろさを書きつくしてしまいました。そのあとをついていくわれわれは、たしかにその通りと思うしかない。ゴーチエは、わかりきったことを大仰に書いているだけで、そこにはありきたりのことしかない。すべて手垢《てあか》がついてだいなしだ。それを絵にしたのが十七世紀の画家、ムリーリョです」

アセルニーは椅子から立ち上がると、スペインの飾り戸棚の前にいき、大きな金メッキの蝶番《ちょうつがい》とごつい鍵《かぎ》のついた前扉を開いた。小さな引き出しが何列も並んでいる。彼は写真の束を取り出した。

「エル・グレコはご存じですか？」

「ええ、パリにいたときの仲間が非常に感銘を受けたといってました」

「エル・グレコはトレドの画家です。これは先日おみせしようと思った写真です。ベティがみつけられませんでしてね。エル・グレコが自分の愛してやまない街を描いた絵で、どんな写真よりあの街の特徴を捉《とら》えています。こちらにきて、みてください」

フィリップが椅子を引いてテーブルに近づけると、アセルニーが写真を前に置いた。フィリップは長いこと、引きこまれるように黙ってながめた。ほかの写真に手をのばすと、アセルニーが渡してくれた。この謎《なぞ》めいた画家の作品をみるのは初めてだ。一枚目をみたときは、ずいぶんいい加減な描き方に思えて戸惑った。人物が妙に細長く、頭が異様に小さく、姿勢もずいぶん変だ。写実的ではないが、みる者をうろたえさせるようなリアリティがある。アセルニーが夢中になって、印象的な文句を連ねて説明してくれたが、ほとんど耳に入らなかった。不思議でたまらず、好奇心をそそられた。これらの絵がなんらかの意味を呈示しているような気がするのだが、それがなんなのかがわからない。男の肖像画が何枚かあって、どれも大きな目でさびしそうに、おまえにはわかっていない、といっているような気がする。背の高い修道僧は——着ているものはフランシスコ派かドミニコ派のもので——顔をゆがめ、何かの仕草をしているのだが、何をしているのかわからない。聖母マリアの被昇天の絵が一枚、キリストの磔刑《たっけい》の絵も一枚ある。こめられた感情が魔法のように働いているのか、キリストの死体が人の肉体であると同時に神の肉体でもあるかのようにみえる。キリストの昇天図もあり、そこではキリストが天上に舞い上がりながらも、固い大地を踏みしめるかのように空中に立っている。使徒たちののばした手、着ている衣のはためき、恍惚《こうこつ》とした表情が魂の高揚と聖なる歓喜を表している。ほとんどの絵の背景は夜空、魂の暗い夜で、奇怪な地獄の風に吹かれてちぎれ飛ぶ雲は、不気味な月の光に照らされている。

「この空を、トレドで何度もみました」アセルニーがいった。「思うに、エル・グレコがこの街に初めてやってきたのは、こんな夜だったのではないでしょうか。その印象があまりに強烈で、最後までそれから逃れることができなかったような気がします」

フィリップは、クラットンがこの謎めいた画家に魅了されていたことを思い出した。その画家の絵をいま初めて目にしている。パリで知り合った仲間のなかで、クラットンほどおもしろい男はいなかった。あの皮肉たっぷりの物言いと、敵意さえ感じさせる気取りが彼をわかりづらくしていたが、いま思えば、内に潜む悲劇的な力を絵に表そうとしてできなかったのではないかという気がする。性格も変わっていて、神秘主義の流行《はや》らない時代に、その時代なりの神秘主義を内に抱えていた。彼のいら立ちは、心にわだかまっているあいまいな衝動が伝えたいことを表現できないもどかしさからきていた。彼の知性は精神の役に立つようにはできていなかった。だから、当然、古代ギリシア人に共感した。彼らは自分たちの魂の憧れを表現する新しい技術を発明したのだ。フィリップはもう一度、一連のスペインの男たちの肖像画をみた。襞襟《ひだえり》をつけ、ひげの先をとがらせ、褪《あ》せた黒い服と後ろの闇《やみ》を背景に、顔が白く浮き上がっている。エル・グレコは魂を描こうとしている。貴族たちは血の気がなくやつれているが、それは疲労しているからではなく耐えているからで、深い悩みを抱えているからだ。彼らはこの世界の美に気づかないまま生きているかにみえる。なぜなら、心のなかのみをみつめ、みえざるものの輝きにひかれているからだ。これほど容赦なく、この世は通り道にすぎないことを描いた画家はほかにいない。彼の描く男たちの魂は、心に潜む不可思議な憧れをそれぞれの目で語っている。彼ら貴族の感覚は奇跡的なほどに鋭いのだが、それは音やにおいや色に対してではなく、魂の微妙な震えに対してなのだ。そして自分のうちに修道僧のような心を持って、気高く生きている。その日は、聖者が独居房でみつめている聖なる幻影をみて平然としている。そしてその唇は笑みとは無縁なのだ。

　フィリップはまだ黙っていたが、またトレドの街の絵をみた。どの絵よりも気になる。目が離せない。不思議な感覚にとらわれ、人生における新たな発見を目の前にしている気がする。冒険の予感で体が震えてくる。一瞬、身も心も焼きつくした愛を思ったが、その愛は、いま心に飛びこんできた興奮とくらべると、じつにつまらないものに感じられた。目の前にあるのは横長の絵で、丘に家が密集している。隅の方に少年がこの街の大きな地図を持って立っている。反対側にはタホ川を具現化した古典的人物がいる。空には天使に囲まれた聖母マリアがいる。フィリップの概念からまったくかけ離れた風景だ。というのも、完璧《かんぺき》な写実を基本とする仲間のなかにいたからだ。ところが妙なことに、自分が理想として忠実に追ってきた画家たちが描いたどんな絵よりもリアルに思えてしまう。アセルニーの声がきこえてくる。とても写実的に描かれていて、トレドの住民はこれをみれば、自分の家がどれかわかったらしい。エル・グレコはみたままに描いたのだろうが、それは心の目でみたのだ。このぼんやりとした灰色の街は、この世ならざる雰囲気がある。これは魂の街だ。それが昼とも夜ともつかない弱い光のもとに映しだされているのだ。緑の丘にたっているが、それはこの世の緑ではない。街を囲む見上げるような城壁や要塞《ようさい》は、人間の考えつく道具や兵器で打ち砕くことはできない。それができるのは、祈りと断食《だんじき》、悔恨のため息、苦行、それしかない。これは神の防壁だ。灰色の家々をつくっているものは石工が知っている石ではない。どことなく恐ろしげで、どんな人間が住んでいるのか知れたものではない。街を歩いても、案の定だれひとりいない、なのに何者かの気配がある。なぜなら、目にはみえないが、内なる感覚に訴える存在があるからだ。この神秘的な街では、想像力が、光から闇に踏みこんだときのように、たじろいでしまう。魂は裸であちこち歩き回り、知られざるものを知り、奇妙なことに、慣れ親しんでいるのに表現できない経験や、絶対的なものをはっきり意識することができる。そしてごく自然に、目ではなく魂が明確に認識する青空に――地獄の迷える魂の叫び声か悲鳴に似た音を響かせる奇怪な風、それに運ばれてきた薄いちぎれ雲とともに――聖母マリアの姿が浮かぶのだ。緋《ひ》の衣に紺《こん》のマントをまとい、翼ある天使に囲まれているマリアを。フィリップはこの街の住人がその姿をみて平然と、敬虔な気持ちで、感謝を心に、それぞれの道を歩むのを感じることができた。

アセルニーはスペインの神秘家の話もした。アビラの聖テレサ、十字架のヨハネ、フレイ・ルイス・デ・レオン。フィリップがエル・グレコの絵に感じた、見えざるものへの情熱を抱く人々だ。彼らは霊的なものに触れ、不可視なものをみる力を持っていた。まさにその時代を代表するスペイン人。彼らによって偉大なる国家のすべての偉業が象徴されている。彼らの夢想はアメリカ大陸の美しい景色とカリブの緑の島々であふれていた。そして彼らの血管には、ムーア人との長い戦いから生まれた力が流れていた。彼らの誇りは、世界の支配者としての誇りであり、その心には、カスティリャの茫漠《ぼうばく》たる平原、赤茶けた荒野、雪をいただく山脈があり、アンダルシアの日光と青空と花咲く草原がある。人生は情熱にあふれ、多彩で、多くのものを提供し、彼らは飽くことなくさらに多くを求めた。人間であるからには不満もあったが、その激しい欲求を、神秘的なるものの探求に向けたのだ。アセルニーは、暇なときに訳したものを読み聞かせる相手がみつかって喜んでいた。そしてよく響く美しい声で、ある暗い夜《エン・ウナ・ノチェ・オスクラ》で始まる、魂とその恋人キリストへの賛歌『暗夜』や、フレイ・ルイス・デ・レオンの詩「穏やかな夜」などを朗読した。彼の訳はシンプルだが、それなりの工夫がこらされていて、原文の荒削りな魅力をうまく伝えていた。エル・グレコの絵がそれらの詩を説明し、それらの詩がエル・グレコの絵を説明していた。

フィリップは自分の内に、理想主義に対するある種の軽蔑《けいべつ》を培《つちか》ってきた。常に情熱に身をゆだねて生きてきたため、それまでに出会った理想主義は生からの臆病《おくびょう》な逃避にしか思えなかったのだ。理想主義者が身を引くのは、人間同士のせめぎ合いに耐えられないからだ。戦う力がないからだ。そのうえその戦いをみっともないという。結局は虚栄心のかたまりで、仲間に評価してもらえないときは、仲間を軽蔑して自らをなぐさめる。たとえば、ヘイワードがそうだ。顔立ちはいいが怠惰で、もう太ってはげかかっているというのに、ハンサムだったかつての名残をまだ大切にして、そのうちすごいことをやってみせると小声でうそぶく。そのくせウィスキーや街の低俗な娼《しょう》婦《ふ》におぼれている。フィリップはヘイワードが具現しているようなことへの反動で、ありのままの現実を大いに肯定しているところがあった。いくら不健全で、あくどく、ゆがんでいても、現実は現実でいい。裸の人間がみたい。目の前に、いやしさ、残酷さ、身勝手さ、欲望などがあらわになると、うれしいくらいだった。これこそ本物だ。パリで学んだのは、美も醜もなく、あるのは真実だけということだ。美の追究などセンチメンタルなたわごとだ。ローソンがあの風景画を描くときショコラムニエの看板をあえて入れたのは、美という暴君を排除するためではなかったか。

　ところがここにきて、フィリップは新しいものを予感した。これまでもためらいがちにではあったが近づきつつあったものの手応《てごた》えを感じたのだ。すぐそこまでやってきたような気がする。なんとなくだが、ここにはいままで崇拝してきたリアリズムを超えるものがありそうだ。もちろん、人生から遠ざかった血の通っていない軟弱な理想主義ではない。圧倒的にたくましく、雄壮なもの。生を——その活力も、美醜も、浅ましさも、英雄的なものもふくめ——すべて受け入れるもの。それは、いわゆるリアリズムよりも高いところにあるリアリズムで、そこでは、人の目で捉えられる事物が、鮮烈な光によってデフォルメされている。フィリップは、はるか昔のカスティリャの男たちの妥協のない目を通せば、物事がより深遠にみえることを知った。聖者の仕草は最初、奇矯でちぐはぐにみえたのだが、それが神秘的な意味を持っているように思えてきた。しかし、その意味はわからない。ひとつのメッセージのようで、非常に重要なもので、手に入れなくてはならないものなのだが、知らない言葉で語られていて、理解できない。フィリップは常に人生に意味を求めてきて、いまやっとつかめそうな気がしているのだが、あいまいで捉えどころがない。フィリップは悩み、考えた。真理のようなものが、暗い嵐《あらし》の夜に一閃《いっせん》した稲妻の光に浮かぶ山並みのようにみえた。人生を偶然にまかせる必要はない、人の意志は強いということがわかった気がした。禁欲は、愛に身をまかせるのと同じくらい情熱的で積極的なものだとわかった気がした。内的な生は多彩で、多様で、経験で豊かなものになる。それはほかの領土を征服し、未知の大陸を探検した人々の生となんら変わるところがない。

89

フィリップとアセルニーの会話は、階段を駆け上がってくる足音で中断された。アセルニーがドアを開けると、日曜学校を終えた子どもたちが笑ったり大声を上げたりしながら入ってきた。何を習ってきたんだと陽気にたずねると、サリーがちらっと顔をのぞかせて、母親からの言葉を伝えた。お茶の用意ができるまで、ほかの子の面倒をみててちょうだいですって。するとアセルニーはハンス・アンデルセンの童話を話してきかせた。子どもたちは物怖《ものお》じするほうではなく、すぐにフィリップが気難しいおじさんではないことに気がついた。ジェインがそばにやってきて早速、膝《ひざ》に乗った。

フィリップはそれまでのさびしい生活のなかで初めて、家族の輪に囲まれた。そして子どもたちが童話に夢中になるのをみつめるうち、目に笑みが浮かんできた。最初は奇矯なものに思えた新しい友人の生活が、いかにも自然で美しくみえる。サリーがまた顔を出した。

「ねえ、みんな、お茶の用意ができたわよ」

ジェインはフィリップの膝からすべり下りると、ほかの子といっしょにキッチンにいった。サリーは細長いスペイン風のテーブルにテーブルクロスをかけた。

「お母さんが、ここにきてお茶をごいっしょしていいですかって。あの子たちの相手はわたしがするから」

「お母さんに、大歓迎です、ぜひお付き合いくださいと伝えてくれ」

アセルニーはつい大げさな口調になってしまうようだ。

「じゃあ、お母さんの席も用意するね」

そういうと、すぐにトレイを持ってもどってきた。ふたつ重ねの丸パン《コテッジ・ローフ》とバターとイチゴジャムがのっている。サリーがそれをテーブルに並べていると、アセルニーが、おまえもそろそろいい相手ができておかしくない歳《とし》だな、とからかった。そしてフィリップに向かっていった。この子は自尊心が高くて、日曜学校のあと入口の外にふたりずつ並んで待っている男の子たちには目もくれないんですよ。みんなこの子を家まで送っていきたいんです。

「お父さんたら、しゃべりすぎ」サリーはそういいながらも、頬に気のよさそうな笑みをゆっくり浮かべた。

「まあ、この調子です。仕立屋の見習いがひとり軍隊に入ったのですが、それはこの子が挨拶を返してくれないからだったのです。それから電気技師が、そう電気技師がですよ、酒びたりになったのは、この子が教会で賛美歌の本をみせてくれなかったからなのです。この子が髪を上げるようになったら、いったい何が起こるのか、思っただけでぞっとします」

「紅茶はお母さんが持ってくるって」

「この子ときたら、わたしのいうことにはまったく耳を貸さず」アセルニーは声を上げて笑うと、サリーをうれしそうな誇らしげな目でみた。「わが道をゆくというのでしょうか、戦争も革命も洪水も、われ関せず。まっ正直な男と結婚すれば、さぞかしいい妻になると思います」

ミセス・アセルニーが紅茶を持ってやってきた。そして椅子にかけると、パンを切ってバターを塗った。フィリップは、彼女が夫を子どものように扱うのをみて微笑ましく思った。彼女は夫のパンにジャムを塗ってやり、バターを塗ったパンを小さく切ってやった。帽子は脱いでいるが、まだ教会にいったときの服を着たままで、少し窮屈そうだ。まるで農夫の妻のようで、フィリップは幼い頃、ときどき伯父といっしょに訪ねた農家を思い出した。そして、なぜ彼女のしゃべり方に聞き覚えがあるのか思い当たった。ブラックステイブルあたりの人たちの話しぶりに似ているのだ。

「どちらのご出身ですか」フィリップはたずねた。

「ケント州のファーンです」

「そのあたりだろうと思っていました。伯父がブラックステイブルの牧師なんです」

「あら、不思議な縁ですね。ついさっき、教会で考えていたんです。もしかして、ミスタ・ケアリの縁者の方かしらって。ミスタ・ケアリとはよくお会いしましたよ。従姉《いとこ》が、ロクスリ・ファームのミスタ・バーカーと結婚しているんです。ほら、ブラックステイブル教会のむこうにある。だから若い頃は、しょっちゅうあそこにいって泊めてもらってたんです。ほんとに不思議な縁ね」

彼女はあらためて、うれしそうにフィリップをみつめた。色の褪せた目が輝いている。そして、ファーンにいったことはあるかとたずねた。ファーンはブラックステイブルから十五キロほど離れたところにある美しい村で、そこの牧師は収穫祭のときなど、ときどきブラックステイブルにいったという。彼女は、近所の農夫の名前をいくつかあげた。若い頃に行き来したところの話ができてうれしく、思い出に残っている場所や人を思い出すのが楽しいらしい。彼女のような育ちの人にはよくあることだ。フィリップも妙に心が躍った。このロンドンのまん中にある羽目板を張った部屋に、田舎の風が吹いてきて、堂々としたニレの木が生えているケント州の平原が目にみえ、空気のにおいに鼻孔が広がるような気がする。北海の塩をふくんだ風が冷たく肌を刺した。

　フィリップがアセルニーの家を出たのは十時だった。子どもたちは八時に、おやすみなさいをいいにくると、当たり前のように顔を上げて、フィリップにキスをしてもらった。フィリップは思わず顔がほころんだ。サリーは手を差し出しただけだった。

「サリーは、初対面の紳士とはキスをしないんですよ」父親がいった。

「では、ぜひ、もう一度、ご招待ください」フィリップがいった。

「お父さんのいうことは、本気にしないで」サリーがにっこりしていった。

「まったく、生意気な子です」父親がいった。

　ふたりがパンとチーズを食べながらビールを飲んでいる間に、ミセス・アセルニーは子どもを寝かしつけにいった。フィリップがキッチンにいって、そろそろ失礼しますと告げると（彼女は椅子に座って「ウィークリー・ディスパッチ」紙を読んでいた）、機嫌良く、ぜひまたいらしてくださいといった。

「夫がちゃんと仕事をしていれば、日曜日はいつもごちそうをお出しできますから。それに、夫の話し相手になってくだされば、こちらも大助かりです」

その週の土曜日、アセルニーから葉書がきた。ぜひ明日の昼食にきてほしいという。しかしフィリップは、彼の収入を考えると毎週甘えるのもどうかと思い、お茶だけ呼ばれにいきますと返事をした。そして負担にならないようにと大きなプラムケーキを買った。アセルニーの家族に喜ばれているのはわかっていたが、子どもたちにはこのケーキが決定的だった。フィリップが、いっしょにキッチンで食べようと提案したので、お茶の時間は騒々しくにぎやかだった。

早速、毎週日曜日にアセルニー家にいくのが習慣になった。子どもたちはすぐになついた。フィリップは気取ったところがなく親しみやすく、子ども好きなのはだれにでもわかる。午後、玄関の呼び鈴が鳴ると、だれかひとりが窓から顔を出して、フィリップかどうか確かめ、全員で階段を駆け下りて迎え、腕に飛びこむ。お茶の用意ができると、隣の席が奪い合いになる。子どもたちは最初の頃から、フィリップおじさんと呼んでいた。

アセルニーはとにかく話好きで、フィリップも彼の経歴が少しずつわかってきた。何度も職を変えたが、失敗続きで、セイロンで紅茶畑を経営したり、アメリカでイタリアワインを売ったりしたあと、トレドの水道会社で秘書をした。これはほかの仕事よりは長続きしたらしい。新聞記者をしたこともあり、しばらくは夕刊の警察裁判所関係の記事を書いていたとのことだ。中部ミッドランズの新聞社の副編集長をしたこともあり、南西部リヴィエラの新聞社の編集長をしたこともある。どの職でも、興味深い逸話を仕入れていて、それをじつに楽しそうに、おもしろおかしく話す。読書量も桁外《けたはず》れで、とくに変わった話が好きだった。ありえないような話を次々に披露して、相手が驚くのをみて子どものように喜ぶのだ。三、四年前のこと、経済的に行き詰まってしかたなく、大手衣料会社の新聞広告担当になった。彼としては不満で、才能の無駄づかいだと考えているのだが、妻の強い意見と家計の逼迫《ひっぱく》はどうしようもなく、この仕事を続けているらしい。

90

フィリップはアセルニー家を出るとチャンスリー通りからストランドを歩き、パーラメント通りの端までいって乗合馬車に乗るようにしていた。ここに通うようになって六週間ほどした日曜日のこと、いつものようにアセルニー家からの帰り、ケニントン行きの乗合馬車に乗ろうとしたら満員だった。六月だが、日中雨が降ったせいで、夜は冷えこんで寒い。フィリップはピカデリーサーカスまでいって座って帰ることにした。そこなら噴水の前にとまる馬車の乗客はせいぜい二、三人だ。馬車は十五分に一本、運行している。フィリップはしばらく待ちながら、ぼんやりとあたりをながめていた。パブが閉まる時間で、あたりには人が多い。頭のなかは、アセルニーにきいたおもしろい話でいっぱいだった。

突然、心臓が止まった。ミルドレッドだ。もう何週間も彼女のことは考えたこともない。彼女はシャフツベリ通りの角からこちらにやってくるところで、屋根付きの停車場の前で立ち止まり、辻馬車《つじばしゃ》が何台か通り過ぎるのを待った。前を走る馬車をみて、ほかのものは目に入っていない。派手な羽根飾りのついた大きな黒の麦わら帽子をかぶり、この頃流行りの後ろの裾《すそ》の長い黒のシルクのワンピースを着ている。馬車の列が切れると、ミルドレッドは裾を引きずるようにして道路を渡り、ピカデリーのほうに向かった。フィリップは後を追った。胸の鼓動が一気に速くなる。話しかけるつもりはなかったが、こんな時間にどこにいくのか知りたかったし、顔をみたかった。彼女はゆっくり歩いてエア通りに入り、それからリージェント通りに入った。そしてまたピカデリーサーカスのほうに向かった。フィリップは首をかしげた。何をしているのか、さっぱり見当がつかない。だれかを待っているのだろうと思うと、相手がだれなのか気になってしょうがなくなった。彼女は、前をのんびり歩いている背の低い山高帽の男を追い越すと、ちらっと振り返ってから、また先へ歩いていった。そして少しむこうのスワン&エドガー百貨店の前で立ち止まり、振り向いて待った。そして男がやってくると、微笑《ほほえ》んだ。男は彼女をちらっとみると、目をそらして歩いていった。フィリップにはすべてがわかった。

フィリップはぞっとした。一瞬、脚から力が抜けてしゃがみこみそうになったが、すぐに歩いていって、彼女の腕に手を置いた。

「ミルドレッド」

彼女は驚いて振り返った。赤くなったようだが、暗いのでよくはわからない。しばらくふたりは何もいわずに相手をみていた。口を開いたのは彼女のほうだった。

「あなたに会うなんて！」

フィリップはどう返事をしていいかわからなかった。恐ろしいほど動揺していて、頭のなかを駆けめぐる言葉は信じられないほどセンチメンタルなものばかりだ。

「まさか、こんな」フィリップはやっとのことで、独り言のようにいった。

彼女はそれきり何もいわず、背を向けてうつむいた。フィリップはあまりの痛ましさに顔がゆがんだ。

「ふたりで話せそうな場所はない？」

「話したくないわ」彼女はぶっきらぼうにいった。「ほっといてちょうだい」

フィリップは、おそらく彼女は金に困っていて、まだ帰るわけにはいかないのではないかと思った。

「ソヴェリン金貨が二枚あるんだ。もし困っているんだったら」フィリップは思わず口走った。

「どういうこと。あたしは部屋に帰ろうと思って歩いてただけよ。仕事場の知り合いと会うことになってるし」

「頼むから、もう、嘘《うそ》をつかないでくれ」

そのとき、彼女が泣いているのに気がついた。そこでもう一度いってみた。

「どこかで話さないか。きみの部屋にいっていい？」

「いいえ。だめ」彼女はすすり泣いている。「男の人を入れちゃだめなの。よかったら、明日はどう」

彼女にそのつもりがないのはわかっていた。いま、このままいかせるわけにはいかない。

「いや、これから、どこかにいって話そう」

「わかった。知ってる部屋があるけど、六シリング取られるわよ」

「いいとも。どこだい」

彼女が住所をいうと、フィリップは馬車を呼んだ。馬車は大英博物館の裏のみすぼらしい通りを走った。グレイズ・イン通りの近所だ。彼女は通りの角で馬車を止めた。

「玄関先に馬車を止めると、いやがられるの」

馬車に乗ってからふたりの間で交わされた初めての言葉だった。ミルドレッドは数メートル歩いていって、ドアを鋭く三度ノックした。ドアについている扇形の明かり取りの窓に「貸し部屋あり」と書いたボール紙が貼《は》ってある。ドアがそっと開き、背の高い高齢の女がふたりを招き入れた。女はフィリップをじっとみてから、小声でミルドレッドに話しかけた。ミルドレッドは廊下を歩いて、フィリップを奥の部屋に連れていった。なかはまっ暗だ。彼女はフィリップからマッチを借りるとガス灯に火をつけた。火をおおう球形のガラスはなく、ガスが音を立てて燃えた。薄汚い小さな寝室で、家具はひと揃《そろ》いあるものの、松材の模様が描いてある安物で、部屋には大きすぎる。レースのカーテンは汚れていて、暖炉の前は紙の扇で隠してある。ミルドレッドは疲れきったかのように、暖炉の脇《わき》にある椅子《いす》に座った。フィリップはベッドの端に腰かけた。恥ずかしかった。ミルドレッドが頬を赤く、まつげを黒く塗っているのに気がついた。しかしやせて具合が悪そうで、頬紅のせいで緑がかった肌がよけい不健康にみえる。彼女はくたびれた格好で、紙の扇をみつめている。フィリップはどんな言葉をかければいいのかわからない。喉《のど》の奥に熱いものがこみあげてくる。泣きだしてしまいそうな気がして、両手で目をおおった。

「信じられない」フィリップはうめくような声を上げた。

「そんなに大げさにいわないでよ。喜ぶんじゃないかと思ってたのに」

フィリップが何もいわないでいると、すぐに彼女がすすり泣き始めた。

「あたしが好きでこんなことしてるなんて、思わないで」

「なんていうか」フィリップは大声を上げた。「ごめん。本当にごめん」

「まあ、うれしい」

またフィリップは言葉に詰まった。何か口にして、非難か皮肉に取られるのが恐ろしかった。

「子どもは」フィリップがきいた。

「ロンドンに引き取ったわ。ブライトンに預けておくお金がなかったから、そうするしかないでしょ。ハイベリーに部屋を借りてるの。まわりの人には、舞台に出てるといってある。毎日、ウエストエンドまで通うのは大変だけど、女が借りられる部屋って限られてるからしょうがないの」

「以前の店は」

「どこも雇ってくれるところはないわ。仕事をさがして足が棒になっちゃった。一度、職にありついたけど、体調が悪くなって一週間休んでもどったら、もうこなくていいっていわれて。まあ、責めるわけにはいかないわ。ああいうところじゃ、丈夫でないと使い物にならないんだから」

「いまだって、具合が悪そうだ」

「今夜もつらかったけど、どうしようもなくて。お金がいるから。エミールにも手紙を書いて、もうやっていけないっていったんだけど、返事さえよこさない」

「ぼくに連絡してくれればよかったのに」

「まさか。だって、あんなことがあったんだもの。それに、あたしが困ってるのを知られたくなかったし。それみたことか、自業自得《じごうじとく》だといわれたって驚かないわ」

「まだ、ぼくのことがわかってないんだ」

フィリップは一瞬、彼女のせいでどんな目にあったかを思い出した。あのときの苦しみは考えるだけでいやだった。が、それは過去のことだ。それに、いま会ってみて、もう愛していないことがわかった。とてもかわいそうに思うものの、自分が彼女から自由になれたのがうれしかった。そして彼女をみつめながら自問した。なぜ、あれほど夢中になったんだろう。

「あなたは文字通りの紳士ね。あなたみたいな人には会ったことがない」彼女は一瞬黙って、それからいった。「こんなこと絶対に頼みたくないんだけど、ねえ、フィリップ、少し貸してもらえない」

「手持ちが少しあってよかったよ。二ポンドだけで悪いけど」

フィリップはソヴェリン金貨を二枚渡した。

「そのうち返すから」

「いや、いいよ」フィリップは微笑んだ。「そんなこと心配しなくていい」

フィリップは、いいたいことをひと言もいっていなかった。まるでふたりで世間話でもしているようだ。そして彼女はここを出て、恐ろしい生活にもどっていき、自分はそれをどうしようもない。彼女は立ち上がって、金貨をしまった。ふたりとも立ちつくした。

「あたし、あなたを引き止めてる？　もう帰りたいんでしょう」

「いや、別に用事はないし」

「じゃ、ちょっと座っていい」

その言葉と、その言葉にこめられた意味を考えると、フィリップは胸をかきむしられるような気持ちになった。彼女が疲れきった様子でぐったり椅子に座るのをみるのは、死ぬほどつらかった。いつまでも沈黙が続き、フィリップはほかにすることもなく煙草に火をつけた。

「あなたって、本当にやさしいのね。ひどいことをこれっぽっちもいわないんだから。いったいなんていわれるかと思ってたの」

彼女はまた泣いていた。フィリップは彼女がエミール・ミラーに捨てられたとき、部屋にきてどんなに泣いたか思い出した。そのときの彼女の悲しみと自分の屈辱感を思うと、いま感じているやりきれない気持ちがいっそう強くなった。

「こんな生活から抜け出したい！」彼女がうめくようにいった。「いやでいやでしょうがないの。こんな生活、大嫌い。そんな女じゃないのよ。ここから抜け出せるなら、なんだってするわ。召使いになってもいい。もう、死んじゃいたい」

彼女はみじめでたまらないといわんばかりに泣き崩れた。ヒステリックにすすり泣いて、細い体を震わせている。

「ああ、あなたにはわからないわよね。これだけは、経験した人間じゃないとわからないもの」

彼女の泣く姿は、みていていたたまれなかった。彼女の生活の恐ろしさを思うと、胸をえぐられるような気がした。

「かわいそうに」フィリップは小声でいった。「かわいそうに」

彼女をなんとかしてやりたい。ふいに、いい考えが浮かんだ。完璧な解決策だ。フィリップはうれしくてたまらなくなった。

「ちょっときいてほしい。もしこの生活から抜け出したいんだったら、いい考えがあるんだ。ぼくはいま金銭的にはとても困っている。できるだけ倹約しなくちゃいけない状況なんだけど、ケニントンの小さな家の二階を借りていて、ひと部屋空いているんだ。よかったら、赤ん坊を連れてこないか。女の人に週三シリング半渡して、掃除やちょっとした料理をしてもらっているんだけど、その代わりをしてもらえないかな。そうすれば、節約できる分で、きみの食事くらいはまかなえると思う。ひとりもふたりもたいして変わらない。それに赤ん坊はそれほど食べないだろうし」

彼女は泣きやむと、フィリップの顔をみつめた。

「あなたのところにもどれって？　あんなことがあったのに」

フィリップはどう返事をしていいのか戸惑って、少し赤面した。

「誤解しないでほしいんだ。部屋を提供したところで部屋代が高くなるわけじゃないし、食事代だってそうだ。きみにも、いまの女の人以上のことをしてもらおうとは考えていない。ほかに何もしてくれなくていい。料理くらいはできるだろう」

彼女は椅子からさっと立ち上がって、フィリップのほうにいこうとした。

「フィリップ、あなたって、ほんとにやさしいのね」

「いや、こっちにこなくていい」フィリップはあわてて片手を上げて相手を制した。なぜかはわからなかったが、触れられたくなかったのだ。

「ただの友だちでいてほしいんだ」

「やさしいのね」彼女はまたいった。「ほんとうに、やさしい」

「じゃあ、くるかい」

「ええ、もちろん。ここから抜け出せるんだったら、なんでもする。あなたにも、絶対に後悔させないわ、フィリップ。絶対に。いついけばいい、フィリップ？」

「明日は？」

彼女は突然、また泣きだした。

「今度は、またなんで泣いてるんだ」フィリップは微笑んだ。

「あなたにはもう、感謝の気持ちでいっぱい。どうやってこのお礼をすればいいかわからない」

「いいよ、そんなことは。そろそろ、ここを出ようか」

フィリップは住所を書いて、五時半くらいにきてくれれば、準備をしておくと伝えた。もう遅かったので、歩いて帰るしかなかったが、たいして苦にはならなかった。うれしくてたまらなかったのだ。まるで地面に足がついていないかのようだった。

91

次の日、フィリップは朝早く目を覚ますと、ミルドレッドを迎える準備をした。いままできてもらっていた女の人には、もうきてもらわなくていいと伝えた。ミルドレッドは夕方六時頃にやってきた。窓辺で待っていたフィリップは階段を下りて彼女をなかに入れると、荷物を持って上がった。茶色の紙につつんだ大きな包みが三つあるだけだ。必要最小限のものを残して、あとはすべて売ってしまったのだ。前の晩着ていた黒のシルクのワンピースドレスを着ている。頬紅はつけていないが、朝の簡単な洗顔では落ちなかったのか目のまわりは黒く、そのせいで、ひどく具合が悪そうにみえる。赤ん坊を抱いて馬車から下りてきたときの姿は、あわれとしかいいようがなかった。彼女は少し恥ずかしそうだ。ふたりとも、他人行儀な言葉しか出てこなかった。

「ようこそ」

「ロンドンのこのあたりに住むのは初めて」

フィリップは部屋をみせた。クロンショーが息を引き取った部屋だ。フィリップは自分でもばかばかしいと思いながらも、ここにもどる気になれず、彼が死んでからもずっと、クロンショーのために移った小さい部屋で折りたたみ式のベッドに寝ていたのだ。赤ん坊はぐっすり眠っている。

「もう、顔を忘れちゃったでしょう？」ミルドレッドがいった。

「ブライトンに連れていったとき以来、みてないからね」

「この子、どこに下ろそうかしら。重くて、いつまでも抱いていられないの」

「悪いけど、ゆりかごはないんだ」フィリップはすまなそうに笑った。

「あら、この子はわたしといっしょに寝るの。いつもそうよ」

ミルドレッドはひじ掛け椅子に赤ん坊を置いて、まわりをみた。ほとんどのものに見覚えがある。フィリップの以前の部屋にあったものばかりだ。しかし、ひとつだけ目新しいものがある。フィリップの肖像画は、去年の夏、ローソンが描いてくれたものだ。マントルピースの上にかけてある。ミルドレッドはじっくり絵をみた。

「好きなところもあるけど、そうじゃないところもあるわね。本物のほうがハンサムよ」

「ぼくの評価が上がった？」フィリップは笑った。「いままで一度だって、ハンサムだなんて、いってくれたことがないくせに」

「あたし、男の人の顔はどうでもいいの。ハンサムな男は好きじゃないから。うぬぼれが鼻についちゃって」

彼女は反射的に部屋を見回して鏡をさがしたが、どこにもなかったので、片手を上げて、大きな前髪をなでつけた。

「この人たちはあたしのことをなんて思うかしら」ふいに彼女がいった。

「家主の夫婦が住んでいるだけだよ。夫のほうは昼間ずっと出ていて、ぼくが土曜日に家賃を払いにいくときしか顔を合わせない。ふたりともほとんど人づきあいをしないんだ。ぼくもここにきてから、ふたりとは、それぞれ、ひと言ふた言しか話したことがない」

ミルドレッドは寝室にいって、包みをほどき、なかに入っていたものを片づけた。椅子の背にもたれて、煙草《たばこ》を吸い、顔をほころばせて、眠っている赤ん坊をながめ、幸せを噛《か》みしめた。ミルドレッドを愛していないのは間違いない。フィリップは驚いていた。かつての気持ちがこれほどさっぱりなくなってしまうとは。それどころか、かすかな肉体的不快感さえある。もし触れられたら、鳥肌が立つかもしれない。自分でもよくわからない。ドアにノックがあって、彼女がもどってきた。

「ノックなんかしなくていいよ。ほかの部屋もみてみた？」

「こんな狭いキッチンは初めて」

「ぼくたちのごちそうを料理するくらいの広さはあるよ」フィリップは軽くいなした。

「何もないから、ちょっと買い物をしてくる」

「そうだね。ただ、ひと言いっておくけど、切り詰めた生活を心がけてほしいんだ」

「夕食は何がいい」

「料理できそうなものを買ってきてくれればいいよ」フィリップは笑いながら答えた。

フィリップがいくらか渡すと、彼女は出ていって、三十分くらいしてもどってくると、買ってきた物をテーブルの上に並べた。階段を上がってきたせいで、息を切らしている。

「貧血だね。いい薬をもらってきてあげるよ」

「お店がよくわからなくて時間がかかっちゃった。レバーを買ってきたわ。おいしいでしょ? それにあんまりたくさんは食べられないから、お肉より安上がりよ」

キッチンには、ガスコンロがあった。ミルドレッドはレバーをフライパンに入れて火にかけると、居間に入ってきて、席を作った。

「ひとり分しかないじゃないか。きみは何も食べないつもり」

ミルドレッドは赤くなった。

「ひとりで食べたいかと思って」

「そんなことないよ」

「でも、あたしは召使いなんでしょ」

「まさか。冗談じゃない」

フィリップはにっこりしてみせたが、彼女のへりくだった言葉をきいて、不思議と胸が痛んだ。かわいそうに！　最初に会ったときの彼女を思い出して、一瞬、ためらった。

「いいかい、ぼくはきみに便宜をはかっているつもりはないんだ。これは単なる契約なんだから。ぼくはきみに仕事をしてもらう代わりに、部屋と食事を提供する。きみはぼくになんの借りもない。対等なんだ」

彼女は返事をしなかったが、頬を大粒の涙が伝った。フィリップは病院での経験から、彼女のような育ちの女性は給仕や雑用をいやがることは知っていたので、思わず、いらっとした。しかし自分をいさめた。というのも、彼女はみるからに疲れて具合が悪そうだったからだ。そして椅子から立ち上がると、もうひとつ席を作るのを手伝った。赤ん坊が目を覚ましていたが、あらかじめ彼女がメリンズ・フード〔小麦や大麦で作った粉状のもので、牛乳や水で溶かして幼児や病人に飲ませた〕を用意してあった。レバーソテーのベーコン添えができると、ふたりは席に着いた。フィリップは倹約のため、水以外のものは飲まないようにしていたが、ウィスキーが瓶に半分ほど残っていた。少しくらいなら、ミルドレッドにもいいだろうと思った。できるだけ場を明るくしようと努めたが、彼女は元気がなく、疲れきっていた。食事が終わると、彼女は赤ん坊をベッドに連れていった。

「早く寝るといい。みるからにつらそうだ」

「洗い物が終わったらそうするわ」

フィリップはパイプに火をつけて、本を読み始めた。隣の部屋の物音をきくと落ち着いた。ときどき、ひとりでいると気分がふさぐことがある。ミルドレッドがテーブルを片づけにきて、食器を洗う音がきこえてきた。フィリップは微笑みながら、黒のシルクのワンピースドレス姿で洗い物をするところはいかにも彼女らしい。しかし勉強をしなくてはならない。本をテーブルに持っていった。ウィリアム・オスラー卿の『内科学の原理と実践』だ。最近では、それまでの定番だったテイラーの『内科』〔フレデリック・テイラー卿の*A Manual of the Practice of Medicine*と思われる〕にかわって学生の人気を集めている。しばらくしてミルドレッドがやってきた。まくり上げていた袖《そで》を下ろしている。フィリップは何気なくそちらをみたが、じっとしていた。妙な感じで、ちょっと緊張した。何かおかしなことをされるんじゃないかと思われるのはいやだった。彼女を安心させるには冷たくする以外になさそうだ。

「ところで、九時から講義なので、八時十五分に朝食を出してほしいんだ」

「ええ、もちろん。パーラメント通りにいたときは、毎朝、八時十二分ハーン・ヒル発の乗合に乗ってたもの」

「部屋が気に入るといいんだけど。ひと晩ベッドでぐっすり眠れば、明日には別人のようになれるよ」

「遅くまで勉強するの」

「いつもは十一時か十一時半まで勉強してる」

「じゃ、おやすみなさい」

「おやすみ」

ふたりの間にはテーブルがあった。フィリップは握手しようとはしなかった。彼女はそっとドアを閉めた。寝室でしばらく物音がしていたが、すぐにベッドのきしる音がきこえた。寝ることにしたらしい。

92

翌日は火曜日だった。フィリップはいつものように朝食をかきこんで、九時の講義のために飛びだした。ミルドレッドとはひと言ふた言交わしただけだ。夜もどってくると、彼女は窓際《まどぎわ》で、フィリップの靴下を繕っていた。

「まめだなあ」フィリップはにっこりした。「今日は一日、何をしてたんだい？」

「部屋をきれいに掃除して、それから子どもを連れてちょっと外に出てきたわ」

彼女は黒の古いワンピースを着ている。以前、店に出ていたときに着ていたものだ。みすぼらしいが、前の日に着ていたシルクのワンピースドレスよりはずっといい。赤ん坊は床にすわっている。不思議そうに大きな目を上げ、フィリップがそばに座って、足の指をくすぐると声を上げて笑った。午後の日射《ひざ》しが部屋に差しこんで、やわらかい光があふれている。

「帰ってきて、だれかがいると、ほっとするよ。とくに母親と赤ん坊の組み合わせは最高だ」

フィリップは病院の調剤室で貧血の薬をひと瓶もらってきていたので、それをミルドレッドに渡し、毎食後のむようにいった。彼女もよく知っている薬で、十六歳のときから具合の悪いときに使っていた。

「ローソンなら絶対に、その緑がかった肌を気に入ると思う。素晴らしい絵になる、というよ、きっと。だけど、ぼくは最近、現実的になってきたんだ。だから、きみが乳搾《ちちしぼ》りの女の子みたいな顔色になってくれるまで心配でしょうがないよ」

「具合はもうずいぶんよくなったわ」

質素な夕食のあと、フィリップは小さな袋に煙草を詰めて、帽子をかぶった。火曜日はビーク通りの酒場にいくことにしていて、ミルドレッドがきて、すぐに火曜日が巡ってきたのはよかった。というのは、彼女との関係をはっきりさせるためのいい機会だと考えていたからだ。

「出かけるの」

「うん。火曜日の晩は気分転換。だから、また、明日。おやすみ」

フィリップはいつも酒場にいくのが楽しみだった。株の仲買人で哲学者のマカリスターがしょっちゅういて、なんでもかんでも議論のねたにする。それからヘイワードもロンドンにいるときにはよく顔を出した。彼とマカリスターは仲が悪かったが、週に一度、この日の晩は顔を合わせるのが習慣になっていた。マカリスターはヘイワードをあわれな人間と考え、彼の繊細な感性をばかにしていた。皮肉たっぷりに、彼の文学作品についてたずねては、未来の傑作についてのあいまいな意見をにやにやしながらきいている。ふたりはしばしば激しく議論したが、なによりこの店のパンチがおいしくて、ふたりともこれには目がなかった。夜も更《ふ》ける頃には、意見の違いなどうでもよくなり、大の親友になっている。その日の晩、フィリップが顔を出すと、すでにふたりがいて、ローソンもいっしょだった。ローソンがあまりこなくなったのは、ロンドンでいろんな人と知り合い、晩餐《ばんさん》に呼ばれるようになったからだ。三人は上機嫌だった。というのも、マカリスターから株のいい情報をもらって、ヘイワードとローソンは五十ポンドもうけたのだ。これはローソンにとっては画期的だった。というのも、金づかいは荒く、稼ぎがほとんどなかったからだ。この頃では肖像画家としての地位は確立していて、批評家の評価も高く、貴族の女性たちが無料で肖像を描かせる（これは双方にとって宣伝になるし、女性たちにとっては芸術のパトロンを気取ることもできる）こともあったのだが、大金をはたいて妻の肖像画を描いてほしいという根っからの俗物はなかなかみつかるものではない。だから大喜びだった。

「これほどうまい金儲《かねもう》けの方法にはお目にかかったことがない」ローソンは大声でいった。「なにしろ、自分の金はまったく使わずにすむんだから」

「先週の火曜日にきていたら、きみも儲かったのに」マカリスターはフィリップにいった。

「ひどいなあ。葉書か何かで知らせてくれればよかったのに。いまのぼくには百ポンドだって、どんなにありがたいか」

「いや、あのときは時間がなかったんだ。ほんの一瞬のことでさ。先週の火曜日にうまい話をきいて、このふたりにちょっと投資してみないかときいてみたんだ。それで水曜日の朝に、それぞれ一千株買っておいたら、午後になって上がり始めて、即売ったというわけさ。ふたりは五十ポンド、こちらは二百ポンドの儲けだ」

フィリップはうらやましくてしかたがなかった。つい最近、なけなしの遺産を投資していた物件の最後のひとつを売ったばかりで、六百ポンドしか残っていない。先のことを考えるとときどき、不安でたまらなくなる。医師の資格が取れるまであと二年、そのあと研修医としていくつかの病院で経験を積むつもりだから、最低三年はこれでやっていかなくてはならない。ぎりぎり切り詰めて、余裕はせいぜい百ポンドだ。病気になって働けなくなったり、職がなくなったりしたときのことを考えると、あまりに心許《こころもと》ない。だが、ここで一発当てれば、状況は大きく変わる。

「そう気にするな」マカリスターはいった。「また何かあるって。近いうちに南アフリカでうまい話が持ち上がりそうなんだ。そのときは知らせるよ」

マカリスターは南アフリカ鉱山株を扱っていて、一、二年前の大暴騰《だいぼうとう》のことをしょっちゅう口にする。

「じゃ、そのときは忘れないでほしいな」

四人は遅くまで話していたが、一番遠くに住んでいるフィリップがまず抜けた。最終のトラムを乗り過ごすと歩いて帰らなくてはならないし、かなり遅くなってしまう。

なんとか間に合ったが、うちについたのは十二時をかなり過ぎていた。階段を上がり、部屋に入って驚いた。ミルドレッドがひじ掛け椅子に座っているのだ。

「どうして寝てないんだ」フィリップは思わず大声になった。

「眠くないの」

「眠くなくてもベッドに入ったほうがいい。そうすれば体は休まるんだから」

彼女はじっとして動かない。夕食後、黒のシルクのワンピースドレスに着替えたらしい。

「起きていれば、あなたが帰ってきたとき何かしてあげられると思って」

こちらを見上げた彼女の、血色の悪い薄い唇にかすかな笑みがうかんだ。フィリップは何をいわれたのかよくわからなくて、ちょっと戸惑ったが、明るくさっぱりした口調でいった。

「それはうれしいけど、絶対によくない。さっさとベッドに飛びこむこと。そうしないと、明日の朝起きられないよ」

「寝たくないの」

「だめだって」フィリップはそっけなくいった。

彼女は少し不機嫌そうに立ち上がって、部屋にもどった。そして乱暴に鍵《かぎ》をかける音をきいて、フィリップは微笑んだ。

それから数日は何もなく過ぎた。ミルドレッドは新しい環境に慣れたようだ。フィリップが朝食をすませて飛びだしていくと、昼まで家事をしてすごした。食事は質素なものだったが、彼女は少しの物を買うにもずいぶん時間がかかった。昼食は作らず、ココアをいれて、パンにバターを塗って食べるだけだ。それから赤ん坊を乳母車に乗せて外に出て、もどってくるとあとはゆっくり休んだ。体が衰弱していたので、そのほうが楽でよかった。フィリップが近寄りがたいといっていた家主の奥さんとも、フィリップから預かった部屋代を納めにいくので仲よくなった。フィリップは管理人夫婦のことについて、一週間のうちに、一年間で知った以上のことを知ることになった。

「とても素敵な人よ。育ちもいいし。あたしたちは結婚してるっていっておいたわ」

「そんなことまでいわなくていいのに」

「だって、何かいわないわけにいかないでしょう。結婚もしてないのに、あたしがここにいるのって変だし。いったいどう思われるだろうって、心配だったの」

「絶対に信じてないと思う」

「信じてるって、だいじょうぶ。二年前に結婚したことになってるから――だって、ほら、子どもだっているんだし――それで、あなたのおうちの人は、まだ学生のくせにといって反対してて、内緒にしてなくちゃいけなかったんだけど、さすがにむこうもそろそろ折れてくれるはずだから、この夏は遊びにいく予定だって」

「作り話にかけては天才的だなあ」

フィリップはミルドレッドがまだ平気でこんな嘘をつくのが、なんとなく腹立たしかった。この二年間のことで少しはこりただろうと思っていたのだ。しかし肩をすくめるだけにしておいた。

「結局、彼女は運が悪かったのかもしれない」フィリップは思った。

暖かく、雲もない素敵な夜で、南ロンドンの住民が通りに繰り出したかのようだ。天候の変わり目の浮き立つような雰囲気につられて、街の人々が外に出ることがたまにある。ミルドレッドは夕食の片づけが終わると窓辺に立った。通りの騒ぎがきこえてくる。人々が呼び合う声や、通り過ぎる馬車の音や、遠くの手回しオルガンの音だ。

「ねえ、フィリップ、今夜も勉強しなくちゃいけないの」彼女がさびしそうにきいた。

「しなくちゃいけないけど、絶対というほどでもないかな。なんで」

「ちょっとあたりを散歩したい気分なの。いっしょにトラムの二階に乗ってひと回りしてこない」

「うん、付き合おう」

「じゃ、帽子を取ってくる」彼女はうれしそうにいった。

家のなかでじっとしていられない夜だった。赤ん坊はぐっすり寝ているから、置いていってもだいじょうぶそうだ。ミルドレッドは、夜外出するときは、いつも放っておいたけど、目を覚ましたことはなかったといっていた。帽子をかぶってもどってきた彼女は上機嫌だった。久しぶりに頬を少し赤く塗っている。フィリップは、彼女の頬が赤いのは興奮しているせいだと思った。そして彼女の子どもっぽいはしゃぎぶりに感動して、これまで厳しすぎたかもしれないと反省した。彼女は外に出ると声を上げて笑った。最初にきたウエストミンスターブリッジいきのトラムに乗ることにした。フィリップはパイプをふかし、彼女といっしょに通りの雑踏をながめた。店はまだ開いていて、明るい光がこぼれ、人々が明日の買い物をしている。トラムがカンタベリ座と呼ばれているミュージックホールにさしかかると、ミルドレッドが大声でいった。

「フィリップ、入ってみない？　もう何ヶ月もミュージックホールにいったことがないの」

「一等席は買えないよ」

「かまわないわ。上の桟敷席《さじきせき》でも、入れるだけでうれしいわ」

ふたりはトラムを降りると、百メートルほどもどってミュージックホールにいった。

ひとり六ペンスの席が取れた。上の階だが桟敷席ではない。天気がいいので、空席が多い。ミルドレッドは目を輝かせている。その無邪気なところをみて、フィリップはうっとりした。まったく不思議な女性だ。いまでも好きなところがたくさんある。彼女には素晴らしいところがほかにもあるのかもしれない。育つ環境が悪かったうえに、生活も苦しかった。彼女にはどうしようもないところを、自分は責めていたのだろうか。彼女の力ではなんともならないものを求めていたのかもしれない。環境さえ違っていれば、とても魅力的な女性になっていたのかもしれない。厳しい生活にはまったく向いていないのだろう。こうやって、その横顔を、かすかに開いた口を、ほんのり赤い頬をみていると、不思議と処女のようにさえみえる。フィリップはそんな彼女をながめながら、体が震えるような感動を覚え、いままでに被《こうむ》った悲惨な思いをすべて忘れようと思った。場内の空気が煙っぽく、目が痛くなってきたので、そろそろ出ようというと、彼女は嘆願するような表情を浮かべて、最後までみさせてといった。フィリップはにっこり笑ってうなずいた。彼女はフィリップの手を取って、演《だ》し物が終わるまで放さなかった。ほかの観客といっしょに、人でにぎわう通りに出ても、彼女は帰りたくないらしく、ふたりは人混みのなか、ウエストミンスターブリッジ通りを歩いた。

「こんなに楽しかったのは何ヶ月かぶりよ」

フィリップは胸がいっぱいになり、運命に感謝した。あのとき、ミルドレッドと赤ん坊を引き取ろうという突然の衝動に身をまかせてよかった。彼女がうれしそうに感謝している様子をみるのがうれしくてならない。そのうち彼女が疲れたというので、トラムに飛び乗って、部屋にもどった。もう夜も遅く、トラムから降りて、近くの通りまできたときには、あたりにはだれもいなかった。ミルドレッドはフィリップの腕を取った。

「昔にもどったみたいね、フィル」

彼女にフィルと呼ばれたのは初めてだった。そう呼んでいたのはグリフィスだ。だから、いまでもそう呼ばれると妙に胸が痛む。あのときは死にたいと思った。苦しくてたまらず、真剣に自殺を考えたくらいだ。それもずいぶん昔のことに思える。フィリップは過去の自分に微笑《ほほえ》んでみせた。いまはミルドレッドにも、心からの哀れみを覚えるだけだ。うちに帰って、居間に入ると、フィリップはガス灯の火をつけた。

「赤ん坊はだいじょうぶ？」フィリップはたずねた。

「ちょっと、みてくる」

彼女はもどってくると、出ていったときと同じ格好で寝ているといった。じつにいい子だ。フィリップは片手を差し出した。

「じゃ、おやすみ」

「もう寝ちゃうの」

「一時だからね。この頃は、早めに寝ることにしてるんだ」

彼女は差し出された手を握ると、少し微笑みながらフィリップの目をみつめた。

「フィル、あの晩のあの部屋でのこと、覚えてる？　あなたが、ここにきてもいいっていってくれたときのこと。あなたは、料理や雑用をしてくれればそれだけでいいって、いってくれて、あたしがそのつもりできたと思っているかもしれないけど、そんなことないの」

「そうかい」フィリップは手を引っこめながらいった。「ぼくはそのつもりだったんだけど」

「そんなばかばかしいこといわないで」彼女は笑った。

フィリップは首を振った。

「いや、本気だ。それ以外の条件でここにきてほしいなんて、いうはずがないよ」

「なぜ」

「そんなことできるはずがないから。うまく説明できないけど、そんなことになったらすべてがだいなしになってしまう」

彼女は肩をすくめた。

「そう。わかったわ。じゃあ、お好きに。あたしだって、膝《ひざ》をついてお願いするような女じゃないから」

彼女は出ていくと、乱暴にドアを閉めた。

93

次の日の朝、ミルドレッドは不機嫌で口数も少なかった。そして部屋にもどると、昼食を準備する頃まで出てこなかった。もともと料理は下手で、ステーキかソテーくらいだったうえに、屑野菜《くずやさい》や屑肉を使った料理ができなかったので、食費が思った以上にかかった。彼女は料理を出すと、テーブルのむかいに座るものの、何も食べようとしない。フィリップが、どうかしたのかたずねると、頭痛がひどくて食欲がないという。日曜日だったので、フィリップはほかにいくところがあってほっとした。アセルニー家ではみんな明るく歓迎してくれた。楽しいうえに、意外だったのは、一家そろって心待ちにしてくれていることだ。フィリップがもどると、ミルドレッドはもう寝ていた。そして次の日もまた黙りこくっている。夕食のときは、生意気そうな顔をして、眉根《まゆね》にきつくしわを寄せている。フィリップはむっとしたが、思いやりが必要だと自分に言い聞かせた。寛大な心でいよう。

「珍しく黙りこんでいるね」フィリップは明るい笑顔でたずねた。

「あたしは料理と掃除をするために雇われているんでしょう。しゃべる必要はないはずよ」

ぶしつけな返事だと思ったが、いっしょに暮らしていくのなら、なるべく衝突は避けたい。

「一昨日《おととい》の晩のことで怒ってるのかい」

言い出しづらい言葉だったが、これはきちんと話しておく必要がある。

「どういうこと」

「どうか怒らないでほしい。きみにここにきてほしいといったのは、友だちとしてという意味だったんだ。きみには住むうちが必要だし、何かを始めるチャンスが必要だと思ったからなんだよ」

「あたし、べつにあなたのことを好きだなんていってないわ」

「そりゃ、わかってるよ」フィリップはあわてていった。「しかし責められても困る。きみはただ、ぼくのためと思ってあんなことをしたんだろうけど、これはぼくの気持ちの問題なんだ。いまのぼくにそんな気持ちはない。そんなことになったら、すべて無様で醜くなってしまう」

「変な人」彼女はフィリップをまじまじとみた。「さっぱりわからない」

彼女はもう怒ってはなくて、不思議に思っていた。相手のいいたいことが、まったく理解できないのだ。彼女はこの状況を受け入れて、実際、相手の態度がじつに立派で、感謝すべきだと感じてはいたのだが、同時に、笑ってしまいそうで、軽くばかにしたい気持ちさえあった。

「困った客ね」彼女はそう考えた。

それきり何の問題も起こらなかった。フィリップは昼間ずっと病院で働き、部屋にもどってくると勉強をして、それ以外の時はアセルニー家にいくかビーク通りの酒場にいった。一度、実習生としてついている医師から正式なディナーに招待されたことがあり、何度か、医学校の仲間からパーティに誘われたこともあった。ミルドレッドは単調な生活を受け入れていた。フィリップが何度か彼女を置いて外出することについては、気にはしているのかもしれないが、何もいわない。フィリップは時々、彼女をミュージックホールに連れていった。そして最初の提案を変えることなく、彼女には家事をしてもらって、その代わりに食費と住居費はもらわないという関係を続けた。彼女のほうは、その夏、仕事にありつくのは無理だろうと考え、秋までいさせてもらうことにした。秋になれば仕事がみつかると思ったのだ。

「仕事がみつかっても、ここにいてくれていいんだ。きみさえよければね。部屋はあるんだし、前にきてもらっていた女の人に赤ん坊をみてもらうこともできる」

　フィリップはミルドレッドの子どもがかわいくてしょうがなかった。生まれつき、愛情深い性格で、それを表に出す機会がなかっただけなのだ。ミルドレッドも自分の娘にはやさしかった。とてもよく面倒をみたし、赤ん坊がひどい風邪を引いたときは、献身的な看護婦であることを証明した。しかし子どもの相手は退屈で、子どもがうるさいと、きつくしかった。子どもをかわいがりはするものの、自分のことを忘れてまでという母性的な愛情はない。ミルドレッドは気持ちをそのまま表に出すことはなく、愛情をあからさまにみせるのは滑稽《こっけい》だと思っていた。だからフィリップが赤ん坊を膝にのせて、遊んでやりながらキスをしているのをみると、よく笑った。

「本当の父親だって、そんなにはしゃいだりしないわよ。ほんと、子どもにはまるっきり目がないのね」

フィリップはまっ赤になった。笑われるのが苦手なのだ。ほかの男の赤ん坊をそこまで好きになるのはおかしいし、自分自身、これほど夢中になるのがちょっと恥ずかしかった。しかし子どものほうも、フィリップの気持ちに反応して、頬をこすりつけたり、うれしそうに抱かれたりしている。

「まあ、あなたは楽しいわよね」ミルドレッドはいった。「いやなことや面倒なことはしないでいいんだから。真夜中、このお姫様にぐずられて一時間くらい泣かれたら、気持ちも変わると思うわ」

フィリップは、もう長いこと忘れてしまったと思っていたいろんなことを思い出した。そして子どもの足の指をつまみながら歌った。

「こっちの子豚は市場へいって、こっちの子豚はおうちに残って」

フィリップは夜もどってくると、居間に入ってまず、床ではっている赤ん坊をさがす。赤ん坊が気づいて甲高くうれしそうな声をあげるのをきくと、うれしくてたまらなかった。ミルドレッドは娘に、フィリップをパパと呼ぶように教えた。そしてその子が初めて自分から、パパと呼びかけたとき、彼女は笑い転げた。

「ねえ、フィリップ、あなたがそんなにこの子をかわいがるのは、あたしの子どもだから。それとも、どの赤ん坊でもみんなかわいいの」

「ほかの赤ん坊は知らないから、わからないよ」

入院患者担当の実習生の第二学期が終わる頃、フィリップに幸運が訪れた。七月の中頃だった。火曜日の夜、ビーク通りの酒場にいくと、マカリスターがひとりで座っていた。フィリップは隣に座って、まだきていない仲間のことをふたりで話した。そのうち、マカリスターが切り出した。

「ところで、今日、うまい話を耳にしたんだ。ニュー・クラインフォンテインという、アフリカ南東部のローデシアの金鉱があってね。もしその気があれば、ちょっとした儲けになるかもしれない」

フィリップはこういう機会を待ち望んでいたのだが、いざその場になると、腰が引けてしまった。損をするのが恐ろしくてたまらない。もともとギャンブラーの資質はない。

「やってみたいけど、どうするかなあ。失敗したら、どれくらい損をする?」

「話すんじゃなかった。こないだずいぶん残念がっていたからいってみただけさ」マカリスターは冷ややかにいった。

フィリップは、ずいぶん低くみられたような気がした。

「やってみたい気持ちは山々なんだけど」フィリップは笑ってみせた。

「損するのを怖がって、金儲けができるもんか」

マカリスターはほかのことを話しだした。フィリップはそれに返事をしながら考えていた。もしこの話がうまくいったら、次に会ったとき、マカリスターは自分のことをさんざんばかにするに違いない。なにしろ、口が悪いので有名だ。

「じゃあ、ひと口乗ってみるか。もし、よければ」フィリップはおずおずといった。

「よし、じゃあ、二百五十株買っておくよ。半クラウン〔一クラウンは四分の一ポンド〕上がったら、すぐに売る」

フィリップはすぐに儲けを計算して、頭がくらっとした。三十ポンド転がりこんでくる。そろそろ運が向いてきてもいいような気がした。翌日の朝食のとき、ミルドレッドにその話をしたところ、あきれられた。

「株で儲けた人なんて、会ったことがないわ。エミールもよくいってた。株で儲けられるはずがないって」

その日、フィリップは帰り道で夕刊を買って、株式欄をみた。この手のことはまったく知らないので、苦労してやっとマカリスターのいっていた株をみつけた。二十五パーセント上がっている。胸が躍ったがすぐに不安がこみあげてきて気分が悪くなった。マカリスターが忘れていたら？　何かの理由で買っていなかったら？　マカリスターは電報を打つと約束していた。フィリップはトラムで帰るのもじれったくなって、辻《つじ》馬《ば》車《しゃ》を止めて飛び乗った。久しぶりの贅沢《ぜいたく》だ。

「電報がきてない？」フィリップは部屋に飛びこんでたずねた。

「いいえ」

フィリップはうなだれ、力なく椅子《いす》に座りこんだ。

「じゃあ、買っておいてくれなかったのか。くそっ！」フィリップは激しい調子で毒づいた。「なんて、ついてないんだ！　儲かったら何に使おうと、一日そればかり考えていたのに」

「あら、何を買うつもりだったの」

「いまさら、そんなことをいってどうする？　ああ、喉《のど》から手が出るほど、お金がほしかったんだ」

彼女は笑って、電報を出した。

「ちょっとからかってみたのよ。先に開けちゃった」

フィリップはそれをひったくるように取った。マカリスターはフィリップのために二百五十株買って、半クラウン上がったところで売ってくれていた。明細は次の日にくることになっていた。一瞬、フィリップはミルドレッドのひどい冗談にかっとなったが、すぐに喜びで頭がいっぱいになった。

「これがあるかないかでは、大違いなんだ」フィリップは大声でいった。「よかったら、ワンピースを一着、買ってあげようか」

「ほしくてたまらなかったの」

「それからもうひとつ。これで、七月の終わりに手術を受けられるんだ」

「えっ、どこか悪いの？」彼女が思わずたずねた。

彼女は、それまで不思議に思っていたことの理由がその病気ではないかと思ったのだ。フィリップは赤くなった。足が悪いことは話したくなかった。

「いや、病院の先生たちが、この足をなんとかしてやろうといってくれているんだ。これまで時間がなかったんだけど、これで余裕ができた。来月から始めるつもりだった外科の実習を十月までのばせる。数週間入院して、その後は夏が終わるまで海辺で過ごそう。きみと赤ん坊とぼくと、いっしょにいって元気になろう」

「じゃあ、ブライトンにいきましょうよ、フィリップ。あたしブライトンが好きなの。上流階級の人たちと知り合いになれるわ」

フィリップはコーンウォールの小さな漁村あたりを考えていたのだが、ミルドレッドの言葉をきいて、そんなところでは彼女が退屈だろうと考え直した。

「海があれば、どこでもいいさ」

フィリップはなぜかわからなかったが、ふいに海をみたくなった。海の水につかりたい。しぶきをあげるところを想像するとうれしくなる。水泳は得意だ。荒い波ほど心を躍らせるものはない。

「きっと楽しいぞ」フィリップは大声でいった。

「ハネムーンみたい。ねえ、フィル、新しいワンピース、いくらまでならいい」

94

フィリップは実習生のときに指導してくれた外来外科のミスタ・ジェイコブズに手術を頼んだ。ジェイコブズは喜んで引き受けた。ちょうどその頃、治療されないまま放置されてきた外反足に興味を持ち始めて、論文のための資料を集めていたからだ。そしてフィリップにあらかじめ説明した。普通の足のようにすることはできないが、かなりよくなるとは思う。足を引きずるのはどうしようもないが、いままでのブーツよりは目立たないものをはけるようになる。フィリップはかつて、神は信仰を持っている人間のためなら山を動かすことができると思って、祈ったときのことを思い出し、苦々しく笑った。

「奇跡を望んでいるわけじゃありませんから」フィリップは答えた。

「わたしにまかせたのは賢い選択だと思う。医者として仕事をするようになれば、その足はハンディキャップだと気づくはずだ。人間というのはどうでもいいことを気にする。だから、自分のかかる医者にどこか悪いところがあると敬遠するんだ」

フィリップは小部屋だが特別室に入れてもらえた。それは各棟の階の端にあった。歩けるようになるまでは退院させないといわれ、結局、一ヶ月ほどそこにいたのだが、術後の経過は順調で、とても楽しく過ごした。ローソンやアセルニーが見舞いにきてくれたし、ミセス・アセルニーが子どもをふたり連れてきてくれたこともあった。医学校の仲間も時々顔をみせては話をしていった。ミルドレッドは週に二度やってきた。だれもがとても親切で、気をつかってくれることに毎回驚き、感動し、感謝した。気苦労をせずにすむのもありがたかった。病室にいる間は、将来のことも、手持ちの金がいつまでもつかも、最終試験に合格するかどうかも気にしないでいられた。そして心ゆくまで本が読めた。最近はあまり読めなかったのだ。その原因はミルドレッドだった。集中して読もうとすると、どうでもいいことを話しかけてくるし、ちゃんと返事をするまで放してくれない。のんびりくつろいで本を読み始めると、あれをしてこれをしてといってくる。瓶の栓を抜いてとか、金づちで釘《くぎ》を打ちこんでとか。

八月、ブライトンにいった。フィリップは部屋だけ借りればいいと思っていたのだが、ミルドレッドは、それだと家事をしなくてはならない、休日を楽しむなら、食事も出るところにしてほしいと主張した。

「ここにいると、毎日、料理をしなくちゃいけないのよ。もううんざり。だから、全然違う生活をしたいの」

フィリップは、それもいいだろうと思った。たまたまミルドレッドがケンプ・タウンに、食事付きで週二十五シリングというところを知っているから、手紙を出して、部屋を取っておくといった。ところがフィリップがケニントンの部屋にもどってみると、何もしていないことがわかって、かっとなった。

「きみが、それほど忙しいとは思わなかったよ」

「だって、あたしは、何もかも覚えておくのは無理なの。忘れたからって、あたしのせいにしないで」

フィリップはすぐにでも海辺にいきたかったので、ミルドレッドのいう宿泊所の女主人と手紙でやりとりする気にはなれなかった。

「荷物を駅に預けて、そこにいって、部屋があるかどうかきいてみよう。もし空きがあれば、雑用係に荷物を取りにいかせればいい」

「好きにすれば」ミルドレッドは不機嫌な声でいった。

彼女は文句をいわれるのがきらいで、すぐにむっつりして黙りこんでしまった。そして面倒くさそうな顔をしていると、フィリップが旅行の準備を始めた。小さなアパートは、八月の日射しのせいで暑苦しいうえに、通りからは蒸し暑い空気と悪臭が押し寄せてくる。フィリップは狭い特別室の赤く塗られた壁に囲まれていたとき、すがすがしい風と波のしぶきを体に感じたくてしょうがなかった。ロンドンでもうひと晩過ごすかと思うと、気が変になりそうだ。ミルドレッドはブライトンの町で人々が休日を楽しんでいるのをみると機嫌を直し、フィリップといっしょに馬車でケンプ・タウンまでいった。フィリップは赤ん坊の頬をなでていた。

「ここに二、三日いれば、みんなとても顔色がよくなるよ」フィリップはにっこりしていった。

目的の食事付き宿泊所につくと馬車は帰した。だらしない格好をしたメイドが出てきたので、フィリップが部屋があるかたずねると、きいてきますといって、女主人を連れてきた。中年で、体格がよく、てきぱきした感じの女性が階段を下りてきた。そしていかにも慣れた様子で一行をながめると、どんな部屋が希望かきいた。

「ひとり部屋をふたつ、あればですが。それと、どちらかに子ども用のベッドを」

「残念ながら、ひとり部屋は空いていないんですよ。大きめのふたり部屋ならひとつあります。あと、子ども用のベッドはお貸しできます」

「それだと、まずいんです」フィリップがいった。

「来週になれば、もうひと部屋空きます。この時期、ブライトンは混んでまして。なかなか、みなさんのご希望にそうことができないんです」

「ねえ、フィリップ、二、三日なら、なんとかなるでしょう」ミルドレッドがいった。

「ふた部屋ほしいんです。ほかに泊まれるところを紹介してもらえますか」

「ええ、もちろん。しかし、どこも同じだと思いますよ」

「よければ住所を教えてください」

体格のいい女性が教えてくれたところは隣の通りにあったので、歩いていくことにした。フィリップは歩くことは歩けたが、ステッキに頼らなくてはならなかったし、体もまだ快復しきってはいなかった。ミルドレッドは赤ん坊を抱えている。ふたりはしばらく黙って歩いていたが、フィリップは彼女が泣いているのに気がついた。まずいと思ったものの、何もいわないでいると、彼女のほうが話しかけてきた。

「ねえ、ハンカチをかしてくれない？　この子を抱いてるから出せないの」彼女は顔をそむけ、すすり泣きながらくぐもった声でいった。

フィリップはハンカチを差し出しただけで、何もいわない。彼女は涙を拭《ふ》くと、相手が黙ったままなので、また話しかけた。

「あたしのことが、そんなにいや」

「まあ、通りで言い合うのはやめよう」

「あんなにしつこく、別の部屋、別の部屋っていうのは変よ。どう思われると思う」

「事情さえわかってもらえれば、とても立派なふたりだと思ってもらえるはずだ」

彼女はちらっとフィリップをみた。

「結婚してないって、みんなにいうつもりじゃないでしょうね」彼女はとっさにたずねた。

「まあね」

「じゃあ、結婚してるように振る舞ってよ」

「その、うまく説明できないんだ。きみにいやな思いをさせたくはないんだけど、ただ無理なんだよ。たしかにばかげているし、理屈に合わないかもしれないけど、どうしようもない。かつて、きみのことを心から愛していたからこそ……」言葉が途切れた。「結局、こういうのはどうしようもないってことなんだ」

「ちっとも愛してなんかなかったくせに！」彼女は大声でいった。

二軒目の宿泊所をやっているのは元気のいい中年の独身女性で、目がきつく、おしゃべりだった。ふたり部屋なら週二十五シリング、子ども用ベッドは五シリング、ひとり部屋ふたつなら一ポンド余計にほしいということだった。

「いえ、高いのはわかってるんですけどね」女は言い訳がましくいった。「ひとり部屋にベッドをふたつ入れられないこともありませんから」

「払えなくはないだろう、ミルドレッド」

「どうぞ、勝手にして。あたしはなんでもいいから」

フィリップは、彼女の不服そうな返事を笑って受け流した。駅に預けた荷物を女主人にまかせると、ふたりで腰を下ろして休んだ。フィリップは少し足が痛かったので、足を椅子にのせられるのがうれしかった。

「同じ部屋で座るくらいは許してもらえるんでしょうね」ミルドレッドが腹立たしそうにきいた。

「まあ、けんかはよそうよ」フィリップがやさしくいなした。

「週一ポンド捨てても平気だなんて、お金持ちなのね」

「そんなに怒らないでくれよ。いっしょに暮らすには、こうするしかないんだって」

「ただ、あたしを軽蔑《けいべつ》してるだけよ」

「ばかばかしい。そんなわけないだろう」

「こんなの変よ」

「そうかなあ。だって、きみはぼくを愛していないだろう」

「あたし？　あたしのことをなんだと思ってるの」

「あまり情熱的なほうじゃないね。ちがうかい」

「ほんと、ばかにしてる」彼女はぶっきらぼうにいった。

「ぼくがきみだったら、そんなに怒らないけどなあ」

その宿には十人ほど泊っていた。食事をとる部屋は狭くて暗く、細長いテーブルの端で女主人が料理を切り分けて出した。味はひどかった。女主人はフランス料理といっていたが、貧相な食材に出来の悪いソースをかけたもので、カレイをヒラメ、ニュージーランド・マトンをラムと偽って出してくる。キッチンは狭くて使い勝手が悪いため、料理はすべてさめてまずかった。泊まっている人々もつまらない、気取った客ばかりで、年のいった未婚の娘を連れた老女、もったいぶった仕草の奇妙な年取った独身男、また、顔色の悪い中年の勤め人は妻とふたりで、結婚した娘や植民地でいい地位にいる息子の話ばかりする。食事の席で話題に上がるのはミス・コレリの最近の小説で、あと最近の画家ならアルマ＝タデマよりロード・レイトンのほうがいいとか、いや、逆だとか、その程度だ。ミルドレッドが早速、女性の泊まり客に、フィリップとの結婚をロマンティックに語ったため、フィリップは好奇の目でみられることになった。というのも、地方のいい家の出なのだが、学生の身分で結婚をしたというので、勘当されて援助も打ち切られたということになったからだ。そしてミルドレッドの父親は、デヴォンシャーの大地主なのだが、彼女がフィリップと結婚したというので、なんの援助もしてもらえない。そんなわけで、ふたりはこんなところに泊まって、乳母も雇えないというわけだ。部屋をふたつ借りているのは、ふたりとも広いところで寝起きしていたので、窮屈なのがいやだからだ。ほかの客たちもそれぞれに言い訳があった。独身男は、休みはいつもはメトロポールにいくのだが、高級ホテルでは楽しい話し相手は望めないからここにきたという。中年の娘連れの老女はロンドンの美しい屋敷が改装中らしく、娘に「ねえ、グウェニー、今年の休暇は安く上がるわね」と声をかけた。そんなわけで、もちろんこんな生活には慣れていないとのことだ。ミルドレッドはここの客はみんな上流階級の人だと思っている。低俗でがさつな人間は大嫌いで、紳士は文字通りの紳士でなくてはならないと考えているのだ。

「紳士、淑女は、それらしくしないと」というのが彼女の言い分だ。

その言葉はフィリップには理解できなかったが、彼女がそれを二、三度、いろんな人に話して、相手が深くうなずくのをみてからは、自分がわかっていないだけだという結論に至った。ふたりがずっといっしょにいるのは、これが初めてだ。ロンドンでは、日中、フィリップは出ていて、もどってくると、家のことや赤ん坊のことや近所の人のことを彼女と話して、そのあとは勉強をした。それが一日中、ふたりで過ごすことになったのだ。朝食が終わると海辺にいく。そして午前中は、のんびり泳いだり遊歩道を散歩したりする。夜になると、子どもを寝かせて、桟橋《さんばし》で過ごす。これはまだましだった。というのも、音楽をきいていられるし、たえることのない人の流れをながめていられる（どんな人か想像して、ささやかな物語を考えるのが楽しかった。ミルドレッドに話しかけられても、考えを中断しないで口先だけで答える癖がついた）。しかし午後の時間は長く、退屈だった。ずっと浜辺に座っているのだ。ミルドレッドは、せっかくブライトンにきたのだから、体にいいことをしなくてはだめだという。フィリップは本も読めない。ミルドレッドがしょっちゅう、どうでもいいことを話しかけてくるからだ。返事をしないと、文句をいわれる。

「そんなつまらないもの、しまっちゃって。本を読んでばかりいると、体によくないから。頭の中身が腐っちゃうわよ。ほんとに、腐っちゃうから、フィリップ」

「うるさいなあ！」

「ちゃんと付き合ってよ」

フィリップは、彼女が話し相手としてやっかいなことがわかってきた。自分のいっていることに集中することさえできないのだ。前を犬が走ったり、派手な上着を着た男が歩いたりすると、何かひとことといわなくては気がすまず、ついでに、それまで話していたことを忘れてしまう。人の名前をしょっちゅう忘れて、思い出せないといらいらして、話の途中で黙りこみ、必死に思い出そうとする。あきらめることもあるが、あとで思い出して、フィリップがしゃべっているところに割りこむ。

「コリンズ、そう、コリンズよ。そのうち思い出すと思ってたの。コリンズ。さっきは思い出せなかったのよね」

フィリップはむっとする。というのも、彼女がまったく話をきいていないのがわかるからだ。だが、黙りこむと、不機嫌だといって責められる。抽象的な話をすると、五分と持たない。フィリップが楽しげに少し理屈っぽい話をしようとすると、すぐに退屈な顔をする。ミルドレッドは驚くほどよく夢をみて、それを正確に覚えていて、毎日延々と話す。

ある日の朝、ソープ・アセルニーから長い手紙が届いた。それによると、一家の休暇の過ごし方はかなり変わっているが、ある意味じつに健全で、いかにも彼らしい。この十年、同じように過ごしているという。一家でケント州の妻の故郷近くにあるホップ畑にいき、三週間、ホップを摘む。広々としたところで過ごせるし、お金になるからミセス・アセルニーは喜ぶし、母なる大地に触れることができる。アセルニーが強調していたのは、この最後のところだ。畑で暮らしていると、新たな活力が生まれる。それは魔法の儀式のようで、若返り、体に力がわき、気持ちがすがすがしくなる。フィリップは以前、彼からたびたび、想像力を刺激する夢のような休暇のことを、あの大げさな言葉できかされたことがあった。手紙には、一日遊びにこないかと書かれていた。いま、シェイクスピアとグラスハープについて考えているので、それについて話し合いたい、子どもたちもフィリップおじさんに会いたいとうるさくてしょうがないらしい。フィリップは、午後、ミルドレッドといっしょに浜辺にいるとき、それを読み返し、ミセス・アセルニーのことを思った。たくさんの子どもを育てた陽気な母親、やさしく親切で気さくな女性だ。それからサリーのことを思った。年のわりに落ち着いていて、妙に母親っぽいところがあり、のんびり構えて、長い金髪をひとつに編んで、額が広い。それからほかの子どもたち。みんな陽気で、騒々しく、健康で、かわいい。フィリップは一家のことをなつかしく思った。あの一家には、いままでにみたことのない美質がある。それは善良さだ。それまで気がつかなかったのだが、自分が憧《あこが》れていたのは、一家全員の善良さだった。もちろん、理性ではそんなことは信じていない。モラルなどというものはただ便宜的なものであって、善悪にはなんの意味もない。フィリップは非論理的な考えはいやだったが、あの一家には素朴な善良さがあって、それはとても自然で、無理がなく、それが美しい。フィリップはあれこれ考えながら、ゆっくりその手紙を細かく破った。いま、ミルドレッドを置いてはいけないし、連れていくつもりはなおさらなかった。

　異様に暑く、空には雲ひとつなく、ふたりはしかたなく日陰に入った。赤ん坊は海岸の小石で遊んでいる。そしてときどきフィリップのところにはってきて、小石を渡して、取り上げて、そっと下に置く。自分にしかわからない不思議で複雑な遊びをしている。ミルドレッドは眠っている。軽くあごを上げて、唇を少し開いている。両脚は伸ばして、ペチコートから突き出しているブーツは妙にグロテスクだ。フィリップはぼんやり彼女をみていたが、はっとした。かつてはあれほど夢中になったのに、いまはなんのときめきも感じない。そんな変化が、鈍い痛みとなって心をさいなむ。あのときの苦しみはまったくのむだだったのか。彼女に触れられただけで、気が遠くなりそうだった。そして彼女の魂のなかに入っていきたかった。そうすれば、あらゆる考えや感情を共有できると思っていた。フィリップをとても苦しめたのは、ふたりの間に沈黙がおとずれたときに彼女の口にする言葉だった。それをきいて、おたがいの考えにどれだけ距離があるかを思い知らされた。しかしフィリップはその越えられそうにない壁を越えようとした。それはおそらくあらゆる人と人を隔てている壁だ。いま、フィリップにとって悲しいほど不可解なのは、あのとき狂おしいほど愛していたのに、いまはまったく愛していないという事実だ。ときどき、うとましくてしょうがなくなる。ミルドレッドはまったく何も学ばず、人生の経験もなんの足しにもならない。いままで通り、無神経だ。とくに不快なのは、宿でまじめに働いている人々にたいする横柄《おうへい》な物言いだ。

そのうちフィリップは将来の計画を考えるようになった。医学校の四年目の終わりには、産科の試験があって、そのあと一年勉強をすれば資格が取れる。そうしたら、スペインにいってみよう。写真でしか知らない絵をみよう。エル・グレコは、かけがえのない秘密の瞬間を与えてくれる。トレドにいけば、きっとそれがわかる。ぜいたくをするつもりはない。百ポンドもあればスペインで半年は暮らせる。マカリスターがもう一度、チャンスを作ってくれれば、それくらいの資金は簡単に作れる。あの古く美しい街と、カスティリャの赤茶けた平原を思うと、胸が熱くなった。きっと、いまよりもずっと多くのことが得られる。スペインにいけば、はるかに実りある生活を送ることができる。古い街で開業してもいい。住人にも旅行者にも外国人はたくさんいるから、生活はなんとかなるだろう。しかしそれはまだ先のことだ。その前に、一度くらいは病院も移って働かないといけない。そうすれば経験が積めるし、その後の仕事を得るのも楽になる。できれば船医になりたい。それも大きな不定期船で、ときには寄港先でのんびり観光ができるような船だとうれしい。まずアジアにいってみたい。頭に浮かぶのはバンコク、上海《シャンハイ》、日本のいくつかの港の風景だ。それから、ヤシの林、青く熱い空、褐色の肌の人々、パゴダ。アジアの香りが鼻をくすぐり、フィリップはうっとりした。世界の美と神秘を思うと、鼓動が速くなる。

ミルドレッドが目を覚ました。

「あたし寝てたみたい」彼女はそういって、赤ん坊をみた。「あらあら、だめじゃない。何をしてたの？　ねえ、フィリップ、この子の服をみてよ。昨日はきれいだったのに」

95

ロンドンにもどると、フィリップは外科病棟で実習を始めたが、内科ほどおもしろくなかった。内科のほうが経験的な要素が多く、想像力を働かせる余地が大きいからだ。外科的作業は内科的作業よりも少し難しい。九時から十時まで講義があり、そのあとは病棟にいって、傷の手当てをしたり、抜糸をしたり、包帯をかえたりする。フィリップは包帯の扱いが得意で、看護婦からもほめられて喜んでいた。週に何日か、午後、手術がある。そのときは、解剖劇場の下に白の上着を着て立ち、執刀する外科医に必要な道具を渡したり、手術をしている部位がよくみえるよう血を海綿で拭き取ったりする。珍しい手術になると解剖劇場はいっぱいになるが、普段はせいぜい学生が五、六人いる程度で、手術の手順をゆっくりみていられる。その頃、盲腸炎が注目を集めていて、その手術がよく行われた。フィリップがついていた外科医は仲間のひとりと、どちらが短時間に、切開部分を小さくして切除できるか、競っていた。

そのうち、フィリップは救急外来に回された。実習生が交代でこの仕事にあたることになっているのだ。三日間、病院に泊り、食事は休憩室でとる。救急医療棟近くの一階の部屋にひとつあるベッドは昼間はたたんで戸棚にしまえるようになっている。当番にあたった実習生は、昼夜を問わず、けが人が運びこまれたら対応しなくてはならない。常時、待機していなくてはならず、ほぼ一、二時間に一度は頭の上のベルが鳴る。すると反射的にベッドから飛び出す。いうまでもなく土曜日の夜は最も忙しく、なかでもパブの閉店時間がいちばん忙しい。泥酔《でいすい》した男が警官に引きずられてやってくると、胃ポンプを使う。泥酔した女はさらに面倒で、頭に傷を負ったり鼻血を流しながらやってくる。犯人は夫だ。絶対に訴えてやるという女もいれば、恥じて、うっかり転んだ、ぶつけたと言い張る女もいる。実習生はできる限りのことはするが、手に負えない場合は研修医を呼びにやる。これは要注意で、研修医は五階下まで引っぱっていかれたあげく、たいしたことではなかったとなると、あまり喜ばない。急患は、指を切った者から首を切った者まで様々だ。機械にはさまれた青年もいれば、馬車にはねられた男もいれば、遊んでいて腕や脚を折った子どももいる。ときどき、自殺未遂者が警官に運ばれてくることもある。フィリップは一度、右耳の下から左耳の下まで切って、ものすごい目をしてやってきた男をみたことがある。その男は警官に連れてこられてから数週間、病棟にいた。死ねなかったのがくやしくて、ろくに口もきかず、退院したらまっさきにまた自殺をくわだてることはだれの目にも明らかだった。病棟はいつも空きがなく、研修医は、警官がけが人を連れてくるといつもジレンマに悩まされる。もし警察署に送って、そこで死亡したら、新聞に悪く書き立てられるが、患者が死にかけているのか、泥酔しているのか非常にみわけづらいことがあるからだ。フィリップはくたくたになるまでは寝ないようにした。というのも、一時間後に起こされるよりは寝ないほうがましだからだ。仕事のないときは救急外来の棟で夜勤の看護婦と話をした。彼女は白髪まじりで、男のような体格で、ここで二十年、夜勤をしている。そしてこの仕事が気に入っていた。というのは、夜勤のときは自分がいちばん上で、うるさく文句をいう同僚がいないからだ。動作は緩慢だが、非常に有能で、緊急時に決して失敗をすることがない。実習生はしばしば未経験でおどおどしているので、彼女を巨大な防波堤のように思っていた。彼女にしてみれば、実習生など何千人も相手にしてきたわけで、だれもかれもみんな同じだ。全員まとめてミスタ・ブラウンと呼んでいる。実習生が文句をいって、名前をいうと、ただうなずいて、やはりミスタ・ブラウンと呼ぶ。馬巣織《ばすお》りのソファがふたつと、まぶしいガス灯があるだけの部屋で彼女の話をきくのはおもしろい。彼女はとっくの昔に、運ばれてくる患者を人間とみなさなくなっていた。やってくるのは泥酔や、骨折した腕や、切り裂かれた喉なのだ。彼女にとって、この世が邪悪で悲惨で残酷だというのは当然だ。そして人間のすることをほめることもなければ、責めることもない。ただ、受け入れる。彼女にはある種の暗いユーモアのセンスがあった。

「そういえば」彼女はフィリップにいった。「自殺未遂があってね。テムズ川に身投げして、川から引っぱり上げられて、運ばれてきたんだけど、十日後に腸チフスを発症したのよ。テムズ川の水を飲んだのが原因でね」

「死んだんですか」

「まあ、思いをとげたというのかねえ。あれを自殺といえるのかどうか、いまでもわからない……けど、妙なもんだね、自殺ってのは。こんなこともあった。男が、仕事が見つからないうえに奥さんが死んで、衣類を質屋に売ってリヴォルヴァーを買ったんだよ。ところがへまをやって、片目をなくしただけで助かっちゃった。それで、まあ、片目がなくなって、顔面が一部吹き飛んで、さとったんだね。この世界もまんざら捨てたもんじゃないって。そして幸せに暮らしたよ。ずっと前から気づいてたんだけど、意外かもしれないが、人が愛で自殺するなんてのは、小説家の空想でしかないね。自殺するのは、金がなくなったときなんだ。いったい、なんでかね」

「たぶん、愛より金のほうが重要だからでしょう」フィリップはそう答えた。

金はそのときのフィリップにとって頭の痛い問題になっていた。というのも、自分でもよく口にする、「ふたりでもひとりでも生活費は変わらない」といういい加減な言葉は、あてにならないことがわかってきたからだ。家計が背中に重くのしかかり始めた。ミルドレッドはやりくりが下手で、食費がレストランで食事をするのとたいして変わらない。子どもの服もいるし、ミルドレッドにはブーツや雨傘や、ほかの細々したものがいる。それがないと、やっていけないという。ブライトンから帰ってくると、ミルドレッドは仕事をみつけると宣言したが、ほとんど何もしない。それどころかすぐに風邪をこじらせて二週間寝こんでしまった。快復して求人広告にいくつか応募したが、だめだった。申しこみをするのが遅くてすでに空きが埋まっていたり、彼女の体力では無理な仕事だったりした。一度、話がきたが、週十四シリングといわれ、彼女はそんな安い仕事はいやだと断った。

「弱みにつけこまれちゃだめよね。自分を安売りしたら、ばかにされるだけだもの」

「十四シリングはそう悪くないと思うけどね」フィリップはそっけなくいった。

フィリップはそれだけでもあれば、家計もかなり楽になると思わないではいられなかった。そしてミルドレッドは早速、仕事が見つからないのはちゃんとした服を着て面接にいけないからだといい始めた。そこで一着あつらえて、また一、二度面接にいったのだが、フィリップには、とても真剣にはみえなかった。働く気がないのだ。フィリップに思いつく金儲《かねもう》けの手段は株以外になかった。あの夏の幸運をもう一度手にしたくてたまらなかった。そこへ南アフリカのイギリス軍とトランスヴァールの間で戦争が勃発《ぼっぱつ》した〔一八九九年、第二次ボーア戦争。英国の露骨な内政干渉に対し、トランスヴァール共和国とオレンジ自由国が同盟を結んで戦った〕。マカリスターがいうには、南アフリカにいるイギリス軍の将軍レッドヴァーズ・ブラーが一ヶ月後には、トランスヴァール共和国の首都プレトリアを陥落させるだろうから、そうなればまた景気は回復するとのことだ。ただじっと待つしかないらしい。投資家が期待しているのは、イギリスが劣勢になって株が少し下がることで、そこが買い時だという。フィリップは気に入っている新聞の「株式相場」を熟読し始めた。不安でもあり、あせってもいた。一、二度、ミルドレッドにきつい言葉を吐いたことがある。彼女のほうは気もきかなければ忍耐心もないので、かっとなって言い返す。そして口げんかになる。フィリップはいつも、ひどいことをいって悪かったとあやまるのだが、ミルドレッドは耳を貸さず、二日ほどは不機嫌なままだ。フィリップは何かにつけて彼女のすることが気にさわった。食事のマナー、居間に衣類を散らかしておくだらしのなさ。フィリップはこの戦争に興奮して、昼も夜も新聞を読みあさった。しかし彼女のほうはそういったことにはまったく関心がない。近所に知り合いが二、三人できて、そのうちのひとりから、副牧師に話をしにきてもらったらどうかと勧められた。すると結婚指輪をはめ、ミセス・ケアリと自己紹介した。フィリップの部屋の壁にはパリで描いた絵がかけてあった。どれもヌードで、女性のものが二枚、もう一枚はミゲル・アフリアが足を踏ん張って、両手を握りしめている。フィリップが描いたなかで最も出来のいいのがこの三枚だ。幸せな日々を思い出させてくれる絵でもあった。ミルドレッドはずっと前から、それらをみるたびに顔をしかめた。

「ねえ、フィリップ、ここの絵、しまったら」ついに彼女がいいだした。「十三番地のミセス・フォアマンが昨日の午後、遊びにきたの。あたし、もう、どうしようかと思っちゃった。だって、あの人ったら、絵をじろじろみるんだもの」

「何かまずいかい」

「だって、下品じゃない。いわせてもらうけど、悪趣味よ、裸の絵を飾るなんて。子どものためにもよくないし。これからだんだんわかってくるのよ」

「どうして、そういう通俗的な意見しかいえないのかなあ」

「通俗的? 節度ある意見といってよ。いままで黙ってたけど、一日中ずっとこの裸をみて暮らして、楽しいと思う」

「きみにはユーモアのセンスがないのかい、ミルドレッド」フィリップは冷たくたずねた。

「この問題とユーモアになんの関係があるの。あたしは、ここの絵をおろしたくてしょうがないの。知りたければいってあげるけど、悪趣味よ、悪趣味」

「そんなことは知りたくないね。ここの絵には指一本触れないでくれ」

ミルドレッドはフィリップに腹を立てると、赤ん坊に当たった。フィリップがこの子を好きなのと同じくらい、この子はフィリップが好きで、朝になるときまって大喜びで部屋にやってきて（もうじき二歳で、ちゃんと歩けるようになった）ベッドにもぐりこむのだ。ミルドレッドがそれをやめさせると、大声で泣く。そしてフィリップがたしなめると、こういうのだ。

「癖になると困るでしょ」

フィリップが何かいうと、こういう。

「自分の子どもに何をしようが、あたしの勝手よ。あなたの話しぶりをきいてると、まるで父親みたい。この子の母親はあたしなの。この子に何がいいかは、あたしがいちばんよく知っているのよ、そうでしょ」

フィリップはミルドレッドのばかさ加減にあきれ果てていたが、いまではもう彼女のことはどうでもよく、腹を立てるようなこともほとんどない。いっしょに暮らすのにも慣れた。クリスマスの時期になり、二日の休暇が取れた。フィリップはヒイラギの枝を買ってきて部屋に飾り、クリスマスにはミルドレッドと赤ん坊にささやかなプレゼントをした。大人ふたりでターキーは食べ切れないので、ミルドレッドはチキンをローストして、店で買ってきたクリスマスのプディングを温めた。そしてふたりでワインを一本飲んだ。食事が終わると、フィリップは暖炉《だんろ》の前のひじ掛け椅子に座って、パイプをふかした。慣れないワインが回り、いつも頭から離れない家計のこともしばらく忘れた。幸せで、心地よかった。ミルドレッドがやってきて、あの子がおやすみのキスをしてほしいっていってるわよといった。フィリップはにっこり笑ってミルドレッドの寝室にいくと、子どもにおやすみといって、ガス灯の火を小さくして、子どもが泣きだしたときのためにドアを開けたまま、居間にもどった。

「どこに座る？」フィリップはミルドレッドにきいた。

「あなたは、いつもの椅子に座って。あたしは床に座るから」

フィリップが腰を下ろすと、彼女は暖炉の前に座り、その膝《ひざ》に背中を預けた。フィリップがふと思い出したのは、ヴォクスホールブリッジ通りの彼女の部屋でふたり座っていたときのことだ。ただ位置が逆で、フィリップのほうが床に座って彼女の膝に背中を預けていた。あのときは彼女が愛《いと》しくてたまらなかった！　そう思うと、ふと、それまでずっと感じなかった彼女へのやさしさがよみがえった。あの幼い子が柔らかい小さな腕をまだ首に回しているような気がする。

「くつろいでる？」フィリップがたずねた。

彼女は顔を上げると、にこっとしてうなずいた。それからふたりとも暖炉の火をぼんやりながめていたが、どちらも何もいわなかった。そのうち、彼女が振り向き、不思議そうにフィリップの顔をみた。

「あたしがここにきてから、まだ一度もキスしてくれてないわ」彼女がふいにいった。

「してほしい？」フィリップは微笑《ほほえ》んだ。

「もう、そんな気はないんでしょう」

「きみのことは好きだよ」

「あたしよりあの子のほうがずっと好きなくせに」

フィリップが答えないでいると、その手に彼女が頬を当てた。

「もう怒ってない？」彼女はいきなりたずねると、目を伏せた。

「なんで、ぼくが怒ることがある」

「あたし、いまほどあなたのことを好きだと思ったことはないの。これまでさんざん火のなかをくぐりぬけて、ようやく、あなたを愛することを知ったみたい」

フィリップはすっと気持ちがさめた。彼女は、愛読している通俗小説に出てくる言葉をくり返しているだけだ。そして気になった。彼女がいま口にしたことは彼女自身にとって意味のあることなのだろうか。もしかして彼女は、「ファミリー・ヘラルド」誌に出てくるような大げさな言葉でしか、自分の本当の気持ちを表現することができないのだろうか。

「変よね、こんなふうにいっしょに暮らしてるなんて」

フィリップはずいぶん長い間、何も答えなかった。ふたたびふたりの間に沈黙が訪れたが、そのうちフィリップが、沈黙などなかったかのようにいった。

「どうか怒らないできいてほしいんだけど、仕方ないんだよ。いま考えると、以前、きみが悪い、よくない、きみはひどい、残酷だといったことがあったけど、あれはぼくが愚かだっただけだ。だって、きみはぼくのことを好きじゃなかったんだから。それを責めるのはばかげている。あの頃は、ぼくを好きにならせてみせると思ってた。だけど、いま思うと、そんなことできるはずがなかったんだ。きみを好きにさせるものがなんなのかはわからない。だけど、なんであれ、重要なのはそれだ。それがなければ、どうしようもない。やさしくても、心が広くても、どんなにほかのことが素晴らしくても、なんの役にも立たないんだ」

「もしあなたがあたしのことを本当に愛してくれたんだったら、いまでもまだ愛してくれていると思ってた」

「ぼくもそう思ってた。あの頃は、それが永遠に続くと思っていた。きみがいなければ、死んだ方がましだ、きみが老いてしわだらけになって、だれもきみのことなんかかまわなくなったら、ぼくはきみを独り占めできる、ずっとそう思っていた」

彼女は答えなかった。そのうち立ち上がって、寝るわ、といった。そしておずおずと、かすかな笑みを浮かべた。

「ねえ、クリスマスよ、フィリップ。おやすみのキスくらいして」

フィリップは声を上げて笑うと、少し顔を赤らめてキスをした。彼女は寝室にいき、フィリップは本を読み始めた。

96

いよいよどうにもならなくなったのは、それから二、三週間後だった。ミルドレッドがフィリップの態度に耐え切れず、一種異様な興奮状態に陥ったのだ。もともと彼女はいろんな感情を抱えていて、気分がころころ変わる。そしてひとりで長い時間ずっと、自分の置かれている状態について考え続けた。感じていることをすべて言葉にはしなかったし、それがなんなのかわかっていなかったが、いくつかのことは気になってしかたがなく、それらについては何度も繰り返し考えた。しかしどうしてもフィリップが理解できなかったし、それほど好きにもなれなかった。それでいて、そばにいてくれるのはうれしい。この人は紳士だと思っていたからだ。そもそも父親が医師で、伯父が牧師だというのが気に入っていた。一方、フィリップのことを少しばかにしていたのは、かつて自分が思いきりひどいことをしたせいだった。それでいて、そばにいられると窮屈でしょうがない。くつろぐことができなかったし、することなすことといつも非難されているような気がするのだ。

最初、ケニントンの小さな部屋で暮らし始めたときは、疲れきっていたし恥ずかしくもあった。ひとりにしてもらえるのがうれしかったし、部屋代を払わなくてすむと思うとほっとした。天気の悪いときでも働きに出る必要はなく、気分が悪ければ、ベッドに横になっていられる。そのまえの生活がいやでたまらなかった。愛想よくして、男の好きなようにされるのはぞっとするほどいやだった。いまでも男たちの野蛮な振る舞いや乱暴な言葉を思い出すと、そのときのみじめな気持ちがよみがえって泣いてしまう。しかしそんなこともまれになってきた。助けてもらったことで感謝していたし、フィリップが心から愛してくれたとき、自分がいかにひどいことをしたか思い出すたびに、後悔で心が痛んだ。その償いをするのは容易《たやす》いし、なんでもないことだ。そして、そうしようとして拒絶されたときは驚いたものの、肩をすくめてすませた。そんなに気取りたいなら、そうすればいい。こちらはちっともかまわない。すぐにその気になるに違いないんだから。そうなったら、今度はこちらがはねつけてあげる。こんなことで、あたしがへこむとでも思っているなら、大間違いよ。立場はあたしのほうがずっと強いんだから。たしかに変わり者だけど、あの人のことは知り尽くしている。これまでだって何度もけんかになって、もう二度と会わないといいながら、そのうちすぐに許してくれと膝をついていいにきたんだもの。彼女はフィリップが目の前で卑屈になったところを思い出してぞくぞくした。あたしがいえば、あの人は喜んで床に寝転んで、踏みつけられるくらいのことだってしただろう。あの人が泣くところもみた。扱いなら十分心得てる。無視して、いくら怒っても相手にしないで、ひとりっきりにしてやれば、すぐに床にはいつくばるんだから。彼女はうれしそうに、くすっと笑った。フィリップがやってきて、屈辱的な様をさらしたときのことを思い出したのだ。いままで自分のしたいようにしてきたし、男がどんなものかよくわかっている。男なんか、もうごめんだ。フィリップと落ち着くことにしよう。なんだかんだいっても、あの人は文字通りの紳士だ。それだけですごい。だけど、あわてなくていいし、こちらから何かすることはない。あの人が娘のことをどんどん好きになっていくのは、うれしいけど、何より滑稽《こっけい》だ。ほかの男の子どもをあれほどかわいがるなんて、笑ってしまう。やっぱり、あの人は変わってる。絶対、変だ。

しかしひとつかふたつ、驚いたことがある。それまでフィリップは自分のいいなりだった。彼女のためと思えば何でも喜んでしてくれたし、彼女から冷たい言葉をきかされると落胆し、やさしい言葉をきかされると舞い上がった。それが変わってしまったのだ。しかしフィリップが一年前から少しでも進歩したとは考えられない。感じ方が変わったなどとは一瞬たりとも考えたことがなく、かんしゃくを起こしてもまったく取り合ってくれないのは演技に過ぎないと思っていた。ときどき、本を読むからおしゃべりはやめてほしいといわれると、わめき散らせばいいのか、むっつり黙りこめばいいのかわからなくなり、困っているうちに、どちらもしないままで終わってしまう。そんなところに、プラトニックな関係でいたいなどというあの話が始まった。彼女はふたりに共通のある出来事を思い出し、妊娠を怖《おそ》れているのではないかと思い当たった。そこで、そんな心配はまったくいらないと説得したのだが、それでもフィリップの態度は変わらない。彼女に理解できなかったのは、性的な関係のない男女の関係が存在するということだ。それまでの男性関係を考えれば、それ以外の興味や関心で男女が付き合うということは想像できなかった。そこで、もしかしてほかの女を愛しているのではと考え、フィリップを観察し、病院の看護婦や、外で会う人を疑ってみた。しかし、巧みに探りを入れたりした結果、アセルニー家に危険人物はいないことを確認したし、フィリップもほかの医学生と同じで、病院でいっしょに仕事をする看護婦に性的な関心は抱いていないことがわかった。看護婦は、消毒薬のかすかなにおいを連想させる程度のものらしい。フィリップあての手紙はこないし、持ち物のなかにも女の写真はない。もしだれかを愛しているとすれば、隠し事の達人というしかない。そのうえ、質問には正直に答えるし、その質問の裏の意味にさえ気づいていないようなのだ。

「ほかに好きな人はいないみたい」結局、そう考えるしかなかった。

そして、ほっとした。フィリップはまだ自分を愛しているということだ。しかしよけいに、あの態度がわからなくなった。もしあの態度が本物なら、なぜ、ここにきていっしょに暮らすよう勧めたりしたのか。こんな不自然なことはない。彼女は、思いやりとか寛容とか善意といった考えとは無縁だったのだ。そして得た唯一《ゆいいつ》の結論は、フィリップは変人中の変人、だった。こんな態度を取っているのは騎士道精神からだとも考えてみた。彼女の想像の世界は、通俗小説の大げさな話でいっぱいだったので、フィリップの心づかいにロマンティックな説明をいくつも考えた。痛恨の誤解、炎による浄化、雪のような純白の魂、凍《い》てつくクリスマスの夜の死、想像はどんどん暴走していった。そして、ブライトンにいったら、こういうばかばかしいことに終止符を打つと決心した。ブライトンにいけば、ふたりきりだし、まわりからは夫婦にみられるだろうし、海岸もあれば楽団もいる。ところがいってみると、フィリップは別の部屋をとるという。その口調も、それまできいたことのない厳しいものだった。そのとき突然、もうこの人は自分を欲していないのだと理解した。ミルドレッドは呆然《ぼうぜん》とした。フィリップが以前いったことをすべて思い出し、どんなに真剣に愛してくれたかを思い出した。そしてあまりの屈辱に怒った。しかし持ち前の傲慢《ごうまん》さで、なんとか持ちこたえた。あたしが愛しているなんて思ってもらう必要はない。だいたい、好きでもないんだから。ときどき憎らしくなって、恥をかかせてやりたくなることさえある。ただ、考えてみると、自分はまったく無力だ。こうなってしまうと、相手をどう扱っていいのかがわからない。フィリップといると、神経がぴりぴりしてくる。一度か二度、泣いたこともある。一度か二度、とてもやさしくしたことがある。夜、海辺を散歩しているとき、腕を組もうとしたら、すぐに言い訳をして離れていった。まるで触れられるのが不快だといわんばかりだ。わけがわからない。唯一、ふたりの関係を繋《つな》ぎ止めているのは赤ん坊だった。フィリップはますます愛情がつのっていくようにみえる。赤ん坊をたたいたりつねったりすると、フィリップは青くなって怒る。赤ん坊を腕に抱いて立っていると、そのときだけは、あのやさしい笑みが目にもどってくる。それに気づいたのは、海辺にいたとき、赤ん坊を抱いて観光客相手の写真屋に写真を撮られたときだった。それからは、しょっちゅう、フィリップの前でその格好をしてみせた。

ロンドンにもどってくると、ミルドレッドは仕事をさがし始めた。自分ではすぐにみつかるといっていた。そろそろフィリップから独立しようと思ったのだ。部屋を借りて、この子をいっしょに連れていくと告げるときのことを考えると、胸の晴れる思いがした。ところがいざ仕事となると、気が重くなる。長時間働くのはつらいし、女支配人に指図されたり呼ばれたりするのもいやだったし、制服を着るような仕事につくのは自尊心が許さない。そのうえ、近所の知り合いには、生活にはまったく困っていないといっている。仕事に出なくてはならなくなったとわかると、体裁が悪い。そして持ち前の怠惰な性格が顔を出した。フィリップと別れたくなくなったのだ。養ってくれるなら、文句はない。贅沢《ぜいたく》をする余裕はないが、食と住は保障されているし、今後暮らし向きはよくなるかもしれない。フィリップの伯父はもう年だから、いつ死んでもおかしくないし、そのときには多少の遺産が入るだろう。いまの状況にしても、朝から晩まで働いて週に数シリングもらう生活よりはましだ。仕事をさがさなくてはという気持ちは薄れた。日刊新聞の求人広告には目を通しているが、それはただ、自分にふさわしい楽な仕事があれば何かするつもりはあるということを示すためだ。ところが今度という今度は、まずいと思った。フィリップに自分を養う気がなくなったのかもしれないと考えたのだ。いまはもう相手を繋ぎ止めておく手段は何もない。ここにいさせてくれているのは、子どもがかわいいからだけかもしれない、そんな考えも浮かんでくる。あれこれ思い悩むうち、腹立たしくなってきて、そのうち絶対にこの償いをさせてやろうと決めた。フィリップが自分を好きでなくなったという考えを受け入れることができなかったのだ。きっとそうさせてみせる。自尊心を傷つけられて苦しむ一方、ときどき不思議な欲望がわいてくる。最近、フィリップはとても冷たく、それが気にさわってしょうがない。しじゅうそんな気持ちにさいなまれていた。自分はひどい目にあっているけれど、こんな目にあうようなことをした覚えはない。ふたりでこんなふうに暮らしているのは不自然だ。そんなふうに考えるうち、もし状況が変わって、子どもがもうひとりできれば、きっと結婚してくれると思うようになった。フィリップは変人だが、文字通りの紳士だ。それはだれも否定できない。ついに彼女はその思いつきにとりつかれてしまい、この関係を力ずくで変えてやろうと決心した。フィリップはキスさえしてくれない。そして自分はフィリップにキスをさせたい。以前はあんなに夢中になって唇を押しつけてきたのに。それを思うと、気持ちが妙にかき立てられた。そしてしばしばフィリップの唇をみつめた。

二月初めのある晩、フィリップは彼女に、ローソンのところで食事をしてくるといった。彼のアトリエで誕生日パーティを開くことになっているのだ。帰りは遅くなりそうだった。ローソンはビーク通りの酒場から人気のパンチをボトルに二本買ってきてあり、にぎやかな夜になりそうだという。ミルドレッドは、女の人もくるのかたずねたが、フィリップはいや、こない、招待されているのは男ばかりで、座って、しゃべって、煙草《たばこ》を吸うだけだと答えた。ミルドレッドにはあまり楽しそうに思えなかった。自分が画家だったら女のモデルを五、六人呼ぶところだ。そしてベッドに入ったが眠れず、ふと思いついて起き上がると、階段を上がったところにあるくぐり戸の掛け金をかけた。こうしておけば、入れない。フィリップは一時にもどってきた。掛け金がかかっているので、ぶつぶついっている。彼女はベッドから出て、くぐり戸を開けた。

「なんで閉めたりしたんだ。いや、寝てたのを起こして、ごめん」

「ちゃんと開けておいたはずなのよ。なぜ閉まっちゃったのかしら」

「さあ、早くベッドにもどりなよ。風邪を引くから」

フィリップは居間に入って、ガス灯をつけた。彼女があとからついてきて、暖炉のほうへいった。

「少し足を温めさせてちょうだい。氷みたいに冷たくて」

フィリップは椅子《いす》に座るとブーツを脱いだ。目がうるんで、頬が赤い。かなり飲んできたらしい。

「楽しかった？」彼女はにっこりしてたずねた。

「うん。とてもね」

酔いはさめていたのだが、大いに語って、大いに笑ったので、興奮がさめていなかった。こんな夜は、パリでの懐《なつ》かしい日々を思い出す。フィリップは上機嫌だった。ポケットからパイプを取り出すと、煙草を詰めた。

「まだ寝ないの」

「うん。ちっとも眠くないんだ。ローソンときたら大はしゃぎでね。ぼくが着いた瞬間から帰る瞬間まで、しゃべりっぱなしさ」

「いったい、どんな話をしてたの」

「どんなもこんなもあるもんか！　なんでもかんでも、話題にならざるものなしさ。それはすごかった。だれもが大声でわめきたてて、だれひとりきいてないんだ」

フィリップはそのときのことを思い出しながら、楽しそうに笑った。ミルドレッドも笑った。彼女はフィリップが飲み過ぎていると確信した。絶好のチャンスだ。男のことなら知っている。

「座っていい」

フィリップが返事をする前に、彼女は膝に座った。

「寝ないんだったら、ガウンでも羽織ってきたほうがいいよ」

「うん、このままでだいじょうぶ」彼女はフィリップの首に腕を回し、顔をすり寄せた。「ねえ、フィル、なんで、そんなに冷たいの」

フィリップは立ち上がろうとしたが、彼女がしがみついてきた。

「愛しているのよ、フィリップ」

「そんな話はやめてくれ」

「やめない。だって、本当なんだもん。あたしは、あなたなしでは生きていけない。あなたがほしいの」

フィリップは相手の腕を振り払った。

「膝から下りてくれ。そんなばかな真似《まね》をしないでほしい。自分まで、ばかに思えてくる」

「フィリップ、愛してるの。いままでひどいことをしたつぐないをしたいの。もう、こんなのはがまんできない。だって、おかしいもの」

フィリップは立ち上がって、彼女を椅子に残した。

「本当に悪いと思うけど、もう遅いんだ」

彼女は悲しくてたまらないといわんばかりに泣きだした。

「でも、なぜ、どうして、そんなに残酷なの」

「たぶん、きみを愛しすぎたからだ。気持ちを使い果たしてしまったんだ。そういうことを考えただけで、ぞっとする。きみをみると、エミールやグリフィスのことを考えてしまう。これはもうどうしようもない。気にさわってしょうがないんだ」

彼女はフィリップの手を取って、何度もキスをした。

「やめてくれ」フィリップは叫んだ。

彼女は椅子の背にぐったりともたれた。

「あたし、このままじゃ、やっていけない。もし愛してくれないんなら、出ていく」

「ばかなことをいうんじゃない。どこにいくというんだ。好きなだけ、ここにいてくれ。ただ、ひとつだけ覚えておいてほしい。ぼくたちは友だちであって、それ以上じゃないんだ」

すると彼女はそれまでの情熱的な演技をあっさりやめ、意味ありげな甘い笑い声を上げた。そしてフィリップにすり寄って首に腕を回し、低く甘い声でささやいた。

「そんなばかなこといわないでよ。変に考えすぎちゃだめ。あたしは、あなたが思ってる以上にやさしいんだから」

彼女は顔を近づけて、頰をすりつけた。フィリップはその笑顔をみて吐き気がした。そして誘うような目でみられると、怖くてたまらなくなり、思わず身を引いた。

「やめろったら」

しかし彼女は放すどころか、唇を寄せてきた。フィリップは相手の手を引きはがして、突き放した。

「ぞっとする」

「あたしに？」

彼女はよろけてマントルピースに手をついた。そしてフィリップをちらっとみたとたん、頬が赤くなった。怒りの混じった耳障《みみざわ》りな笑い声を上げた。

「あなたが？」

それから口をつぐんで、すっと息を吸うと、激しい調子で口汚くののしり、声を張り上げて、罵倒《ばとう》した。思いつく限りの悪口を並べ立てた。あまりのひどい言葉に、フィリップはあっけにとられた。いつもはあれほど上品ぶって、粗野な言葉には身を縮めていた彼女が、こんな言葉を知っていることが信じられなかった。彼女はずかずかと歩いてくると、顔をつきあわせた。その顔は怒りにゆがみ、すさまじい調子でまくしたてるので、唾《つば》が口からたれている。

「あなたのことを好きだったことなんて一度もないわ。いつもばかにしてた。退屈で退屈で、大嫌いだった。さわらせてあげたのは、お金がほしかったから。それだけ。

キスされるかと思うと、吐き気がした。グリフィスといっしょに大笑いしてたのよ。あいつはばかだ、間抜けだ、大ばかだって！」

それからまた激しくののしり始め、細かいところまで責めた。けちで、鈍感で、見《み》栄《え》っ張りで、自分勝手。そしてフィリップがいちばん気にしていることを、毒のある言葉で嘲《あざけ》った。そのうちやっと、背を向けて出ていこうとしたが、それでもヒステリックに口汚くわめきながら、不快な言葉を吐き続けた。ドアのノブをつかんで引き開けると振り返り、自分の知っている致命的なひと言を投げつけた。そのひと言に、ありったけの悪意とうらみをこめて、思い切りなぐりつけるような調子で。

「その足、気持ち悪い！」

97

次の日の朝、フィリップは目を覚ますと、寝過ぎたのに気づいた。懐中時計をみると、九時だ。ベッドから飛びだしてキッチンに駆けこみ、ひげを剃《そ》る湯を沸かすことにした。ミルドレッドの姿はない。昨日の夕食の食器が流しに置かれたままだ。彼女の部屋のドアをノックしてみた。

「ミルドレッド、起きな。もう遅いよ」

　返事がないので、もう一度強めにノックした。きっと、すねているんだろうと思い、大急ぎで出かけなくてはならないので、ミルドレッドのことはそれきり考えなかった。やかんを火にかけて、バスタブに飛びこんだ。バスタブにはいつも前日の晩に水を張っておくことにしていた。そうしておくと、冷たさがゆるむ。このあと着替えをしているうちに、ミルドレッドは朝食を用意して居間に置いておくつもりだろう。機嫌の悪いときに二、三度、そんなことがあった。ところがキッチンでなんの物音もしない。どうやら、食べたければ自分で何か作らなければならないらしい。寝坊した日に、そんな仕打ちをされて、フィリップはむっとした。出かける準備ができても、ミルドレッドは出てこない。ただ部屋でごそごそする音はきこえてくる。起きたのは間違いない。フィリップは自分で紅茶をいれ、パンを二枚切ってバターを塗ると、それをかじりながら、ブーツをはいて階段を駆け下り、通りを走って大通りに出てトラムに乗った。新聞を売っている店があると、南アフリカの戦況を伝える貼《は》り紙でもないかと目をこらした。そのうちふと、昨夜のことを思い出した。ひと騒動終わり、ひと晩寝てから考えてみると、なんともグロテスクな出来事だった。ばかなことをいってしまったが、フィリップもそれほどの人格者ではない。ときには感情に負けてしまうこともある。ミルドレッドのせいで、いいたくもないことをいわせられたのが腹立たしい。そしてあらためて、彼女の激した様子と罵倒の言葉に驚いた。最後の言葉を思い出すと、顔が赤くなる。フィリップは、忘れてしまえといわんばかりに肩をすくめた。そんなことは、ずっと前からわかっていた。仲間も友だちも腹を立てると決まって、足のことをいう。病院の人間が、歩き方を真似するのをみたこともある。学校にいたときのように目の前ではなかったが、みられていないと思ってやっていた。フィリップにもようやくわかってきた。彼らは悪意があってそういうことをするのではないのだ。人間というのは模倣の動物であって、たやすく笑いが取れると思えば、ついやってしまう、それだけだ。そんなことはもう十分わかっていたのだが、それでも決して慣れることはなかった。

病院の仕事に没頭できるのはありがたかった。病棟に入ると、ほっとしてうれしくなる。看護婦長が、すぐに、婦長らしい笑みを浮かべて声をかけてくれる。

「ミスタ・ケアリ、今日はずいぶん遅いわね」

「昨日の晩は、飲み過ぎました」

「まあ、みればわかるわ」

「すいません」

フィリップは笑いながら、担当の最初の患者のところにいった。結核性潰瘍《かいよう》にかかった男の子だ。フィリップが包帯をほどいてやると、男の子は会えてうれしいといわんばかりの顔をしている。フィリップは楽しい話をしながら新しい包帯を巻いてやった。患者には愛想よく接するので評判がよかったし、手当てをするときも痛くないよう、気をつけてていねいにするよう心がけていた。実習生のなかには少し乱暴でいい加減な処置をする者もいる。昼食は仲間とクラブの食堂ですませた。スコーンとバターという質素な食事で、飲み物はココア。話題は戦争だった。軍医として戦地にいこうとした医師も何人かいたが、政府はかなり厳しく、病院での経験のない者は受け入れなかった。戦争が長引けば、免許さえあれば受け入れるようになるという意見もあるが、そもそもこの戦いは一ヶ月ほどで終わるというのが大方の意見だ。レッドヴァーズ・ブラー将軍は大敗したものの、フレデリック・ロバーツ元帥《げんすい》がいったから、すぐにけりがつくだろうというのだ。マカリスターも同じ意見で、いまがチャンスだから戦争に決着がつく前に株を買うべきだと勧めた。平時にもどるといきなり株価が上がるから、いい儲けになるという。フィリップはマカリスターに、チャンスだと思ったらいつでも買っておいてくれと頼んであった。夏に入った三十ポンドに味をしめて、今度は二百ほど儲けたかったのだ。

フィリップは仕事を終えるとトラムでケニントンに帰ってきた。今晩のミルドレッドの態度を想像し、無愛想で返事もしないだろうと思うと憂鬱《ゆううつ》だった。この時期にしては暖かい夜で、南ロンドンの灰色の通りにも、二月の穏やかさがあった。長い冬が終わり、自然がそわそわと動きだし、育ちつつあるものが眠りから覚め、大地のざわめきは春の前触れで、永遠の営みがふたたび始まった。フィリップはもっと先までトラムに乗っていきたかった。部屋にもどるのが鬱陶《うっとう》しかったし、すがすがしい空気を呼吸していたかった。しかし突然、子どもに会いたい気持ちが心の弦をかき鳴らし、思わず笑みがこぼれた。あの子がうれしそうに甲高い声をあげて、よちよち歩いてくる姿が目に浮かんだ。ところが意外なことに、玄関先までもどってきて、何気なく窓を見上げると、明かりが灯《とも》っていない。階段を上がってノックをしたが返事がない。ミルドレッドは出かけるとき鍵《かぎ》をマットの下に入れておく。探してみると、そこにあった。なかに入って居間にいくと、マッチをすった。何かあったらしいが、すぐにはわからなかった。ガス灯の栓をいっぱいにひねって、火をつけた。いきなり明るくなり、フィリップはまわりを見回して、あっと声を上げた。部屋中、めちゃくちゃになっている。あったものがすべて壊されている。フィリップはかっとなって、ミルドレッドの部屋に駆けこんだ。暗くて、だれもいない。灯をつけてみると、彼女のものと赤ん坊のものがきれいになくなっている（階段前のいつものところに乳母車がないのは気がついていたが、ミルドレッドが赤ん坊を乗せて出かけたのだろうと思っていた）。洗面台の上のものもすべて壊され、二脚ある椅子の座面は十字に刻まれ、枕《まくら》は切り裂かれ、シーツも上掛けもずたずただ。鏡はハンマーのようなもので割られている。フィリップは言葉もなかった。自分の部屋にいってみると、ここも惨憺《さんたん》たる有様だ。洗面器も水差しも原型がなく、鏡は粉々、シーツはリボンのようになっている。ミルドレッドは枕を包丁で切り裂いて、なかの羽毛を部屋中にまき散らし、毛布をめった突きにしたらしい。化粧台には母親の写真が何枚か飾ってあったが、額は壊され、ガラスは砕け散っている。狭いキッチンにいってみると、壊せるものはすべて、ガラス器もプディング用のボウルも、大小の皿も、ひとつ残らず壊されていた。

フィリップは呆然と立ちつくした。書き置きひとつない。怒りのたけを物語るのはこの惨状のみだ。彼女がこれをやっている最中の形相が目に浮かぶ。フィリップは居間にもどって、まわりをみた。あまりの衝撃に怒りはすでに消えていた。珍しいものでもみるように包丁と、石炭を割る金づちをみた。どちらも彼女が置いていったままテーブルの上にある。それから大きな肉切り包丁が目に止まった。刃がぼろぼろになって暖炉のなかに捨てられている。これだけ徹底的にやるにはかなりの時間がかかったはずだ。ローソンが描いてくれた肖像画も大きくざっくり十字に切られている。フィリップの描いた絵も見事に細かく刻まれている。マネの「オランピア」や、アングルの「オダリスク」や、フェリペ四世の肖像画などの複製写真も、石炭用のハンマーの洗礼を受けている。テーブルクロスも、カーテンも、二脚のひじ掛け椅子も瀕死《ひんし》の重傷だ。机代わりに使っているテーブルに面した壁には、クロンショーにもらったペルシア絨毯《じゅうたん》の端切《はぎ》れがかけてある。ミルドレッドは前からこれが大嫌いだった。

「絨毯なら床に敷けば？　これったら、きたないし、くさいし、気持ち悪い」

彼女が怒ったのは、フィリップが、この端切れには大きな謎《なぞ》の答えが秘められているといったからだ。彼女はばかにされたと思ったのだ。絨毯は包丁で三度切り裂かれている。かなり力をこめてやったのだろう、ぼろ切れになってぶら下がっている。フィリップは数枚、青と白の皿を持っていた。どれも安物だったが、一枚一枚買い集めたもので、それぞれに思い出があった。それらが破片になって床に散らばっている。本の背はどれもざっくり切りつけられていて、仮綴《かりと》じのフランスの本はていねいにページが引きちぎられている。マントルピースの上に飾ってあった小物もすべて、粉々になって暖炉のまわりに飛び散っている。包丁かハンマーで壊せるものはひとつ残らず壊してある。

　フィリップの持ち物などすべて合わせて三十ポンドにも売れないだろうが、どれも親友のようなものだった。家庭的な性格なので、自分のものというだけで、そういう雑多なものすべてに愛着を感じていた。そうやって作ったささやかな自分の家が自慢だったし、わずかな金でそれを魅力的で個性的なものにしてきたのだ。フィリップは全身の力が抜けてしまった。どうして、こんな残酷なことができるんだろう。そのときはっとして立ち上がり、廊下に飛びだした。そこには衣類を入れる戸棚がある。それを開けて、ほっとため息をついた。彼女はどうやら忘れていたらしい。なかの物には手がつけられていなかった。

　フィリップは居間にもどって、なかを見回し、どうしようかと考えた。片づける気にはなれない。それに食べ物はなく、空腹だった。そこで外に出て食事をした。もどってくる頃には少し落ち着いていた。あの子のことを考えると、胸がちくっと痛んだ。あの子もぼくに会えなくてさびしく思っているだろうかと考えた。おそらくしばらくはさびしがってくれるかもしれないが、一週間もすれば忘れてしまうだろう。フィリップは、ミルドレッドがいなくなってありがたかった。怒りは感じなかったが、もういいかげんうんざりしていたのだ。

「もう二度と会うもんか」フィリップは声に出していった。

こうなってしまっては部屋を出るしかない。明日の朝、家主にいおう。壊されたものを買い直す余裕はないし、手持ちも少ない。家賃も安いところをさがすしかない。ここを出られるのもうれしい気がした。家計費がかさんできていたし、ここにいるとミルドレッドのことを思い出してしまう。いらいらして、部屋を出る計画を実行に移さないと気が休まりそうにない。そこで次の日の午後、古物屋を呼ぶと、壊れたものも壊れていないものもまとめて三ポンドで引き取るといわれた。フィリップは二日後、病院のむかいに部屋を借りた。医学生になったとき最初に借りた部屋だ。そこの主人は上品な女性で、フィリップに最上階の寝室を週六シリングで貸してくれた。とても狭くてみすぼらしく、裏の家の中庭がみえる。しかしいまは衣類と、本を入れた箱がひとつあるだけだ。こんなに安く借りられるなら文句はなかった。

98

こうしてフィリップ・ケアリの運命は——彼以外のだれにもまったく関係のないことだが——国がたどる運命の影響を大きく受けることになった。歴史は変わりつつあり、非常に重要な局面を迎えるところだったが、それがひとりの名もなき医学生の人生に影響を与えるというのは滑稽にさえ思える。一八九九年から一九〇〇年初めにかけて南アフリカでは、マガーズフォンテン、コレンゾ、スピオン・コップなど各地で敗戦が続いた。ワーテルローの戦いでイギリス軍がナポレオン軍を撃退したとき、ウエリントン卿《きょう》は「この戦いでの勝利はイートン校の運動場で作られた」といったらしいが、この敗戦もまたイートン校の運動場で作られたといっていい。これにより国家は屈辱を味わい、貴族や紳士階級の威信が大きく傷ついた。そのときまで彼らは、自分たちは国家を統治すべく生まれついていると公言してはばからなかったのだ。過去の秩序は崩壊しつつあり、まさに歴史が作られようとしていた。とはいえこの巨人は力をふりしぼり、じつに危うい足取りで、おぼつかない手で、なんとか勝利らしいものをつかみとった。パールデベルクの戦いで敵軍のクロンジェ将軍が降伏し、ボーア軍に包囲されていたレディスミスは解放され、三月初め、ロバーツ卿がオレンジ自由国の首都ブルームフォンテンを占領した。

このニュースがロンドンに届いた二、三日後、マカリスターがビーク通りの酒場にやってきて、うれしそうに株式市場が活気づいたと宣言した。戦争の終結は目の前だ、数週間後には、ロバーツ卿がトランスヴァール共和国の首都プレトリアを占領する、すでに株価は上がり始めた、きっと暴騰《ぼうとう》するというのだ。

「買い時だ」彼はフィリップに勧めた。「みんなが買い出すのを待ってちゃだめだ。いまでなければ、この先は二度とないぞ」

彼は内部情報を持っていた。南アフリカの金鉱の支配人が電報で会社の上司に、作業現場はまったく被害を受けていないと伝えてきたらしい。いつでも作業を再開できるとのことだ。迷っているときではない、投資するならいまだ。その上司はこれをめったにないチャンスと考え、ふたりの妹にそれぞれ五百株買った。彼はイングランド銀行くらい間違いのない株しか買わないという。

「有り金すべて、これに賭《か》けるつもりなんだ」マカリスターはいった。

その株は二ポンド八分の一から四分の一あたりを上下している。彼はフィリップに、欲を出さず、十シリング上がったら満足しろ、自分は三百株買うつもりだから、同じくらい買ったらどうだと持ちかけた。しばらく持って、機をみて売るという。フィリップはマカリスターを大いに信頼していた。というのも、彼はスコットランド人だから生まれつき慎重だろうし、なにより前回の予想がぴたりと当たったからだ。フィリップはその話に飛びついた。

「精算前に売れると思う」マカリスターがいった。「だが、そのときになってもまだ売り時がこなかったら、こっちで、次期の決済日に繰り延べるよう手配しておく」

フィリップにとっては、いうことなしだ。利益が出るまで待っていればいいわけで、その間、支払いの義務はまったくない。毎日新たな興味を持って、新聞の株式欄をみることになった。次の日、すべての株価が少し上がり、マカリスターからひと株二ポンド四分の一で買わなくてはならなかったという知らせがきた。市場は堅調とのことだ。ところが一、二日後、ぶり返しがきた。南アフリカから情勢が多少不安定だという知らせが入ったのだ。株が二ポンドまで下がり、フィリップは不安になったが、マカリスターは強気で、ボーア人はそれほど持ちこたえられないとにらんでいた。そして賭けてもいいが、四月半ばまでには、ロバーツ卿がヨハネスブルクを占領するだろうという。そんなわけでフィリップは精算時に四十ポンドほど支払うことになった。

とても不安だったが、待つ以外ない。ただ、いまの経済事情からいうとこれは大きな損失だった。そして二、三週間、状況に変化はなかった。ボーア人たちは大敗を喫していて降伏するほかないというのに、その現実を認めようとしないのだ。実際、いくつかささやかな勝利をおさめていた。フィリップの株はさらに八分の一ポンド下がった。戦争はまだ終わっていないということがはっきりして、売りが殺到したのだ。マカリスターがやってきたが、彼も悲観的になっていた。

「損を最低限におさめるのが賢明だと思う。我慢も、そろそろ限界だ」

　フィリップは居ても立ってもいられない気持ちだった。夜は一睡もできず、紅茶とバターを塗ったパンだけに切り詰めている朝食をさっさとすますと、病院のクラブの読書室にいって新聞をみた。戦況に関しては悪かったり、なんのニュースもなかったりするが、株価が動くときは決まって下がっていた。どうしていいかわからない。もしいま売れば、三百五十ポンドの損で、手元には八十ポンドしか残らない。ばかなことをしたと、心の底から悔やんだ。なんで株なんかに手を出したんだろう。しかしこうなってはもう売るわけにはいかない。そのうち大事件が起こって、値上がりするかもしれない。儲けることは考えていなかった。元金がもどってくれれば十分だ。病院での課程を修了するにはそれしかない。夏学期は五月から始まる。学期の終わりには産科の試験を受ける。そのあとたった一年。細かく計算してみたところ、学費からなにからすべてこみで、百五十ポンドあればなんとかなりそうだ。しかしできる限り切り詰めなくてはならない。

四月の初め、ビーク通りの酒場にいったのはマカリスターに会いたかったからだ。彼と状況を話し合うと少し気が楽になる。それに自分と同じ目にあった人間が大勢いるとわかると、苦しみも少しはまぎれる。ところがいってみると、ヘイワードしかいない。彼はフィリップが座るのをみると、早速、話しかけてきた。

「今度の日曜日、南アフリカへ出征することになった」

「冗談だろう?!」フィリップは思わず聞き返した。

ヘイワードがそんなことをするとはとても思えなかったからだ。現在、病院からもかなりの数の人間が戦地におもむいていた。政府も、資格のある人間なら喜んで迎えるようになったのだ。騎兵として志願した者も、医学生だとわかるとすぐに野戦病院にやられたと手紙で伝えてきた。愛国的な気運が国中をおおい、あらゆる階級の人間が志願している。

「部隊は?」

「ああ、ドーセット義勇農騎兵団。つまり、騎兵だ」

ヘイワードとはもう八年来の付き合いだ。若い頃は美術や文学を語ってくれる先輩として心から賞賛して親しんでいたが、そんな気持ちはとっくにない。ただその頃からの習慣は残っていて、ヘイワードがロンドンにくると、週に一、二度会っていた。ヘイワードはいまでも本については、細かい解釈を語ってくれる。フィリップのほうは昔ほど寛容ではなく、ときどき、ヘイワードと話しているといらいらした。この世で重要なのは芸術だけだなどという意見はもう信じていない。行動や成功を軽蔑《けいべつ》するのも腹立たしい。フィリップはグラスのパンチを混ぜながら、昔の付き合いを追想し、ヘイワードはそのうちすごいことをやってのけるかもしれないという大きな期待を思い出した。そういう幻想を失ってからもう久しく、彼は口先だけの男だということはわかっている。ヘイワード自身、三十五歳のいま、若い頃と違って、年収三百ポンドで暮らしていくのがきびしいのはわかっている。着ている服も、相変わらず仕立てはいいが、以前ならとっくに着なくなっているはずだ。かなり太ってきたし、どんなにうまく髪を整えても、はげている部分を隠すことはできない。青い目は色が鈍く薄い。飲み過ぎだということはすぐにわかった。

「どうして、戦争にいこうなんて」

「さあ、どうしてかなあ。いかなくちゃと思ったんだな、きっと」

フィリップは黙っていた。ばからしいような気がした。ヘイワードが自分でもよくわからない不安に駆り立てられているのはわかる。内なるある種の力のせいで、国のために出征して戦わなくてはならない気持ちになっているのだ。奇妙な話だ。というのも、彼はかつて、愛国心は偏見以外の何物でもないと考え、自分はコスモポリタンだと宣言し、英国は流刑地《るけいち》だと断言していたからだ。国民などという考え方は、彼の繊細な感受性を傷つけるものだった。人はなぜ、自分の人生観と正反対のことをすることがあるのだろう。ヘイワードなら涼しい顔で、にやにやしながら野蛮人同士が殺し合うのをながめていそうなものだ。まるで、人間をもてあそんでいる知られざる力があって、その力が人間を好きなように動かしているかのようだ。それなのに人間は理性で自分たちの行動を正当化しようとする。そしてそれができなくなると、理性を捨てて行動に出るのかもしれない。

「人間には本当に驚かされるよ」フィリップがいった。「まさか、きみが騎兵になるとは思ったこともなかった」

ヘイワードは照れくさそうに笑うだけで、何も答えない。

「昨日、身体検査を受けたんだ」そのうちヘイワードがいった。「屈辱的《ジェネ》ではあったが、その価値はあったかもしれない。健康かどうかしっかり調べてもらった」

英語でいえばいいものを、相変わらず気取って「ジェネ」などとフランス語でいうところが彼らしい。ちょうどそのとき、マカリスターがやってきた。

「会いたかったんだ、ケアリ。うちの会社が、あの株はもう売るといっている。株式市場が惨憺《さんたん》たる状態なんだ。それで、株を引き取ってほしい」

フィリップは青ざめた。そんなことはできない。損をそっくり、ひとりでかぶらなくてはならなくなる。しかしプライドもあるので、冷静に答えた。

「いまさら、ぼくが引き取ってもしょうがないんじゃないか。そっちで売ってもらったほうがいいと思う」

「いうのは簡単なんだが、できそうにないんだ。というのも、いまは景気が悪くて、買い手がない」

「だけど、いま売れば、一ポンド八分の一なんだろう?」

「確かにその通りなんだが、それは額面の話で、実際にその額では売れない」

フィリップは一瞬、言葉が出ず、なんとか気を取り直そうとした。

「じゃあ、ただ同然だっていうのかい」

「いや、そんなことはいってない。もちろん、ある程度の価値はある。しかし、いまは買い手がない」

「じゃあ、売れる値で売ってほしい」

マカリスターはフィリップをじっとみて、相当ショックだったことがわかった。

「じつに申し訳ない。しかしそれに関しては、われわれみんな同じ状況にいるんだ。だれひとり、戦争がこんなに長引くとは思ってなかったからね。たしかに、きみを引きずりこんだのは悪かったが、こちらもまったく同じ状況なんだ」

「いや、そんなことはどうでもいいよ。ぼくだって、ひとつ当ててやろうと思って買ったんだから」

フィリップは、マカリスターがやってくるまで座っていた席にもどった。目の前がまっ暗だった。いきなり頭が猛烈に痛くなった。しかし男らしくないと思われるのはしゃくだったので、一時間ほどそこに座って、だれかが何かいうと思い切り笑ってみせた。そのうち帰ることにして立ち上がった。

「ずいぶん冷静に受け止めてくれてるようでよかった」マカリスターはそういって、握手した。「だれだって、三、四百ポンド損するのはうれしくないと思う」

フィリップはみすぼらしい狭い部屋にもどると、ベッドに身を投げ出した。そのとたん、絶望に身を引き裂かれた。自分が愚かで愚かでどうしようもなく思え、いまさら後悔するのはばかげていると自分にいいきかせたものの、なんのなぐさめにもならない。とことんみじめだった。眠れず、ここ数年でむだに使った金を考えた。さらに頭が痛くなってきた。

次の日の夜、最終の郵便で精算書が届いた。預金通帳を開いてみると、すべて支払ったあとに七ポンド残ることがわかった。七ポンド！ フィリップは払えることに感謝した。マカリスターに、払えないというしかなくなったら、それこそ最悪だ。夏学期、眼科の研修のとき、検眼鏡を売りたがっていた学生がいたので、引き取ってまだ金は払っていないが、買えなくなったという勇気はなかった。ほかにも数冊、買わなくてはならない本がある。それらを差し引くと五ポンド残る。それだけだと六週間しかもたない。フィリップは伯父に手紙を書いた。われながら、いたって事務的な内容だった。この戦争のために多大な損失をこうむったので、伯父の援助がないと、とても勉強を続けることができない。これから十八ヶ月にわたって、月割りで合計百五十ポンドの援助をお願いしたい。利子はつけるし、収入が入るようになればすぐに返済を始める。遅くとも一年半後には免許が取れ、そうなれば間違いなく週給三ポンドで雇ってもらえる。しかし伯父からは、なんの援助もできないという返事がきた。景気がとことん悪くなったいま、何かを売れというのは虫がよすぎる、多少は売れる物もあるが、それは病気になったときなどのために取っておこうと思っている。最後はお説教でしめくくられていた。何度も忠告したのに、おまえはまったく耳を貸さなかった、正直いって、今回のことにはちっとも驚いていない、そんな自堕落で放埒《ほうらつ》な生活を続けていればこんなことになるのではないかと前々から思っていたのだ。フィリップは読みながら、かっとなっては落胆した。まさか伯父に断られるとは思ってもいなかったのだ。思わず怒りがこみあげてきた。しかしそのあと、頭のなかがまっ白になった。伯父からの援助がなければ、これ以上、医学校にはいられない。フィリップは何も考えられなくなり、恥も忘れて、もう一度、ブラックステイブルの牧師に手紙を書いて窮状を訴えた。しかし気持ちがうまく伝わらなかったのだろう、伯父は甥《おい》がいかに困っているか理解できず、気持ちは変わらないという返事がきた。おまえも二十五なら、ある程度の稼ぎがあって当然だ、わたしが死んだら、なにがしかの遺産はいくだろうが、それまでは一ペニーもやるつもりはない、と書いてあった。フィリップはその手紙を読んで納得した。伯父は、長い間ずっと不満に思っていた甥のいまの状況を知って、やはり自分は正しかったと満足しているのだ。

99

フィリップは衣類を質屋に入れた。朝食のほかは一食にした。それもバターを塗ったパンとココアだけで、しかも四時に食べた。そうすれば次の日の朝までもつ。九時には腹がへるので、寝るしかなかった。ローソンから借りようかとも考えたが、断られるのがいやでやめた。しかし結局、五ポンド貸してほしいといってみた。ローソンは喜んで貸してくれたが、こういった。

「ただ、一週間くらいで返してほしい。額縁屋の支払いがあるんだ。このところやりくりが大変でね」

返すあてがないのはわかっていたので、そうなったらローソンにどう思われるか考えると恥ずかしくなり、二日後、そのまま返した。ローソンはちょうど昼食に出るところで、いっしょにこないかと誘われた。フィリップはろくに食事をしていなかったので、ちゃんとした料理を食べられるのがとてもうれしかった。日曜日にはアセルニー家のごちそうが待っている。フィリップは夫妻にいまの窮状を打ち明けるべきか迷っていた。ふたりにはこれまで、かなりいい生活をしていると思われていたので、金銭的に行き詰まっているのを知られると、以後、軽んじられるのではないかと心配でしょうがなかったのだ。

それまでもずっと貧乏だったが、食べるのに事欠くようになるとは思ってもいなかった。まわりでそんな状況に陥った知り合いはいない。フィリップはまるで恥ずかしい病気にでもかかったような気持ちだった。こんな状況は一度も経験したことがない。動揺が大きすぎて、病院にはこのまま通うしかないということ以外何も考えられない。何か起こってくれるのではないかという漠然とした希望しかなかった。いま起こっていることが現実だという実感もない。ふと思い出したのはキングズ・スクールでの最初の学期のことだ。その頃はしょっちゅう、この生活は夢で、そのうち目が覚めたらまたうちにいるのではないかと思ったものだ。それはともかく、一週間後には、手持ちの金がまったくなくなる。すぐにでも、収入を得る方法を考えなくてはならない。もし医師免許を持っていれば、足が悪くても南アフリカへいくことはできただろう。現地では軍医が足りなくて困っている。もし足が悪くなければ、志願して騎兵連隊に入ることもできただろう。兵力も足りなくて困っているはずだ。フィリップは医学校の事務課長に会いにいって、成績不良者の個人指導の口はないかきいてみたが、その類《たぐ》いの話はないといわれた。そこで医学関係の新聞の広告をみて、まだ免許を取得していない助手を募集しているのに気がついた。フラム通りにある開業医の助手の職だ。いってみると、医者はフィリップの足をちらっとみて、まだ医学校の四年生だときくと、まだ経験が足りないねといった。フィリップには、それが言い訳にすぎないことがわかった。機敏に動き回れる助手がほしいのだ。そこでほかの口をさがすことにした。フランス語とドイツ語ができるので、通信担当の事務はどうかと考えたのだ。これにはかなり抵抗があったが、ぐっと我慢した。面接のあるところは自信がないのでやめて、履歴書の郵送ですむところだけにした。しかし履歴書に書く経験はないし、推薦状もない。そのうえ、ドイツ語であれフランス語であれ商業用語は何も知らない。そもそもビジネス関係のことにはうとかった。それに速記もできなければ、タイプも打てない。どう考えても、採用の見こみはない。父親の遺言執行人の弁護士に手紙を書こうかとも思ったが、やめた。というのも、その弁護士が遺産を投資してくれていた物件を、売るなといわれていたにもかかわらず、売り払ったからだ。伯父からもきかされていたが、弁護士のミスタ・ニクソンにはよく思われていない。公認会計士の研修生をしていた一年のことをきいて、フィリップのことを怠惰で無能と決めつけているのだ。

「飢え死にしたほうがましだ」フィリップはぼそっといった。
一、二度、自殺を考えたこともあった。病院の調剤室から薬をくすねるのは簡単だし、いよいよどうにもならなくなったときには楽に死ねる手段があると思うと落ち着いていられる。とはいえ、真剣に考えたわけではない。ミルドレッドが自分の元を去ってグリフィスといっしょになったときは、苦しくてたまらず、いっそ死んでしまいたいと思ったが、いまの気持ちはそれとは違う。フィリップは救急病棟の看護婦が、愛で死ぬ人間より金で死ぬ人間のほうがよっぽど多いといっていたのを思い出して、くすっと笑った。自分は例外らしい。だれかにいまの気持ちを話すことができれば楽になるのはわかっていたが、それが難しかった。その勇気がないのだ。そして仕事を探しつづけた。部屋代が三週間分たまっている。今月末には払いますといったが、女主人はなんの返事もせず、唇をすぼめて、顔をしかめただけだ。月末になり、少しは払ってもらえないかといわれ、フィリップは恥ずかしくてしょうがなかったが、申し訳ありませんと答えた。そして、伯父に手紙を書くので、次の土曜日には絶対に払いますといった。
「では、必ず、そうしてくださいね。あたしも家賃を払わなくちゃならなくて、いつまでも払ってもらえないと、困るんですよ」怒ってはいなかったが、かなり厳しい口調で、余計に怖かった。女主人はいったん言葉を切ってから、また続けた。「もし土曜日までに払ってもらえなかったら、病院の事務課にいきますからね」

「ええ、わかりました。だいじょうぶです」

女主人はフィリップをちらっとみてから、何もない部屋を見回した。それからごく普通の調子で、ごく当然のようにいった。

「いま、お肉を焼いたところなの。よかったら、キッチンにきて食べませんか」

フィリップはつま先までまっ赤になり、喉《のど》に嗚咽《おえつ》がこみ上げてきた。

「本当にありがとうございます、ミセス・ヒギンズ。でも、お腹《なか》はすいてないんです」

「あら、そう」

彼女がいなくなると、フィリップはベッドに身を投げ出し、拳《こぶし》を口に押しあてて、泣きださないよう必死にこらえた。

100

土曜日。部屋代を払うと約束した日になった。フィリップは、一週間のうちになんとかなるのではないかと期待していたが、仕事はみつからなかった。いままで、これほど困ったことがなかったので、途方に暮れてしまった。頭のどこかで、これはすべてとんでもない冗談なのではないかという気がしていた。ポケットに銅貨が数枚あるだけだ。なくてすむ衣類はすべて売った。あとは本が数冊、一シリングか二シリングにしかならない雑貨が少しあるくらいだ。女主人はフィリップの出入りを厳しく監視している。部屋から何か持ち出そうとすれば引き止められて理由をきかれるかもしれない。あとは、払えないというしかないが、そんな勇気はない。六月中旬で、夜は暖かくて気持ちがいい。フィリップは部屋にもどらないことにした。ゆっくりチェルシー河岸通り《エンバンクメント》を歩いた。テムズ川はゆったり静かに流れている。そのうち疲れるとベンチに座ってうとうとした。どれくらい眠ったのかはわからないが、はっとして目を覚ました。警官に揺さぶられて、追い払われる夢をみたのだ。しかし目を開けてみると、まわりにはだれもいない。また歩き出したが、あてがあるわけではなく、そのうちチジックまできて、また眠った。ベンチがかたくてすぐに目が覚めた。夜はいつまでも明けそうにない。フィリップは身震いした。みじめでたまらず、どうしていいか、まったくわからない。こんなところで寝てしまったことが恥ずかしい。とんでもなくみっともない気がして、暗いなかで頰が赤くなる。堤防で寝る人の話はきいたことがあった。そのなかには軍人や聖職者や、大学を卒業した人もいるという。自分もそのうち、彼らといっしょに列に並んで、慈善団体が提供する無料のスープをもらうようになるのだろうか。そんなことになるくらいなら、さっさと死んだほうがずっといい。こんな状態でこれ以上やっていけるわけがない。窮状を打ち明ければ、ローソンなら助けてくれるかもしれない。プライドにこだわって援助を求めないのはばかげている。いったいなんでこんな羽目に陥ってしまったんだろう。常に最良と思える選択をして、すべて裏目に出た。できるときはいつも人を助けてきたし、自分がほかの人以上に利己的だとはとても思えない。こんなことになるなんて、恐ろしく不公平だ。

しかしそんなことを考えてもしょうがない。フィリップは歩き続けた。あたりが明るくなってきた。静寂のなかで川は美しく、早朝の光のなかにいると何かしら神秘的な感じがする。とてもいい天気になりそうだ。夜明けの空には雲ひとつない。フィリップは疲れきって、空腹で腸がねじれそうだったが、じっと座っているつもりにはなれなかった。警官に話しかけられるのがこわかった。その屈辱を思うと、血の気が引く。体が汚れているような気がして、風呂《ふろ》に入りたかった。そのうち気がつくと、ハンプトン・コートまできていた。何か食べないと、泣きだしてしまいそうだ。安いレストランを選んで、なかに入った。温かい料理のにおいが鼻をついて、軽い吐き気を覚えた。今日一日を乗り切れるくらい栄養のあるものを食べるつもりでいたが、食べ物をみるだけで胃がむかついた。紅茶と、バターつきのパンをとった。ふと、今日は日曜日だと思い出した。アセルニー家にいこうか。ローストビーフとヨークシャー・プディングをみんなで食べているところが頭に浮かぶ。しかし恐ろしいほど疲れていて、幸せそうにはしゃぐ家族に会える気がしない。気持ちが沈んで、やりきれない。ひとりでいたい。そこでハンプトン・コートの庭園にいって、寝転ぶことにした。体が痛く、骨までうずいている。おそらくポンプ式の井戸があるだろうから、手と顔を洗って、水を飲もう。喉が渇いてたまらない。もう空腹は感じなくなっていたので、花や芝や広葉樹のことを考えるとうれしくなった。そこへいけば、どうすべきか、いい考えが浮かびそうな気がする。フィリップは木蔭《こかげ》の芝生に横になって、パイプに火をつけた。節約のため、パイプは一日に二度と決めていた。小さな袋に煙草《たばこ》の葉がいっぱい詰まっているのがありがたい。いったい、人間はとことん金に困ったらどうするのだろう。考える間もなく、眠りに落ちた。目が覚めると正午近くだ。そろそろロンドンにもどろう。早朝には着くだろうから、見こみのありそうな募集にはなんでも手紙を出そう。伯父の言葉を思い出した。死んだら、多少だが遺産は残してくれるらしい。どれくらいかはわからない。せいぜい数百ポンドだろう。その遺産を抵当に入れて金を工面できないだろうか。しかしそれには伯父に承諾してもらう必要がある。そんなことが可能とはとても思えない。

「伯父が死ぬまでなんとか生きのびるしかない」

伯父の歳《とし》を数えてみた。ブラックステイブルの牧師はゆうに七十を超えている。慢性気管支炎だが、それでも長生きをする老人はいる。そのうち、何かいいことが起こるに違いない。こんなことになるなんてどう考えてもおかしい。自分のような階級の人間は飢え死になどするはずがない。フィリップはこんなことが現実に起こるなど信じられないからこそ、とことん絶望せずにすんでいるのだった。そこでローソンから十シリング借りることにした。昼間ずっと庭園にいて、空腹を感じるとパイプを吸った。ロンドンにむけて出発するまでは何も食べないつもりだった。ロンドンまでは長い。体力を温存しておかなくては。涼しくなりかけるのを待って出発した。疲れるとベンチで寝た。だれかに起こされることもなければ、話しかけられることもなかった。ヴィクトリア駅で手と顔を洗い、髪をとかして髭《ひげ》もそった。それから紅茶とバターつきのパンを注文して食べながら、朝刊の募集広告に目を通した。室内装飾品を扱っている売り場の店員を募集している広告が目に止まった。どこかの有名な百貨店だ。あまり気乗りはしない。というのも、中産階級の偏見で、店で働くというのが卑《いや》しく思えてしまうのだ。しかしフィリップは肩をすくめた。いまさら、なにをいう。そして面接に出向くことにした。不思議と強気だった。面接にいって屈辱的な目にあうことで、悪運に挑むような気がしたからだ。恥ずかしくてたまらなかったが、午前九時、百貨店にいってみると、すでに大勢の面接希望者がきていた。年齢も様々で、十六歳の少年から四十歳の男までいる。小声で話をしている人もいるが、ほとんどは口をつぐんでいる。フィリップが並ぶと、まわりから敵意の目が向けられた。ひとりの男がこんなことをいっている。

「だめならだめで、さっさと教えてほしいんだよな。そうすればほかを当たることができるんだから」

　その男はすぐ前に並んでいて、フィリップをみてたずねた。

「経験はあるんですか」

「いえ、まったく」

男はしばらくしていった。「小さい店の面接でも、昼食後は予約をしておかなければ、会ってもらえませんよ」

フィリップは店員に目をやった。チンツやクレトンといったカラフルな模様の木綿《もめん》の生地を扱っている者もいれば、隣の男が教えてくれたのだが、地方から郵便できた注文の品をそろえている者もいる。部長がやってきたのは九時十五分だった。列のだれかがだれかに、ミスタ・ギボンズだというのがきこえた。中年で、背が低く、太っている。あごひげも、ポマードでなでつけた髪も黒い。動作はきびきびしていて、顔は賢そうだ。シルクハットにフロックコートという格好で、襟には葉の付いたゼラニウムの白い花を挿している。事務室に入っていったが、ドアは開けたままだ。とても狭い部屋で、アメリカ風のロールトップ・デスクが隅にひとつ、あとは本棚と戸棚があるだけだ。外に並んでいる男たちが見ていると、コートから何気なくゼラニウムの花を抜き取り、水を入れてあるインク壺《つぼ》に挿した。仕事のときは、花を付けてはいけない規則なのだ。

（昼間、部長のご機嫌を取りたい社員はその花をほめる。

「見事な花ですね。まさか、ご自分で育てたんじゃありませんよね」

「いや、わたしが育てたんだ」部長はにっこり笑い、その知性的な目が自慢そうに輝く。）

彼は帽子を取り、フロックコートを仕事用の服に着替え、郵便物にちらっと目をやってから、面接に並んでいる男たちをながめた。そして指を軽く曲げると、最初の男が部屋に入っていった。ひとりひとり入っていっては質問に答える。彼はてきぱきと話しかけ、その間ずっと相手の顔をみつめている。

「年齢は？　経験は？　退職した理由は？」

表情ひとつ変えず、返事に耳を傾けている。フィリップは自分の番がくると、不思議そうにみられているような気がした。服装はこざっぱりしているし、仕立てもそう悪くない。ほかの連中とは少し違ってみえたのだろう。

「経験は？」

「残念ながら、まったくありません」

「それは残念だね」

フィリップは部屋を出た。試練は想像していたほどつらくはなく、それほど落胆もしなかった。最初の面接で受かるなど期待するのが間違いだ。まだ新聞を持っていたので、また募集広告に目を通した。ホルボーンの店でも店員を募集していたので、いってみた。しかし店に着いてみると、すでに決まっていた。今日、何か腹に入れるつもりなら、ローソンのアトリエにいくしかない。それも昼食前に。そこでブロンプトン通りを抜けてヨウマンズ通りに出た。

「悪いけど、月末まで破産状態なんだ」フィリップは話の途中で機会をみてすぐいった。「十シリングほど貸してもらえないか」

　金を貸してほしいと切り出すのは信じられないほど苦痛だった。それで思い出したのは、病院の仲間のずうずうしさだ。彼らは金を借りてやるといわんばかりの態度で、返すつもりもない少額の金を借りにきたものだ。

「ああ、いいよ」ローソンはいった。

　ところがポケットには八シリングしかなかった。フィリップはがっかりした。

「だったら、五シリング貸してもらえると助かる」フィリップは軽い調子でいった。

「じゃ、これ」

　フィリップはウエストミンスターの公衆浴場〔一八五〇年に作られた〕にいった。入浴料が六ペンス。それから食事をすませたものの、午後、何をして過ごせばいいのかわからない。病院にいくと、だれかにあれこれきかれそうだし、そもそも病院にいってもすることがない。仕事をしていた病棟では、なぜこないのか不思議がっているだろう。みんな好きなように考えるだろうが、そんなことはどうでもいい。突然こなくなった学生は自分が初めてではない。公共図書館にいって新聞を読んで飽きると、スティーヴンソンの『新アラビア夜話』を手に取ったが、読めなかった。単語が意味をなさない。頭のなかは、困った困ったと、そればかりだ。同じ事を繰り返し考えているうちに、頭が痛くなってきた。そのうち新鮮な空気を吸いたくなって、グリーン・パークにいき、草の上に寝転んだ。そして不格好な足をながめて、このせいで戦争にいけなかったんだと思い、落ちこんだ。そのうち眠ってしまい、突然足が治って南アフリカで騎兵隊にいる夢をみた。挿絵入り新聞でみた絵が呼び起こした情景だ。草原のなか、カーキ色の軍服を着て、夜、ほかの兵士たちといっしょに火を囲んで座っている。目が覚めると、まだ明るい。ビッグベンが七時を打つのがきこえた。あと十二時間、何もしないで過ごさなくてはならない。いつ明けるともない夜が怖い。空が曇ってきて、雨が降りそうだ。そうなると、ベッドのある部屋を借りるしかない。ランベスあたりに立ち並ぶ家の玄関のランプに、その手の広告がぶら下がっている。快適なベッドつきの部屋、六ペンス。そんな部屋は借りたことがない。いやな臭《にお》いがしていそうだし、不潔な感じがする。そこで、できるだけ外で過ごそうと決め、ずっと公園にいて、閉まると歩きだした。ぐったり疲れていた。事故にでもあえばそれこそありがたいくらいで、病院に運んでもらえて、きれいなベッドで数週間は寝ていられる。夜中の十二時になると、腹がへってたまらず、何か食べないと何もできそうになかった。そこでハイドパーク・コーナーにいき、コーヒー・スタンドでジャガイモを二個とコーヒーを一杯注文した。それからまた歩きだした。不安で眠ることもできず、警官に連れていかれるのではないかと怖くてしょうがない。それまでとまったく違う目で警官をみるようになってきたのが自分でもよくわかる。外で過ごすのはこれが三晩目だ。ピカデリーでベンチに座り、明け方、ようやく河岸通り《エンバンクメント》までたどり着いた。一時間に四回のビッグベンの鐘に耳を傾け、ロンドンが目ざめるまでどれくらいあるのか計算した。朝になると、数ペンス使って身ぎれいにして、朝刊を買い、募集広告に目を通して再び職探しに出かけた。

　こんなふうにしてさらに数日を過ごした。食べ物をぎりぎりまで切り詰めていたので、気力も体力もつきかけ、具合まで悪くなってきた。仕事を探す元気もなく、仕事は絶対にみつからない気がしてきた。雇ってもらおうと店の裏で長いこと並んだあげく、そっけなく断られるのにも慣れてきた。募集に応じてロンドン中を歩いて回るうち、自分と同じように応募してだめだった男たちと顔見知りになることもあった。何人かは親しげに話しかけてきたが、疲れきっていたうえに落ちこんでいて、こたえられなかった。ローソンのところにはいかなかった。五シリング借りているからだ。頭がぼんやりしてきて、物事をはっきり考えられなくなり、何が起ころうとどうでもよくなった。泣くこともよくある。最初はそれを腹立たしく恥ずかしく思ったが、そのうち泣くと気持ちが落ち着き、なんとなく空腹感もまぎれるのに気がついた。夜明け前は、身震いするほど寒くなる。ある晩、下着を取りかえに自分の部屋にもどった。夜中の三時頃、だれも起きていないのを確かめて、五時頃に出てきた。そのときベッドに横になったのだが、その柔らかさにうっとりした。全身の骨が痛んでいたが、体を横たえているとその快感に溺《おぼ》れてしまいそうだった。あまりに心地よく、眠るのがもったいないくらいだ。食べないでいることに慣れてしまい、それほど空腹感に悩まされることもなくなったものの、ひどく体がだるい。頭のどこかで常に死を考えるようになっていたが、全力を振りしぼって、考えないようにした。その誘惑にかられて、自分を抑えられなくなるのが怖かったからだ。そして言い聞かせた。自殺なんてばかげている、きっとなんとかなる。そして、こんな窮状はあまりに現実離れしていて真剣に考えられないという気持ちがいつまでもつきまとっていた。我慢していればそのうち快復する病気のようなものだ、そんなふうに考えてしまう。日が暮れるたびに、もうこんな夜は耐えられない、明日の朝は絶対に手紙を書こう、伯父か、弁護士のミスタ・ニクソンか、ローソンに、と思う。ところが朝になると、このみじめな状況を伝えるような恥ずかしいことはできなくなってしまう。ローソンはどう思うだろう。いままでの関係では、ローソンはいいかげんで、フィリップはまともだった。そんな相手に、自分の愚かしさをすべて話さなくてはならなくなる。また、たとえ援助してくれても、そのあとで冷たくされるのではないかという不安もある。伯父も弁護士も、さすがになんとかしてくれるだろうが、ふたりの叱責《しっせき》が怖い。だれからも非難などされたくない。フィリップは歯を食いしばって自分に言い聞かせた。起こったことはしようがない、すでに起こってしまったのだ。後悔など犬にでも食われろ。

　同じような日々が続き、ローソンから借りた五シリングも長くはもたなかった。フィリップは日曜日を心待ちにしていた。日曜日になればアセルニー家にいける。なぜもっと早くいかなかったのかはわからないが、この状況を自力でなんとかしたかったのだろう。アセルニーは同じくらい絶望的な状況に陥ったことがある。困っている人間を助けるためにはなんでもしてくれる人がいるとすれば、彼以外にない。食事のあとなら、この惨状を打ち明けることができそうだ。フィリップは何度も、そのときの言葉をくり返した。しかしアセルニーにそっけなくあしらわれるかもしれないと思うと、ぞっとした。それが恐ろしくて、ついつい彼に頼むのをできる限り先延ばしにしていたのだ。いまのフィリップには、仲間や友人に対する信頼がまったくなかった。

土曜日の夜は寒さが身にしみた。フィリップはがたがた震えた。土曜日の昼から何も口にしていない。重い足を引きずってアセルニー家にいくことにした。日曜日の朝、最後の二ペンスを払ってチャリングクロス駅のトイレに入り、身繕いをした。

101

呼び鈴を鳴らすと、窓からひとつ頭が突き出して、すぐに子どもたちが階段を駆け下りる騒々しい音が響いてきた。フィリップは身をかがめ、元気のない、頬がこけて青ざめた顔を近づけてキスをしてもらった。熱烈な歓迎に胸が詰まり、落ち着こうと、子どもたちに言い訳をしながらゆっくり階段を上った。気持ちが異様にたかぶっていて、ささいなことで泣けてくる。なぜこのまえの日曜はきてくれなかったのとたずねられ、具合が悪くてねと答えると、なんの病気、とたずねられ、笑わせてやろうと、思い切りでたらめな名前を考えだした。ギリシア語とラテン語を混ぜ合わせた猛烈に変な造語で（医学用語にはそんなのが山ほどある）、子どもたちは甲高い声を上げて笑った。そしてフィリップを引っぱるようにして居間に連れていくと、お父さんにも教えてあげてといった。アセルニーは立ち上がって握手をすると、フィリップをまじまじとみた。彼の丸く、飛び出た目はいつもそんなふうにみえるのだが、今日のフィリップには、なぜかそれが気になってしょうがなかった。

「先週はさびしかったですよ」アセルニーがいった。

フィリップは嘘《うそ》をつくときは必ず、しどろもどろになる。こられなかった訳を説明し終わるころにはまっ赤になっていた。ミセス・アセルニーがやってきて握手をした。

「お加減はいかがですか」

彼女がなぜ自分の体調がよくないのを知っているのか、フィリップは不思議に思った。というのも、子どもたちといっしょに上がってきたときキッチンのドアは閉まっていたし、子どもたちもまだここにいる。

「あと十分ほどで食事ができますから」いつもの語尾を引っぱるような口調でいった。

「それまで、エッグノッグでもいかがです」

彼女の顔に心配そうな表情が浮かんでいるのをみて、フィリップは居心地が悪くなった。わざと声を上げて笑い、ちっともお腹がすいてませんからと断った。サリーがやってきて、テーブルの用意を始めたので、フィリップはからかった。家族のなかで、サリーはそのうち、お母さんの叔母さんのエリザベス大叔母さんみたいに太っちゃうといってからかわれている。子どもたちはその人には会ったことがないのだが、その名前は肥満女性の代名詞のように使われているらしい。

「このあいだ会ったときから、何かあった?」フィリップはサリーに話しかけた。

「別に何もありませんよ」

「体重が増えてないかい」

「人のことより、ご自分のことを心配なさったら。まるで骸骨《がいこつ》ですよ」

フィリップは赤くなった。

「また、売り言葉に買い言葉か、サリー」父親が声を上げた。「はい、罰金。金髪一本。ジェイン、はさみを持ってきなさい」

「だって、本当に骨と皮でしょ」

「そんなことはどうでもいい。この方がやせるのは、まったく、ご本人の自由だ。だが、おまえの肥満はいささか目に余る」

アセルニーはそういいながら自慢そうに、彼女のゆったりした腰に腕を回し、にこにこしながらその顔をみた。

「お父さん、ちょっと、食事の準備をさせて。ふくよかなきみが好きだよっていってくれる人だっているんだから」

「また、これだ！」アセルニーは大げさに手を振っていった。「いつも、その話を出して父親に口答えをする。ホルボーンで宝石商をやっているリーヴァイの息子のジョゼフが、この子に結婚を申しこんだというんですよ」

「結婚するの？」フィリップがきいた。

「お父さんのこと、まだわかってないんですね。嘘に決まってるじゃありませんか」

「ほう、そうか。もしあれがプロポーズではないというなら」アセルニーは大声でいった。「イングランドの守護聖人にかけて、古き良きイングランドにかけて、あいつの鼻をひっつかんで、あれはどういうつもりだったのだ、さっさと答えろと問い詰めてやる」

「お父さん、座ってちょうだい。食事よ。さあ、みんな、いっしょに手を洗ってらっしゃい。ずるをしちゃだめよ。ごちそうを食べるまえに、わたしがちゃんとチェックするから」

　フィリップは食事が始まるまでは、がつがつ食べてしまうのではないかと心配していたのだが、料理を前にすると胃がむかついて、ほとんど食べる気がしない。頭が疲れて、アセルニーがいつになく口数が少ないのにも気づかなかった。気持ちのいい家でくつろいでいるというのに、ついつい窓の外に目がいってしまう。空模様があやしい。晴天だったのにいつの間にか雲が出て、寒くなり、ときどき強い風にまじって雨が窓を打つようになった。今晩は、どうしよう。ここの家族は早寝だ。十時頃にはおいとましなくてはならない。寒くて暗いところに出ていくかと思うと、気持ちが沈んだ。こうやって親しい人たちといっしょにいると、外でひとりでいるときよりずっとつらい。外で夜を過ごす人は大勢いるんだと、繰り返し自分にいいきかせた。なんとか気を紛らわせようと頑張ってしゃべったが、その最中に雨音がして、はっとした。

「まるで三月の天候だ」アセルニーがいった。「これじゃ、ドーヴァー海峡を渡る気にはなれないな」

そのうち食事が終わり、サリーがやってきて食器を片づけた。

「安葉巻ですが、一本どうです」アセルニーはそういって葉巻を差し出した。

フィリップは受け取り、おいしそうに吸った。驚くほど気持ちが落ち着いた。サリーが食器を片づけ終わると、アセルニーはドアを閉めるようにといった。

「さあ、これで邪魔者はいなくなりました」アセルニーはフィリップのほうをみた。

「ベティには、わたしが声をかけるまで子どもたちをなかに入れないようにいってあります」

フィリップはびっくりしたが、相手のいったことの意味がわからないうちに、アセルニーがいつもの動作で眼鏡を押し上げながら続けた。

「先週の日曜日、何かあったのかと思って手紙を出したんです。ところが返事がこないので、水曜日、おたくにうかがいました」

フィリップは顔をそむけたまま、返事をしなかった。心臓が激しく打っている。アセルニーは何もいわない。フィリップは沈黙が耐えがたかったが、何をいっていいのか、ひと言も頭に浮かばない。

「女主人にきくと、土曜日の夜から帰っていない、それに先月の部屋代も払ってもらっていないというじゃありませんか。いったいこの一週間、どこで寝ていたんです」

フィリップは言葉がつかえて、胸が苦しくなった。目は窓の外をじっとみている。

「どこでもありません」

「さがしたんですよ」

「どうして」

「わたしもベティも、昔はずいぶんつらい思いをしました。ただ、わたしたちには赤ん坊がいましたが。なぜ、ここにきてくれなかったのです」

「こられなかったんです」

フィリップは泣きだしてしまいそうで不安になった。無力感にとらわれて、どうしようもない。目をつむって眉間《みけん》にしわを寄せ、必死に自制しようとした。ふいに怒りがこみあげてきた。なぜアセルニーはこんなでしゃばったことをするんだ。しかしそんな気持ちもすぐになえた。そして目を閉じたまま、声が乱れないようにゆっくり、ここ数週間の体験を語った。話しながら、自分のしたことが正気とは思えず、よけいに話しづらくなった。アセルニーの目には、よほどの愚か者に映っているに違いない。

「なら、ここでしばらくいっしょに暮らしましょう。仕事がみつかるまで」フィリップの話を聞き終わると、アセルニーがいった。

「まさか。ご親切には心から感謝しますが、そんなことはできません」

「どうしてです」

フィリップは答えなかった。とっさに断ったのは、一家の邪魔になるのではないかという不安と、人の好意を素直に受けるのが恥ずかしいという元来の性格のせいだった。それに、アセルニーも生活は苦しく、そのうえ大家族だ。他人の世話をする場所もなければ金もない。

「いや、きてもらわないと困ります。ソープは弟たちと寝させるので、そのベッドを使ってください。あなたひとり増えたところで、大河の一滴みたいなものです」

フィリップがなんと答えていいのかわからず、おどおどしていると、アセルニーがドアの方にいって妻を呼んだ。

「ベティ」ミセス・アセルニーがやってきた。「きてくださるそうだ」

「まあ、よかった。じゃあ、ベッドの準備をしてきますね」

彼女は心のこもった親しげな口調で、すべてわかってますといわんばかりだ。フィリップは感謝の気持ちでいっぱいだった。人の親切は決して期待しないようにしてきたので、親切にしてもらうと、驚き、感動してしまう。二粒の大きな涙がこぼれて頬を伝った。夫妻はこれからどうするか話し合っていて、疲れきったフィリップがみせた涙は目に入らない振りをしている。ミセス・アセルニーが出ていくと、フィリップはゆったり椅子《いす》に座り直して窓の外をながめながら短く笑った。

「外で過ごすには、ちょっとつらそうな晩ですよね」

102

アセルニーは、すぐにでも仕事を紹介できるといった。勤め先のリン＆セドリー衣料百貨店では店員が何人か戦地にいってしまったが、経営者は熱狂的な愛国主義者で、志願した店員に、もどってきたら元通り働いてもらうと約束した。というわけで、その英雄たちの仕事は国に残った店員が肩代わりすることになった。といって、給料が上がるわけではない。会社としては社会的な評判は上がるし、利益も上がったのだが、戦争は長引いて出征した社員は帰ってこないし、景気が落ちこむわけでもないから仕事は減らない。それに加え、もうすぐ夏の休暇が始まるため、店員の多くが順番に二週間の休みを取ることになる。そうなると人手が足りなくなる。そういう話だった。フィリップはその手の経験がまったくないので、そういわれても雇ってもらえるかどうか心配だった。しかしアセルニーは、自分は店では責任のある立場にあって、推薦すれば上司はいやとはいわないという。それにフィリップはパリでの経験もあるのだから、きっと役に立つはずだ、だから少し待っていれば、十分な給料をもらって、衣類のデザインをしたり、ポスターを描いたりする職にもつける。そういわれてフィリップは夏のセールのポスターを描き、アセルニーに預けた。二日後、彼はそれを持って帰って、上司はとてもほめていたが、あいにくその部署には空きがないらしいと報告した。フィリップは、ほかに自分にできることはないだろうかとたずねた。

「なさそうなんだ」

「まったく、なさそうですか」

「残念だが。ただ、明日、案内係の面接がある」アセルニーは眼鏡越しに、フィリップの顔をさぐるようにみていった。

「受かると思いますか」

アセルニーはちょっと困った。フィリップにはもっといい職を紹介できると期待させてしまったという後ろめたさがある一方、いつまでも家において養うわけにもいかないからだ。

「いい職がみつかるまでのつなぎと考えればいいと思う。どこかに勤めていたほうが転職するときも有利だし」

「いえ、ぼくはもうプライドなんてありませんから」フィリップは微笑《ほほえ》んだ。

「もしそれでよければ、明日の朝九時十五分前に」

戦争が続いているというのに、就職難だった。フィリップが店にいってみると、すでに大勢の応募者が並んでいた。自分で就職口を探していたときに見知った顔もいくつかあるし、午後、公園で寝転がっていた男もいる。フィリップは、その男も自分と同じように寝るところがなく、夜も外で過ごしているのだろうと思った。いろんな男がいた。年寄りも若者も、背の高いのも低いのも。しかしだれもが面接のためにちゃんとした格好をしている。ていねいに髪の毛をとかし、手もきれいに洗ってある。廊下に並んでいたが、あとになってフィリップは、その廊下の先に食堂と事務室があることを知る。数メートルおきに五、六段の階段がある。売り場には電灯がついているが、ここには鳥かごのような保護用の金網でおおったガス灯しかない。それが音を立てて燃えている。フィリップは時間通りに着いたが、事務室に入るようにいわれたのは十時近かった。事務室はチーズを切って置いたような三角形の部屋で、壁にはコルセット姿の女性の絵が数枚と、ポスターの校正刷りが二枚貼《は》ってある。一枚は緑と白の太い縞模様のパジャマ姿の男性、もう一枚は帆を大きくふくらませて紺碧《こんぺき》の海を渡る船で、帆《セール》には大きな文字で「夏の家庭用リネン製品セール」と書かれている。部屋の一番広い面はショーウィンドーの後ろになっていて、模様替えの最中だ。面接の間ずっと、店員がいったりきたりしていた。支配人は手紙を読んでいた。血色がよく、薄茶色の髪に、薄茶色の立派なあごひげ、腰につけた懐中時計の鎖のまん中にはサッカーのメダルが束になってぶら下がっている。シャツ姿で、大きな机にむかって座り、横に電話を置いている。前には、その日の広告がある。アセルニーの作ったものだ。ほかにも新聞の切り抜きが何枚もカードに貼ってある。彼はフィリップをちらっとみたが、話しかけることはなく、タイピストにむかって手紙を口述した。タイピストの女の子は部屋のすみの小さなテーブルについている。それから支配人がフィリップにたずねた。名前、年齢、経歴。コックニー訛《なま》りがあって、甲高い金属的な声でしゃべる。これは自分ではどうしようもないようだ。上歯は大きくて突き出ている。ゆるそうで、強く引っぱると抜けてしまいそうだ。

「ミスタ・アセルニーからお聞きおよびと思いますが」フィリップはいった。

「きみかね、あのポスターを描いた若者というのは」

「はい」

「うちでは使えないね。まったくだめだ」

彼はフィリップを上から下までじろじろみている。どうやら、それまでに面接した男たちとはどこか違うのがわかったらしい。

「フロックコートをひとつ用意してもらわなくてはならないな。たぶん、持ってないんだろう。しっかりした青年にみえるが、絵は金にならんことがわかったかね」

フィリップは、相手が採用するつもりなのかそうでないのかわからなかった。ずいぶん乱暴なことをいってくる。

「実家はどこかね」

「両親は、ぼくが幼い頃に亡《な》くなりました」

「かねがね、若い人にはチャンスを与えたいと考えていてね。わたしが目をかけた若者で売り場の責任者になった者も多い。みんなわたしに感謝していると思う。じつにいい連中だ。わたしへの恩を忘れていない。さて、まずは梯子《はしご》の一番下から始めてもらう。商売を学ぶなら、そこから始めるしかないからね。それさえしっかり身につければ、多くの道が開ける。うまくいけば、わたしのような地位につけるかもしれない。それをしっかり心にとめておいてほしいね」

「はい、必死に頑張りたいと思います」

こういうときは、できるだけていねいな受け答えをするものだとわかっていたものの、照れくさいうえに、やりすぎではないかと心配になった。支配人はしゃべるのが好きで、話をしていると自分は偉いと思えてうれしいらしい。そんなわけで、採用の決定をきくまで、延々と話の相手をしなくてはならなかった。

「そうだな、きみならだいじょうぶそうだ」ようやく、支配人がもったいぶった口調でいった。「きてもらうことにしよう」

「心から感謝します」

「すぐ仕事についてもらっていい。週六シリングと生活費は保証する。つまり、六シリングはポケットマネーで、自由に使えるわけだ。一ヶ月分まとめて支給する。月曜日からきてくれたまえ。何か不満はあるかね」

「いえ、ありません」

「ハリントン通りはわかるかな。シャフツベリ通りの近くだ。そこに宿舎がある。十番地だ。日曜日の晩から泊まれるようにしておく。まあ好きにしてくれ。月曜日に荷物を送ってくれてもいい」そういってうなずいた。「では、これで」

103

ミセス・アセルニーから金を借りて、部屋代を払い、持ち物をまとめた。それから質屋にいくと、五シリングにスーツの質札を足して、フロックコートを買った。これが体にうまく合った。ついでに預けてあったほかの衣類も引きだした。荷物はパターソン運輸会社に頼んでハリントン通りに運んでもらい、月曜日の朝、アセルニーといっしょに百貨店にいった。アセルニーはフィリップを婦人服の仕入れ係に紹介していなくなった。仕入れ係は三十歳の小柄な男で、人当たりはいいが少しせわしいところがある。名前はサンプソン。フィリップと握手をすると、自慢したいらしく、フランス語は話せるかときいてきた。フィリップが、ええ、話せますと答えると驚いた。

「ほかの言葉は？」

「ドイツ語も」

「すごいじゃないか！　ときどきパリにいくんだよ。フランス語は話せますか《パルレ・ヴー・フランセ》？　マキシムにいったことは」

フィリップは、「婦人服」売り場に連れていかれ、階段を上がったところに配置された。そこでいくつもの売り場に客を案内するのが仕事だ。いかにたくさんの売り場があるか、ミスタ・サンプソンは饒舌《じょうぜつ》に語っていたが、ふとフィリップが足を引きずっているのに気がついた。

「その足は、どうかしたのかい」

「内反足というやつです。でも普通に歩けますし、なんの支障にもなりません」

ミスタ・サンプソンは首をかしげてちらっとその足をみた。いったいなんで、こんな青年を雇ったのか不思議に思っているようだ。考えてみれば、支配人はフィリップの足に気がつかなかったに違いない。

「初日から完璧《かんぺき》にやってもらおうとは思っていないから。わからないことがあったら、あそこにいる若い女の子たちにきけばいい」

ミスタ・サンプソンはそういって立ち去った。フィリップはひとつずつ売り場をみて覚えていきながら、売り場をきいてくる客がいないか注意していた。一時になると昼食をとりにいった。食堂は大きな建物の最上階にある。細長い部屋で、広くて照明が明るい。しかし土埃《つちぼこり》が入ってこないように窓はすべて閉めてあり、調理のにおいが強烈だった。テーブルクロスをかけた長方形のテーブルがいくつも並び、水の入った大きなガラス瓶が等間隔に置かれ、まん中に食塩とヴィネガーが置いてある。従業員が騒々しく次々にやってきて、十二時半に食事にきた人たちの温《ぬく》もりが残っている長椅子に座った。

「今日はピクルスがないね」フィリップの隣に座った男がいった。

背が高くやせた青年で、かぎ鼻で、青白い顔をしている。頭が細長く、何かで殴られたかのようにあちこちがへこんでいる。額や首には大きなニキビがぽつぽつできて赤く腫《は》れている。名前はハリスといった。そのうちわかってきたのだが、日によっては、大きなスープ皿にいっぱいミックス・ピクルスがのって出てくることがある。これは大人気だった。テーブルにはナイフもフォークもなかったが、すぐに白い上着を着た大柄で太ったボーイが両手にナイフとフォークをつかんでやってくると、けたたましい音を立てて、テーブルのまん中に放り投げていった。それを各自が取る。どれも汚い湯で洗ったばかりで、温かく、べとべとしている。肉汁に肉が浮かんでいる皿を、白い上着を着たボーイたちが配っていく。それも手品師のような手さばきで投げていくので、肉汁がテーブルクロスに飛び散る。そのあと、キャベツとジャガイモを盛った大きな皿がくる。みているだけで、フィリップは胸が悪くなった。だれもが料理にヴィネガーをどぶどぶかけている。それにうるさくてしょうがない。しゃべり、笑い、叫ぶ声に、ナイフとフォークの騒音が加わり、さらに食べ物を咀嚼《そしゃく》する不快な音が混じる。フィリップは店にもどってほっとした。売り場がどこにあるかひとつずつ覚えるうちに、客にきかれて店員にたずねる回数が減っていった。

「通路をまず右に曲がって、そのあと左に曲がってください」

女の子がひとりかふたり、暇なときに声をかけてくる。フィリップは品定めされているような気がした。五時になると、また食堂にいく。お茶の時間だ。座れるのがうれしかった。厚切りのパンにたっぷりバターを塗ってある。従業員の多くは瓶入りのジャムを持ってきて、名前を書いて戸棚に入れてある。

六時半、仕事が終わるとフィリップはくたくたに疲れていた。昼食のとき隣にすわっていたハリスがハリントン通りの宿舎まで案内しようと声をかけてきた。彼がいうには、自分の部屋のベッドがひとつ空いていて、ほかの部屋はいっぱいだから、きっとそこで寝ることになるんじゃないかとのことだ。ハリントン通りの宿舎は、もとは靴の製造販売を行っていたところで、店の部分が寝室に使われている。それにしても異様に暗い。というのは、窓の四分の三が板でおおわれているからだ。窓は開かないようになっていて、空気が出入りするのは奥のほうにある小さな天窓ひとつだった。なかはかびくさく、フィリップはここで寝なくてすむことを感謝した。ハリスについて二階に上がると居間があった。古いピアノが置いてあるが鍵盤《けんばん》は虫歯を並べたようにみえる。テーブルの上には、ふたのない葉巻箱にドミノが入っていて、「ストランド・マガジン」誌〔一般向けの月刊誌で、シャーロック・ホームズが主人公の作品が掲載されたので有名〕や「グラフィック」紙〔絵入りの週刊新聞〕が何部か置いてある。ほかの部屋は寝室だ。フィリップが割り当てられた部屋は最上階にあった。ベッドは六つあって、それぞれ横にトランクや箱が置いてある。家具は戸棚がひとつあるだけだ。戸棚には大きい引き出しが四つと小さい引き出しがふたつついている。フィリップは新入りなので小さい方を使った。すべて鍵《かぎ》がついていたが、どれも同じで大して役には立たない。ハリスから、大事な物はトランクに入れておくようにといわれた。暖炉の上には鏡が置いてある。ハリスは洗面所も案内してくれた。そこは広くて、洗面台が八つ並んでいる。ここで全員が顔を洗う。その奥の部屋にはバスタブがふたつ。どちらも色があせ、木製の部分は石鹸《せっけん》がこびりついている。バスタブの内側には、湯の張り具合が人によって違うせいで、水量を示す線が不等間隔で何本もついている。

ハリスといっしょに部屋にもどると、背の高い男が着替えていて、十六歳の少年が思いきり大きな音で口笛を吹きながら髪にブラシをかけていた。背の高い男はだれにも何もいわず、一、二分後、部屋を出ていった。ハリスが少年にウインクすると、少年は口笛を吹きながらウインクを返した。ハリスによれば、背の高い男はプライアーという名前で、以前は軍隊にいたが、いまは絹製品の売り場にいて、ほとんど口をきかず、毎晩あいさつのひとつもせずに、彼女に会いにいくらしい。そのうちハリスも外出して、フィリップは少年とふたりになった。少年はフィリップが荷ほどきをするのをながめている。名前はベル。服飾関係の糸やリボンを扱う売り場で働いているのだが、見習いなので無給だ。フィリップの夜会服に特に興味をそそられたらしい。部屋のほかのメンバーのことを話したり、フィリップのことをたずねたりした。陽気な少年で、話の合間にがらがら声でミュージックホールの歌を口ずさむ。フィリップは持ってきた物を整理し終わると、外に出て通りを散歩しながら、まわりの人々をながめ、時々レストランの前で立ち止まってはなかに入る人を観察した。腹がへってくると、レーズンが入った丸いパンを買って、かじりながらのんびり歩いた。入口の鍵は管理人からもらっていた。十一時十五分にガス灯が消えることになっているのだが、閉め出されるのはいやなので早めにもどることにした。罰金のこともきいていた。十一時を過ぎると一シリング、十一時十五分を過ぎると二シリング半の罰金。これは会社に報告がいく。そして三回報告されると、解雇される。

部屋にもどってみると、元兵士以外は全員いて、そのうちのふたりはすでに寝ていた。フィリップは大声で迎えられた。

「やあ、クラレンス！　遅いよ！」

みると、長枕《ながまくら》が夜会服を着ている。ベルの仕業だ。本人はこのジョークが気に入っているようだ。

「クラレンス、懇親会にはこれを着ていかなくちゃね」

「気をつけないと、店の美人を持っていかれるぞ」

会社の懇親会のことはきいていた。その参加費が給料から差し引かれているのが、社員の不満のひとつだった。引かれるといってもたった月に二シリングで、そのうえそれで医療費も払ってもらえるし、古い小説の置いてある図書室も自由に使える。しかし洗濯代で月四シリングも差し引かれるので、フィリップの場合、週六シリングの四分の一がなくなってしまう。

宿舎にいるほとんどの社員は、ふたつに割ったロールパンに分厚いベーコンをはさんで食べる。これが社員の普通の夕食で、数軒離れたところにある小さな店が持ってきてくれる。これがひとつ二ペンスだった。元兵士のプライアーがもどってきた。何もいわず、手早く服を脱ぐとベッドにもぐりこむ。十一時十分にガス灯の火がぼっと大きくなり、五分後に消えた。プライアーは寝たが、ほかの連中はパジャマ姿かナイトシャツ姿で大きな窓を囲み、下の通りをいく女たちに食べ残しのサンドイッチを投げつけては、冗談を飛ばしている。向かいにある六階建ての建物はユダヤ人が働いている縫製工場で、十一時まで仕事をしている。部屋は明るく、窓に鎧戸《よろいど》はない。社長——一家は父親、母親、幼い男の子がふたり、それから二十歳の娘がひとり——の娘が、仕事が終わると、各階の灯を消して回る。ときどき、服を仕立てる職人が言い寄ってくるのを楽しむことがある。フィリップと同室の店員は、職人たちがなんとか後まで残ろうと画策するのをながめては楽しみ、だれが成功するか少額の金を賭《か》けたりもしていた。十二時になると、通りのはずれにあるパブから客が出てきて、その頃になると部屋の住民も寝るのだった。ベルはドアのすぐそばにベッドがあるので、ベッドからベッドへ跳んでいくのだが、最終地点に着地してもおしゃべりをやめない。そのうち元兵士の規則正しいいびきのほか何もきこえなくなり、ようやく、フィリップは眠りに落ちた。

七時、大きな鐘の音で目が覚める。八時十五分前には、全員着替え、靴下をはいて階段を駆け下り、一階で靴を取って足を突っこむ。走りながら靴紐《くつひも》を結び、オクスフォード通りの店にいって朝食をとる。八時に一分でも遅れると朝食は抜き。いったん店に入ったら外に出て食事をしてはいけないことになっている。八時までに入れないことがわかると、近所の小さな店に立ち寄って、パンをふたつほど買うしかない。しかしそれはもったいないので、ほとんどは昼食までがまんする。フィリップはバターを塗ったパンを食べ、紅茶を飲み、八時半には仕事を始める。

「通路をまず右に曲がって、そのあと左に曲がってください」

そのうち、客の質問に機械的に答えられるようになった。仕事は単調で、じつに退屈なうえ、数日後には足が痛くて立っていられなくなった。分厚く柔らかい絨毯《じゅうたん》の上を歩いていると、足が次第に熱を持ってくる。夜、靴下を脱ぐときも痛くてたまらない。これはよくあることで、足が常に汗をかくせいで、そのうち靴下も靴も腐ってしまうらしい。部屋の面々も同じで、痛みを和らげようと、足を寝具の外に出して寝ている。フィリップもまったく歩けなくなり、幾晩もハリントン通りの宿舎の居間で、バケツに入れた冷水で足を冷やさなくてはならなかった。そういうとき付き合ってくれるのはベルだった。服飾関係の糸やリボンを扱っている少年は、しょっちゅう居間に残って、単調な口笛を吹きながら、集めている切手を切手帳に貼りつけている。

104

会社の懇親会は月曜日に隔週で開かれた。フィリップは入社して二週目が最初だった。同じ売り場の女性のひとりといっしょにいくことにした。

「あの人たちとはあんまり親しくしないほうがいいわよ」彼女はいった。「あたしもそうしてるの」

ミセス・ホッジズという四十五歳の小柄な女性で、髪の染め方が下手だった。顔は黄色っぽく、赤い毛細血管が網のように浮かび、薄いブルーの目は黄色く濁っている。フィリップが気に入ったらしく、入社して一週間もしないうちに、フィリップ、フィリップと呼びかけてきた。

「あたしたちはふたりとも、つらい目にあった経験があるのよね」彼女はいった。

彼女は、自分はもうホッジズという名前じゃないのといっていたが、いつも、「うちのミスタ・ホッジズが」といっている。「うちの」というのは弁護士だ。それでね、うちの人があまりにひどいから、ひとりのほうがましだと思って、うちを出たの。あの頃は、自分専用の馬車がある暮らしだったのよ、あなた――彼女はだれにでも「あなた」と呼びかける――それに、家ではいつもふたりで遅い時間に正餐《せいさん》をとっていたの。彼女は異様に大きい銀のブローチのピンで歯の間をつつくのが癖だった。そのブローチは、普通の鞭《むち》と乗馬用の短い鞭を交叉《こうさ》させ、まん中に拍車をふたつ置いたデザインだった。フィリップは新しい環境になじめず、店の女の子には「気取っている」と思われた。だれかに「フィル」と呼びかけられたとき、自分だとは思わず返事をしなかったら、相手はつんとして「偉そうね」といった。そして次に会ったときには、皮肉たっぷりに「ミスタ・ケアリ」と呼ばれた。彼女はミス・ジュウェルといい、医者と結婚するらしい。ほかの子たちはその医者には会ったことがなかったが、きっと紳士に違いないわ、あんな素敵なプレゼントをくれるんだものといっている。

「あの子たちには、好きなようにいわせておけばいいのよ、ね」ミセス・ホッジズはいった。「あたしもあなたも同じような経験をしてきたんだから。あの子たちはわかってないの。ほんとにそう。あなたもあたしみたいに頑張れば、みんなに好かれるようになるわよ」

会社の懇親会は地下のレストランで開かれた。テーブルはすべて片側に片づけられ、ダンスができるようにしてある。小さめのテーブルはホイストができるように置かれている。

「まずはあたしたち仕切り役が働かなくちゃね」ミセス・ホッジズがいった。

彼女はフィリップをミス・ベネットに紹介した。会社で人気の女の子で、ペチコートを扱っている部門の仕入れ係だ。フィリップが会場に入っていったときは、紳士用靴下などの仕入れ係と話をしていた。ミス・ベネットはとても体格がよく、大きな赤い顔に白粉《おしろい》をべったり塗っていて、胸もじつに豊かだ。亜麻《あま》色の髪はていねいに整えてある。とても派手な格好だが、悪趣味ではない。ハイカラーの黒のドレスに、光沢のある黒の手袋をはめたままホイストをしている。太い金のネックレスを何本も首にかけ、手首にはバングルをいくつもはめ、写真を入れた丸いペンダントをいくつか下げていた。そのうちのひとつはアレグザンドラ妃の写真だ。ミス・ベネットは黒のサテンのバッグを持って、口内清涼剤を嚙《か》んでいる。

「お会いできてうれしいわ、ミスタ・ケアリ。懇親会は初めてなんでしょう？　少し緊張してるかもしれないけど、気楽にね。だいじょうぶ」

彼女はみんなの緊張感をほぐそうと、精一杯気をつかっていて、肩をたたいたり、大声で笑ったりしている。

「わたし、ちょっとはしゃぎすぎよね」ミス・ベネットはフィリップを振り返っていった。「そう思わない？　でも、しょうがないの」

次々に人がやってくる。ほとんど、みんな若い。まだ彼女のいない男の子や、まだいっしょに散歩する彼氏のいない女の子といった感じだ。若い男性の何人かはスーツに白の蝶《ちょう》ネクタイ、胸には赤のシルクのハンカチを挿している。何かあれば目立とうと、そわそわして落ち着きがない。自信ありげにみえる者もいるが、ほかはみんな緊張しているようで、不安そうにまわりを観察している。髪を大きくまとめた女の子がやってきてピアノの前に座り、騒々しい演奏を始めた。人々が席に着くと、まわりを見回して、曲の名前を告げた。

「『ロシアの旅』です」

拍手がわいた。その間に、女の子は手早く両手首に鈴をつけた。そしてちらっと微笑むと、いきなり、力をこめて激しいメロディーを奏《かな》でた。弾き終わると、さらに大きな拍手が起こった。それからアンコールに、海をモチーフにした小品を弾いた。細やかなトリルは岸に寄せる小波《さざなみ》で、派手な和音を弾いてペダルを踏みこむと嵐《あらし》になった。そのあとひとりの男性が「別れを告げて」を歌い、アンコールにこたえて「歌で眠らせて」を歌った。きいている人はだれにも気をつかって、アンコールにこたえるまで拍手をやめない。毎回、盛大な拍手なので嫉妬《しっと》など生まれようがない。ミス・ベネットがやってきてフィリップに話しかけた。

「きっと、ピアノか歌をきかせてくださるんでしょうね、ミスタ・ケアリ」彼女がいたずらっぽくいった。「顔にそう書いてあるわ」

「申し訳ないけど、だめなんです」

「詩の暗唱とかは？」

「そういう才能がなくて」

紳士用靴下などの仕入れ係は詩の暗唱で有名だった。同じ部の店員たちみんなに、暗唱、暗唱と騒がれると早速、悲劇的な長い詩を始めた。途中、目をむき、片手を胸に置き、いかにも苦しそうな演技をしてみせる。最後は、夕食にキュウリを食べたせいだったというおちで締めくくられた。観客はどっとわいたが、多少、さめた感じがある。というのも、だれもがその詩を知っていたからだ。しかし、盛大な拍手は長いこと続いた。

「この人はちゃんと特技があるのよ」ミセス・ホッジズがいった。

「あら、冷やかさないで。わたしにできるのは手相と透視くらいよ」

「手相をみてください」同じ部にいる女の子が彼女を喜ばせようと声を上げた。

「手相をみるのはいやなの、ほんとはね。だって悪いこともいわなくちゃならないし、それがまた当たっちゃうし、そしたら、きいた人は迷信深くなっちゃうでしょう」

「いいえ、ミス・ベネット、一度でいいからみてください」

早速、数人に取り囲まれた。困惑の叫びや、くすくす笑いや、赤面や、当惑や賞賛の声が上がるなか、彼女は謎《なぞ》めいた声で金髪の男のことや黒髪の男のこと、手紙に入っている金のこと、旅行のことなどを話すうち、白粉を塗った顔に大粒の汗が浮かんでくる。

「ほら、この顔をみて。すっかり上気しちゃった」

食事は九時。ケーキ、パン、サンドイッチ、紅茶とコーヒーが出る。どれも無料だ。ただミネラルウォーターは有料だった。いいところをみせたい男は女性にジンジャー・ビールを勧めるのだが、普通は遠慮して断られる。ところがミス・ベネットはジンジャー・ビールが大好きなので、ひと晩に二杯、ときには三杯飲むこともある。しかし決してほかの人に払わせることはない。そこが男性陣に気に入られていた。

「彼女は変わり者でね」男たちはそういう。「だけど、人柄はいいんだ。そこがほかのだれかと違うところさ」

食事が終わってホイストが始まると、いきなり場が盛り上がる。あちこちで笑い声や大声が飛び交い、だれもがテーブルを移っていく。ミス・ベネットはさらに汗をかく。

「ほら、この顔を見て。すっかり上気しちゃった」

そのうち若手のなかでも元気のいい連中が、踊るならそろそろ始めなくちゃといいだす。食事の前に演奏した女の子がピアノの前に座り、勢いよくペダルを踏む。幻想的なワルツが始まる。低音でリズムを弾きながら、右手で旋律をオクターブで交互に弾いていく。ときどき左右の手を交叉させると、今度は低音でメロディーを弾く。

「上手でしょう?」ミセス・ホッジズがフィリップにいった。「ピアノを習ったことがないなんて信じられる？」

ミス・ベネットはダンスと詩が何よりも好きだった。そして踊るのだが、じつに、じつに動きが遅い。目にどこか遥《はる》か遠くをながめているような表情を浮かべ、ひっきりなしに部屋の床のことや、部屋が暑いことや、さっきの食事のことをしゃべるのだ。彼女はこんなことをいった。ポートマン・ルームズ〔ベイカー通りに面した商店街にあったホール〕の床がロンドンで一番よくて、あそこで踊るのが好きなの、あそこに出入りできるのは限られた人だけだし、見ず知らずの人と踊るなんて耐えられない、だって、赤の他人に自分をさらすようなものでしょう。ここにきている店員はほとんどみんな、ダンスはうまかったし、楽しんでいた。満面に汗をかき、若い男たちのハイカラーまでが汗を吸ってくたっとしている。

フィリップはそんな様子をながめているうちに、久しく感じたことのない無力感に襲われた。耐えがたく、孤独だった。出ていかなかったのは、生意気だと思われるのがいやだったからだ。女の子としゃべっては笑ったが、むなしくてしょうがない。ミス・ベネットに、お目当ての女の子はいるのときかれた。

「いえ」フィリップは微笑んだ。

「あら、もったいない。こんなにたくさんいるのに。育ちのいい素敵な子も何人かいるわよ。さっさとひとりみつけなさい」

それからいたずらっぽい目でフィリップをみた。

「でも、ほどほどにね」ミセス・ホッジズがいった。「それが肝心よ」

十一時近く、懇親会は終わった。フィリップは寝られなかった。ほかの仲間と同じように寝具から足を突き出して、必死に、いまの生活を考えないようにした。元兵士はかすかないびきをかいていた。

105

給料は毎月、給与課の課長からもらうことになっている。給料日になると、お茶のあと、部署ごとにまとまって廊下にいって、ホールで劇場のドアが開くのを待つ観客のようにきちんと列を作って並ぶ。そしてひとりずつ事務室に入っていく。なかでは課長がデスクに座り、前に置いてある木のボウルに金が入っている。そして名前をきき、手早く帳簿をめくって、いかがわしげに相手をみてから、金額を読み上げ、ボウルのなかから相当分を取り出し、勘定しながら、社員の手に置く。

「ごくろうさん」そういって、「次」と声をかける。

「ありがとうございます」と返事。

そのあとは課長補佐のところにいき、部屋を出るまえに、洗濯代に四シリング、懇親会費に二シリング、それから罰金があればそれを払う。そして残りを持って部署にもどり、退社時間になるのを待つ。宿舎の男は全員、しょっちゅう夕食に買うサンドイッチを売っているおばさんにツケがたまっている。そのおばさんというのがかなり歳《とし》のいった変わった女性で、でっぷり太って、大きな赤ら顔で、黒い髪をきれいにまん中で分けて額の両側にぺたっとくっつけている。ヴィクトリア女王の若い頃の写真でみかける髪型そっくりだ。いつも小さな黒のボンネットをかぶり、白いエプロンをつけ、袖《そで》は肘《ひじ》までまくり、油でべとべとの大きな手でサンドイッチを切る。ボディスもエプロンもスカートも油でべとべとしている。ミセス・フレッチャーという名前だが、だれからも「おばさん」と呼ばれていた。おばさんも、デパートで働いている若者たちをかわいがり、息子のように思っていた。月末近くになると、喜んでツケでサンドイッチを売ってくれたし、ときには困っている息子に数シリング貸してやることもある。じつに気のいい女性だった。社員は休暇で宿舎を離れたり、休暇からもどってくるときは必ず、このおばさんのふっくらした赤い頬にキスをする。おばさんは何度か、店を辞めさせられて次の職がみつからない若者に、なんとか生きていける程度のものをただで食べさせてやったこともあるらしい。だれもがその広い心に打たれて、母親のようにしたっていた。みんながよく口にする話にこんなのがある。ブラッドフォードで成功して、店を五軒構えるようになった男が十五年ぶりにもどって、フレッチャーおばさんに会いにきたとき、金時計をプレゼントしたというのだ。

　フィリップは給料のうち十八シリング残った。初めて自分でかせいだ金だ。しかし思っていたほどの感慨はなく、ただ落胆した。これだけしか残らないのかと思うと、将来が絶望的に思えたのだ。ミセス・アセルニーに十五シリング返すことにした。借金の一部だ。ところが十シリングしか受け取ってもらえなかった。

「それだと、返済が終わるのは八ヶ月後になります」

「夫が働いている間は、やっていけるからいいのよ。それにあなたのお給料もそのうち上がるかもしれないでしょう」

　アセルニーはいつもフィリップに、支店長にかけあって、きみの才能をむだにするなといってやるといっていたが、結局、そんなことはしなかった。そのうちフィリップにも、新聞広告の原稿書きというのは、本人が思っているほど上役から評価されていないということがわかってきた。ときどき、店で彼の姿をみることがあったが、いつもの元気な様子はなく、普通の、きちんとした、みすぼらしい格好で立ち働いていた。おとなしく従順な小男で、人の目につかないようにしているようにみえた。

「あんなところで働いていると、自分を空費しているような気になってしまう」彼は家に帰るとそういった。「毎日、辞表を出そうかと思うくらいだ。自分のような人間があそこで出世する見こみはないし。飢餓感にさいなまれてしょうがない」

ミセス・アセルニーは黙って縫い物をしている。夫のぼやきに付き合うつもりはまったくないらしく、口を少しすぼめている。

「この頃は職をみつけるのさえ大変なんですよ。いまのお仕事は安定しているから安心じゃありませんか。お店に気に入ってもらっているうちは、できるだけ長くいたらどうです」

アセルニーがそうすることはだれの目にも明らかだ。おもしろいのは、この無教養な女性が、結婚さえしていないというのに、頭脳明晰《めいせき》だが大きなことばかりいっている気まぐれな男を見事に手なずけているところだ。フィリップは生活が一転して以来、ミセス・アセルニーには母親のようにやさしくしてもらっていて、いつも心を配っておいしい料理を出してくれることにとても感謝していた。それは日々（もう慣れてきてはいたものの、その単調さを思うと、ぞっとしてしまうのだが）のなぐさめといってよく、日曜日には必ずこの温かい家を訪れることにしていた。堂々としたスペイン風の椅子に座って、アセルニーと様々なことを話し合うのは楽しかった。状況は悲惨なままだったが、ハリントン通りにもどるときはいつも気持ちが晴れ晴れしていた。最初、それまで学んできたことを忘れないように医学書を読もうとしたが、無駄だとわかった。仕事で疲れて帰ってくると、集中力が続かないのだ。それにそんなことをしても意味がないような気がした。いつになったら病院にもどれるかわからないのだ。病棟に勤めているときのことをよく夢にみた。そういうときは目覚めるのがつらかった。何人もといっしょにひとつの部屋で寝ていると思うといらいらしてならない。孤独に慣れきっていたので、一瞬たりともひとりになれないと考えると、ぞっとしてしまう。そういうとき、ふと絶望に負けそうになる。自分の未来がみえるような気がするのだ。「通路をまず右に曲がって、そのあと左に曲がってください」。これがどこまでも続く。首にならないことを感謝しなくてはならない、という生活が続くのだ。戦争にいった男たちがやがてもどってくる。店は彼らに復職を保証している。そのぶん、いまの店員が首になる。ということは、このつまらない仕事を続けられるよう必死に頑張らなくてはならないということだ。

こんな状況から自由になる可能性はひとつ。伯父の死だ。そうなれば数百ポンドの遺産が手に入り、医学校での勉強を終えられる。フィリップは心の底から年老いた伯父の死を願うようになった。あと何年生きるだろうと計算してみた。もう七十を過ぎている。正確な年齢は覚えていないが、少なくとも七十五にはなっているはずだ。慢性の気管支炎を患《わずら》っていて、冬になるといつもひどい咳《せき》に悩まされる。フィリップはもうすっかり覚えている内科の教科書の、老人性慢性気管支炎の項を何度も細かく読み返した。厳寒の冬がくれば、伯父は歳だし、もたないかもしれない。フィリップは祈った。どうか寒くなって雨が降りますように。そのことばかり考えるあまり、ほかのことが考えられなくなってきた。伯父は夏の暑さも苦手だ。その年、夏に三週間ほど猛暑日が続いた。フィリップの頭のなかに、ある日、電報か何かで、牧師が突然に亡くなったという知らせが届いて、心底ほっとしている自分の姿が浮かんだ。百貨店の階段を上がったところに立って、客に目的の売り場にいく順路を説明しながら、遺産が入ったら、それを何に使おうとばかり考えていた。いくらかはわからないが、せいぜい五百ポンド程度だろう。だが、それで十分だ。すぐに店をやめよう。前もって断ることなどない。荷造りをして、だれにも何もいわずに宿舎を出ていく。そして病院にもどる。これが最初の一歩だ。習ったことをずいぶん忘れているかもしれないが、六ヶ月もあれば、取りもどせるし、そうしたら、できるだけ早く三科目の試験を受ける。しかし不安におびえることもあった。産科が最初で、次は内科、それから外科だ。伯父が、約束したにもかかわらず、全財産を教区か教会に寄附してしまったらどうしよう。そう考えると、胃のあたりがずしっと重くなる。まさか、そんなひどいことはしないだろうとは思うものの、万が一そうなったらどうするかは決めてあった。こんな状況でいつまでも生きていくつもりはない、いまの境遇に甘んじているのは、きっとこれから生活が上向きになると信じているからだ。希望がなくなれば、不安もなくなる。そのとき勇気をもって選ぶことができるのは自殺だけだ。このことも詳細に考えてあって、苦しまないですむようどんな薬を使うか、それをどうやって入手するかは決めている。もし生きていくのが耐えられなくなっても、そこから逃れる方法があると思うと勇気がわいた。

「ふたつ目の通路を右に、それから、階段を下りてください。それから左に曲がって、まっすぐお進みください。ミスタ・フィリップス、どうぞ前へ」

一ヶ月に一度、一週間の当番があって、朝の七時に職場にいき、掃除夫の監督をすることになっていた。掃除が終わると、ショーケースやマネキンにかけてあるおおいを取る。そして夕方、店員がいなくなると、またショーケースやマネキンにおおいをかけ、ふたたび掃除夫の監督をする。埃っぽく、不潔な仕事だ。読書も書き物も喫煙も禁止で、ただ歩き回ることしか許されていないから手持ち無沙汰《ぶさた》でしょうがない。九時半になるとようやく解放されて、夕食が出る。これだけが唯一《ゆいいつ》のなぐさめだった。五時に紅茶と軽食をとったきりで、健康な青年らしく腹ぺこだったからだ。店が出してくれるパンとチーズと、お代わり自由のココアはありがたかった。

リン&セドリー衣料百貨店で働き始めて三ヶ月ほどしたある日、仕入れ係のミスタ・サンプソンが売り場にやってきた。かんかんに怒っている。たまたま衣装を展示しているウィンドーをみた支配人に呼びだされ、配色がなっていないと皮肉たっぷりに責められたらしい。上司の辛辣《しんらつ》な苦言を黙って耐えてきたミスタ・サンプソンはそれを店員にぶつけた。そしてウィンドーの展示を担当している店員をしかり飛ばした。

「ちゃんと仕事をするつもりなら、ちゃんと考えてやれ」ミスタ・サンプソンは怒鳴った。「いつもいってきたし、これからもいうぞ。こんなことでは、なにもまかせられない。おまえたちはばかか。頭を使え、頭を！」

彼はその言葉を店員たちに投げつけた。これくらいいえば、相手にも伝わるだろうといわんばかりだ。

「ウィンドーのなかに派出な青を使うと、ほかの青は全部死ぬんだ」

そういっていらだたしげに店内をみまわしたとき、ふとフィリップが目に止まった。

「ケアリ、今度の金曜日、ウィンドーの飾り付けをやってみてくれ。どれくらいできるかみてみたい」

そういうとミスタ・サンプソンは不機嫌そうにぼやきながら事務所にもどった。フィリップは落ちこんだ。金曜日の朝、ウィンドーのなかに入るときは、恥ずかしくてたまらず、顔はまっ赤だった。通行人にみられると思うとぞっとした。ばかなことを考えるんじゃないと自分にいいきかせてはみたものの、通りには背を向けていた。医学校の学生がこの時間にオクスフォード通りを歩くことはめったにないし、ロンドンに知り合いなどほとんどいない。しかし作業をしながら、喉《のど》に大きな塊が詰まっているような気がしたし、振り向くと知り合いと目が合うのではないかと気が気でなかった。できるだけ手早く作業を終えた。赤系統の色は相性がいいという単純な理論に従い、いつもより衣装と衣装の間隔を広く取った。結果は上出来だった。ミスタ・サンプソンは通りからこれをみて、とても喜んだ。

「わかっていたんだ。きみはこういう作業に向いているってね。実際、わたしときみは紳士階級の出だ。こういうことは店ではいわないんだが、わたしときみは紳士だ。みればわかるんだよ。いや、そんなことはないといってもだめだ。わかるんだから」

フィリップは定期的にこれをやらされたが、通行人のみているところで作業をするのには慣れなかった。金曜日の朝が怖かった。ウィンドーの飾り付けをしなくてはならない。恐ろしさのあまり朝の五時には目が覚めて、それから寝られないままベッドのなかで悶々《もんもん》とした。店の女の子たちはフィリップが恥ずかしがっているのに目を止め、通りに背を向けて作業しているのに気がついた。そして「何気取ってんのかしら」といって笑った。

「おばさんが通りかかって、遺言状からあなたの名前を消しちゃうんじゃないかって、それが心配なんでしょう」

だが、女の子たちはフィリップのことをそう悪く思ってはいなかった。少し変な人だとは思ったものの、足が悪いせいだと考えたし、そのうち、性格が悪くないこともわかったからだ。フィリップはだれにでも手を貸したし、礼儀正しかったし、性格も穏やかだった。

「紳士なのよ」だれもがそういった。

「奥ゆかしいっていうか」若い女の子がいった。その子は芝居が大好きで、それを熱く語るのを、フィリップにうなずきながらきいてもらったことがあった。

女の子はほとんどみんな相手がいたし、いない子も、だれからも声がかからないと思われるのがいやだったので、いるといっていた。ひとりかふたり、フィリップに気のある素振りをみせる子もいたが、フィリップは彼女たちのやり方を面白くながめているだけだった。しばらく恋愛はごめんだと思っていたし、なにより、ほとんどいつも疲れていて、しょっちゅう空腹だったのだ。

106

フィリップは、楽しい思い出のある場所は避けていた。ビーク通りの酒場でのささやかな集まりはなくなった。マカリスターは仲間の信頼を失ってこなくなったし、ヘイワードは南アフリカにいってしまった。残ったのはローソンひとりだが、彼とはなんの共通点もなくなり、会いたいとは思わなかった。ところがある日曜日の昼食後、フィリップは服を着替えてリージェント通りをセント・マーティン通りの無料図書館に向かっていた。そこで夕方まで過ごすつもりだったのだが、途中でローソンにばったり会った。とっさに何もいわずに通り過ぎようと思ったのだが、ローソンがその機会を与えなかった。

「いったい、どこにいたんだ」彼が大声でいった。

「え？」

「手紙を書いて、パーティを開くからアトリエにこないかといったのに、まったく返事がこないじゃないか」

「その手紙、受け取ってないんだ」

「知ってるよ。病院までさがしにいったら、通信棚に手紙が入ったままだった。医者になるのはやめたのか」

フィリップは一瞬、どう答えようか迷った。本当のことをいうのは恥ずかしかったが、恥ずかしいと思う自分に腹が立ったので、ありのままを話すことにした。顔がまっ赤になった。

「まあね。なけなしの手持ちの金が底をついて、勉強を続けられなくなったんだ」

「そうか。それは気の毒だな。で、何をしてるんだ」

「案内係をしてる」

その言葉は喉につかえたが、ごまかすのはやめようと思った。ローソンをみると、その目には戸惑いの色が浮かんでいた。フィリップは自虐《じぎゃく》的な笑いを浮かべた。

「リン＆セドリー衣料百貨店の既製服売り場にくれば、ぼくがフロックコートを着て、優雅《デガジェ》に、ペチコートや靴下を買いたい女性たちを案内をしているところがみられるよ。『通路をまず右に曲がって、そのあと左に曲がってください』」

ローソンはフィリップがわざと軽い調子で話しているのに気づくとぎこちなく笑った。なんと答えていいのかわからなかったのだ。フィリップのいったことを想像してぞっとしたのだが、同情したところをみせてはいけないと思った。

「状況が多少変わったようだな」

ローソンは自分でも、妙な言い方になってしまったと思った。そしてすぐに、いわなければよかったと後悔した。フィリップの顔が曇り、赤くなった。

「まあ、多少ね」フィリップはいった。「そういえば、五シリング借りがあった」

フィリップはポケットに手を入れて銀貨を何枚か取り出した。

「いや、いいよ。忘れてたし」

「いや、取ってくれ」

ローソンは黙って受け取った。ふたりは歩道のまん中に立っていたので、通行人が邪魔そうによけていく。フィリップの目に浮かんだ自嘲《じちょう》的な表情をみて、ローソンは居心地が悪くてしょうがなくなった。それでフィリップの心に重くのしかかっている絶望には気づけなかった。ただ、何かしてやりたくてしょうがなかったが、何をしていいのかわからない。

「アトリエにきて、ゆっくり話さないか」

「いや」

「どうして」

「話すことがないからね」

フィリップは、ローソンの目をみて傷ついているのがわかったが、どうしようもなかった。悪いとは思ったものの、自分のことを考えなくてはならない。いまの状況をあれこれ話すと思うだけで耐えられなかった。なんとかこの状況を耐えているのは、それを決して考えないようにしているからなのだ。いったん思っていることを口に出してしまうと、とことん弱気になってしまいそうだ。それにみじめな思いをした場所にいくと思うと嫌悪《けんお》感でいっぱいになった。あのときの屈辱感はいまでもよく覚えている。アトリエで、なんでもいいから食べたくてたまらず、ローソンが食事に誘ってくれるのをじりじりしながら待っていたときのことも、最後に五シリング借りたときのことも。ローソンの顔などみたくもなかった。みれば、心底みじめな気持ちを味わったときのことを思い出してしまう。

「じゃあ、そのうち夜にでも食事にこいよ。いつでもいいから」

フィリップはローソンの気持ちがうれしかった。世界にはいろんな人がいて、それぞれが不思議とやさしくしてくれる。

「とてもうれしいけど、いかないと思う」フィリップは手を差し出した。「じゃあ、また」

ローソンは、相手の訳の分からない反応に戸惑いながらも手を握った。フィリップはそそくさと足を引きずりながら去っていった。心が重く沈んでしかたない。そしていつものように、あんなことをいうんじゃなかったと後悔した。愚かなプライドのせいで、友人の親切をむげにしてしまった。ところが、後ろから足音がきこえてきて、ふいにローソンの声がきこえた。フィリップは立ち止まり、かっとなった。そして、冷ややかなこわばった顔を向けた。

「なんだ」

「ヘイワードのことはきいたか」

「南アフリカにいったのは知っている」

「死んだんだ。戦地に上陸してすぐ」

一瞬、フィリップは言葉を失った。自分の耳が信じられなかった。

「どうして」

「腸チフスにやられた。運が悪いったらないよな。もしかしたら知らないんじゃないかと思ってな。知らせをきいたときは、さすがにつらかった」

ローソンは軽くうなずくと歩き去った。フィリップは心臓が震えた。それまで同年代の友人の死を経験したことがなかったのだ。ずっと年上のクロンショーの死はそれほどではなかったが、この知らせはショックだった。死がいきなりすり寄ってきたような気がしたのだ。ほかの人間と同様、死をまぬがれることはできないことくらいわかってはいたが、その実感はなかった。なので、ヘイワードにはずっと前から親しみを覚えなくなってはいたものの、その死には心を深く揺さぶられた。ふいに、彼と交わした楽しい話が次々によみがえってきて、もう二度と語り合うことがないと思うと悲しくてたまらなくなった。最初に会ったときのこと、ハイデルベルクで楽しく過ごした数ヶ月、そういった過去のことを考えると、心が痛むばかりだ。フィリップはどこにいるのかも忘れて、ただただ歩いた。そして気がついて腹立たしく思ったのだが、ヘイマーケットで折れるのを忘れて、シャフツベリ通りを歩いていた。引き返すのも面倒だったし、ローソンからきいたことのせいで本を読む気にもなれなかったので、どこかにひとりで座って考えたいと思った。そこで大英博物館にいくことにした。ひとりの時間はいまでは贅沢品《ぜいたくひん》だ。百貨店に勤めるようになってからは、しょっちゅう大英博物館にいってパルテノン神殿の彫刻の前に座るようになった。そして何を考えるでもなく、神々の大理石像をながめ、疲れた心を癒《い》やした。しかしこの日の午後は神々さえ語るべき言葉を持っていないようだ。数分後、フィリップは耐えられなくなって、その部屋から出た。あたりには人がたくさんいる。間抜けな顔をした観光客、ガイドブックを必死に読んでいる外国人。連中の醜悪さ、落ち着きのなさに身震いした。永遠の傑作が汚《けが》れ、不死の神々の休息が乱されるような気がする。ほかの部屋にはほとんど人がいない。フィリップはうんざりして腰を下ろした。いらいらしてしょうがない。頭のなかから人が出ていってくれない。百貨店にいるときも、ときどきそんな気持ちに襲われることがあって、人がぞろぞろ歩くところをみるとぞっとする。その光景はおぞましく、人の顔がいやしく思え、恐ろしくなってくるのだ。どの顔も浅ましい欲望でゆがみ、美などとは無縁にみえる。こそこそした目、貧弱なあご。邪悪ならまだしも、ただ貧相で低俗だ。ユーモアのセンスも低劣で下劣だ。ときどき、そういう人々をながめながら、動物ならなんだろうと考えることがある（こんなことはやめようと思ってはいた。これをやりだすとそれしか考えられなくなる）。すべての人間が、羊か馬か、狐《きつね》か山羊《やぎ》にみえてくる。そして胸が悪くなって吐き気がしてくるのだ。

しかしそのうち、その場の雰囲気になだめられて、気持ちが落ち着いてきた。そしてぼんやりと部屋のまわりに置いてある墓石をながめた。紀元前四、五世紀のアテネの石工が作ったもので、形はじつにシンプルだ。たいした才能など必要ないが、当時のアテネの魅力的な力強さがうかがわれる。時間が純白の大理石を温かい蜂蜜色《はちみついろ》に変え、アテネにあるイミトス山のミツバチを連想させる一方、輪郭を柔らかくしている。また、裸体像もある。長椅《ながい》子《す》に腰かけている像もあれば、自分を愛してくれている人々と別れて死にゆく像もあれば、後に残していく人々の手を握りしめている像もある。すべてに「別れ」という悲しみの言葉が刻まれている。ただそれだけだ。その素朴さが強く胸を打つ。友と別れる友、母親と別れる息子。なんの飾りもないそのひと言が、残された者の悲しみをいっそう痛切に物語っている。気の遠くなるほどの長い時間が、何百年もの時間が、この不運の上を流れていった。二千年の間に、別れを惜しまれた人も、別れを惜しんだ人も塵《ちり》になった。だが、その嘆きはいまでも生きている。それを思うと、フィリップは胸が一杯になり、心の底から悲しみがこみあげてきて、つぶやいた。

「なんて、はかないんだ」

そしてふと考えた。ぽかんと口を開けている観光客も、ガイドブックを持っている太った外国人も、デパートの売り場に群がるありふれた欲望と低俗な趣味のどうしようもない人々もみんな、寿命があり、死んでいくのだ。彼らもまた人を愛し、愛した人と別れていく。息子は母親と、妻は夫と。そして醜くみじめな人生を送ってきただけに、悲劇は大きい。この世界に美を与えているものを何も知らないのだから。ここにひときわ美しい墓石がある。手を握っているふたりの若者の浮き彫り《レリーフ》だ。じつに少ない線と、シンプルな彫り方に、石工のひたむきな気持ちがうかがえる。ここで讃《たた》えられているのは、世界がわれわれに提供する二番目に貴重なもの、友情だ。フィリップはこれをみて、涙がこみあげてきた。そしてヘイワードのことを思い出した。最初に会った頃は心から尊敬していた。それから幻滅し、無関心になり、最後は習慣と昔の思い出以外に共有するものはなくなってしまった。人生というのは不思議なものだ。何ヶ月も毎日のように顔を合わせ、とても親しくなって、相手のいない日常など考えられないほどになって、別離が訪れたかと思うと、またすべてはなんの変化もなく続き、かけがえのないものに思われた相手はいなくてもよかったことに気づく。人生は続き、彼がいなくなったことを悲しむことさえない。あのハイデルベルクで暮らし始めたばかりのときのことを考えてみた。ヘイワードは将来はなんでもできそうで、大きな野心を抱いていたが、何ひとつ実現できず、次第に自分を敗残者と考えるようになっていった。そんな彼も死んでしまった。彼の死は、彼の人生と同様、不毛だ。ろくでもない病気にかかってみじめに死んでしまい、最後まで、何もなし遂げられなかった。結局、彼が生きていたことにはなんの意味もない。

フィリップは絶望しつつ自問した。生きることになんの意味があるのだろう。すべてが愚かしく思えた。クロンショーも同じだ。彼の人生もまったく無意味だった。死んで忘れられ、詩集は売れ残って、古本屋に並んでいる。彼の人生は、ひとりの目立ちたがりのジャーナリストに序文を書くチャンスを与えること以外なんの役にも立たなかった。フィリップは心の中で叫んだ。

「いったいなんの価値があるんだ」

努力と結果とはまったく無関係だ。若いときの明るい希望は、幻滅という苦い代償を払わなくてはならない。苦痛、病苦、不運のおもりが重すぎる。人の生とはなんなのか。フィリップは自分のことを考えてみた。最初の頃に抱いていた高い望み、身体の不具による制約、友人のいなかった長い期間、子ども時代に愛情に恵まれなかったこと。いつも最上の選択をしてきたつもりだが、その結果がこれだ！　自分より取り柄のない連中が成功して、自分よりずっと取り柄のある連中が失敗する。何もかも偶然としか思えない。雨は善人の上にも悪人の上にも降る。そこには、なぜ、どうして、という理由はない。

フィリップはクロンショーのことを考え、彼からもらったペルシア絨毯《じゅうたん》のことを思い出した。人生の意味を教えてくれるといわれた絨毯だ。その答えが、ふいに頭に浮かんだ。フィリップはくすっと笑った。そうか、なぞなぞのようなものだ。答えがわかってみれば、なぜ気がつかなかったのか首をかしげたくなる。答えは明らかだ。人生に意味などない。この地球、宇宙をめぐる恒星の一惑星に、その歴史の一時期の環境的条件のもとで生命が誕生した。そのとき芽生えた生命は、その条件が変われば、ついえてしまう。人類も、ほかの生命体同様に意味のない存在であり、それは創造の頂点において生まれたのではなく、ある環境への自然な反応として生まれたのだ。フィリップは東洋の王の逸話を思い出した。王は人間の歴史を知ろうと思い至った。それにこたえて、ある賢者が五百巻の書物を持ってきた。しかし王は国の政治に忙しく、賢者にそれを要約して持ってくるよう命じた。二十年後、賢者が現れ、五十巻にまとめましたと告げた。だが王は年老いて、多くを読むことができず、さらに短くまとめて持ってくるよう命じた。二十年後、年老いて髪も白くなった賢者が一巻を持って現れた。これに王の求めている答えが書き記されているという。ところが王は死の床に横たわっていて、それさえ読む時間がない。そこで賢者は王のために、人間の歴史を一行にまとめた。人は生まれ、苦しみ、死ぬ。人の生に意味はなく、なんの目的もない。人は生まれようが生まれまいが、生きようが死のうが、それ自体なんの意味もない。生は無意味で、死は何も残さない。フィリップは歓喜した。十代の頃、神への信仰という重荷が肩から消えたときの歓喜を味わった。責任という最後の重荷から解放されたような気がした。そして生まれて初めて、完全に自由になった。自分が無価値だという自覚は力につながった。そして突然、いままで自分を迫害してきた残酷な運命と対等になったように感じた。もし人生に意味がないなら、この世界には残酷さもないはずだ。自分が何をやり遂げようが、何をやり残そうが、そんなことはどうでもいい。失敗かどうかも問題ではなく、成功かどうかも意味がない。自分は、人類という巨大な群のなかで最も価値のない生き物なのだ。そして人類はほんの一時期、この地球の表面を借りているにすぎない。そしていま自分は、混沌《こんとん》から無の意味をかすめとり、万能の存在になった。次から次に様々な考えが、真空状態の頭のなかにわいてくる。フィリップは喜び、心から満足して思い切り深呼吸した。跳び上がって歌いだしたかった。こんな気持ちはもう何ヶ月も味わったことがない。

「ああ、生よ」フィリップは心の中で叫んだ。「ああ、生よ、おまえのとげはどこに

ある」〔「死よ。おまえの勝利はどこにあるのか。死よ。おまえのとげはどこにあるのか。」「コリント人への手紙」より〕

この高揚した想像の噴出は、数学的論証の力をもって、人生には価値がないということを示してくれたのだが、もうひとつ教えてくれた。それは、おそらく、クロンショーがあのペルシア絨毯をくれた理由だ。絨毯織りの職人はなんの目的もなく、ただ美しいものを作る喜びにひたってあれを織った。そんなふうに人生を生きることもできるではないか。また、何ひとつ思うような選択ができないまま生きてきたと思っている人でも、絨毯織りのように自分の人生をみれば、それがひとつの模様になっているのがわかるはずだ。何かをする必要もなければ、したところでなんの益もない。やりたければ、やればいい。人生の多くのことから、行動や感情や思考などすべてのことを素材に模様を描くことができる。それは整然としたものかもしれず、精緻《せいち》なものかもしれず、複雑なものかもしれず、美しいものかもしれない。それは本人が勝手に選んだ幻想にすぎないかもしれないし、月の光を織りこんだ夢想かもしれないが、それはどうでもいい。そうみえるのだし、本人にとってはそれが現実なのだから。人生という縦糸――どこの水源からともなく湧《わ》き出て、どこの海へともなく滔々《とうとう》と流れる河のようなもの――のなかにいても、意味もなければ重要なものもないと考えれば、好きな横糸を選んで思い思いの模様を織り上げることができる。最も明白で完璧《かんぺき》で美しい模様がひとつある。それは生まれ、成長し、結婚し、子どもをつくり、パンを得るために苦労し、死ぬ、という模様だ。しかしほかに複雑で不思議なものもある。そこでは幸せの入りこむ余地がなかったり、成功を望むべくもなかったりするが、そういったもののなかにこそ、不穏ではあるが素晴らしいものがみつかったりする。いくつかの人生では――ヘイワードの人生もそのうちのひとつだが――運命が独断的に冷徹に、模様が完成する前にそれを中断させてしまうこともある。しかしそれもまたどうでもいい、というのは大きな慰めだ。クロンショーのような人生模様は理解しがたいが、見方を変え、古い価値観を改めれば、そんな人生もそれなりに正当化できる。フィリップはこう考えた。幸せになろうという願望を捨てれば、最後の幻想も拭《ぬぐ》い去れる。この人生をいまわしく思ってきたのは、幸福を尺度に考えてきたからだ。しかしいまは違う。力がわいてきた。ほかの尺度で計ればいい。幸福も苦痛と同様、取るに足りない。どちらも、人生のほかの細々したものといっしょに入りこんできて模様を複雑にするだけだ。フィリップは一瞬、自分の人生を作りあげてきた多くの出来事の上に立ってみた。すると、いままでと違って、それらの影響を感じないでいられるような気がした。これからは何が起ころうと、人生という模様が複雑になる動機が増えたのだと考え、死が近づいたら、その完成を喜べそうだ。それはひとつの芸術作品だ。自分しか存在を知らないからといって、自分が死ねば消えてしまうからといって、その美しさは少しもそこなわれるわけではない。

フィリップは幸せだった。

107

仕入れ係のミスタ・サンプソンはフィリップが気に入ったらしい。彼はとてもおしゃれで、店の女の子はみんな、お金持ちのお客と結婚してもおかしくないといっている。郊外に住んでいて、しょっちゅう事務室に夜会服を着てきて、店員をびっくりさせる。ときには次の日の朝も同じ格好で掃除夫の前に現れる。そして彼らが意味ありげに目配せしているのを尻目《しりめ》に、事務室に入ってフロックコートに着替えるのだ。そういうときは、さっさと食堂にいって朝食をすませ、階段を上がりながらフィリップの顔をちらっとみて、両手をこすり合わせながらこういう。

「昨日の晩は楽しかったよ！　じつに楽しかった。まったく！」

そして、ここで紳士は自分ひとりだし、きみとわたしだけが、人生のなんたるかを知っているといった。それからいきなり、フィリップを「きみ」ではなくミスタ・ケアリと呼び、仕入れ係にふさわしい態度になって、フィリップを案内係の仕事にもどすのだった。

リン&セドリー衣料百貨店は週に一度、フランスからファッション誌を取り寄せて、それに載っている衣装を、顧客の注文に応じて作ることがある。ただ、これを頼む客は特殊だった。最も多いのは、地方の工業都市に住んでいる女性だ。そういう女性はセンスがよく、地元で作っている服は着たくないものの、ロンドンにしょっちゅういくことはないので、財布に見合う腕のいい仕立屋をみつけられない。そのほかには、おもしろいことにミュージックホールに出る女性の多くが頼みにくる。こちらの客をみつけてきたのがミスタ・サンプソンで、本人はそれが自慢だった。最初、彼女たちはリン&セドリー衣料百貨店にステージ衣装を買いにきていたのだが、彼がほかの服もうちでどうかと勧めたのだ。

「パキャン〔一九世紀末から二〇世紀初めにかけて世界的に活躍したフランスのファッション・デザイナー〕の店で売っているのと同等の物が半額なんです」

彼は勧め上手で、愛想がよく、こういった女性客の受けもよかった。彼女たちはこういっていた。

「いい節約になるわよね。リン＆セドリー衣料百貨店でコートやスカートを仕立ててもらうと、みんなパリ製だと思ってくれるんだから」

ミスタ・サンプソンは、自分の作らせた服を着ている人気女優と親交があるというのが自慢だった。日曜日の二時にミス・ヴィクトリア・ヴァーゴの昼食に招待されたこともあった。——「うちで作ったパウダーブルーのドレスを着ているくせに、あろうことか、それをいわないんだよ。そこでこういってやった。そのドレスですが、わたしがデザインしたものでなかったら、きっとパキャンの店でお買いになったんですねと申し上げるところです、ってね」——その昼食会はタルス・ヒルにある美しい邸宅で開かれたのだが、次の日、彼は店の従業員に事細かにそのときのことを話してきかせた。フィリップは女性服にはまったく興味がなかったのだが、そのうちにふと目にとまり、専門的な興味を持つようになった。色彩に関しては店のだれよりも訓練された目を持っていたし、線に関してもパリで画学生だったときの知識を忘れていなかった。ミスタ・サンプソンはそういうことに無知で、それを自覚していたので、抜け目なく他人のアイデアを取り入れるようにしていた。新しいデザインを考えるときはいつも店員の意見をききあさるのだ。そしてすぐに、フィリップのアイデアが使えることに気がついた。そのくせ嫉妬《しっと》深いところがあって、他人のアドバイスを素直に受け入れようとしない。フィリップの提案に従ってデザインを変えるときも、いつも最後にこう付け加える。

「結局は、わたしのデザインにまとまったね」

　フィリップが勧めるようになってから五ヶ月ほどしたある日のこと、ミス・アリス・アントニアが来店した。有名な悲喜劇の女優だ。大柄で、髪は亜麻《あま》色、大胆な化粧をして、よく響く高い声の持ち主だった。喜劇的な演技を得意とする役者特有の快活な態度には、地方のミュージックホールの安い席に詰めかける青年たちと親しくしていることがうかがえる。彼女が、新しい曲をもらったから、ミスタ・サンプソンに衣装をデザインしてほしいというのだ。

「みんなが振り向くようなのをお願い。見飽きたデザインはいや。だれもみたことがない斬新《ざんしん》なのを作ってちょうだい」

　人当たりがよく、客の評判もいいミスタ・サンプソンは、お望み通りのものをお作りしましょうといって、デザインをいくつかみせた。

「もちろん、このなかにご希望にぴったりのものがないのはわかっています。ですが、ざっとこんな感じではどうでしょう」

「だめだめ。こんなデザイン、絶対にいや」彼女はいらだたしそうにいった。「みた人が、あごに一発くらって、奥歯ががたがた鳴りそうなものがほしいの」

「なるほど、ようくわかりました、ミス・アントニア」ミスタ・サンプソンは温和な笑みを浮かべてそういったものの、目から表情が消えていった。

「やっぱり、パリにいかなくちゃだめかしらねえ」

「いえいえ、ご満足いただけるものをお仕立てしますよ、ミス・アントニア。パリで手に入るものは、ここで手に入りますから」

彼女がさっさと出ていくと、彼は考えあぐねて、ミセス・ホッジズに相談した。

「あの人は変わってるから」ミセス・ホッジズがいった。

「アリス、汝《な》はいずこ？〔一九世紀、ウェリントン・ガーンジー作詞、ジョゼフ・アッシャー作曲の歌のタイトル〕」仕入れ係は腹立たしそうにつぶやいた。ミス・アントニアに対するぼやきだ。

彼が考えるミュージックホールの女優の衣装は、短いスカート、ひらひらのレース、派手なスパングルといったところだ。そしてミス・アントニアは、そういったものを断固として拒否した。

「冗談でしょう！」

その口調には、ありきたりのものに対する嫌悪感がありありとうかがえた。スパングルなんて反吐《へど》が出そう、とまではいわなかったが。ミスタ・サンプソンはひとつふたつアイデアを話してみたものの、ミセス・ホッジズは率直に、だめだと思うといった。そしてフィリップに声をかけた。

「ねえ、フィル、あなた絵は描けるんでしょう。腕試しのつもりで、やってみない」

フィリップは安い水彩絵の具をひと箱買ってくると、夜、十六歳のベルが騒々しく口笛を吹きながら切手をいじっているそばで、一、二枚スケッチを描いた。パリでみた衣装をいくつか覚えていたので、そのうちのひとつを使って、まず普通では使わない強烈な色を自分なりに組み合わせてみた。なかなかの出来に思えた。そこで次の日の朝、ミセス・ホッジズにみせた。彼女はちょっと驚いたが、すぐにミスタ・サンプソンのところに持っていった。

「たしかに変わってる」彼はいった。「それは間違いない」

彼は戸惑ったが、同時に、経験に鍛えられた目は、これはいけると見抜いていた。そこで面子《メンツ》を保とうと、描き直しの提案を始めたが、ミセス・ホッジズのほうが察しがよく、そのままミス・アントニアにみせたらどう、といった。

「大当たりか大はずれか、どっちかよ。気に入るかも」

「大はずれだろう」ミスタ・サンプソンはデコルタージュ〔襟を大きく開け、胸や肩をあらわにするデザイン〕のドレスをみながらいった。「しかし、彼は描けるなあ。いままで隠してきたらしい」

ミス・アントニアが来店したという知らせがきた。ミスタ・サンプソンは、彼女が入ってきたらすぐ目につくよう、事務所のテーブルにデザイン画を置いた。彼女は入ってきたとたん、それに目を奪われた。

「え、なに。これ、もらえない？」

「こちらはミス・アントニアのためにわれわれがご用意したものです」ミスタ・サンプソンはさりげなく答えた。「お気に召しましたか」

「お気に召さないわけがないじゃない！ ビールを半パイント持ってきてちょうだい。ジンを二、三滴たらしてね」

「どうです、パリまでいくことはなかったでしょう。ご希望をお伝えくだされば、なんなりとご用意いたします」

デザインはすぐに仕立てに回され、その完成品をみて、フィリップはぞくぞくするような満足感を味わった。うまいところはミスタ・サンプソンとミセス・ホッジズがすべて持っていったが、そんなことはどうでもいい。ふたりに連れられてティボリ座にいき、初めてミス・アントニアがそれを着て出演するのをみたときは、得意の絶頂だった。ミセス・ホッジズにあれこれきかれて、しかたなく絵の勉強をしていたことを

――ほかの店員につけあがっていると思われるのがいやで、決して口にしないようにしていたということも――話すと、彼女はそれをミスタ・サンプソンに伝えた。彼はフィリップの前で直接そのことに触れることはなかったが、少し扱いがていねいになり、早速、地方の顧客のためのデザインをふたつ頼んできた。そしてどちらも顧客に気に入ってもらえたので、得意先に「じつにセンスのいい若いのがいるんですよ。パリの美術学校で勉強してきたんです」といってまわるようになった。しばらくするうちフィリップは仕切りの後ろで、シャツの袖《そで》をまくって朝から晩までデザインを描くようになった。ときには忙しくて、午後三時に、「食いはぐれた」人たちといっしょに食事をすることもあった。フィリップはこれが気に入っていた。何より人が少ないし、だれも疲れきってろくに話もしないからだ。料理もおいしい。仕入れ係の食べ残しが回ってくるからだ。この案内係からデザイナーへの昇進は職場にちょっとした波紋を呼んだ。フィリップは嫉妬され、ねたまれているのがわかった。頭の形が変わっているハリスは、フィリップがここで初めて知り合った店員で、仲がよかったのに、露骨に嫌みをいうようになった。

「運のいい人間っているんだよ。そのうち仕入れ係になって、みんなから、さんづけで呼ばれるようになるんだろうな」

そしてフィリップに、給料を上げてもらえよ、難しい仕事をまかされるようになったのに、入社したときと同じ六シリングしかもらってないんだろう、といった。しかし、昇給の交渉は難しい。支配人は、そういう交渉に臨んで、皮肉たっぷりの返答をしてくる。

「なるほど、自分はもっと貢献しているというんだね。じゃあ、いくらなら満足できるのかね」

店員が驚いて、週に二シリング上げてもらえませんかという。

「よくわかった。きみはその価値があると思っているわけだ。なら、そうしよう」といって、しばらく間を置いてから、きつい目でにらんでこういう。「解雇通知もあげよう」

そうなると、要求を取り下げても、どうにもならない。辞めて出ていくしかない。支配人はこう考えているのだ。不満を抱く店員は大体がきちんと仕事をしていない、昇給に値しない店員はさっさと首にするに限る。昇給の交渉をするときは、辞める覚悟でするしかないということだ。フィリップは迷った。おまえがいなかったら店は困るに決まっているといってくる仲間のことも、いまひとつ信用できない。みんないい連中だが、ときどきとんでもないことを喜ぶことがある。フィリップをたきつけて昇給の交渉をさせて、首になったら、みんなで笑おうと思っているのかもしれない。フィリップは仕事を探していたときに味わった屈辱を忘れていなかった。二度と、あんな思いをするのはいやだ。それに、ほかにデザイナーとして雇ってくれそうなところがないこともわかっている。自分程度のデザインが描ける人間など何百人もいる。が、金がほしいのも確かだ。服はすりきれてきたし、分厚い絨毯の上を歩いているせいで靴下もブーツも腐りかけている。思い切って交渉してみようと考え、ある朝、地下室で朝食をとったあと支配人の事務所に続く廊下を歩いていった。すると、募集広告に応募してきた人たちが列を作っていた。百人はいるだろう。このうちのだれが採用になるにしろ、フィリップと同じ週給六シリングで勤めることになる。そのうちの何人かがうらやましそうに職に就いているフィリップをみた。フィリップは身震いして、思いとどまった。

108

冬が終わった。フィリップはときどき、知り合いに会わないよう遅い時間にこっそり病院にいって、手紙がきていないか確かめた。イースターのとき、伯父から手紙がきていた。フィリップは驚いた。というのも、ブラックステイブルの牧師から手紙をもらったのは、これまでにせいぜい六回くらいだったからだ。それも、すべて事務的な内容のものばかりだ。

フィリップへ

もし休暇がとれて、もどってくるつもりがあるなら、歓迎する。というのも、この冬、持病の気管支炎をこじらせて、ウィグラム先生から、回復は難しいといわれたのだが、わたしは体がすこぶる丈夫とみえて、ありがたいことに、奇跡的に回復した。

ウィリアム・ケアリ

これを読んで、フィリップはかっとなった。甥《おい》がどんな生活をしていると思っているのか、たずねようともしない。どうせ、飢え死にしたところで、なんとも思わないのだろう。ところが宿舎に帰る途中で、ふと気になって、街灯の下で手紙を読み返してみた。筆跡に、以前のいかにも事務的な堅苦しさがない。文字が大きく、震えている。病気のせいで思うようにならず、こうなってしまったらしい。フィリップは、堅苦しい文面のなかに、唯一の肉親に会いたいという伯父の強い気持ちを読み取った。そして七月には二週間ほどブラックステイブルに帰れますという手紙を送った。伯父からの誘いはうれしかった。というのも、この短い休暇をどうするか考えあぐねていたのだ。アセルニー家は九月にホップの収穫にでかけるが、その時期は休めない。ちょうどその頃は、秋物の準備をしなくてはならないからだ。リン&セドリー衣料百貨店では、望むと望まざるとに関わらず、二週間の休暇は取らなくてはならないことになっている。その期間、いくところがなければ、自分の部屋で寝るしかないのだが、食事は出ない。ロンドンから遠くないところに親戚や友人のいない店員にとって、この休暇は悩みの種だ。わずかな給料から食事代を出さなくてはならず、一日中暇だというのに、何もすることがない。フィリップはミルドレッドといっしょにブライトンにいって以来、ロンドンを離れたことがなかった。あれはもう二年前のことだ。さわやかな風や、海の静寂がなつかしかった。熱にうかされたかのようにそのことを考えているうちに五月になり、六月が過ぎて、いよいよそのときがやってくると、ふと、面倒になった。

出かける前の日の晩、ミスタ・サンプソンと、残していく仕事について話していたとき、いきなりたずねられた。

「ところで、いま、いくらもらっているんだね」

「六シリングです」

「それは少ない。もどってくるときは、十二シリングもらえるようにしておくよ」

「ありがとうございます。とても助かります」フィリップの顔に思わず笑みが浮かんだ。「そろそろ新しい服がほしかったんです」

「こつこつ仕事を続けるといい。ほかの連中みたいに女の子と遊んでないで。そうすれば、面倒をみてやるよ、ケアリ。いいか、まだまだ勉強することはたくさんあるが、きみは有望だ。間違いない、とても有望だ。もっと仕事ができるようになれば、週一ポンドとれるようにしてやろう」

いったいそれはいつの話なんだろうと、フィリップは思った。二年後？

伯父の変わりようをみてはっとした。このあいだ会ったときは、いかにも元気そうで、しゃきっとして、ひげもきれいに剃《そ》り、色艶《いろつや》のいい丸顔だったのが、ありえないほど衰弱して、肌が黄色くなっている。目の下には大きなくまができ、腰が曲がって、一気に老《ふ》けこんだ。気管支炎を患《わずら》った冬の間にひげがのび、歩くのもやっとだ。

「今日はあまり具合がよくないんだ」伯父がいった。フィリップはもどってきたばかりで、ダイニングルームでいっしょに座っていた。「暑さがこたえてね」

フィリップは、教区のことなどをたずねながら、伯父をみて、もう長くないだろうと思った。夏、暑くなると、もたないかもしれない。異様に細くなった手が震えている。ちょっと待てよ、とフィリップは思った。もしこの夏に伯父が亡《な》くなれば、医学校の冬学期にもどれるかもしれない。リン＆セドリー衣料百貨店で働かなくてよくなると思うと、心が躍った。昼食のとき、伯父は背中を曲げて椅子に座った。伯母が死んでからここにきている家政婦が伯父にいった。

「お肉はミスタ・フィリップに切り分けていただいたらいかがでしょう〔当時、家長が肉などを切り分けるのが習慣だった〕」

伯父は体が弱ったところをみせまいと自分でやろうとしていたが、ほっとした様子で、フィリップにまかせた。

「食欲は健在ですね」フィリップがいった。

「ああ、いつも食欲はあるんだ。しかし、おまえがこの間ここにきたときとくらべると、ずいぶんやせた。やせたのはうれしいんだよ。太っているのはいやだったからな。ウィグラム先生は、前よりやせて、よくなったといっていた」

昼食が終わると、家政婦が薬を持ってきた。

「処方箋《しょほうせん》をフィリップ先生にみせてくれないか」伯父がいった。「医者だからな。処方が間違っていないか、みてもらいたいんだ。ウィグラム先生に、うちのフィリップが医者になる勉強をしているから、診察料を少し安くしてくれといってみたんだがね。診察料が高いんだよ。二ヶ月間、毎日往診にきて、一回につき五シリング。たいそうな出費だろう？　いまでも週に二回はくる。もうこなくていいというつもりだ。必要なときは、呼びにやればいいからな」

伯父にじっとみられながら、フィリップは処方箋を読んだ。処方されている薬は痛み止めだ。二種類あって、そのうちのひとつは、伯父がいうには、痛みがひどくて我慢できなくなったときにのむらしい。

「これには十分注意しているんだ。モルヒネ中毒にはなりたくないからな」

甥の状況はきかなかった。金をせびられるのがいやで、経済的に大変だとくり返している。診察料がかかる、薬代がかかる、具合の悪いときは毎日寝室の暖炉に火を入れなくてはならない、日曜日は朝晩、教会に通うのに馬車を頼まなくてはならない。フィリップはむっとして、そんな心配は無用だし、金を借りるつもりもないといいたかったが、それは控えた。いまこの老人にはふたつのことしか残っていない。食べる楽しみと、金への執着。なんと醜い老い方だろう。

午後、ウィグラム医師が往診にきた。そのあと、フィリップは庭の門のところまで医師を送っていきながら話をした。

「伯父の具合はどうなんですか」フィリップがたずねた。

ウィグラム医師は、正しいことをするよりは、間違ったことをしないという主義だったので、努めて断定的なことはいわないようにしていた。ブラックステイブルで開業してから三十五年になるが、安心してまかせられるという評判だ。多くの患者は、医者は賢くなくていいから安全であってほしいと思っている。ブラックステイブルに新しい医者もいたが――十年前に開業した――まだよそ者とみられている。頭がよすぎるというのがその理由だ。町の上の階級の患者はいかない。そもそも、その医師のことはだれもよく知らないのだ。

「とてもいいと思う」ウィグラム医師はそう答えた。

「とくに悪いところはないんですね」

「フィリップ、伯父さんはもう若くないからね」医師はちょっと、気づかわしげな笑みを浮かべていった。つまり、まだ老人というほどでもないということだ。

「本人は心臓を心配しているらしいんです」

「たしかに、その点は気になっている」これだけははっきりいっておこうという口調だ。「注意が肝要だ。それも細心の注意がね」

フィリップは舌の先まで質問が出かかった。あとどれくらい生きられると思いますか。しかし相手はびっくりするだろう。こういったことは、良識的な配慮をして婉曲《えんきょく》にきかなくてはならない。しかしどうでもいいことを質問をしながらも、こう考えた。相手は医師なのだから、患者の死を考えている親族からぶしつけなことをきかれるのには慣れているのではないか。なら、患者のことを思いやるような聞き方をしても見透かされるに決まっている。フィリップは自分の偽善的な考えに思わず軽く笑って、うつむいた。

「差し迫った危険はないということですね」

これは医師にとって最も答えづらい質問だ。もし、一ヶ月はもたないと答えた場合、家族は心の準備をするだろう。そしてその予想がはずれると、医師のところにやってきて、必要もない不安を味わったといって怒りをぶつける。一方で、一年くらいはだいじょうぶといって、一週間後に亡くなったりすると、よくそれで医者が務まるものだ、こんなに早いとわかっていれば、持てる愛情をすべて注いで見送ってあげられたのにという。ウィグラム医師は、手を洗うような仕草をしていった。

「大きな危険はないと思うよ。ただ、それは――いまの状態なら、ということだが」

医師は思いきってそう答えた。「しかし万が一ということもある。伯父さんは若くないからね――まあ、いろんな機能も低下しているし。暑い季節を乗り越えれば、冬まで快適に過ごせるんじゃないか。そして冬もなんなく過ごすことができれば、あまり心配せずにすむと思う」

ダイニングルームにもどってみると、伯父が座っていた。牧師のスカルキャップをかぶり、肩に手織りのショールを掛けている姿はグロテスクだった。ドアをみつめていたが、フィリップが入ってくると、目を上げた。もどってくるのをいまかいまかと待っていたようだ。

「わたしのことで、何かいってなかったか」

フィリップは、はっとした。伯父は死ぬのが怖くてたまらないのだ。それを知って、フィリップは少し恥ずかしくなり、思わず目をそらした。人の弱いところをみせつけられると、いつも心が痛む。

「とてもよくなっているそうですよ」

伯父の目が明るく輝いた。

「わたしは生まれつき、体が丈夫なのだ。ほかには何も？」そう疑わしげにきく。

フィリップは微笑《ほほえ》んだ。

「体に気をつければ、百歳まで生きられるそうです」

「それは無理だろう。だが、八十歳くらいまではだいじょうぶかもな。わたしの母は八十四歳まで生きた」

ミスタ・ケアリの椅子の脇《わき》に小さなテーブルがあって、その上に聖書と大型の祈禱《きとう》書《しょ》が置かれている。昔は、その二冊を家族に読み聞かせたものだ。伯父は震える手をのばして聖書を取った。

「大昔の家長はずいぶん長生きをしたものだ、そう思わないか」そういって奇妙な笑みをちらっと浮かべた。フィリップはそれをみて、うらやましい気持ちをこっそり訴えているのだと思った。

この老人は生に執着している。ところが宗教から学んだことはすべて、無条件に信じている。魂の不滅を信じているし、能力が許す限り、天国にいけるよう正しい行いをしてきたと思っている。牧師としての長い人生のなかで、いったい何回、死を目前にした人々に宗教のなぐさめを説いてきたことだろう！ いってみれば、薬の処方はするが代金は受け取らない医師のようなものだ。それなのにこれほどこの世に執着している。フィリップは面くらい、ショックを受けた。この老人の心の奥にどんな未知の恐怖が潜んでいるのだろう。できることなら、伯父の魂のなかに入って探ってみたいと思った。そうすればその覆《おお》いのなかに、自分も気になってしかたのない知られざる恐怖がみつかるかもしれない。

二週間はあっという間に過ぎて、フィリップはロンドンにもどった。うだるような夏の間、衣装部門のついたての後ろでシャツの袖をまくりあげて働いた。店員は交代で休みをとっている。夜、フィリップはよくハイドパークにいって、楽団の演奏をきいた。新しい仕事に慣れてくると、それほど疲れなくなり、長い間落ちこんでいた気持ちも回復してきて、新たな刺激を求めるようになった。しかしいつも頭にあるのは伯父の死だった。いつも同じ夢をみた。朝早く、電報が手渡され、それには牧師が急死したと書かれていて、自由を手にする。そして目が覚めて夢だったとわかると、冷たい怒りがこみあげる。伯父がいつ死んでもおかしくないと思っているので、頭のなかは未来の詳細な夢でいっぱいだ。その夢では、医師の免許をとるために必要な一年間をすっ飛ばして、いこうと心に決めているスペインへの旅を楽しんでいたりする。スペインに関する本は、無料図書館から借りてきて読んでいたし、いろんな写真をみてそれぞれの都市の景観もよく知っていた。コルドバでグアダルキビル川にかかった橋をのんびり歩き、トレドの曲がりくねった道を散歩し、教会のなかに座る。教会では、神秘的な画家エル・グレコがフィリップのために秘密を差し出してくれ、それをつかみ取る。日曜日の午後にはアセルニーもその戯《たわむ》れに加わって、みるべきものを何ひとつみのがさないように入念に旅の計画を練ってくれた。はやる気持ちをまぎらわせようとスペイン語の自習を始め、ハリントン通りの宿舎のだれもいなくなった談話室で毎晩一時間、スペイン語の問題を解いたり、『ドン・キホーテ』の名文を英訳を片手に読んでみたりした。一週間に一度、アセルニーにスペイン語を教えてもらい、旅行先で便利な表現をいくつか覚えた。ミセス・アセルニーはふたりをみて笑った。

「ふたりとも、なんですか、スペイン語、スペイン語って。もう少し役に立つことをしたらどう？」

しかしサリーは――かなり大人びて、クリスマスには髪を上げるらしい――ときどき、そばに立ち、いつものように真面目《まじめ》な顔で、父親とフィリップが自分の知らない言葉で話し合うのをきいていた。サリーは世界でだれよりも父親にあこがれていた。

そしてフィリップのことを話すときも、父親の言葉を使って話した。

「お父さんは、フィリップおじさんのことをとってもすごい人だっていってたわよ」

と妹や弟に話す。

　長男のソープは志願できる年齢になり、海軍のアレシューザ号に乗り組むことになった。アセルニーは、ソープが休暇をもらって帰ってくるときの立派な姿を、大げさに語って家族を喜ばせた。サリーは十七になったら仕立屋で裁縫を習うつもりだ。アセルニーはいつもの比喩《ひゆ》的な言い回しで、小鳥たちは飛びたつほどに成長し、親の巣を離れていくが、もどりたくなったら、いつでも、もどってくればいい、この巣がここにあるのだからと、涙を浮かべて語った。ベッドも食事も待っているし、父親の心はいつもおまえたちの悩みを受け入れるように開いているともいった。

「また大げさね」妻がいった。「この子たちのことだから、元気でいさえすれば悩みなんかありませんよ。正直で、仕事をつらいと思わなければ、職にあぶれることはないし。最後のひとりが自分で稼げるようになれば、それこそ大喜びよ」

　子育てと、大変な家事と、絶え間ない不安が、ミセス・アセルニーにはそろそろしんどいらしい。夜になるとときどき腰が痛みだして、椅子に座らなくてはならなくなる。彼女の夢は、女の子をひとり雇って、大変な仕事をやってもらい、朝七時に起きなくてよくなることだ。アセルニーは白く美しい手を振りながらいう。

「なあ、ベティ、われわれは国から感謝されていいと思わないか。九人の子どもを健康に育てあげ、男子は国王に仕え、女子は料理と裁縫、そして自分たちの番がくれば健康な子どもを育てる」アセルニーはサリーをみて、これはまずいと思い、ミルトンの詩を引用して大げさに付け加えた。「家で静かに待つ者もまた神に仕えている」

アセルニーは最近、それまで熱心に語っていた矛盾だらけの理論のなかに社会主義を取り入れるようになった。

「社会主義国に住んでいたら、年金をたっぷりもらえるんだぞ、ベティ。わたしもおまえも」

「わたしの前で、社会主義の話はしないでください。腹立たしくてしょうがないわ」彼女は大声でいった。「またほかの怠け者が、労働者をだましていい思いをするだけなんですから。わたしのモットーは、ほっといて、よ。だれにも構ってほしくないの。どんなにいやな仕事だって引き受けるけど、他人は他人、わたしはわたしよ」

「人生をいやな仕事というのか」アセルニーがいった。「そんなことはない！　たしかにわたしとおまえの人生は浮き沈みもあり、苦しいこともあったし、常に貧しかった。だが、その百倍の価値はあっただろう。ほら、ここにいる子どもたちをみるがいい」

「好きなようにいってちょうだい」彼女の目には、怒りではなく、冷ややかな軽蔑《けいべつ》が浮かんでいる。「あなたにとって、子どもたちは楽しいでしょう。だって、この子たちを育てて、大変な思いをしてきたのはわたしなんですから。もちろん、みんなかわいいわ。こんなに大きくなったし。でも、人生をやり直せるなら、決して結婚はしないと思う。だって、ひとりだったら、今頃は小さなお店を持って、銀行には四、五百ポンドの預金があって、大変な仕事をしてくれる女の子もいるかもしれない。ああ、この人生をもう一度くり返すなんて、絶対にいや」

フィリップはふと考えた。数え切れない人々にとって、人生はいつ終わるともしれない労苦で、美しくも醜くもなく、だれもが四季の変化を受け入れるようにそれを受け入れている。フィリップは怒りで目の前が暗くなった。なにもかもが空《むな》しい。人生は無意味だと思いたくはなかったが、目にするものすべてが、頭に浮かぶ考えすべてが、そうに違いないとささやきかけてくるのだ。そう思うと怒りにかられるのだが、それはうれしい怒りだった。人生など怖《おそ》れるに足りない。なぜなら、人生は無意味だからだ。フィリップはそれまでに感じたことのない力を全身に感じた。

109

秋が過ぎて冬になった。フィリップは住所を、伯父の雇っている家政婦、ミセス・フォスターに預けてきた。こうしておけば伯父からの連絡が受け取れる。しかしそれでも週に一度は病院にいって、手紙がきていないか確かめた。ある晩、自分の名前を書いた封筒が入っていた。二度とみたくないと思っていた字だ。妙な感覚にとらわれ、しばらくは手に取る気になれなかった。次々にいまわしい記憶がよみがえってくる。しかし結局、いまいましく思いながら、封を切った。

フィッツロイ・スクエア
ウィリアム通り7番

フィルへ
一分でも二分でもいいから会えないかしら。できるだけ早く。本当に困ってしまって、どうしていいかわからないの。お金のことじゃない。

ミルドレッド

フィリップは手紙を細かく破って、通りを歩きながら闇《やみ》のなかに散らした。

「だれが会うもんか」フィリップはつぶやいた。

会うと思っただけで、胸が悪くなる。どんなに困っていようと、知ったことか。苦しむだけ苦しむがいい。思うだけで、憎しみがこみあげてくる。愛したぶんだけ、嫌《けん》悪《お》感で体が震える。思い出すと吐き気がした。テムズ川を渡るとき、彼女のことを頭から振り払おうとして、反射的に道の脇によって歩いた。そしてベッドに入ったが眠れなかった。いったい、何があったんだろう。もしかして病気で、食べる物さえないのではないか。とことん追いつめられない限り手紙などよこさない女だ。自分が情けなくて腹立たしかったが、彼女に会わない限り、心が安まらないのはわかっている。

次の日の朝、店にいく途中のポストに葉書を入れた。文面はできるだけ事務的に、大変そうだから、そちらの住所に、夜の七時に訪ねていく、とだけ書いた。

そこは薄汚い通りのみすぼらしいアパートだった。これから会うと思うだけで気が滅《め》入《い》ってきて、入口で、ミセス・ミラーはいますかとたずねたとき、いなければいいのに愚かな期待を抱いたくらいだ。人がしょっちゅう越してきては出ていくアパートのようだ。彼女からきた手紙の消印を確かめなかったので、何日前にきたものかはわからなかった。入口に出てきた女性は、フィリップの質問にはこたえず、黙って廊下を歩いていき、奥のドアをノックした。

「ミラーさん、紳士がいらっしゃいましたよ」

ドアがわずかに開いて、ミルドレッドが疑わしげな目でこちらをみた。

「あなたなの？ 入って」

フィリップがなかに入ると、彼女はドアを閉めた。とても狭い寝室で、いつものことだが、散らかり放題だ。床の上には汚れたままの靴が一足、あっちとこっちに脱ぎ捨ててある。帽子がひとつ、引き出しつきのチェストの上にあり、その横には巻き毛のかつらが置いてある。テーブルの上にブラウスが一枚。フィリップは、帽子をどこに置こうかと、部屋のなかを見回した。ドアのフックにはスカートが何枚かかかっているが、どれも裾《すそ》に泥がこびりついている。

「ねえ、座って」彼女はそういうと、ぎこちなく笑った。「手紙がいって、びっくりした？」

「ずいぶん声がしゃがれているけど、喉《のど》が痛いのか」

「そう、ちょっと前からこんななの」

フィリップは黙って、彼女が、なぜ会いたいといってきたのか説明するのを待った。部屋の様子をみれば、かつてフィリップが救ってやったときの生活にもどったことがはっきりわかる。子どもはどうなったんだろう。暖炉の棚の上に、赤ん坊の写真はあるが、部屋にその気配はまったくない。ミルドレッドはハンカチを小さく丸めて右手に持ったり、左手に持ったりしている。緊張しているのがよくわかる。彼女が暖炉の火をみつめているので、フィリップは目を合わさないで顔をみることができた。部屋を出ていったときよりずっとやせている。肌は黄色っぽく乾燥していて、頬骨が浮き上がっている。きれいに染めていた髪も亜麻《あま》色にもどっていて、そのせいで、ずいぶん変わってみえる。とてもがさつな感じだ。

「葉書をもらって、ほっとしたの。ほんとよ」そのうち彼女がいった。「もう、病院にいないんじゃないかと思って」

フィリップは黙っていた。

「そろそろ、免許は取ったんでしょ」

「いや」

「どうして」

「医学校にはいってないんだ。十八ヶ月前に、やめなくちゃいけなくなってね」

「することがころころ変わる人ね。ひとつのことを長く続けられないの？」

フィリップはちょっと黙っていたが、冷ややかにいった。

「株で失敗して、なけなしの持ち金をすってしまったんだ。それで勉強を続けられなくなった。そのあとは食べるだけでせいいっぱいだった」

「いまは、何をしてるの」

「百貨店で働いている」

「嘘でしょ！」

彼女はちらっとフィリップをみたが、すぐに目をそらした。顔が赤くなったようだった。それから持っていたハンカチでてのひらをぬぐった。

「でも、勉強したことをみんな忘れてしまったわけじゃないわよね」彼女は思わず、奇妙な口調でたずねた。

「たぶん」

「それで、きてもらったの」その声はしゃがれて、かすれていた。「あたし、自分がどうなっているのかわからないの」

「なぜ、病院にいかない」

「いきたくないから。医学生にじろじろみられるのもいやだし、入院しろといわれるのもいやなの」

「症状は？」フィリップは冷ややかに、病院の外来受付にいたときの調子できいた。

「赤く腫《は》れちゃって、腫れがどうしてもひかないの」

フィリップは心臓が止まるかと思った。額に汗がにじむ。

「喉の奥をみせて」

フィリップは彼女を窓の方に連れていって、できるだけ細かくみた。ふと、目が合った。怖くてたまらないという表情が浮かんでいて、いたましい。死ぬほどおびえている。安心させてほしいのだ。訴えるような顔でこちらをみている。元気の出る言葉をきかせてといえず、全身の神経を集中させて、その言葉を待っているのだが、フィリップにはその言葉がいえなかった。

「かなり悪い」

「なんだと思う」

フィリップが答えると、彼女は死人のようにまっ青になった。唇までが黄色っぽい。そしてどうしようもなく泣きだした。最初は声を出さなかったが、すぐに喉をつまらせたようなすすり泣きになった。

「かわいそうだが、たぶん間違いない」

「死んだほうがましね」

大げさな言葉は無視して、フィリップはたずねた。

「お金はある？」

「六、七ポンド」

「いまの生活はやめたほうがいい。何か仕事をさがすつもりはないのかい。ぼくはたいして助けにはならないと思う。週給十二シリングだからね」

「あたしにどんな仕事ができるっていうの」彼女はかっとなって叫んだ。

「落ち着くんだ。このままじゃだめだ」

フィリップは真剣に話した。自分自身の危険、ほかの人にうつす危険。彼女は不機嫌そうにきいている。フィリップはなぐさめようとした。そして最後には、彼女に、不承不承だが、いわれたようにするといわせた。それから薬の名前を書いて、近所の薬局に預けていくから、時間ごとにきちんと飲むように言い置いた。フィリップは立ち上がると、片手を差し出した。

「元気を出して。喉の腫れはすぐに引くよ」

フィリップが出ていこうとすると、いきなり彼女が顔をゆがめてコートをつかんだ。

「置いていかないで」彼女は大声で叫んだ。「怖いの。まだ、いかないで。フィル、お願い。ほかに頼る人がいないの。友だちはあなただけなの」

怖くてたまらないのがよくわかった。不思議なことに、死ぬかもしれないとおびえていた伯父を思い出した。フィリップは彼女をみた。これまでの人生に二度、彼女が登場して、二度ともひどくみじめな思いをさせられた。こんなことを頼まれる筋合いはない。しかし、なぜか、心の奥が痛んだ。それは手紙を受け取ってここにくるまで、気持ちがおさまらなかったのと同じ理由からだ。

「いつになっても、これだけはしょうがないのか」フィリップは心の中でつぶやいた。しかし肉体的な不快感だけはどうしようもなく、そばにいたくなかった。

「どうしてほしい」

「夕食に付き合って。あたしがごちそうするから」

フィリップはためらった。二度と会うことはないと思っていたのに、いまの生活にまた、もぐりこんできそうな気がしたのだ。こちらを見る彼女の顔が、不安で青ざめている。

「あなたにはほんとにひどいことをしてきた。それはわかってる。でも、いまはいっしょにいて。これで気がすんだでしょう。いま置いていかれたら、あたし、どうしていいかわからない」

「わかった、いっしょに食事をしよう。だけど、安い店にしてほしい。いま贅沢《ぜいたく》に使える金はないんだ」

彼女は椅子《いす》に座って靴をはくと、スカートを替えて帽子をかぶった。いっしょに歩くうちに、トテナム・コート通りでレストランがみつかった。フィリップはこの時間に食事をしなくなって久しいし、ミルドレッドは喉が痛くて、ほとんど食べられない。ハムを少し取って、フィリップはビールをコップに一杯飲んだ。向かい合わせに座った。以前はしょっちゅうそうしたのだが、彼女は覚えているだろうか。おたがい話すことはなく、フィリップが無理にでもしゃべらないと、ふたりしてずっと黙っていただろう。レストランは照明が明るく、趣味の悪い鏡がそこここに置かれている。合わせ鏡に無限に映しだされる彼女の顔は、やせこけた老婆《ろうば》の顔に見えた。フィリップは子どものことを知りたくてしょうがなかったが、口にする勇気がなかった。そのうち彼女がいった。

「知ってると思うけど、あの子、こないだの夏に死んじゃったの」

「え！」

「かわいそうに、っていいたいんでしょう」

「いや、ほっとした」

彼女はフィリップをみて、その理由がわかると、目をそらした。

「あの子がずいぶんお気に入りだったわよね。あたしはずっと不思議でしょうがなかったわ。ほかの男の子どもだっていうのに」

食事を終えると、処方箋を預けておいた薬局に寄って、それからみすぼらしい部屋にもどった。ミルドレッドは薬をのんだ。いっしょに座っているうちに、ハリントン通りの宿舎に帰る時間になった。フィリップは退屈でしょうがなかった。

それからは毎日、ミルドレッドの顔をみにいった。彼女は処方された薬をのみ、注意をよく守ったので、すぐにその効果が表れ、フィリップの腕を大いに信頼するようになった。そしてよくなるにつれて気持ちも上向きになり、気楽に話すようになった。

「これで仕事がみつかれば、もうだいじょうぶ。今回はいい勉強になったわ。しっかり自分にいいきかせた。もう絶対、あんな生活とは縁を切るって」

フィリップは会うたびに、仕事はみつかったかたずねたが、答えはいつも、心配しないで、その気になればすぐにみつかるから、だった。まだ蓄えはあるし、一、二週間は何もしないほうがいいと思う、というのだ。フィリップは、だめだとはいわなかったが、一、二週間が過ぎると、しつこくいうようになった。すると彼女は笑った。

以前より元気になっていて、年寄りくさいこといわないでよ、というのだ。そして飲食店で働きたいらしく、仕事を探しにいった先々の女支配人とのやりとりを——こんな質問をされて、こう答えたなど——長々とした。まだはっきりしたことは何も決まっていないけど、来週の初めには決まりそうよ。あせっても、しょうがないし。自分に合わない仕事に就くのは間違ってるでしょ。

「そんなこといってちゃだめだって」フィリップはいらいらした。「仕事の口があるなら、なんでもいいじゃないか。いまはもう援助してあげられないんだから。それにきみのほうだって、いつまでもお金が続くわけないし」

「まだ底をつくほどじゃないわ。だから、もう少し頑張るつもり」

フィリップは彼女をにらんだ。最初にここにきたのは三週間前だ。そのときでさえ、七ポンドはないといっていた。ふといやな想像が頭をかすめた。そして彼女のいったことをいくつか思い返してみた。簡単に答えが出た。そもそも、仕事をみつけようとしているのだろうか。ずっと嘘《うそ》をついてきたのではないか。こんなに長いこと、金が続くはずがない。

「ここの部屋代はいくらだっけ」

「女主人がとてもいい人なの。ほかのアパートの人とは大違いよ。払えるようになるまで待ってくれるって」

フィリップは何もいわなかった。自分の想像していることが恐ろしくて、言い出せなかったのだ。たずねても無駄だろう。認めるはずがない。本当のことを知りたければ、自分で突きとめるしかない。夜の八時にこの部屋を出るようにしてきたので、時計が八時を打つと立ち上がった。しかしハリントン通りへは向かわず、フィッツロイ・スクエアの隅に立って、ウィリアム通りを見張った。延々と待って、考え違いだったかもしれないと思い、立ち去ろうとしたとき、七番地のアパートのドアが開いて、ミルドレッドが出てきた。フィリップは暗いところに引っこんで、彼女がこちらに歩いてくるのをみつめた。頭にたくさんの羽根をあしらった帽子をかぶっている。部屋にあったものだ。着ているワンピースも見覚えがある。道を歩くには派手で、この季節にも合っていない。ゆっくり後をついていくと、彼女はトテナム・コート通りに入って、歩調をゆるめた。それからオクスフォード通りの角で立ち止まると、あたりを見回してから、道路を渡ってミュージックホールのほうに向かった。フィリップは近づいていって、腕に手を触れた。頬も唇も赤く塗っているのがわかった。

「どこにいくんだ、ミルドレッド」

彼女はその声にびっくりして、まっ赤になった。嘘がばれるといつも赤くなる。それから、いつもの見慣れた怒りの表情が目に浮かび、いつもの癖でとっさに相手を罵《ば》倒《とう》してごまかそうとした。しかし舌の先まで出かかった言葉は口にしなかった。

「ショーをみようと思っただけ。夜ひとりで座ってると、気が沈んじゃって」

信じられるはずがない。

「だめだって。もう何十回も繰り返しいったじゃないか。こんなことをしていると死ぬぞ。すぐにやめるんだ」

「うるさいわねえ」彼女は乱暴に怒鳴った。「じゃあ、どうやって生きていけっていうの」

フィリップは彼女の腕をつかんで、自分が何をしようとしているのかわからないまま、引きずっていった。

「頼むから、やめてくれ。部屋にもどろう。きみは自分が何をしているかわかっていない。そんなことが許されると思っているのか」

「あたしの知ったことじゃないわ。困るのは客のほうなんだから。男にはさんざんな目にあわされてきた。なんで、そんな連中のことを考えてやる必要があるわけ」

彼女はフィリップを突き飛ばすと、切符売り場にいってチケットを買った。フィリップのポケットには三ペンスしかない。なかまで追いかけることはできない。しかたなく背を向けて、オクスフォード通りをゆっくり歩いてもどった。
「もう、これまでだ」フィリップはつぶやいた。
彼女とはこれが最後で、その後、二度と会うことはなかった。

110

その年のクリスマスは木曜日だった。百貨店は四日間、休みになる。フィリップは伯父に手紙を書いて、休暇中、牧師館で過ごしてもいいかたずねた。ミセス・フォスターから返事がきた。伯父は具合があまりよくなくて手紙が書けないが、会いたいので、ぜひ帰ってきてほしいとのことだ。そこでいってみると、彼女が玄関に出てきて、フィリップの手を握っていった。

「この間、いらっしゃったときから、ずいぶんお変わりになったんです。でも、気がつかない振りをしてください、いいですね。ご自分の容態が心配でしょうがないご様子なんです」

フィリップがうなずくと、ダイニングルームに案内された。

「甥御さんがいらっしゃいました」

ブラックステイブルの牧師は重篤《じゅうとく》といってよかった。それは間違いない。こけた頬としぼんでしまったような体をみれば、だれにでもわかる。伯父はひじ掛け椅子に小さくなって、頭を妙な角度にそらせ、肩にショールを掛けている。杖《つえ》なしでは歩くことができず、手が震えるので、料理を食べるのもやっとだ。

「もう、長くない」フィリップはそう思って伯父をみた。

「どう思う」伯父がたずねた。「こないだここにきたときから、かなり悪くなったようにみえるか」

「夏のときより元気そうですよ」

「あのときは暑かったからな。あれにはまいる」

ミスタ・ケアリのここ数ヶ月は、寝室で数週間、一階で数週間過ごした、それだけだ。いつも呼び鈴を持っていて、フィリップと話をしながら、それを鳴らしてミセス・フォスターを呼ぶ。彼女は隣の部屋に控えていて、呼ばれるとすぐにやってきた。

伯父が、寝室から出られるようになったのは何日だったかたずねた。

「十一月七日でした」

ミスタ・ケアリはフィリップを見上げて、どう思う、という顔をした。

「だが、まだよく食べてるだろう、ミセス・フォスター」

「ええ、そうですとも。ずいぶん食欲がおありです」

「だが、肉がつかないなあ」

いまでは体のこと以外にはなんの興味もないらしい。ひとつのことばかり考えて生きている。ただ生きているだけだ。単調きわまりない毎日、しじゅう体が痛み、モルヒネが効いているときしか眠れないという毎日。

「診察代もばかにならない」伯父はまた呼び鈴を鳴らした。「ミセス・フォスター、フィリップに薬局の請求書をみせてやってくれ」

彼女はいわれるままに、暖炉の上の棚から請求書を持ってきてフィリップに渡した。

「たった一ヶ月でそれだ。おまえに頼めば、薬を安く買ってもらえるのか。薬局から直接送ってもらおうかとも考えたんだが、郵送料がかかってな」

自分のことで頭がいっぱいで、フィリップが何をしているかきこうとはしなかったが、そばにいてくれるのはうれしいようだ。フィリップに、いつまでいられるかたずねて、火曜日の朝には出なくてはいけないという返事をきくと、もう少し長くいられないのかときいた。病気の兆候について細かく話し、医者の見立てを何度もくり返した。そして言葉を切って呼び鈴を鳴らすと、ミセス・フォスターがやってきた。

「ああ、隣にいるか心配になってね。いるのを確かめたかっただけだ」

彼女が出ていくと、フィリップに、ミセス・フォスターが呼び鈴のきこえるところにいないと思うと不安になるんだ、何があっても、彼女なら対処の仕方を心得ているからなといった。フィリップは、彼女が疲れて、睡眠不足で目がしょぼしょぼしているのに気がついたので、少し休ませてあげたほうがいいんじゃありませんかといってみた。

「そんなことがあるものか」伯父はいった。「あの女は馬みたいに丈夫だ」そして次に彼女がやってきて薬をのませようとすると、こういった。

「フィリップがわたしに、ミセス・フォスターを働かせすぎだというんだ。だが、あんたはわたしの看病をするのが好きなんだろう」

「もちろんですよ。できることなら、なんでもしてさしあげます」

すぐに薬がきいて、ミスタ・ケアリは眠った。フィリップはキッチンにいってミセス・フォスターに、こんな調子で仕事を続けられるのかきいてみた。もう何ヶ月も、ほとんど休みがなかったのは間違いない。

「これだけは、どうしようもありません。伯父様はわたしに頼りっきりなんですから。

ときどき気難しいこともありますが、本当にいい方ですよ。ここにきてからもう何年にもなりますが、あの方が亡《な》くなったら、わたしはどうしていいかわかりません」

フィリップには、彼女が心底、伯父を好きなのがわかった。伯父の体を洗ってやり、着替えさせてやり、食事を食べさせてやり、夜は五、六回起こされる。隣の部屋で寝ているのだが、伯父は目を覚ますと、彼女がくるまで小さな呼び鈴を鳴らし続ける。伯父はいつ死んでもおかしくないが、あと数ヶ月生きてもおかしくない。彼女が親族でもない老人をやさしく、忍耐強く世話してくれるのはありがたい。しかし彼女がひとりで伯父の面倒をみなくてはならないというのは悲劇であり、あわれでもあった。伯父にとって生涯にわたって説いてきた宗教は、今や形式的な意味しか持っていないようだ。毎日曜日、副牧師に聖餐式《せいさんしき》を執り行ってもらい、自分でもよく聖書を読んでいる。しかし、伯父がいま死を前に恐れおののいているのは明白だ。死は永遠の生への入口だと信じているのに、永遠の生に入っていくのが怖いのだ。苦痛にもだえながら、椅子にしばりつけられ、戸外に出るという望みは断念し、雇っている女に子どものように世話をしてもらいながら、自分の知っている世界にしがみついている。

フィリップは、頭のなかにひとつ質問が浮かんできたが、口にはしなかった。たずねたところで、伯父がありきたりの返事をするだけなのはわかっている。伯父さんは、死を間近にして、肉体がついえてしまってもなお、永遠の魂を信じているのだろうか。もしかして心の底では、口にするのはためらわれるものの、神などいない、死のあとには何もないと確信しているのではないだろうか。

　ボクシングデーの夜、フィリップはダイニングルームに伯父と座っていた。次の日の朝は早い時間に出発しないと、九時までに店に着けないので、いまのうちに挨拶《あいさつ》をしておこうと思ったのだ。ブラックステイブルの牧師は居眠りをしている。フィリップは窓際《まどぎわ》のソファにゆったり座っていたが、本を膝《ひざ》の上に置き、ぼんやりと部屋のなかをながめた。ここの家具はどれくらいの値段で売れるだろう。少し前に家のなかを歩いて、子どもの頃から知っているものをあれこれ見て回った。そこそこの値段で売れそうな磁器がいくつかある。ロンドンに持っていってもよさそうだ。しかし家具のほうはヴィクトリア朝のもので、マホガニー製で、ごつくて不格好だ。オークションに出しても値は付かない。本は三、四千冊あるが、どれも高くは売れない。まとめて、せいぜい百ポンドちょっとだ。遺産がどれほどあるのかはわからない。フィリップは数え切れないくらい何度も計算してみた。医学校の課程を修了して免許を取って、病院での実習を終えるまでに最低いくらかかるか。老いた伯父は寝苦しそうに、しきりに体を動かしている。しわくちゃの顔はもう人間のものとは思えない。奇妙な動物の顔だ。この無意味な生を終わらせるのはとても簡単だ。毎晩ミセス・フォスターが伯父に安眠のための薬を用意するとき、ついそれを考えてしまう。薬の瓶はふたつある。ひとつは、決められた時間にのむ薬で、もうひとつは、激痛を抑えるときにのむモルヒネだ。こちらは一回分を容器に注いで、ベッドのわきに置いてある。伯父は普通、午前三時か四時にそれをのむ。量を倍にしておくのは簡単だ。伯父は朝までには死んでいるだろう。そしてだれも何も疑わない。ウィグラム医師も、そのうちそうなるだろうといっている。それに痛みもない。フィリップは遺産がほしくてたまらず、両手を握りしめることがあった。あと数ヶ月このみじめな生活が続いたところで老人にとっては何も変わらないが、その数ヶ月こそが自分にとってはすべてといっていい。そろそろ忍耐も限界で、次の日の朝、仕事にもどるかと思うと、ぞっとして身震いした。脳裏にこびりついた考えが頭をもたげるたびに、鼓動が速くなる。なんとか振り払おうとするのだが、できない。じつに簡単だ。恐ろしいほど簡単だ。伯父にはなんの愛情も感じていない。一度たりとも好きだと思ったことがない。伯父はいつも利己的だった。献身的な妻に対しても利己的で、預かった子どもに対しては無関心だった。冷酷な人間ではなかったが、愚かで頑《かたく》なで、好色なところも多少ある。じつに簡単だ。恐ろしいほど簡単だ。しかしできなかった。後悔するのが恐ろしい。金が手に入ったところで、犯した罪を一生悔いて過ごすのはいやだ。後悔などなんの役にも立たないとよく自分にいいきかせるのだが、ときどきいくつかのことが頭に浮かんできて、悩んでしまう。フィリップは、そんなものが良心を刺激しなければいいのにと思った。

伯父が目を開いた。フィリップはうれしかった。伯父の顔が少し人間らしくみえたのだ。正直なところ、頭に浮かんだ考えに身震いしていた。まるで人殺しだ。ほかの人間もこんなことを考えるのだろうか、それとも、自分が異常で、邪《よこしま》な人間なのだろうか。いくら追いつめられてもそんなことができないのはわかっていたが、その考えはいつも頭のなかに繰り返し浮かんでくる。自分が手を下さないのは、ただ、怖いからなのだ。そのとき、伯父が口を開いた。

「まさかわたしの死を願っているんじゃないだろうな、フィリップ」

　フィリップは心臓が跳ね上がるのを感じた。

「冗談はよしてください」

「そうか、よかった。そんなふうに思われるのはいやだからな。わたしが死ねば、なにがしかの遺産がいくが、そんなことを期待しては、ろくな人間になれないぞ」

　伯父は低い声でしゃべったが、その口調には奇妙な不安が感じられ、フィリップは痛みに似た驚きを覚えた。伯父には独特の直感があって、フィリップの心にある邪《よこし》まな欲望を気取ったのかもしれない。

「まだ二十年は生きられますよ」

「いやいや、そこまでは無理だ。しかし気をつければ、あと三、四年は持つかもしれんな」

伯父はそれからしばらく口をつぐんだ。フィリップは何もいうことがなかった。それから伯父が、ずっと考えていたかのように、また話しだした。

「人はだれでも、生きられるだけ生きる権利がある」

フィリップは話題を変えることにした。

「ところで、ミス・ウィルキンソンからは手紙などもうこなくなったんでしょうね」

「いや、今年、一通きた。結婚したそうだ」

「本当ですか」

「ああ。後妻にいったらしい。うまくやっているようだ」

111

　次の日、フィリップは仕事にもどった。一方、数週間以内にはと期待していた伯父の死の知らせはこないまま、数週間が数ヶ月になり、冬が過ぎ、公園の木々が芽吹き、葉をつける季節になった。フィリップは恐ろしいほどの倦怠感《けんたいかん》に襲われた。時が――足取りは遅いが――過ぎ、若い時間が失われ、なくなってしまい、何もなし遂げることができないまま終わるのかもしれない。仕事をやめると決めてしまってからは、仕事がますます無意味に思えてきた。服のデザインはうまくなり、独創性はないものの、フランスの意匠をイギリスの市場に取りこむのが早くなった。ときどき、満足のいくデザインができることもあったが、仕上がってくる服はいつも出来が悪い。自分でもばかばかしいと思うものの、デザイン通りの形になっていないと、腹立たしくてたまらない。なので、仕事に慎重になった。それに、斬新《ざんしん》なものを持っていくと、ミスタ・サンプソンから突き返されて、こういわれる。うちの顧客は奇抜《ウートレ》なものは好まない、だいたいが商売で成功している人たちが多い、そういう人たちを相手にする以上は、好き勝手なことをやってはいけない。一、二度、思い切り厳しくいわれたこともある。ミスタ・サンプソンは、フィリップがたまに気に入らないものを持ってくるのをみて、このところうぬぼれてきたと思っているのだ。

「いいか、気をつけろ。さもないと、気がついたらホームレスになっているからな」

フィリップは相手の鼻頭を殴りつけてやりたくなったが、なんとか自制した。どのみち、いつまでもここにいるつもりはないし、そうなれば、こんな連中とは一切、会わずにすむ。ときどきやけになって、冗談半分に、伯父さんは鉄でできてるんじゃないかと叫ぶこともあった。なんて、じょうぶなんだ！　あの容態なら、普通の人間は一年くらい前に死んでるはずだ。伯父危篤の連絡がやっときたとき、フィリップはほかのことをあれこれ考えていたので、びっくりした。七月のことで、二週間後には夏の休暇を取ることになっていた。ミセス・フォスターから手紙がきて、お医者様から、もう何日ももたないから、もし会いたいなら、すぐくるように伝えるようにいわれた、とのことだ。フィリップは早速、辞職を申し出た。ミスタ・サンプソンもそのへんは心得ていて、話をきくと、難しいことはいわなかった。フィリップは店の知り合いに挨拶をした。退職の理由は尾ひれをつけて広がり、だれもが、大金持ちになったと思った。ミセス・ホッジズは涙を浮かべて、フィリップの手を握った。

「もう、めったに会えなくなるわね」

「店をやめられて、うれしいんです」

不思議なことに、嫌いなはずの人々も別れるとなると、さびしかった。ハリントン通りの宿舎を引き払うときも、気持ちは沈んでいた。このときのうれしさを前々から想像していたせいで、それほどうれしいとは思わなかった。せいぜい、休暇で帰郷するような感じだ。

「われながら、まったく、いい性格だ」フィリップは思った。「いままでもそうだけど、何かを期待して待って、それが実現するといつも、がっかりする」

ブラックステイブルに着いたのは昼過ぎで、ミセス・フォスターが玄関で迎えてくれた。彼女の顔をみて、伯父はまだ存命なのがわかった。

「今日は、少しおかげんがいいんです。体がお丈夫なんですね」

あとについて寝室に入ると、ミスタ・ケアリが仰向けに寝ていた。フィリップをみて、にやっと笑った。うれしそうな、ずるそうな表情がかすかに浮かんでいる。また敵を出し抜いてやったといわんばかりの顔だ。

「昨日は、だめかと思ったんだが」伯父はくたびれた声でいった。「みんな、もうあきらめてたんじゃないか、ミセス・フォスター」

「体がお丈夫なんですよ。それは間違いありません」

「この老いぼれは、しぶといらしい」

ミセス・フォスターが、あまりお話しにならないほうがいいですよ、お疲れになりますからといった。まるで子どもを相手にしているように、やさしく、しかし断固とした調子だった。伯父のほうも、みんなの予想を裏切ってみせてうれしがっているところは、子どものようだ。フィリップをみてすぐに、帰ってきた理由を察したらしく、無駄足だったのをおかしく思っている。また心臓発作を起こさなければ、一、二週間後には回復しそうだ。以前にも何度か心臓発作をやって、そのたびに死にそうになったが、なんとか持ち直した。だれもが、体が丈夫だとはいうものの、どれほど丈夫かはわかっていない。

「一日か二日、泊っていけるのか」伯父は、フィリップが休暇を取ってもどってきたと思っている振りをしてきいた。

「ええ、そのつもりです」フィリップは陽気に答えた。

「海の空気は健康にいいからな」

そのうちウィグラム医師がやってきて、診察をすますと、フィリップをつかまえて、職業的な口調で話した。

「フィリップ、そろそろだと思う。われわれにとっては大きな損失だ。伯父さんとはもう三十五年の付き合いになる」

「具合はよさそうですよ」

「なんとか薬でもっている状態だ。もう長くない。この二日間は大変だった。五、六回は、だめかと思った」

医師は一、二分黙っていたが、門まできて突然、話しかけた。

「ミセス・フォスターはきみに何かいっていたかい」

「なんのことですか」

「ここの人々は迷信深くてね。あの人は、伯父さんがなにか隠し事をしていて、それを吐きださない限り、死ねないと思っているんだ。ところが、どうしてもそれを告白できないでいるとね」

フィリップが黙っていると、医師は続けた。

「もちろん、ばかげた思いこみにすぎない。伯父さんの人生はじつに見上げたものだ。牧師としての務めを完璧《かんぺき》にこなした。この教区の理想の牧師だった。亡くなると、われわれはみんな心から残念に思うことだろう。伯父さんには悔いなど何もないはずだ。次にくる牧師が、あの人の半分ほどでもわれわれの期待にこたえてくれるかどうか」

それから数日間、ミスタ・ケアリの容態に変化はなかった。旺盛《おうせい》だった食欲はなく、ほとんど食べなかった。ウィグラム医師も、激痛を止めるのにモルヒネを使うのをためらわなくなった。モルヒネと麻痺《まひ》による手足の震えが続いているせいで、体は衰弱していったが、意識ははっきりしていた。フィリップはミセス・フォスターと交代で看病した。数ヶ月間にわたって伯父の細かい世話をすべてしてきた彼女に、夜は自分がついているから、その間は寝てもらうよう説得したのだ。フィリップは夜の長い時間を眠りこんでしまわないよう、ひじ掛け椅子に座って過ごすことにして、シェードでおおったロウソクの光で『千一夜物語』を読んだ。これは、子どもの頃、読んだきりの本だ。読むうちに、子どものときのことを思い出した。ときどき椅子に座って、夜の静けさに耳をすますこともある。モルヒネの効果が切れて、ミスタ・ケアリが寝苦しそうにし始めると、あれこれ世話をしなくてはならなくなる。

そしてようやく、ある朝早く、庭木にとまった小鳥が騒々しく鳴いているとき、フィリップは自分を呼ぶ声に気がついた。ベッド脇《わき》にいってみると、ミスタ・ケアリが仰向けで天井をみつめていた。こちらをみようとはしない。額に汗が浮かんでいるので、フィリップはタオルで拭《ぬぐ》ってやった。

「フィリップか」

フィリップは、はっとした。声がまるでちがう。しゃがれた低い声だ。恐怖で体が動かないといわんばかりだ。

「ええ。何かしてほしいことがありますか」

しばらく間があり、何もみえていない目が天井をながめていた。それから顔が引きつった。

「どうやら、死が近い」

「そんなことありませんよ！」フィリップは思わず声を上げた。「あと二、三年は、死にませんって」

老人の目から涙が二粒こぼれた。フィリップは身のすくむ思いがした。伯父はこれまで一度も、日常的な感情をみせたことがなかった。その伯父が涙をこぼすのをみて、フィリップは恐ろしくてたまらなくなった。その涙に、言いようのない恐怖を感じたのだ。

「ミスタ・シモンズを呼びにやってくれ。聖餐式《せいさんしき》を頼みたい」

ミスタ・シモンズは副牧師だ。

「いまですか」

「いますぐだ。そうでないと、間に合わないかもしれない」

フィリップはミセス・フォスターを起こしにいったが、もう明け方だったので起きていた。そこで庭師に伝言を持っていかせるよう頼み、伯父のいる部屋にもどった。

「ミスタ・シモンズを呼びにやってくれたか」

「はい」

しばらく沈黙があった。フィリップはベッド脇に座り、ときどき、伯父の額の汗を拭った。

「フィリップ、手を握らせてくれないか」そのうち老人がいった。

フィリップが片手をのばすと、伯父はその手をしっかり、まるで命にしがみつくように握った。死を間近にして、少しでも安心したいのだろう。伯父はいままで、だれひとり心から愛したことはないのかもしれない。しかしいま、本能的に人と触れたがっている。その手は汗に濡《ぬ》れて、冷たい。その手が、弱々しい絶望的な力でフィリップの手を握っている。死の恐怖と戦っている。人はみなここを通っていかなくてはならない。なんと残酷なことだろう。にもかかわらず、人は神を信じている。これほど残酷な苦しみを与えている神を！　フィリップはこれまで一度も伯父のことを好きだと思ったことがなかったし、この二年間は毎日のように死を願っていたが、いま心のなかにあふれている同情を閉め出すことはできなかった。人間は、動物でないという特権だけのために、こんな代償を払わされているのだ！

ふたりとも何もいわなかったが、一度だけ、伯父が低い声でたずねた。

「まだこないか」

ようやく、ミセス・フォスターがそっと入ってきて、ミスタ・シモンズがいらっしゃいましたと伝えた。彼が持ってきたカバンには、白い法衣と僧帽が入っている。ミセス・フォスターが聖体拝領のプレートを持っている。ミスタ・シモンズは何もいわずにフィリップの手を握り、それから聖職者らしい態度で病人のそばにいった。フィリップはミセス・フォスターと部屋を出た。

フィリップは、朝露にぬれたさわやかな庭を散歩した。小鳥が楽しそうにさえずっている。空は青く、潮風がひんやり冷たい。バラが花盛りだ。木々の緑も芝の緑も生き生きとして鮮やかだ。フィリップは歩きながら、部屋で執り行われている秘蹟《ひせき》について考えるうち、いいようのない感情がわいてきた。ミセス・フォスターがやってきて、伯父様がお会いしたいとおっしゃっていますと告げた。部屋にもどると、副牧師は使った物を黒いカバンに詰めている。病人が少し首を曲げて、歓迎の微笑《ほほえ》みを浮かべた。フィリップは、伯父の変わりようが信じられなかった。さっきまでの伯父とはとても思えない。目に浮かんでいた恐れはまったくなく、顔のこわばりも消えている。

満足そうで、落ち着いている。

「準備ができた」伯父の声にも、それまでとは違う響きがある。「主がお呼びになったら、早速、その御手《みて》に魂をゆだねよう」

フィリップは何もいわなかった。伯父が真摯《しんし》な態度でいるのがわかった。奇跡だ。救世主の肉を食べ血を飲み、力を得て、逃れることのできない夜への道をもはや怖《おそ》れなくなったのだろう。もうすぐ死ぬことを知り、生をあきらめたのだ。最後にひと言だけ、こういった。

「愛する妻のもとにいくよ」

フィリップは驚いた。そして伯父がどんなに冷淡に自分勝手に妻を扱ってきたか、つつましく献身的な妻にどんなに鈍感だったかを思った。副牧師は感動して部屋を去り、ミセス・フォスターは泣きながら玄関まで送っていった。ミスタ・ケアリはすっかり疲れて、まどろんでいる。フィリップはベッドの脇に座り、伯父の最期《さいご》を待った。そろそろ正午だ。老人の呼吸がいびきに変わった。医師がきて、臨終が近いことを知らせた。伯父はもう意識はなく、指で弱々しくシーツを引っかくだけだったが、やがて身もだえして、叫び声をあげた。ウィグラム医師はモルヒネを注射した。

「もう手の打ちようがない。いつ息を引き取ってもおかしくない」

医師は懐中時計をみて、患者をみた。午後一時だ。医師は昼食のことを考えていた。

「いてくださっても、することはないんですよね」フィリップがいった。

「もう、何もできない」

医師がいってしまうと、ミセス・フォスターがフィリップに、大工のところにいってほしいといった。大工は葬儀屋も兼ねているので、遺体を洗う女を寄越してくれるという。

「新鮮な空気を吸ってきてください。気持ちが落ち着きます」

葬儀屋は七、八百メートルほど離れたところに住んでいた。フィリップが用件を伝えると、こうきかれた。

「あのお年寄りはいつ死んだんだね」

フィリップはためらった。まだ生きているのに、遺体を洗う女を頼むのはひどいような気がして、なぜ、ミセス・フォスターがあんなことをいったのか不思議に思った。伯父がさっさと死ぬのを望んでいると取られても仕方がない。フィリップは、相手がけげんな顔でこちらをみているような気がした。そしてまた同じことをきかれて、むっとした。相手の知ったことではない。

「牧師さんは、いつ亡くなったんだね」

フィリップはとっさに、ついさっきと答えそうになったが、伯父があと数時間生きていたら言い訳ができない。フィリップは赤くなって、ぎこちなく返事をした。

「まだ、亡くなったというわけではないんです」

葬儀屋に首をかしげてみつめられ、フィリップはあわてて説明した。

「ミセス・フォスターがひとりきりなんで、女の人に来てほしいそうです。わかってもらえますよね。伯父はいつ死んでもおかしくない状態なんです」

葬儀屋はうなずいた。

「ああ、なるほど。じゃ、すぐにだれかやります」

フィリップは牧師館までもどると、寝室にいった。ミセス・フォスターがベッド脇の椅子から立ち上がった。

「さっきとまったく、お変わりありません」

そういって、何か食べに下におりていった。フィリップは興味深げに、伯父が死ぬまでの様子を見守った。目の前にあるのはもう人間ではなく、無意識の存在で、弱々しくうごめいているだけだ。うっすら開いた口から、ときどきうめき声がもれた。雲ひとつない空から容赦ない日の光が射《さ》しているが、庭木は心地よく涼しそうだ。とてもいい天気だ。アオバエが一匹、窓ガラスにぶつかりながら羽音を立てている。突然、喉の鳴る音がかすかに響く。フィリップはぎょっとした。死ぬほど怖かった。伯父の体がぴくりと動き、命が消えた。体の機能が停止した。アオバエが何度も窓ガラスにぶつかりながら、いつまでも羽音を立てていた。

112

ジョサイア・グレイヴズがすべて取り仕切ってくれ、葬儀は牧師にふさわしく、しかしあまり金がかからないものになった。葬儀が終わると、彼はフィリップといっしょに牧師館までやってきた。遺言書は彼が持っていて、早めのティーをとりながら、場にふさわしい態度で、フィリップに読んできかせた。それは便箋《びんせん》に半分くらいのもので、すべてを甥《おい》に残すと書かれていた。家具、八十ポンドの預金、ＡＢＣ商会の株が二十株、オルソップスビール会社の株が少し、オクスフォード・ミュージックホールの株がいくつか、ロンドンにあるレストランの株が少々。株はミスタ・グレイヴズの勧めで買ったものだ。彼は満足そうにフィリップにいった。

「いいかい、人は食べて、飲んで、楽しむものだ。だれもが必要なものに投資するのが、いつでも安全なんだよ」

その言葉は、彼が嘆きながらも認めている大衆の低俗な好みと、選ばれた者たちの高級な趣味との違いを端的に表していた。株が合計で五百ポンド、それに銀行の預金と、家具を売った金。それが自分のものになる。フィリップはうれしくてたまらないというほどではないものの、心からほっとした。

グレイヴズが、競売はできるだけ早くすませたほうがいいなどと話して立ち去ると、フィリップは椅子に座って伯父のいろんな書類に目を通した。ウィリアム・ケアリ牧師は物を捨てないことを自慢にしていた。手紙などは五十年前のものからあり、書類もきちんと整理してラベルをつけたものが何十束もある。手紙も自分宛《あて》にきたものだけでなく、自分の書いたものまで取ってある。茶色くなった手紙の束は、一八四〇年代に父親に宛てたもので、オクスフォードの学生時代、長い休暇でドイツにいっていたときのものだ。何気なく読んでみると、そこには自分の知っているウィリアム・ケアリとは違うウィリアム・ケアリがいた。しかし鋭い感性の人が読んだら、いくつもの共通点をみつけられるのかもしれない。手紙はどれも固い調子で、少し背伸びした感じがある。知識欲旺盛で、価値あるものはすべてみてやろうという意気ごみがあり、ライン川沿いのいくつかの城については気持ちをこめて熱く語っている。スイスのシャフハウゼンの滝については、「万能なる、宇宙の創造主に畏《い》敬《けい》の念を抱かざるを得ない。このような素晴らしくも美しい自然を作りあげるとは」と書いている。また、「このような神の御業を間近にみて暮らす人々は心から感動し、清らかにして神聖なる生活を送ろうと決意するに違いない」と考えないではいられなかったらしい。何枚かの書類の間からウィリアム・ケアリの小さな肖像画も出てきた。副牧師に任命されてすぐあとのものらしい。その若い副牧師はやせて、髪が長く、自然にカールした髪が目の上までたれている。大きな黒い目は夢をみているような表情を、色白の顔は禁欲的な表情を浮かべている。フィリップはあの含み笑いを思い出した。伯父が女性の崇拝者たちに何十足もの部屋履きを作ってもらったと話していたときのことだ。

夕方まで、そして夜もずっと、フィリップは数え切れない手紙を整理した。宛名と宛先をみては、ふたつに破って、そばに置いた洗濯物かごに放りこむうち、ふと、ヘレンという名前が目に止まった。みたことのない筆跡だった。細くて角のとがった、古風な字だ。「お兄様へ」と始まって、「妹、ヘレンより」で終わっている。母の手紙だ！　フィリップは母親の書いた手紙はまだ一通も読んだことがなかった。筆跡もそれまでみたことがない。内容はフィリップのことだった。

お兄様へ

夫からはすでに、お礼の手紙が届いていると思います。お兄様からの出産祝いと、わたしへの親切な言葉がとてもうれしかったようです。ありがたいことに、こちらは母子ともに元気で、神さまのおはからいに心から感謝しています。ようやくペンを持てるようになり、お兄様とルイーザお姉様にお礼の手紙をしたためているところです。おふたりには、結婚以来ずっと、そしていまも、本当にご親切にしていただいています。今日はひとつお願いがあります。わたしも夫も、ぜひお兄様にこの子の名付け親になってほしいと考えています。どうぞ、お引き受けください。軽々しい気持ちでお願いしているのではありません。お兄様のことですから、名付け親の責任をとても重くお考えになることと思います。ですが、ぜひともお引き受けいただきたいのです。なぜなら、お兄様は牧師でいらっしゃると同時に、この子の伯父だからです。わたしは心の底から、この子の幸せを願い、日夜、神さまに、この子が将来、善良で正直なキリスト教徒となることを祈っています。お兄様のお導きがあれば、この子はキリスト教の信仰を守る兵士となり、死ぬまで、神さまを畏《おそ》れる謙虚で敬虔《けいけん》な人間でいられることでしょう。

妹、ヘレンより

フィリップは手紙を置くと、うつむき、両手に顔を埋《うず》めた。心が震えるほど感動し、同時に驚いてもいた。驚いたのは、母親のキリスト教徒としての敬虔さだ。とてもひたむきで、感傷的なところがない。母親のことは、死に別れて二十年近くになるが、美しかったこと以外は何も覚えていない。それをいま、これほど純朴で信仰深かったと知ると、不思議な気がした。そんなふうに考えたことがなかったのだ。自分のことをどう書いているか、もう一度手紙を読んでみた。息子に何を期待し、息子のことをどう思っていたのか。いまの自分とまったく違う。フィリップは一瞬、わが身を振り返り、母親は死んでよかったのかもしれないと思った。そして衝動的に手紙を破った。母親のやさしさと真心のこもった手紙はほかの人の目に触れさせてはいけないような気がしたのだ。また、奇妙な罪悪感もあった。母親が息子に対する思いやりを打ち明けた手紙を読んでしまったのは礼を失する気がしたのだ。フィリップはふたたび、牧師のおもしろくもない手紙の整理にもどった。

数日後、ロンドンにもどり、二年ぶりに昼間、聖ルカ病院にいくと、医学校の事務課の課長に会った。課長は驚き、いったい何をしていたのかたずねた。フィリップはそれまでの経験からある種の自信がつき、物事に関してもそれまでとは違う見方ができるようになっていた。以前なら困ってしまっただろう。しかし、あっさりと、あれこれ詮索《せんさく》されないようにうまくごまかし、個人的な事情がいくつか重なって、休学せざるを得なかったのですが、できるだけ早く資格を取ろうと思ってきましたと答えた。最初の試験は産科と婦人科に関するものだったので、産科と婦人科病棟の実習生の手続きをした。休暇中だったせいで、産科の実習生の口はすぐにみつかり、八月の最終週と九月初めからの二週間、そこで働くことになった。手続きが終わると、医学校のなかを歩いてみたが、夏学期の最終試験がすべて終わっているので、人の姿はまばらだ。そこで川沿いのテラスをのんびり歩いた。胸がいっぱいだった。これで新しい人生を始めることができる。これまでの過誤や愚行や屈辱は後に置いていこう。この川のように、すべては流れ、すべては過ぎ去り、なんの意味もないのだ。未来は可能性にあふれている。

それからブラックステイブルにもどって、伯父の財産の整理に専念した。オークションは八月の中頃に決まった。夏の休暇で観光客がやってくるので、いい値がつきそうだ。また、めぼしい本の目録を、ターカンベリ、メイドストーン、アシュフォードの古本屋に送った。

ある日の昼、フィリップはターカンベリを訪れて、昔通ったキングズ・スクールを訪ねてみることにした。退校以来、いったことがない。あの日、フィリップはほっとして、これからは自分で人生を切り開いていくと決心して出ていったのだ。ターカンベリの狭い通りを歩くと不思議な感じがした。何年間もよく歩いた道だ。昔の店がまだあって、昔と同じ物を売っている。本屋では、教科書や宗教書や最近の小説をひとつのウィンドーに並べ、もうひとつのウィンドーに大聖堂や街の写真が飾ってある。スポーツ用具店では、クリケットのバット、釣り道具、テニスラケット、サッカーボールなどを売っている。子どもの頃にいつも服を頼んだ洋品店。伯父がやってくると必ず魚を買った魚屋。みすぼらしい通りを歩いていくと、高い塀のむこうに赤レンガの建物がみえてきた。予備クラスの校舎だ。さらに歩いていくとキングズ・スクールの校門があり、そこに立つと、いくつもの建物に囲まれた校庭がみえる。ちょうど四時で、男の子たちが学校から出てきた。ゆったりした教員服を着て角帽をかぶった教師が何人かいるが、どの顔にも覚えはない。退校して十年以上たつ。その間にいろんなことがあったのだろう。校長の姿もある。校舎から出て、ゆっくり自宅に向かうところで、体の大きい生徒と話している。おそらく六年生だろう。校長はほとんど変わっていない。フィリップの記憶のままに背が高く、顔色が悪く、ロマンティックな雰囲気があり、目にはあのころと同じ荒々しい表情がある。しかし黒いあごひげには白いものが混じり、黒ずんで血色の悪い顔のしわは深くなっている。フィリップは近づいて話しかけようかと思ったが、忘れられていて、名乗ったり説明したりするのはいやだった。

男の子たちが話をしながら歩いていたが、突然、何人かが校舎にもどって着替えてくると、ファイヴズ〔小さな革のボールを壁にぶつけて遊ぶ球技〕を始めた。ほかの生徒はふたり三人かたまって校門から出ていく。クリケット場にいくのだろう。またほかの子たちはほかの場所で、ネットに球をぶつけてクリケットの練習をしている。フィリップはよそ者だった。ひとりかふたり、無関心そうにこちらをみる生徒もいる。ここの有名なノルマン式階段をみにくる人も少ないので、あまり気にはならないのだろう。フィリップは男の子たちをみて、自分との隔たりをなつかしく思い、また、あれほど大きなことを夢見たくせに、いまほとんど何もできていないことを苦々しく思った。あの頃学んだこと、それはもう忘れて頭にないが、それらはすべて無駄だったのか。元気ではつらつとしているこの男の子たちも、自分がしたのと同じことをしているのだろう。ここを去ったのはつい昨日のことのようだ。しかしかつては全校生徒の名前を覚えていたのに、いまはひとりも知らない。あと数年もすれば、いまここにいる生徒たちも、ここにきて、自分と同じ疎《そ》外感《がいかん》を味わうのだろう。だが、そう考えても、なぐさめにはならない。ただ、人間存在の不毛さを強く感じるだけだ。どの世代も無意味な営為《えいい》を繰り返す。あのときの仲間はどうしているのだろう。みんなそろそろ三十近くだ。死んだ者もいるだろうし、結婚して子どもができた者もいるだろう。軍人、牧師、医師、弁護士。生活も落ち着き、若さと決別する頃だ。自分のようなろくでもない半生を送ってきた者がひとりでもいるだろうか。ここにいたとき、とてもあこがれていた男の子がいた。おかしなことに、名前が思い出せない。顔はよく覚えている。それどころか、大の親友だった。ところが名前が浮かばない。フィリップは口元をほころばせながら、ずいぶん嫉妬《しっと》させられたときのことを思い出した。いらだたしいことに、その名前が出てこない。ふと、あの頃にもどりたくなった。いま校庭をのんびり歩いている少年になりたかった。そして過《あやま》ちを避け、新たに出発して、実りある人生を送りたい。フィリップは耐えがたくさびしかった。この二年間の耐乏生活が悔やまれてならない。ただ生きていくために必死に働いてきたせいで、生きることの痛みを感じなくなっていたからだ。「額に汗して、汝《なんじ》のパンを得よ」〔旧約聖書「創世記」第三章第一九節〕。これは人類にかけられた呪《のろ》いではない。これは、必死の思いで生きていく人類をあきらめに導くやさしい言葉なのだ。

しかしフィリップは自分にいら立っていた。そのとき、人生は模様だという考えを思い出した。そうだ、これまでに味わった不幸は精緻《せいち》で美しい模様の一部にすぎない。そして自分を励ますようにいった。前向きにすべてを受け入れよう、悲しみも喜びも、苦痛も快楽も。そのどれもが模様に彩《いろど》りを添えてくれるのだ。フィリップは意識して、美しいものをさがしてみた。そういえば、少年の頃、ある場所からゴシック風の大聖堂をながめるのが好きだった。そこにいって、その偉容をながめた。曇り空の下で灰色にそびえ立つ大聖堂。中央の塔は神への賛美を形にしたかのようだ。一方、ネットに球をぶつけている少年たちはすばしこく、たくましく、生き生きとしている。いやでも歓声や笑い声が耳に入ってくる。若さの呼び声が執拗《しつよう》につきまとうなか、フィリップはただぼんやりと目の前の美しい大聖堂をみつめていた。

113

八月、最終週の初め、フィリップは「地区」の担当になった。ここの仕事は大変で、一日に平均三人の出産に立ち会わなくてはならない。妊婦は病院からあらかじめ妊婦用の診察券をもらっていて、産気づくとだれか——普通は女の子——がそれを持って病院に出向き、受付にいくと、道路を渡ってフィリップの宿舎にいくよう指示される。夜だと、鍵《かぎ》を持っている門番がフィリップを起こしにいく。暗い時間に起きて、人気《ひとけ》のないテムズ川の南岸を歩いていくのは奇妙な感じがする。この時間帯に診察券を持ってくるのは夫が多い。すでに何人も子どものいる場合はまったく動じていないが、新婚だったりすると、心配そうで、ときには不安をまぎらわせようと酒を飲んでいることもある。家まで一キロ半かそれ以上歩くこともよくあり、途中、労働条件や生活費についてきかされるので、自然と、川のこちら側の事情に詳しくなる。フィリップは担当地区の人々を安心させるよう努め、狭苦しい部屋で長いこと待った。部屋の半分を占めている大きなベッドには出産間際の女性が寝て、母親や産婆《さんば》といっしょに、仲間同士のように親しげに話しかけてくる。フィリップは、二年間の生活で貧しい人々の暮らしについて学んだ。地区の人たちはそれを知ると、喜んだ。そして、フィリップには口先のごまかしがきかないことに感心した。フィリップはやさしく、手当てもていねいで、怒ることもなかった。紅茶をすすめられて気軽に飲んでは喜ばれ、明け方になっても生まれてこない子どもを待っているときには、肉汁を塗ったパンを出された。気取ったところがなく、何を出されても、ほとんどはおいしく食べた。裏通りからさらにはずれた薄汚い袋小路のみすぼらしい家にいくこともある。そこでは日も風も入ってこない。しかし意外なことに、建物はかなり傷《いた》み、床は虫に食われ、天井からは雨漏りがしているものの、立派な構えの家もあった。そういう家には、見事な彫刻のあるオーク材のバラスターがあったり、羽目板がまだはがれていない壁が残っていたりする。ただし、そういうところは大人数で、各部屋に一家族住んでいて、昼間は庭で遊ぶ子どもの声がひっきりなしにきこえてくる。古壁は害虫の巣になっているうえに、部屋にはいやなにおいが立ちこめ、フィリップはしかたなくパイプに火をつけるのだった。こういうところに住んでいる人々はそれこそ、その日暮らしで、赤ん坊は歓迎されなかった。父親は不機嫌に怒鳴り、母親は絶望を隠しもしない。すでにいまいる家族を養うだけで精一杯なのに、また口がひとつ増えるのだ。死んで生まれてくれないか、生まれてもすぐに死んでくれないかと願っているのがよくわかる。フィリップは双子の出産に立ち会ったことがある。ユーモア好きな人間にはほほえましいジョークのネタだ。ところが、母親は、双子だときくと、いきなり泣きだし、いつまでもうらめしそうに泣きわめいていた。彼女の母親がいった。

「いったい、どうやって食わせていくんだろう」

「すぐに、神さまが天国に呼んでくださいますよ」産婆がいった。

フィリップは、小さな双子が並んで寝ているのをみつめる父親の顔に浮かんだ暗い怒りに息を飲んだ。そこに集まった家族全員から恐ろしい憤《いきどお》りが感じられる。望まれることなくこの世にやってきたあわれな赤ん坊への怒りだ。フィリップは、しっかりいっておかないと、「事故」が起こるかもしれないと思った。事故はしょっちゅう起こる。赤ん坊が母親の下敷きになって死んだり、妙な物を食べて死んだりすることがあり、必ずしもそれは不注意のせいだけではなかった。

「毎日、様子をみにきます」フィリップはいった。「この子たちに何かあったら、検《けん》屍《し》がありますから」

父親は何もいわずに、フィリップをにらみつける。人殺しの目だ。

「神さまが、ふたりを祝福してくださいますように」祖母がいった。「何も起こりゃしませんよ」

母親を十日間ベッドに寝かせておくのも大変だ。病院から、最低十日は安静にするようにという指示が出ているのだが、そんなことをしていると、家事がまったくはかどらない。ただで子どもの面倒をみてくれる人などいないし、夫は、疲れて腹を空《す》かせて仕事から帰ってきて、まともな夕食が出ないと、文句をいう。フィリップは、貧しい人々はおたがい助け合って生きているときかされてきたが、女たちはみんな、ぼやいていた。掃除や子どもの食事の世話をしてくれる人などいやしない、給料を払えればいいけど、そんな余裕はないというのだ。フィリップは女たちのいうことをきき、ふと口にする言葉の裏の意味を推測するうちに、この階級と、その上の階級との間にはほとんど共通するものがないことを知った。彼らは上の階級をうらやましいとは思っていない。というのも、生活が違いすぎるからだ。そして気楽さがなによりだと考えているので、中流階級の暮らしが堅苦しくて窮屈に思える。そのうえ、中流階級の人々をある意味軽蔑《けいべつ》している。軟弱で、肉体労働をしないというのがその理由だ。貧しくても気位の高い人々は、上の連中には放っておいてほしいと思っていたが、大多数は上の連中を利用してやろうと思っていた。慈善家から施しをもらうときは、相手の喜ぶことをいい、当然の権利としてちゃっかりいただくときは、相手の愚かさにつけこみ、抜け目のなさを発揮する。副牧師がくるとばかにして無視したが、教区の女世話人がくると、激しい憎悪《ぞうお》をむき出しにする。たとえば、こんな感じだ。世話人ときたら、入ってくるなり、ごめんなさいとも、すいませんともいわずに、窓を開け放すんだからね。「あたしは気管支炎がひどいんだ。風邪をひいたら死んじゃうよ」。そして部屋のすみにまで鼻を突っこんで、その不潔さに文句をいわなければ、いいほうだという。「そりゃあ、あの人たちはメイドなんかがいるからいいけど、あたしの身にもなってごらん、部屋の掃除なんかできるはずがないよ。子どもが四人もいて、それに料理をして、繕い物をして、洗濯もしなくちゃいけないんだから」

そのうちフィリップにもわかってきた。この人たちにとっての最大の悲劇は別れでもなければ死でもない。そんなものはごく自然に起こることで、悲しみは涙でなぐさめられる。しかし、失業だけはなんともならない。一度、こんな場面に出くわしたことがある。妻が出産した三日後の夕方、夫が帰ってきて、首になったと告げた。土木工事の肉体労働者だったが、ちょうど景気の悪いときだった。夫はそういうと、テーブルの前に座った。

「まあ、あなた」妻がいった。

男は気の抜けたような顔で、鍋《なべ》で煮た料理を食べている。目は皿にすえたままだ。妻は二、三度、おどおどと夫をみたが、声を抑えて泣きだした。男は小柄で愛想がなく、いかつい顔は日焼けして、額には大きな白い傷跡がある。手は大きく、ごつごつしている。そのうち、とても食べる気になれないといわんばかりに、皿を脇に押しやり、窓の外に目をやった。部屋は建物の最上階で、それも奥のほうにあるうえに、不機嫌そうな雲しかみえない。絶望の重苦しい沈黙が流れる。フィリップは何もいえず、立ち去ることしかできなかった。前の晩は一睡もしていなくて、疲れきっていたのだ。世界の残酷さに、心からの怒りを覚えた。仕事がみつからない絶望も、飢えよりもつらいみじめさも、いやというほど知っている。フィリップは、神を信じなくなってよかったと思った。もし信じていたら、こんな現実には耐えられない。こんな世界で生きていくには、人生など無意味だと考えるしかない。

　貧しい人たちを助けようと活動する人々は考え違いをしている。彼らは、自分たちならとても耐えられないと思うところを改善しようとするが、貧しい人たちはそんなことには慣れているのだ。彼らは風通しのいい大きな部屋など望んでいない。彼らは寒いのだ。ろくなものを食べていないから血行が悪く、部屋が広いと、かえって寒い。それに石炭がよぶんにいる。ひと部屋に何人もいっしょに寝ることなどまるで気にならない。そのほうがいい。なぜなら、生まれてから死ぬまでひとりきりになることがないのだから。ひとりのほうが恐ろしい。慣れ親しんだ雑居生活は快適で、まわりの騒音などまったく耳に入らない。定期的に湯を浴びる必要も感じていない。入院するときに体を洗うようにいわれて怒る人たちの声はしょっちゅう耳にする。彼らにとって、それは侮辱であり、不快なのだ。とにかく、かまわないでほしいのだ。仕事がありさえすれば、生きていけるし、それなりに楽しい。世間話のねたはいくらでもあるし、一日の労働が終わってのビールはうまいし、街には楽しいことがいくらでもある。読み物なら、週刊新聞の「レイノルズ・ニュース」や日曜新聞の「ニュース・オヴ・ザ・ワールド」がある。しかし、こんな声もよくきく。「でもねえ、時間のたつのが速くって。ほんと、まったくそうなんですよ。あたしも若い頃には本もよく読んだんです。それがまあ、あれやこれやで、新聞を読む時間さえなくなってしまいました」

出産後は、三回、往診することになっている。ある日曜日、フィリップが往診先に、昼食時にいってみると、母親は初めてベッドから出たところだった。

「これ以上は寝てられませんからね。もともと怠け者じゃないんで、一日中何もしないで寝てるとそわそわしてしょうがないんですよ。ハーバートにも、これから起きて、食事を作るからっていったところなんです」

ハーバートはテーブルの前に座り、ナイフとフォークを持って待ち構えている。まだ若く、屈託のない顔に、青い目。稼ぎはよく、夫婦の生活は楽だった。数ヶ月前に結婚したばかりで、ふたりとも、ベッドの足元のゆりかごに寝ている血色のいい男の子をさずかって喜んでいる。部屋にはステーキのいいにおいが漂い、フィリップはレンジのほうに目がいった。

「ちょうど、食事の準備をしていたんです」妻がいった。

「どうぞ、続けてください」フィリップはいった。「跡取り息子さんの様子をみたら、さっさといなくなりますから」

それをきいて、夫婦は笑った。ハーバートは立ち上がると、フィリップといっしょにゆりかごのほうにいき、自慢顔で赤ん坊をみた。

「問題なさそうですね」

フィリップは、そういって帽子を取った。妻がステーキを焼き終えて、テーブルにグリーンピースの皿を置いた。

「おいしそうですね」フィリップは微笑んだ。

「この人は日曜日しかうちにいないんです。だから腕を振るわなくちゃと思って。そうすれば、仕事中も、うちのことを忘れないでいてくれるでしょう」

「よければ、いっしょにどうです」ハーバートがいった。

「まあ、あなたったら」妻は驚いたようだ。

「そんな、いいんですか」フィリップは、親しげに笑いかけた。

「もちろんですよ。お近づきになれるとうれしい。ほら、ポリー、この先生なら断ったりしないってわかってたんだ。もう一人前頼むよ」

ポリーは赤くなった。困った人ね、とでもいいたげな顔をすると、皿を出してエプロンでさっとふき、戸棚の引き出しからナイフとフォークを出した。その戸棚には彼女のよそ行きの服といっしょに、お気に入りの銀器がしまってある。テーブルには水差しが置いてあり、ハーバートがそれからフィリップのコップにスタウトビールを注いだ。そしてステーキを大きく切り分けようとしたが、フィリップはどうしても等分にしてほしいといった。日のよく入る部屋で、床まである窓がふたつ。かつては、豪華とはいえないまでも立派な家の応接間だったのだろう。五十年ほど前は裕福な商人か、退役軍人が住んでいたのかもしれない。ハーバートは結婚する前はサッカー選手で、壁にはいろんなチームの写真が何枚も飾ってある。髪をなでつけた選手がそれぞれ気取った格好で、キャプテンを囲んでいる。キャプテンは自慢そうに優勝カップを持って座っている。ほかにも暮らし向きのよさを物語るものがいくつもあった。ハーバートや妻の親戚《しんせき》が晴れ着を着て映っている写真もあれば、暖炉の上の棚には小さな岩に貝殻がくっついている精巧な置物があり、その両側のマグカップにはゴシック体の文字で「サウスエンド〔テムズ川河口のリゾート地〕からのプレゼント」と書かれ、桟橋や遊歩道の絵が描いてある。ハーバートは珍しく非組合員で、組合から入るようにとうるさくいわれて怒っている。彼にいわせれば、組合などというものは不要で、いくらでも仕事はみつけられるし、多少の知恵があって、仕事のえり好みをしなければ、いい給料がもらえるらしい。ポリーのほうはそれが心配で、彼に組合に入ってほしいと思っている。前回のストのとき、彼が仕事に出るたび、救急車で運ばれてくるんじゃないかと不安だったという。彼女はフィリップのほうを向いていった。

「とても頑固なんです。何をいっても、きく耳を持たないというか」

「だって、ここは自由の国なんだ。強制されるなんて冗談じゃない」

「自由の国だなんていったって、あなた、何かあれば、あの人たちにひどい目にあわされるわよ」

食事が終わると、フィリップは煙草《たばこ》の袋を出してハーバートに差し出し、ふたりでパイプを吸った。それから席を立ち、次の患者が待っているかもしれないのでといって、握手をした。ふたりが、いっしょに食事をしてもらえて喜んでいるのがわかった。フィリップが楽しんでくれたのがうれしいのだ。

「ありがとうございます、先生」ハーバートがいった。「次にまた家内の腹が大きくなったら、先生みたいな方がきてくださるといいんですが」

「よくいうわね。次があるかどうかなんて、わからないでしょう」

114

三週間の実習が終わろうとしていた。フィリップは六十二人の患者を担当して疲れきっていた。最後の夜、十時に部屋にもどったときは、もうこれきり呼び出しがこないでほしいと心から願った。十日間連続で、夜間、往診に出かけた。とくにさっきの患者はひどかった。大柄でがっしりした、おまけに酔っている男に連れていかれた家は悪臭漂う袋小路にあって、これまでみたなかでも最悪だった。そこは狭い屋根裏部屋で、木のベッドでほとんど埋まっていた。ベッドには薄汚れた赤い布の天蓋《てんがい》がついていて、天井も低く、手をのばせば指が届いた。明かりはロウソクが一本。フィリップはそのロウソクを取り上げ、天井を這《は》っている虫を焼いた。ベッドに寝ているのは中年のくたびれた女で、何度も死産をくり返している。フィリップもこの手のことにはもう慣れていた。夫はインドで従軍中、梅毒をもらって帰ってきた。上品なイギリス社会がインドに押しつけた法律のせいで、このいまわしい病気が蔓延《まんえん》したあげく、一般の人々がその代償を払わされているのだ。フィリップは病院の部屋にもどると、あくびをしながら服を脱ぎ、風呂に入ってから、湯の上で服を振ると、虫が落ちてもがくのがみえた。それからベッドに入ろうとしたとき、ドアにノックの音がした。病院の門番が診察券を持ってきたのだ。

「あーあ」フィリップはぼやいた。「今夜、一番みたくない顔だ。これを持ってきたのは？」

「夫だと思います。待つようにいいましょうか」

住所をみると、よく知っている通りだったので、門番にはそういって帰ってもらった。それから着替えて五分後、黒いカバンを片手に通りに出た。すると、暗くて気づかなかったのだが、男がやってきて、夫ですといった。

「待っていたほうがいいと思いまして。近所は物騒ですし、お医者さんだとはわからないでしょうから」

フィリップは声を上げて笑った。

「いや、だいじょうぶ。だれだって、医者はみればわかるよ。それに、ウエイヴァー通りより物騒なところへもいっているしね」

その通りだった。黒いカバンはパスポートのようなもので、これを持っていれば、場末のひどい場所にも、悪臭漂う袋小路にも入っていける。そういったところは、警官でさえひとりでは踏みこめない。一、二度、数人のグループが珍しそうにフィリップをみて小声で話し合っているうち、だれかがこういうのをきいたことがある。

「病院の先生だ」

　フィリップが歩いていると、ひとりかふたり、「先生、こんばんは」と声をかけてきたこともある。

「先生、ちょっと急いでもらえませんか」フィリップを案内している男がいった。「危ないらしいんです」

「なんで、そんなふうになるまでほっといたんだ」フィリップは足を速めながらたずねた。

　フィリップは街灯の前を通るとき、男の顔をみた。

「ずいぶん、若いね」

「十八になったばかりです」

　男は金髪で、ひげは生えていない。まだ少年だ。背は低いが、がっしりしている。

「その年で結婚したのかい」

「いろいろあって」

「稼ぎは？」

「週十六シリングです」

十六シリングでは、とても妻子を養っていけない。通された部屋をみれば、どんなに困窮しているかわかる。普通の大きさの部屋なのだが、妙に大きくみえるのは、ほとんど家具がないからだ。床にはカーペットもない。壁には絵もない。どこの家でも何か飾ってあるものだ。絵入り新聞のクリスマス号から切り抜いた写真や付録などが安い額に入れてかけてある。妊婦は、安物の小さな鉄のベッドに寝ている。フィリップは目を疑った。まるで子どもだ。

「まだ十六にもなってませんね」フィリップは、ちょうどやってきた産婆にいった。

診察券には十八歳と書かれているが、年齢が低いときには一、二歳上に書くことがよくある。それにこの子はかわいい。この階級の女の子には珍しい。というのも、食事も空気も悪いうえに仕事もきつくて、容貌《ようぼう》がすさんでしまうことが多いからだ。この子は繊細な顔立ちで、大きな目は青く、豊かな黒髪を売り子のように細かく編んでいる。その子も夫も、ひどくおびえた顔をしている。

「外で待っていてくれ。必要なときには呼ぶから」フィリップは夫にいった。

フィリップはあらためて彼をみて、若いのに驚いた。通りで仲間といっしょに騒いでいてちっともおかしくない。それがいままっ青な顔で、妻の出産を見守っている。

何時間かが過ぎ、二時近くになってようやく子どもが生まれた。なんの心配もなさそうだ。呼ばれた夫がぎこちなく、恥ずかしそうに妻にキスをするのをみて、フィリップはほほえましく思った。それから道具をカバンにしまうと、もう一度、女の子の脈を取った。

「まさか！」フィリップは声を上げた。

さっと女の子の顔をみた。おかしい。緊急のときは産科の主任を呼びにやることになっている。主任は正規の医師で、この地区の担当者でもある。フィリップは走り書きをして夫に渡すと、急いで病院まで持っていってくれ、奥さんがあぶない、とにかく急いでくれといった。男は飛びだしていった。フィリップは不安な気持ちで待った。女の子が出血多量で死にかけている。主任がくるまでもたないような気がする。できることはした。主任がほかのところに呼ばれていないことを祈った。じりじりしながら待つうち、ようやくやってきた。主任は患者をみながら、小声でフィリップにいくつか質問をした。フィリップはその顔をみて、女の子が危篤《きとく》だということがわかった。主任はチャンドラーといった。背が高く、口数の少ない男で、鼻が長く、顔もほっそりして、年のわりにしわが多い。彼は首を振った。

「最初から無理だったらしい。夫は」

「廊下で待たせてあります」フィリップがいった。

「呼んできたほうがいい」

フィリップはドアを開けて、夫を呼んだ。彼は暗いなか、上の階に続く階段の一段目に座っていたが、ベッドまでやってきた。

「何かあったんですか」夫がたずねた。

「内出血が続いていて、止められそうにないんだ」主任は言葉を切った。それから、いいづらそうに、そっけなくいった。「もう長くない」

男は何もいわなかった。立ちつくしたまま、妻をみている。ベッドの妻は青い顔をして意識がない。産婆が口を開いた。

「先生方はできるだけのことをしてくださったんだよ、ハリー。あたしは、はじめから、こうなるってわかってたんだ」

「黙っててください」チャンドラーがいった。

窓にはカーテンがなく、外が次第に白んできた。まだ夜は明けていないが、もうすぐだろう。チャンドラーは手をつくして患者を生かしておこうとしたが、次第に生気が失《う》せ、彼女は息を引き取った。少年のような夫は安物の鉄のベッドの端に立って手すりにつかまっている。口をつぐんでいるが、顔がまっ青だ。チャンドラーは心配そうにそちらに何度か目をやった。気を失うんじゃないかと思っている。夫の唇は灰色だ。産婆は声を上げて泣いているが、夫はまったく気がついていない。信じられないという目でひたすら妻をみつめている。悪いと知らずにやったことで鞭打《むちう》たれた犬のようだ。チャンドラーはフィリップといっしょに道具を片づけると、そちらを向いて声をかけた。

「少し、休んだほうがいい。そのままじゃ、倒れるぞ」

「寝るところがないんです」おどおど答える声はきいていてつらかった。

「ここに、だれか泊めてくれる人はいないのか」

「ええ」

「先週、越してきたばかりなんですよ」産婆がいった。「だから、ここにはまだ知り合いがいないんです」

チャンドラーはぎこちなく黙っていたが、夫のほうに歩いていった。

「こんなことになって、大変残念だ」

そういってチャンドラーは手を差し出した。夫は反射的に自分の手がきれいかどうかみてから、握手をした。

「ありがとうございます」

フィリップも手を差し出した。チャンドラーは産婆に、朝、死亡診断書を取りにくるようにいった。それから、ふたりは家を出て、いっしょに黙って歩いた。

「初めてだと、少しあわてただろう」そのうちチャンドラーがたずねた。

「ええ、少し」

「今夜はもう、診察券を持っていかないようにいっておこうか」

「いえ、朝の八時に交代なんです」

「何人、みてきた」

「六十三人です」

「そうか。なら、産科の免許はもらえるな」

病院に着くと、主任はほかに呼ばれていないか確認しにいき、フィリップはそのまま歩いていった。前日、朝から晩までとても暑かったせいで、早朝になってもまだ熱気が残っている。通りはとても静かだ。フィリップはまだ寝るつもりはなかった。仕事は終わった。急ぐことはない。のんびり歩きながら、さわやかな空気と静けさを楽しんだ。橋までいって、日の出をみようと思った。街角で警官が挨拶《あいさつ》をした。フィリップのカバンをみて、医者だとわかったらしい。

「朝まで、お疲れさまです」警官がいった。

フィリップはうなずいて、前を通り過ぎた。それから欄干にもたれ、朝を予感させる空をながめた。この時間、大都市ロンドンはまるで死者の街のようだ。空には雲ひとつなく、夜明け前の星がぼんやり輝いている。川面には薄い霧がかかっている。北側に並ぶ豪邸が魔法の島の宮殿のようだ。川のなかほどには平底の荷船が何艘《そう》かつながれている。あたり一帯がこの世のものとは思えない紫に包まれ、どことなく不気味で、恐ろしいような感じさえする。しかしすぐにすべてが白っぽく、冷たく、灰色になったかと思うと、太陽が顔をのぞかせ、空に金色の光が広がって、虹色《にじいろ》に変わった。フィリップの目の前にはいつまでも、命がつきてベッドに横たわる痩《や》せて青白い顔をした女の子の姿と、手負いの獣のような顔でベッドの端に立つ男の子の姿があった。部屋が何もなく狭苦しいせいで、ふたりの姿がよけいに痛ましい。残酷なことに、愚かな運命が女の子の命を絶ち切ってしまった。それも、まだこれからというときに。だが、そう思った瞬間、彼女のこれからの生活を考えてみた。子どもの世話、貧困との不毛な戦い、若さを奪う徒労と喪失、自堕落な中年——フィリップの頭のなかに、あのかわいい顔がやせてさらに青白くなり、髪が少なくなり、美しい手が過酷な仕事のせいで荒れて、年取った獣の爪《つめ》のようになっていくのが浮かんだ。男の子のほうは盛りを過ぎて、仕事をみつけるのが難しくなり、低賃金で働かなくてはならなくなり、最後はなすべもなく貧困にあえぐ。彼女がいくら元気で、倹約家で、勤勉であっても、それは避けられない。結局は救貧院にいくか、子どもの世話になるか。いま死んだからといって哀れむことはない。彼女を待っているのは悲惨な人生なのだ。

そもそも哀れんだところでなんの役にも立たない。彼らは憐憫《れんびん》など求めてはいない。自分たちの運命をそのまま受け入れている。それを自然の理《ことわり》と心得ているのだ。そうでなかったら、大変なことになる！　そうでなかったら、それこそ彼らは大挙してこの川を渡り、豪邸の立ち並ぶ対岸に押し寄せ、略奪と放火と暴行をくり返すことだろう。しかしいま、夜が明けていく様は、やさしくやわらかく、薄れゆく霧がすべてをそっと光のなかに包んでいる。テムズ川は灰色とバラ色と緑に染まっている。真珠母のような灰色と、黄色のバラの中心のような緑に。川の南側の埠頭《ふとう》や倉庫はまとまりなく散らばっていて、それなりに美しい。あたりのなんともいえない景色に、フィリップは胸の高まりを覚えた。この美しい世界に圧倒された。これ以外、何もいらない、そんな気さえした。

115

数週間、外来患者を担当したあと冬学期が始まり、十月に勉強にもどった。長いこと医学校を離れていたので、まわりは知らない顔ばかりだ。年が離れていると付き合いもほとんどない。同期の仲間はほとんど免許を取って、地方の病院や診療所で助手になったり職を得たりした者もいれば、聖ルカ病院に残っている者もいる。二年間使わなかった頭も活性化したような気がして、フィリップは気持ちも新たに勉強にはげんだ。

アセルニー家の人たちは、フィリップが金銭面の不安から解放されたことを喜んでいた。フィリップは伯父の遺品を売るとき、いくつか残しておいて、家族全員にプレゼントした。サリーには伯母の使っていた金のネックレス。彼女はもうすっかり大人びて、いまでは仕立屋の見習いをしている。リージェント通りの店で、毎朝八時から一日中働いている。あざやかな青の瞳《ひとみ》、広い額、輝く豊かな髪。ふっくらした体型で、腰も胸も堂々としている。父親のほうは、娘の体型を批判するのが楽しいらしく、しじゅう、やせろやせろといっている。彼女はとても魅力的だった。健康的で、野性味があって、女性らしい。言い寄ってくる男もたくさんいたが、彼女のほうは淡々としている。恋愛なんて、といわんばかりだ。なので、若い男たちは近づきがたいと思っているようだ。サリーは年のわりに大人びている。母親の家事や育児を手伝ってきたせいで、なんでも仕切りたがるところがあって、母親にいわせると、自分勝手がすぎるらしい。口数は多い方ではないが、最近はおさえたユーモアを身につけて、ときどき、無表情な顔の後ろで相手のことをおもしろがっているような言葉をもらすこともある。フィリップはこの大家族のだれとでも親しくできたが、サリーだけは例外だった。たまに無関心な様子にいらっとすることがあったし、彼女のなんとなく謎《なぞ》めいたところが気になった。

　フィリップが彼女にネックレスをプレゼントしたとき、アセルニーは例の大げさな調子で、ぜひお礼のキスをするべきだといいだしたが、サリーは赤くなって、後ずさりした。

「いや、そんなのだめ」

「恩知らずな娘だ！」アセルニーが大声でいった。「なにがいやなんだ」

「男の人にキスされるのがいやなの」

フィリップは彼女が困っているところがおかしくて、アセルニーに別の話題を振った。アセルニーはすぐそれに飛びついた。しかしそのあとでまた、母親からいわれたらしい。というのは、フィリップが次にアセルニー家を訪れたとき、二、三分のあいだふたりきりになった機会をとらえて、サリーがその話題を出してきたのだ。

「先週のこと、怒ってないでしょう。キスしなかったこと」

「ちっとも」フィリップは笑って答えた。

「うれしくなかったわけじゃないの」彼女は少し赤くなりながら、用意してきた堅苦しい言葉を口にした。「あのネックレスはいつまでも大切にします。ご親切は決して忘れません」

フィリップは彼女と話すのがいつも少し苦手だった。彼女はすべてをそつなくこなすものの、話をしようという気持ちがまったくみられないのだ。かといって、人づきあいが嫌いなわけではまったくない。ある日曜日の午後、アセルニー夫妻が外出して、フィリップが家族の一員として応接間で本を読んでいるとサリーが入ってきて、窓辺で縫い物を始めた。女の子の服は家で縫うことになっているので、日曜日ものんびりしていられないのだ。フィリップは、彼女が話したいのだろうと思って本を置いた。

「本を読んでてください」彼女はいった。「ひとりだったから、そばにきていっしょにいようと思っただけなんです」

「きみみたいに口数の少ない人には会ったことがないよ」

「このうちに、おしゃべりはひとりで十分だと思いませんか」

皮肉な口調ではない。ただ、事実を述べているという感じだ。しかしフィリップにはわかった。彼女はもう、残念なことに子どもの頃と違って、父親を英雄とは思っていないのだ。頭のなかでは、父親の客を楽しませる会話と、たびたび家計を苦しくさせる金銭感覚のなさはひとつになっていたし、父親のおもしろい話と、母親の実際的で常識的な考え方を秤《はかり》にかけている。父親の快活さを喜んではいるものの、ときどきそれにいら立つこともある。フィリップは彼女が熱心に仕事をしているところをながめた。健康的で、たくましそうで、ごく普通だ。おそらく、店でいっしょに働いている、胸が小さくて貧血気味の女の子のなかにいると目立ってしょうがないだろう。そういえば、ミルドレッドも貧血に悩まされていた。

そのうち、求婚者が現れた。店の仲間と付き合ううちに、若い男と知り合ったらしい。電気技師で、仕事も順調で、結婚相手としては申し分ない。ある日、彼女は母親に、求婚されたことを話した。

「なんて答えたの」

「しばらくは、だれともあまり結婚するつもりはありませんって答えたわ」彼女はいつもの癖で、少し間を置いて続けた。「でもしつこくいってくるから、日曜日のお茶にでもどうですかって誘ったの」

アセルニーはこの話をとても喜んだ。そして当日の午後ずっと、どうすればその青年に自分が厳格かつ教養ある父親であるところをみせられるか繰り返し練習する始末で、しまいに子どもたちも笑いだしてしまった。そのうえ相手がくる直前に、エジプトの円筒形の帽子をさがしてきて、これをかぶるといいだした。

「冗談はよしてください」ミセス・アセルニーがいった。彼女はとっておきの黒のベルベットの服を着ている。ただ、年々太ってきていて、かなりきつそうだ。「この子のせっかくのチャンスがふいになっちゃいますよ」

彼女はその帽子を脱がせようとしたが、小柄なアセルニーは器用に逃げ回った。

「さわるな。絶対に脱がないぞ。その若者がわが家の一員になろうというなら、うちが平凡な家族ではないということをしっかりみせておかなくてはならない」

「お母さん、いいじゃない」サリーがいつもの淡々とした調子でいった。「ミスタ・ドナルドソンがお父さんの気持ちをわからなくて、いやだと思ってくれれば、わたしもほっとするし」

やってくる青年にとって厳しい試練になるだろうな、とフィリップは思った。なにしろアセルニーは茶のベルベットの上着、ゆるい黒のネクタイ、赤のエジプト帽子だ。何も知らない電気技師にとって、これは強烈だろう。実際にやってくると、まず、父親からスペイン風の大仰な挨拶で迎えられ、母親からはごく普通の平凡な言葉をかけられた。それから、テーブル代わりの古いアイロン台について、修道院にありそうな背もたれの高い椅子《いす》に座ると、ミセス・アセルニーが光沢のあるティーポットで紅茶を注いだ。いかにもイングランドの田舎の風情《ふぜい》だ。テーブルには手作りの小さなケーキと自家製のジャムが置いてある。農家にありそうなお茶の風景だ。フィリップの目には、ジャコビアン様式〔英国一七世紀前半の明るい感じの様式〕のこの部屋で繰り広げられる情景が、不思議と魅力的に映った。アセルニーがなんの理由もなく、ビザンチンの歴史について話しだした。ギボンの『ローマ帝国衰亡史』の終わりの数巻を読んでいたところで、人差し指を大げさに突き出し、あっけにとられている客の耳に、テオドラ〔六世紀、ビザンチン皇帝ユスティニアヌス一世の妃〕やイレネ〔八世紀、ビザンチン皇帝レオ四世の妃〕にまつわる色っぽい話を、次々に披露し始めた。大げさにまくしたてるので、青年は萎縮《いしゅく》して、黙りこくっておどおどするばかりだ。そして合間合間に、興味深くきいていますというようにうなずいた。ミセス・アセルニーは夫の話にはまったく耳を貸さず、それどころかしょっちゅう邪魔をして、青年に紅茶のおかわりをどうぞといったり、ケーキとジャムを召し上がって下さいとかいっている。フィリップが観察していると、サリーは目を伏せ、冷静で、無口で、おとなしい。長いまつげが頰に美しい影を作っている。この状況をおもしろがっているのか、青年を愛しているのか、まったくわからない。彼女の気持ちはどうもよくわからない。ただ、ひとつだけはっきりしていることがある。電気技師は好青年だった。金髪で、きれいにひげをそっていて、感じのいい整った顔は正直そうだ。背が高く、じょうぶにみえる。どうみても、彼女にぴったりの相手だ。そう思うと、痛いほどの羨望《せんぼう》を感じた。自分には空想でしかない幸福が、ふたりを待っているのだ。

そのうち、青年が、そろそろおいとましますといった。サリーは何もいわずに立ち上がって、ドアまでいっしょにいった。そしてもどってくると、父親がいきなりしゃべり始めた。

「サリー、理想の青年じゃないか。喜んで、わが家に迎えよう。結婚公告〔婚約者双方の教区の教会で三度、日曜日の礼拝のときに結婚の公告を行い、会衆からの異議がなければ、結婚式が執り行われる〕の準備をしよう。わたしは婚礼の歌を作る」

サリーは食器を片づけ始めた。父親の言葉にはなんの返事もしなかったが、ふいにフィリップのほうをみてたずねた。

「ミスタ・フィリップ、どう思います」

彼女はほかの子と違って、フィルおじさんとも、フィリップとも呼ばなかった。

「うらやましいほど似合いのカップルだね」

彼女はまたフィリップのほうをちらっとみると、少し顔を赤くして食器を片づけた。

「とてもしっかりしているし、言葉もていねいね」ミセス・アセルニーがいった。「どんな女の子でもあの人と結婚すれば幸せになりそう」

サリーは一、二分、黙っていた。フィリップは、どうしたんだろうと彼女をみた。母親にいわれたことを考えているのか、それとも月にいるという男のことでも考えているのか、さっぱりわからない。

「サリー、何かいわれたらちゃんと返事をしなさい」母親が少しむっとしていった。

「あの人、ばかみたい」

「じゃ、結婚する気はないの」

「ええ、ないわ」

「まったく、望みが高いのね」ミセス・アセルニーがいった。怒っているのがよくわかる。「申し分のない若者じゃないの。理想の家庭が持てるわ。あなたがいなくなっても、うちは食べさせなくちゃいけない子にはことかかないんだから。こんなチャンスを無にするなんて、罰が当たるわよ。それに何より、きつい雑用をしてくれる女の子を雇うことだってできるじゃないの」

フィリップはそれまでミセス・アセルニーがこれほどあからさまに、生活のつらさを口にするのをきいたことがなかった。ひとりひとりの子どもが生活に困らないようにしてやることを切実に考えているのがよくわかった。

「何をいってもむだよ、お母さん」サリーがいつもの淡々とした調子でいった。「あの人とは結婚しないから」

「まったく、冷たいね。わがままで自分勝手なんだから」

「自分で稼いで暮らせっていうんだったら、いつでも勤めに出るから」

「ばかなことをいうんじゃありません。お父さんが、そんなことを許すはずないでしょう」

フィリップはサリーと目が合った。その目にはちらっと、愉快そうな表情が浮かんでいるような気がした。いまの会話のどこがおもしろいのだろう。まったく、変わった子だ。

116

聖ルカ病院での最後の一年、フィリップは必死で勉強した。生活に不満はなかった。心配事はなく、生活の不安もないのが何よりうれしい。いろんな人が、金のことをさも軽蔑したように話すのをきくたびに、この人は本当に金に困ったことがあるんだろうかと不思議に思った。人は困窮すると、卑《いや》しく、浅ましく、さもしくなる。性格がゆがみ、悪意を持って世界をみるようになる。一ペニーにも困るようになると、金がグロテスクなほど重要なものに思えてくる。金を適切な価値で考えられるだけの余裕は必要なのだ。フィリップはほとんど人と付き合うことがなく、例外はアセルニー家だけだったが、さびしいとは感じなかった。未来の計画を考えるので忙しく、ときどき、過去のことも考えた。昔の友人を思い出すことはあるが、会う気にはなれない。ノラ・ネズビットはどうしているだろう、もう姓はネズビットではなくなっているはずだが、結婚するといっていた男の名前は思い出せない。彼女とは知り合えてよかった。やさしくて勇気のある女性だった。夜の十一時半頃、ローソンがピカデリー通りを歩いているのをみかけた。燕尾《えんび》服《ふく》を着ているということは、劇場から出てきたのだろう。突然のことに、フィリップは思わず脇道《わきみち》にそれた。二年も会っていない。いまさら友だち面《づら》をしてもしょうがない。おたがい、話すこともない。フィリップはもう絵には興味がなかった。若い頃よりも美を捉《とら》える視野が広がり、絵画的な美では物足りなくなったのだ。それよりも、人生という重層的な混沌《こんとん》からひとつの模様を作ることに心を奪われていた。そのための材料とくらべると、絵具や言葉は取るに足りないものに思える。ローソンはその材料のひとつだ。彼との付き合いは、いま織りつつある模様の一部だ。彼にはもう興味がないという事実を無視するのは、感傷的なだけだ。

　時々、ミルドレッドのことが頭に浮かぶ。出くわしそうな通りには足を踏み入れないようにしている。ところがたまに、ある感情が――おそらくは好奇心か、あるいは自分でも認めたくない深い気持ちが――わいて、ピカデリー通りやリージェント通りをうろつくことがある。それも彼女がいそうな時間を見計らって。そのくせ、彼女に会いたいのか、会うのが怖いのか、自分でもわからない。あるとき、後ろ姿をみて一瞬、彼女だと思い、妙に胸が騒いだ。そしてそれまで経験したことのない鋭い痛みを覚えた。恐ろしく、不安で吐き気までしてきた。駆けていって、人違いだとわかったとき、安堵《あんど》したのか落胆したのか、自分にもわからなかった。

八月の初め、フィリップは課程最後の外科の試験に合格し、修了証をもらった。聖ルカ病院に入ってから七年、そろそろ三十歳だ。フィリップは王立外科医師会の階段を下りていった。この修了証は医師と認められたという証《あかし》だ。心の底から満足感がこみあげてきた。

「さあ、やっと自分の人生が始まる」フィリップは考えた。

次の日、病院勤めの希望届を出そうと事務課にいってみた。課長は気持ちのいい人で、小柄で黒いあごひげを生やしている。フィリップにはいつも感じよく接してくれる。その日も、おめでとうといってから、こう続けた。

「一ヶ月ほどの臨時の口があるんだが、どうだね。南の海岸地方だ。週給三ギニーで、部屋と食事はついている」

「ありがとうございます」

「ドーセット州ファーンリの診療所だ。医師の名前はサウス。すぐにいってほしい。助手が流行性耳下《じか》腺炎《せんえん》にかかったらしいんだ。とてもいい場所だと思う」

フィリップは課長の態度がなんとなく気になった。

「何かまずいことでもあるんですか」

課長は少しためらったが、取りつくろうように笑った。

「それがまあ、なんというか、無愛想で、変わった老人でね。どこの斡旋所《あっせんじょ》もサウス医師のところには人を差し向けようとしない。思ったことをずけずけ口にしてしまうんだな。それで嫌われているらしい」

「しかし、ぼくみたいな新米がいって喜んでもらえるでしょうか。まったく経験がないんですよ」

「きみがいけば、きっと喜ぶと思う」課長はお世辞たっぷりにいった。

フィリップはちょっと考えた。ここ数週間はなんの予定もないので、少し稼ぐにはいいチャンスだ。スペイン旅行の費用に取っておける。フィリップは、聖ルカ病院か、もしだめならほかの病院で研修をして、それを終えたら絶対にスペインにいくつもりでいた。

「わかりました。いってみます」

「ただし、今日の午後発《た》ってほしいんだが、だいじょうぶかい。これからすぐ電報を打っておくから」

二、三日待ってほしかったが、アセルニー家には昨日お邪魔したばかりだし（修了証をもらったことを早く知らせたかったので）、出発できない理由はない。持っていくものもたいしてない。夕方の七時すぎ、フィリップはファーンリの駅におりると、馬車を拾ってサウス医師の診療所にいった。漆喰《しっくい》塗りの低い建物で、アメリカヅタにおおわれている。フィリップは診察室に案内された。老人が机に向かって書き物をしていた。メイドのあとについてなかに入ると、老人が顔を上げた。そして椅子に座ったまま、何もいわず顔を上げた。フィリップはみつめられてたじろいだ。

「ご存じと思います。聖ルカ病院の事務課長が今朝、電報を打ってくださっているはずなので」

「だから、夕食を三十分遅らせた。手や顔を洗ってくるかい」

「はい」

サウス医師は確かに変わっていて、おもしろかった。椅子から立ち上がったところをみると、中背でやせていて、白髪を短く刈りこんでいる。口は大きいのだがきつく結んでいるせいで唇がないようにみえる。ひげはきれいにそってあるが、ほんの少し白いほおひげを残してある。それがごついあごといっしょになって、よけいに顔が四角くみえる。茶のツイードの上着に白のストックタイ〔首に巻くようにして胸元で結ぶネクタイ〕。ずいぶんサイズの大きい服を着ている。十九世紀半ばの大地主といった風情だ。サウス医師はドアを開けて廊下のむかいのドアを指さした。

「あっちが食堂だ。寝室は、二階の階段を上がってすぐの部屋だ。準備ができたら下りておいで」

　食事中、フィリップはサウス医師にじろじろみられているのを感じていた。医師はほとんどしゃべらない。助手の話などききたくないのだろう。

「免許はいつ取った」医師がふいにきいた。

「昨日です」

「大学にいったのか」

「いいえ」

「去年、助手が休暇を取ったとき、斡旋所が大卒の男を送ってきたんだ。二度とよこさないでくれといってやった。紳士《しんし》面《づら》した連中はまっぴらだ」

　またしばらく間があった。食事は素朴で、とてもおいしい。フィリップは表面、落ち着いている振りをしていたが、内心、うれしくてたまらなかった。臨時とはいえ助手になれたことでとても興奮していたのだ。いきなり大人になった気がした。大声で笑いたくてしょうがない。医師として患者をみる立場になったと思うと、思わず笑いがこぼれる。

　ところが、サウス医師がそんな気持ちに水を差した。

「何歳だね」

「もうすぐ三十です」

「それで、免許を取ったばかりなのか」

「医学校に入学したのが二十三歳になる直前だったんです。それに途中、二年間、学校に通えなかったものですから」

「どうして」

「貧乏になったんです」

サウス医師は首をかしげてフィリップをみると、また口をつぐんだ。食事が終わり、医師は席を立った。

「ここの仕事がどんなものかきいているかね」

「いえ」

「患者はほとんどが漁師か、漁師の家族、というか、貧乏人と、漁業、船舶関係の連中だ。昔は、ほかの医者はいなかったんだが、地元の連中がここを観光地にし始めて、崖《がけ》の上にもうひとり医者がやってきた。金持ちはみなそっちにいく。金の払えない連中はみなこっちにくる」

どうやら、崖の上の病院は、この老人にとってはいまいましい存在のようだ。

「ぼくはまったく経験がないんです」フィリップがいった。

「だれも、何もわかっちゃいない。そんなもんだ」

老人はそういったきり、部屋を出ていき、フィリップはひとり残された。メイドが食器を片づけにやってきて、先生の診察時間は六時から七時までですといった。ということは夜の診察は終わっている。フィリップは部屋から本を一冊持ってくると、パイプに火をつけて、のんびり読み始めた。しみじみとうれしかった。この数ヶ月、医学書以外に何も読めなかったのだ。十時頃、サウス医師がやってきて、目を向けた。フィリップは椅子を引き寄せて足をのせていた。そうしないと落ち着かないのだ。

「ずいぶん、くつろいでいるじゃないか」サウス医師がぶっきらぼうにいった。フィリップも気持ちが高揚していなかったら、はっとしたところだろう。

フィリップの目が、きらりと光った。

「まずいですか」

サウス医師はフィリップの顔をみたが、何もいわなかった。

「何を読んでいる」

「『ペレグリン・ピックル』。スモレットという作家の作品です」

「それくらいは知っている。スモレットの『ペレグリン・ピックル』か」

「失礼しました。医学関係の人は本に興味がないと思っていたものですから」

フィリップが本をテーブルの上に置くと、サウス医師は取り上げた。ブラックステイブルの牧師のものだ。薄い本で、色あせたモロッコ革で装丁してある。口絵は銅版画だ。紙はかび臭く、かびの跡もついている。フィリップは思わず身を乗りだした。その目にかすかな笑みが浮かんだ。ほんのかすかな笑みだが、老医師は気がついた。

「何か、おかしいかね」医師は冷ややかにたずねた。

「本がお好きなんですね。持ち方でわかります」

とたんに、サウス医師は本をテーブルに置いた。

「朝食は八時半だ」そういって、部屋を出た。

「おもしろい老人だな」フィリップは思った。

サウス医師の助手が次々に辞めていった理由はすぐにわかった。まずなにより、サウス医師はここ三十年の発見はすべて信用しなかった。新薬が出回って、驚くほどの効果があるといわれ、数年後に消えていくのに我慢ならないという。だから自分が医学生だったときに聖ルカ病院で使っていた調合薬を、いまでも使っている。その後に流行したどんな薬にも負けないと思っているのだ。フィリップは、彼が無菌法を信用していないのに驚いた。世間一般の常識として尊重し守ってはいるものの、フィリップが病院でいやというほどうるさくいわれていたこの予防法に対して、まるで子ども相手の兵隊ごっこだといわんばかりの態度なのだ。

「滅菌法というのが昔流行《はや》ったが、それが無菌法に変わった。ばかばかしい！」

彼のところに送りこまれた若い医師は病院で教えられたことしか知らないうえに、病院で開業医に対するあけすけな軽蔑《けいべつ》を身につけてやってくる。ところが彼らは病棟で目にした難しい症例しか知らない。症状が微妙な副腎《ふくじん》疾患の治療法は心得ているが、風邪で頭が痛いという患者をどう扱えばいいのかはさっぱりわからない。理論的な知識を身につけているからうぬぼれが強い。サウス医師はきつく唇を結んでそういった連中をながめ、残酷な楽しみをかみしめながら、彼らがいかに無知で、いかにうぬぼれているかを思い知らせる。漁師を診たところでろくな実入りはなく、医師は自分なりの調剤をした。そして助手にたずねる。腹痛の漁師に五、六種類の高価な薬を処方したら、やっていけると思うか？　そして、この頃の若い医者はろくな教育を受けていないとぼやく。読むものといったら、スポーツ新聞か医学雑誌くらいだ。字は下手だし、綴《つづ》りもよく間違える。二、三日、医師はフィリップを細かく観察して、機会があれば皮肉たっぷりにいじめてやろうと待ち構えていた。フィリップもそれがわかっていたので、心のなかでおもしろがりながら、診察をした。新しい仕事は気に入った。

責任を持って、ひとりでやれるのがいい。いろんな人が診察室にやってくる。フィリップは患者を安心させることができて、満足していた。それに治っていく過程を間近にみられるのも楽しい。病院では数日おきにしかみられなかったのだ。往診先は屋根の低い粗末な家の建ち並ぶ区域で、漁の道具や船の帆が置いてあり、家のなかにはあちこちに遠洋航海の記念品が置いてあった。日本の漆塗りの箱、メラネシアの槍《やり》やオール、イスタンブールの市で買った短剣などだ。そういったものが狭苦しい部屋のなかにロマンティックな雰囲気をかもしだし、潮風がそういったものを妙に新鮮にみせる。フィリップは漁師と話すのが好きだった。彼らもフィリップが偉そうにしないのがわかると、若い頃に遠くまで漁にいったときのことなどを長々と話してくれる。

何度か誤診したこともあれば（たとえば、それまで麻疹《はしか》の患者はみたことがなく、患者の発疹を原因不明の皮膚病だと思った）、何度かサウス医師と治療法について意見が食い違ったこともある。麻疹のときは、サウス医師から強烈な皮肉を浴びせられたが、にこやかに受け止めた。フィリップには相手の言葉をうまくかわす才能があって、その受け答えにサウス医師は黙りこみ、けげんそうにフィリップをみることもあった。フィリップは真面目《まじめ》な顔をしていたが、目にはいたずらっぽい表情が浮かんでいた。医師は、からかわれているような気がしてならなかった。助手に嫌われたり怖《おそ》れられたりしたことはあったが、こんな経験は初めてだ。怒りにまかせて、次の列車で送り返してやろうかと思ったこともある。それまでに何度もそうした。ところがふと不安になった。そんなことをしたら、フィリップに大笑いされそうな気がしたのだ。するとと、突然、このやりとりがおかしく思えてきた。そして柄にもなく口元に笑みを浮かべて、出ていった。しばらくするうちに、医師にもわかってきたのだが、フィリップは彼をからかって楽しんでいるのだ。最初はあっけにとられたが、すぐに自分もそれを楽しむようになった。

「生意気なやつだ」彼はそう思って、こっそり笑った。「まったく」

117

フィリップはアセルニーに手紙を書いて、ドーセット州の診療所で臨時の助手をしていることを知らせた。すぐに返事がきた。アセルニーらしい形式張った文体で、大げさな表現を多用しているところは、宝石をちりばめたペルシアの王冠のようだ。字は美しいのだが、縦線が黒々と太いブラックレターのような字体で書かれているのでじつに読みづらい。しかしアセルニーはこれが自慢なのだ。内容は、一家で毎年いくことにしているケント州のホップ畑にこないかというものだった。そしてフィリップの気をそそろうと美しく細やかな調子で、魂が洗われるとか、ホップのつるが巻いている様子がかわいいとか書いてきた。フィリップもすぐに、臨時の仕事が終わったら次の日にいきますと返事をした。フィリップは、生まれた場所でもないのに、ケント州の北東にあるサネット島には特別な愛着を感じていて、二週間そこで過ごせると思うとわくわくしてきた。そこなら大地に触れることができて、青空さえあれば、この世の楽園アルカディアのオリーヴの林にも似た、牧歌的な暮らしを楽しむことができるのだ。

ファーンリにおける四週間の契約期間はあっという間に過ぎた。崖の上では新しい町が形を取りつつあった。ゴルフ場を囲むように赤レンガのしゃれた別荘がたち、夏の観光客をあてこんだ大きなホテルもできた。しかしフィリップがそこにいくことはほとんどない。崖の下の港のまわりでは、昔からの石造りの小さな家がごちゃごちゃ集まっているのが愉快で、細くて急な坂道はみるからに古く、想像力を刺激した。海岸沿いにはこざっぱりした家が並び、どの家にも手入れのいきとどいた小さな前庭がついている。そこに住んでいるのは、引退した商船の船長や、海で働いた男の母親や未亡人だ。どの家も一風変わっているが、落ち着きがある。この小さな港には、スペインや地中海東岸から不定期の小型貨物船がやってくることもあれば、ロマンの風にさそわれたかのように帆走商船がやってくることもある。それをみるとフィリップは、ブラックステイブルの石炭船が出入りする薄汚れた感じの小さな港を思い出す。あそこで初めて東洋の国々や、日射《ひざ》しのまぶしい南洋の島への憧《あこが》れが生まれ、それがいまでも忘れられずにいる。しかしここではその広く深い海をより近く感じることができる。常に閉塞感《へいそくかん》のある北海の海岸とは違い、ここでは深く息を吸いながら、どこまでも平坦《へいたん》に広がる海をながめていられる。西風が、イングランドのやわらかい潮風が心をくすぐり、やさしい気持ちにさせる。

サウス医師と過ごす最後の週のある晩、ふたりで調剤をしているところに子どもがやってきた。幼い女の子で、粗末な服を着て、きたない顔をして、靴もはいていない。

フィリップはドアを開けてやった。

「アイヴィー通りのミセス・フレッチャーの家にきてください」

「ミセス・フレッチャーがどうかしたのか」サウス医師がしゃがれた声できいた。

子どもはそちらをみようとせず、またフィリップに話しかけた。

「お願いです、小さい男の子がけがをしたんです。すぐにきてください」

「ミセス・フレッチャーには、わしがいくと伝えなさい」サウス医師が声をかけた。

幼い女の子はちょっとためらったが、汚れた指を汚れた口にくわえて、じっとフィリップをみつめている。

「いったい、どうしたんだ」フィリップがにこにこしてたずねた。

「ミセス・フレッチャーが、新しいお医者さんにきてほしいって」

調剤室で物音がして、サウス医師が廊下に出て来た。

「ミセス・フレッチャーは、わしでは不満だというのか」サウス医師は怒鳴った。「わしはミセス・フレッチャーが生まれたときからみてきたんだぞ。わしがそこのきたないがきの手当てをするのが不満なのか」

幼い女の子はいまにも泣きそうな顔になったが、ぐっとこらえて、サウス医師にむかって舌を突き出した。そして医師があっけにとられているうちに、全速力で駆けだした。フィリップには、老医師が不機嫌なのがわかった。

「少しお疲れでしょう。それにアイヴィー通りまでは、そこそこ距離があります」フィリップは、医師がいかないですむ言い訳を考えていった。

サウス医師は低くうなった。

「二本脚のほうが、一本半よりは早くいける」

フィリップは赤くなって、しばらく黙って立っていた。

「ぼくがいきましょうか。それとも先生がいらっしゃいますか」そのうちフィリップが冷ややかにたずねた。

「わしがいってどうする。きみにきてほしいといってるんだ」

フィリップは帽子を取って、その子をみにいった。もどってきたときには、もう八時になっていた。サウス医師は食堂で、暖炉で背中を温めながら立っていた。

「ずいぶん遅かったな」

「すいません。先に召し上がってくだされればよかったのに」

「待とうと思ってね。ずっとミセス・フレッチャーのところにいたのか」

「いえ、帰ってくる途中、夕日をながめていたら、つい時間がたつのを忘れてしまったんです」

サウス医師は返事をしなかった。メイドがニシンのソテーを持ってきた。フィリップはあっという間に平らげた。ふいに、サウス医師がフィリップにたずねた。

「なんで、夕日をみていた」

フィリップは食べ物を頬張ったまま答えた。

「うれしかったんです」

サウス医師は首をかしげてフィリップをみた。老いていて疲れた顔にちらっと笑みが浮かんだ。あとはふたりとも黙って食事をすませた。しかしメイドがやってきてポルトワインを置いていくと、老人は椅子の背にもたれ、鋭い目をフィリップに向けた。

「さっき、足のことをいわれたときは傷ついただろう」

「みんな、ぼくに腹を立てると、直接的であれ間接的であれ、足のことをいいます」

「傷つくとわかっているからな」

フィリップは顔をあげて、相手をじっとみつめた。

「それに気がついてご満足ですか」

医師は返事をせず、さびしそうに小さく笑った。ふたりはしばらく、相手の顔をみつめて座っていた。それからサウス医師の口にした言葉に、フィリップは驚いた。

「ここに残ってくれないか。耳下腺炎のやつはお払い箱にする」

「ご親切に、ありがとうございます。ですが、秋には病院で研修の口ができると思うんです。後々のことを考えると、そのほうがいいと思っていて」

「助手としてではなく、いっしょにやらないかといっているんだ」サウス医師がぶっきらぼうにいった。

「どうしてです」フィリップはびっくりした。

「きみはこのあたりで人気があるようだからな」

「それは、先生にとってはうれしくないことでしょう？」フィリップはそっけなくいった。

「四十年ここで医者をやってきて、助手のほうが人気者になったからといって気にすると思うかね。患者は患者、わしはわしだ。いまさら、患者に感謝などされたくもない。診察料を払ってもらえばそれでいい。で、さっきの話だが、どうだ」

フィリップは返事をしなかった。提案について考えていたわけではなく、戸惑っていたのだ。免許取り立ての新米に共同で診療所をやろうと持ちかけるのは異例中の異例だ。そのうちわかってきて不思議に思ったのだが、どうやら――そんなことを自分からいうつもりはまったくないが――サウス医師に気に入られたらしい。聖ルカ病院の事務課長に教えたら、おもしろがるに違いない。

「ここの一年間の収入は七百ポンドだ。きみの出資額は計算すればわかるが、少しずつ払ってくれればいい。わしが死んだら、あとはきみにゆずる。二、三年、いくつか病院を渡り歩いたあげく開業医のところで助手をして、やっと開業するよりずっといいはずだ」

同じ立場の者なら飛びつくだろうとフィリップは思った。いま医者は余っている。自分の知っている仲間の半分は、この程度のささやかな提案であっても、堅実さを考えれば喜んで受け入れるだろう。

「大変申し訳ないのですが、お受けできそうにありません」フィリップは答えた。「お受けすると、何年も考えてきた夢がすべて消えてしまうんです。いろんな意味で、ずいぶんつらい思いをしてきましたが、いつも夢が先へ導いてくれました。資格を取ったら、旅をする、その夢が導いてくれたんです。そしていま、朝目が覚めると、全身がうずくんです、どこでもいい、どこでもいいからいってみたい、いったことのない場所へいってみたいといって、体がうずくんです」

もうすぐ、その夢がかなう。来年の中頃には聖ルカ病院での研修を終えて、スペインに旅立つ。そして数ヶ月、そこで過ごす。ロマンあふれる国スペインをのんびり旅して回る。そのあとは船に乗って東洋へ。これこそ人生だ。時間などどうでもいい。気が向けば何年でも放浪しよう。ほとんど人のいかない場所で、未知の人々と未知の暮らしをする。自分が何を求めているのか、旅が何をもたらすのか、まったくわからない。しかし予感はある。人生について何か新しいことを学べそうだ。人生の神秘を解明する手がかりを得られるかもしれない。いままでは、解明したと思ったとたん、さらに謎めいていくばかりだった。万が一、なんの発見もなかったとしても、心をさいなんできた不安をなだめることはできる。しかしサウス医師の申し出はとても寛大なものだ。しかるべき理由もなく断るのはあまりに無礼だ。そこでフィリップはおずおずと、できるだけ感情をおさえて、いままで胸に抱いてきた夢を実現することが自分にとってどんなに大切かを熱く語った。

サウス医師は黙ってきいていたが、やがて老いた鋭い目にやさしい表情が浮かんできた。フィリップがさらにうれしく思ったのは、医師が提案を押しつけようとしなかったことだ。好意はえてして押しつけがましくなるものだが、医師はフィリップの理由を納得したらしい。そして提案は取り下げて、自分の若い頃の話を始めた。英国海軍にいたせいで、海と長いこと付き合うことになり、退官後もファーンリに落ち着くことにした。医師はフィリップに、昔の太平洋でのことや、中国でのとんでもない冒険などを語った。ボルネオの首狩り族との戦いにも参加し、まだ独立国だった頃のサモアも知っていた。あちこちのサンゴ島に寄港したこともある。フィリップはうっとり聞き入った。そのうち医師は身の上話も始めた。妻が三十年前に死んだこと、娘は南アフリカのローデシアで農場を経営している男と結婚したこと、医師がその男とけんかをしたせいで、娘は十年間、イギリスにもどってきていないこと。妻も子どももいないも同然で、じつにさびしい境遇だ。あの無愛想な態度は、それまでに味わった幻滅を隠すための鎧《よろい》のようなものだったのだ。フィリップにはそれがとても痛ましく思えた。医師は死を待っているのだが、待ち望んでいるわけではなく、むしろいまわしく思っている。老いも、老いの引き寄せる死もいやでしかたないのだが、このつらい人生から自分を救ってくれるのは死しかないこともわかっている。そんな人生にふとフィリップが現れた。そして娘と長いこと会っていないせいで——娘は夫の肩を持ち、生まれた子どもたちも父親にみせていない——絶えて感じることのなかった親愛の情がよみがえり、フィリップに向いた。最初はそれが腹立たしく、年のせいだと考えた。しかしフィリップにはなんとなく引きつけられるものがあった。そして気がつくと、なぜか笑いかけている。フィリップといると退屈することはなかった。一、二度、肩に手をかけられたときなど、何年も前に娘がイギリスを離れたとき以来のぬくもりを感じた。フィリップが出発するとき、サウス医師は駅まで送っていった。そして自分がひどく落ち込んでいることに気づいた。

「とても楽しく過ごさせていただきました」フィリップがいった。「親切にしていただいて、本当にありがとうございます」

「ここを出ていくのがうれしいんだろう」

「ここではとても楽しく過ごしました」

「だが、世界に出ていきたいんだな。まだ若い」医師はふと言葉を切って、また続けた。「もし考えが変わったら、いつでももどってきてくれ」

「何から何まで、ありがとうございます」

フィリップは窓ごしに、医師と握手をした。列車は蒸気を上げて、駅を出た。フィリップはこれからホップ畑で過ごす二週間を考えた。アセルニー家の人たちと会えるのがうれしかった。天気も上々だ。だがサウス医師は重い足を引きずるようにして、だれもいない家に向かった。老いと孤独に身を削られるような気がした。

118

夕方遅く、フィリップはファーンに着いた。ミセス・アセルニーの出身地だ。彼女は子どもの頃からホップ摘みは慣れていて、夫や子どもを連れて毎年ここにきている。ケント州の多くの人々と同じように暮らしの足しにするという目的もあったが、一家は何ヶ月も前からこれを毎年恒例の最良の休暇として心待ちにしていた。仕事は楽だし、見晴らしのいい畑での共同作業だ。子どもたちにとっては長期間の楽しいピクニックのようなものだった。このホップ摘みで若い男女が知り合う。仕事が終わってからもまだ明るいので、若者は通りを散歩したり、親しく言葉を交わしたりする。その結果、収穫のあとには普通、結婚式がいくつも続く。人々は荷馬車に寝具や鍋《なべ》やフライパンや、椅子やテーブルを積んでホップ摘みに出かけるので、この間、ファーンの村には人がいなくなる。土地の人たちはとても排他的で、よそ者、つまりロンドンの人々が押しかけてくるのを嫌っている。軽蔑するとともに怖がっている。乱暴だと決めつけて、まともな土地の人たちは付き合おうとしない。昔は、ホップ摘みの労働者は納屋《なや》で寝泊まりしていたが、十年ほど前、牧草地のむこうに小屋がいくつもたった。アセルニー家も、ほかの人たちと同じように、毎年、その小屋に泊っている。

アセルニーがフィリップを迎えに、パブで借りた荷馬車で駅までやってきた。フィリップの部屋はそこに取ってあるとのことだ。ホップ畑までは四、五百メートルほど。荷物をパブに預けると、ふたりは小屋のある牧草地まで歩いていった。どの小屋も細長くて天井が低く、なかは四メートル四方ほどの小さな部屋に分れている。それぞれの部屋の前でたき火をしていて、そのまわりに家族が集まり、夕食ができるのを楽しそうに見守っている。潮風と日射しのせいで、アセルニー家の子どもたちはみんなこんがり日に焼けている。ミセス・アセルニーは日よけの帽子をかぶると、まるで別人のようだ。ロンドンでの長年の暮らしの影響などちっとも感じさせず、田舎で生まれ育ったとしか思えない。そしてここにいると、心からくつろいでみえる。ベーコンを炒《いた》めながら、幼い子どもたちに気を配っているが、フィリップがくると心からうれしそうに握手をして明るく微笑《ほほえ》んだ。アセルニーは田舎の魅力を熱く語った。

「われわれ街の住民はみな、明るい日射しに飢えている。あんなものは生活とは呼べない。長期にわたる獄舎《ごくしゃ》の営みだ。ベティ、うちにあるものをすべて売り払って、田舎に畑を買おうじゃないか」

「あなたが田舎暮らしをする姿が目に浮かぶわ」彼女は軽くからかうようにいった。「冬になって雨が降り出したら早速、ロンドンに帰りたいってわめくに決まってるんだから」彼女はそういうとフィリップのほうをみた。「この人ったら、ここにきたらいつもこうなのよ。素晴らしきかな、田舎！　って。そのくせ、カブとテンサイの区別もつかないの」

「今日、パパはあまり働かなかったよ」ジェインはいつも、思ったことをそのまま口にする。「パパの袋、いっぱいになってなかった」

「今日は練習だ。明日はおまえたち全員が摘むよりずっとたくさん摘んでみせる」

「さあみんな、いらっしゃい。食事よ」ミセス・アセルニーが声をかけた。「サリーはどこ」

「ここよ、母さん」

サリーが小屋から出てきた。たき火が燃えあがって、その顔を陰影深く彩《いろど》った。仕立屋で見習いをするようになってから、シンプルなデザインのワンピースが気に入ったらしく、そればかり着ていた。ところが今日はプリント地のワンピースを着て、それがまた魅力的だった。働きやすいようにゆったり仕立ててある。袖《そで》をまくりあげているので、肉付きのいいたくましい腕がのぞいている。母親と同じように日よけの帽子をかぶっている。

「まるでおとぎ話に出てくる乳搾《ちちしぼ》りの女の子みたいだ」フィリップは彼女と握手をしながらいった。

「いや、ホップ畑にたたずむ美女だ」アセルニーがいった。「いいか、地主の息子がおまえをみたら、即座に求婚するぞ」

「父さん、ここの地主さんには息子さんはいないの」サリーがいった。

彼女が座るところをさがすのをみて、フィリップは隣に場所を作った。夜、たき火に照らされた彼女は素敵だった。まるで田園の女神のようだ。古き十七世紀の抒情《じょじょう》詩人ロバート・ヘリックが美しい詩で讃《たた》えた、初々《ういうい》しく健やかな娘を思わせる。食事は質素で、バターを塗ったパン、こんがり焼いたベーコン、子どもは紅茶、アセルニー夫妻とフィリップはビール。アセルニーは大いに食べながら、大声でうまい、おいしいを連発した。そして古代ローマの美食家ルキウス・リキニウス・ルクッルスを嘲《あざけ》り、フランスの食通ブリア＝サヴァランを罵倒《ばとう》した。

「ねえ、あなたにもひとつだけいいところがあるわね」妻がいった。「それは料理をいかにもおいしそうに食べること」

「ただし、ベティ、おまえの料理に限る」彼はそういって、雄弁な人差し指をそちらに向けた。

　フィリップは心からくつろいでいた。幸せそうな目に映っているのは、点々と並ぶたき火と、それを囲む人々、そして夜の闇《やみ》を背景に燃える火の色だ。牧草地のはずれには大きなニレノキが一列に並び、その上には星空が広がっている。子どもたちはおしゃべりをしては笑っている。アセルニーは、ちょっとした手品まがいのことをしたり、おかしな話をしたりして、子どもたちを大笑いさせている。

「あの人ったら、ここでは大人気なの」妻がいった。「そう言えば、ミセス・ブリッジズがいってました。ミスタ・アセルニーがいなかったら、あたしたちどうしたらいいかわからないわって。だって、いつも何かしでかして、父親というより小学生みたいなんだから」

サリーは黙って座っているのだが、フィリップは、彼女が気をつかってあれこれしてくれるのがうれしかった。そばにいるだけでほっとする。フィリップはときどき、彼女の日焼けした健康的な顔に目をやった。一度、目が合ったとき、彼女は何もいわずに微笑んだ。夕食が終わると、ジェインと弟が牧草地のむこうを流れる小川までいって、洗い物をする水をバケツにくんできた。

「さあ、子どもたち、フィリップおじさんに、今夜みんなが寝るところを教えてさしあげなさい。そしてあとは寝るんだ、いいな」アセルニーがいった。

小さな手がいくつかフィリップをつかまえて、小屋のほうに引っぱっていった。フィリップはなかに入るとマッチをすった。家具はない。服の入っているブリキの箱のほかにベッドがあるだけだ。ベッドは三つあって、それぞれ壁にくっついている。アセルニーが後から入ってきて、自慢そうにいった。

「これこそ人の休むところだ」彼は大きな声でいった。「スプリングや白鳥の羽毛の入ったマットレスの比ではない。わたしはここより心地よく休めるところを知らない。

きみはシーツの上で寝るのだろう。友よ、わたしは心底きみをあわれに思う」

部屋のベッドはホップのつるを積み重ねた上にわらを敷いて、それに毛布をかけたものだ。一日中戸外で、ホップの香りのなかで働いた幸せなホップ摘みは、この上でぐっすり眠る。九時頃になると、牧草地のあたりは静まりかえり、だれもが寝てしまう。ひとりかふたりまだパブで飲んでいる男がいて、十時になって店が閉まるまではもどってこない。アセルニーはフィリップをパブに連れていったが、出かける前にミセス・アセルニーが声をかけた。

「朝食は六時十五分前なんです。そんなに早く起きてくるのはおいやでしょうけど、六時から仕事が始まるものですから」

「当然、朝早く起きてもらう」アセルニーが大きな声でいった。「そして、われわれと同じように働いてもらう。食べるぶんくらいは稼いでもらわなくてはな。働かざる者食うべからず、そうだろう」

「子どもたちは朝食の前に海岸で水浴びをするから、その帰りにパブに寄らせます。お泊まりになる〈陽気な水夫〉亭の前の道を通るので」

「いきがけに起こしてください。そうすればぼくもいっしょに水浴びができるので」

ジェインとハロルドとエドワードが大喜びで歓声を上げた。そして次の日の朝、フイリップはぐっすり寝ていたところを、部屋に飛びこんできた三人に起こされた。ふたりがベッドの上で跳ね回ったので、フィリップはスリッパで追い払わなくてはならなかった。それから、上着を着て、ズボンをはいて、出かけた。まだ日が昇ったばかりで、空気が肌を刺したが、空には雲ひとつなく、太陽は明るく輝いている。サリーはコニーの手を握って、道のまん中に立っていた。腕には水着とタオルをかけている。みると、かぶっている日よけの帽子はラヴェンダー色で、その下の赤茶色に焼けた顔はリンゴのようだ。彼女はいつものおだやかでやさしい笑顔で挨拶《あいさつ》をした。フィリップはそのときふと、きれいに並んだ白くて小さい歯に気がついた。いままでなぜ気がつかなかったのだろう。

「もう少し寝かせてあげようと思ったの。でも、この子たちが駆けだしていって起こしちゃった。だめっていったんだけど」

「いやいや、ちっとも悪くないよ」

子どもたちといっしょに道を歩き、沼地を抜けて、一キロ半ほどいくと海岸に出た。海は灰色でいかにも冷たそうだ。フィリップはみたとたん身震いした。ところが子どもたちは服を脱いで、大声を上げて駆けていった。サリーは何事に関してもすることがゆっくりで、海に入ってきたとき、ほかの子はフィリップのまわりで水をはね散らしていた。水泳はフィリップの唯一《ゆいいつ》、得意なスポーツだ。海のなかにいると解放的な気分になる。そしてすぐに、イルカや、溺《おぼ》れかけている人や、髪がぬれるのをいやがっている太った女の人の真似《まね》を始め、子どもたちがそろってそれを真似た。水浴びのはずが大騒ぎとなり、サリーがしかりつけて浜に上がらせた。

「いけない人ね」サリーがフィリップにいった。その口調がまた母親っぽく真剣そうで、微笑ましく、かわいい。「いつもは、こんなにはしゃいだりしないのよ」

帰り道、サリーは帽子を手に持って、明るい色の髪が肩に流れていた。宿舎に着くと、ミセス・アセルニーは畑に出たあとだった。アセルニーは、だれもはきそうにないほどはき古したズボンをはき、シャツを着ていないのがばれないように上着のボタンを上までとめて、つば広のソフト帽をかぶっている。たき火の上にフライパンを置いてニシンを焼いているところだ。みるからに楽しそうだった。そしてみるからに山賊のようだ。子どもたちがもどってくるのをみると、ニシンを香ばしく焼きながら、『マクベス』の魔女の科白《せりふ》を大声で暗唱し始めた。

「さっさと朝食をすませないと、母さんにしかられるぞ」みんながやってくると、そういった。

それから五分もしないうちに、ハロルドとジェインはバターを塗ったパンを持ったまま、牧草地を歩いてホップ畑に向かった。フィリップたちが最後だ。ホップ畑はフィリップが子どもの頃によくみた風景だったし、ホップの乾燥所はケント州の特徴的な風物だ。珍しくもなんともなく、昔にもどった気持ちを味わいながら、フィリップはサリーの後をついて、長い列になって植わっているホップの間を歩いていった。太陽はまぶしく、地面にはくっきりした影ができている。青々と茂る葉をみると心が弾む。色づき始めたホップの花をみてフィリップは、シチリア島の詩人たちが紫のブドウにみた美と感動を思った。歩いていくうち、あまりに豊かな緑に頭がくらくらしてきた。ケント州の豊かな土から立ちのぼる甘い香り、気まぐれな九月の風が運んでくるホップのむせるほどの濃厚な香り。次男のアセルスタンも興奮してきたのだろう、大声で歌い出した。十五歳の変声期の声が響く。サリーが振り向いた。

「うるさいわよ、アセルスタン。そんな声で歌ってると、嵐《あらし》がくるんだから」

そのうちに人の声がきこえ、ホップのつるから丸い花を摘む人々の姿がみえてきた〔ホップは多年草のつる草で、夏から夏の終わりにかけて「毬花」と呼ばれる松かさに似た形の雌花をつける。これを摘んで乾燥させ、ビールの芳香と苦みに使う〕。みんな休みなく手を動かしながら、しゃべったり笑ったりしている。背のある椅子《いす》や丸椅子や箱に腰をかけ、横にかごを置いている人もいれば、立ったまま、摘んだホップを大袋に放りこんでいる人もいる。子どもも大勢いるし、赤ん坊もたくさんいて、間に合わせに作ったゆりかごに入れられている子もいれば、ぼろにくるんで茶色く乾いたやわらかい地面に転がされている子もいる。子どもたちは少し摘むと、すぐに遊びだす。女たちは忙しく立ち働いている。子どもの頃からやっているので慣れたものだ。ロンドンからきた人たちの二倍の速さでホップを摘む。そして一日に摘む量を自慢しながらも、昔とくらべると稼げなくなったとぼやく。その頃は五ブッシェル摘めば一シリングもらえたのが、いまでは八ブッシェルか九ブッシェル摘まないとそれくらいにならない。当時、腕のいい稼ぎ手なら一シーズン働けば、一年の残りは遊んで暮らせたという。そんなのはもうおとぎ話だ。ミセス・ヒルはホップ摘みでピアノを買ったといっているが、彼女は非常な倹約家で、だれもがあれほどけちけちした生活はしたくないと思うほどだったので、信じる人はいない。実際は、銀行の預金からいくらか足して買ったのだろうと思っている。

ホップ摘みは、子どもをのぞいて十人ずつのグループに分けられるのだが、アセルニーは得意げに、将来、一家で一グループ作れる日がくるといっている。グループには袋係がいて、袋係は大袋のまわりにいる仲間に花のついたつるを渡す。大袋は木枠に布を張ったもので、高さが二メートルほどあり、これが畑のなかに並んでいる。アセルニーは子どもたちが大きくなったら袋係になるつもりでいて、いまからホップを摘むより、家族のみんなに、さあ頑張れと声をかけるのに熱心だ。そのうち、のんびりミセス・アセルニーのほうに歩いていく。彼女のほうは三十分ほどの間にかごにいっぱい摘んだホップを大袋に空けたところだ。アセルニーは煙草《たばこ》を口にくわえて、ようやく摘み始める。そして、今日はだれにも負けないぞ、ただしベティは例外だ、なにしろあの速さでホップを摘める人間はいないからな、などといっている。しかしそのうちに、ギリシア神話のアフロディテが、好奇心に負けたプシュケに課した三つの試練を思い出し、姿をみせないエロスとプシュケの愛の物語を子どもたちに語りだした。それがじつにうまい。フィリップは口元をほころばせてききながら、この古い話はまわりの景色にぴったりだと思った。空はどこまでも青く、古代ギリシアにもこんなに晴れた空はなかったような気がする。金髪でバラ色の頬をした子どもたちは、たくましく、元気で、快活だ。大きく枝葉をのばしたホップの形は美しい。鮮やかなエメラルド色の葉はラッパの響きのように挑戦的だ。緑のホップにはさまれた道はずっと先の方で魔法のように細くなり、点になる。その途中で帽子をかぶった女たちが花を摘んでいる。ここにはギリシア的な魅力があふれている。大学教授の書いた本も、博物館も、くらべものにならない。フィリップはイギリスの美しい風景に感謝した。頭のなかに、曲がりくねった白い道と生垣、ニレノキが立つ緑の牧草地、なだらかな丘の稜線《りょうせん》、その上の雑木林、平坦な湿地、暗くさびしい北海などが浮かんでくる。フィリップはそんな風景を美しいと思えてうれしかった。ところがアセルニーが仕事に飽きて、ロバート・ケンプの母親が元気かどうかみにいこうといいだした。彼はホップ畑で働いている人をすべて知っていて、全員をクリスチャン・ネームで呼んでいる。各家族の昔のことや、各人の生い立ちまで覚えているのだ。アセルニーは他愛ない虚栄心から、気のいい紳士を演じていて、ちょっと偉そうなところはあるが、だれとも親しく付き合っていた。フィリップは、彼の申し出を断った。

「食べるぶんくらいは稼がなくちゃいけませんから」

「その通り」アセルニーはそういうと、手を振って歩いていった。「働かざる者食うべからず」

119

フィリップは自分のかごをもっていなかったので、サリーの横に座った。ジェインは、あたしじゃなくて、姉さんを手伝うなんてモッテノホカといって、フィリップにサリーのかごが一杯になったら、自分のほうを手伝うよう約束させた。サリーは母親と同じくらい摘むのが速い。

「手が痛くなって、服を縫うとき困らない？」フィリップはたずねた。

「だいじょうぶ。それにホップ摘みはやわらかい手のほうがいいの。女の人がうまいのはそのせい。重労働で手がかたく、指がこわばっていると、うまく摘めないの」

母親のような目でフィリップをみる。それはおかしくもあり、また魅力的でもあった。

フィリップは彼女の器用な指先をながめるのが好きだった。そして彼女もときどき

フィリップは最初うまく摘めなくて、笑われた。彼女がどうしたらうまくつるから花を摘めるか教えようとかがんだとき、手と手が触れた。彼女が赤くなるのをみて、フィリップははっとした。それまでサリーを女性としてみたことがなかったのだ。ちょっと生意気な娘のときから知っているので、まだ子どもだとばかり思っていた。しかし大勢の青年から言い寄られているということは、もう子どもではない。アセルニー一家がここにきたのはほんの数日前だというのに、従兄《いとこ》に目をつけられて、しょっちゅうからかわれている。ピーター・ガンという青年で、ミセス・アセルニーの姉――ファーンの近くの農夫と結婚している――の息子だ。ピーターが毎日必ずホップ畑を通

る理由はだれもが知っている。

午前八時、角笛が吹き鳴らされる。朝食休みの合図だ。だれも朝食をとるほどまだ働いていないでしょう、というミセス・アセルニーの言葉を聞き流して、みんな存分に朝食をとる。そのあとまた作業をして、十二時になるとまた角笛が響いて、昼食の時間を告げる。何時間かおきに計量係が記帳係といっしょにやってくる。記帳係は、摘み取られたホップの量をまず自分の帳面に書きこみ、それから摘み手の帳面に書きこむ。大袋がいっぱいになると、中身を計量かごで計って特大の麻袋に詰める。そしてこれを記帳係と刈り取り役〔ホップの花のついたつるを刈り取る役〕がふたりで運んでいって荷馬車にのせる。アセルニーがしょっちゅうやってきては、ミセス・ヒースがどれくらい摘んだ、ミセス・ジョーンズがどれくら摘んだと報告して、みんなに、負けるなと声をかける。彼はいつも新記録を作りたがっている。たまに、一時間ほど夢中になって仕事を続けることもある。しかしそうする一番の理由は、形のいい手をみせびらかしたいからだ。彼は手がとても自慢で、たっぷり時間をかけて手と爪《つめ》の手入れをする。そしてフィリップにほっそりした指をのばしてみせながら、スペインの貴族は手を白くしておくために常にオイルをしみこませた手袋をして寝たのだという。かつてヨーロッパの喉《のど》をしめつけたスペインの手は——彼は大げさな調子でいう——じつに美しくきゃしゃな女のような手だったのだ。そして自分の手をながめ、器用にホップを摘んでは、満足そうなため息をつく。そのうちこれに飽きると、刻み煙草を薄紙で巻いて、フィリップを相手に美術や文学の話をする。昼を過ぎるとすっかり暑くなり、作業をする手も動きが鈍り、話も途絶えがちになる。午前中は活発だったおしゃべりも散漫なものになる。作業をするサリーの鼻の下にも小さな汗の粒が浮かび、唇は軽く開いている。まるで花開く寸前のバラのつぼみのようだ。

仕事の終わる時間は、ホップ乾燥所の状態による。早めにいっぱいになることもある。三時か四時に、ひと晩かけて乾燥させるのに十分なホップが収穫できると、そこで作業は終わりだ。しかし普通は、最後の計量が五時くらいになる。グループごとに袋の合計の量を計算してもらうと、持ってきた道具を集め、おしゃべりをしながら畑から出ていく。女たちは小屋にもどって、掃除をして、夕食の準備をする。男たちの多くはパブまでぶらぶら歩いていく。一日の労働を終えたあとのビールはうまい。

アセルニー家の袋の計量は最後だ。計量係がやってくると、ミセス・アセルニーはひと息ついて立ち上がり、腕を伸ばす。何時間も同じ姿勢で座っていたので、体がこわばっている。

「さあ、〈陽気な水夫〉にいくとしよう」アセルニーがいう。「一日の儀式は欠かしてはならない。そのうち最も神聖なものがこれだ」

「水差しを持っていって」妻がいう。「夕食に、一パイント半買ってきてちょうだい」

彼女は銅貨を一枚ずつ数えながら夫に渡す。パブはすでにいっぱいだ。床の上には砂がまいてある。長椅子がまわりに置いてあり、壁にはヴィクトリア朝時代の有名なボクサーの黄ばんだ写真がかけてある。パブの主人は顧客の名前をすべて覚えている。いまはカウンターから体を乗りだしてにこにこしながら、ふたりの若者をみているところだ。ふたりは床に立てた棒に輪を投げている。若者たちが失敗すると、まわりからいっせいに冷やかしの声が飛ぶ。新しい客が入ってくると、客が席を詰める。フィリップの隣は、コーデュロイのズボンをはいて膝《ひざ》の下を紐《ひも》でしばっている労働者と、赤い額に巻き毛をなでつけている十七歳の血色のいい青年だ。アセルニーは輪投げをやるといってきかず、ビールを半パイント賭《か》けて、勝った。そして負けた相手の健康を祈って飲んだ。

「ダービーで勝つより、これで勝つほうがずっと気分がいい」

アセルニーはとにかく目立つ。つば広の帽子をかぶり、先のとがったあごひげを生やしている。田舎の人たちのなかにいれば、なおさらだ。かなりの変人だと思われているのは容易に察しがつく。ところが根っから陽気で、その熱い気持ちはすぐに伝染するので、だれからも好かれ、みんなが打ち解けて話すようになる。サネット島特有の間延びした口調で次々に冗談が交わされ、地元のお調子者が気のきいたことでもいえば、どっと笑い声が上がる。じつに楽しい集まりだ！　この場で満足して愉快にならない人間がいたらよっぽどのひねくれ者だろう。フィリップがふと窓に目をやると、外はまだ明るく、陽が残っていた。窓の小さな白いカーテンを片方に寄せて赤いリボンでくくってあるのは、田舎のこぢんまりした家の窓のようだった。そして窓台にはゼラニウムの鉢が飾ってある。やがて、ひとり、また、ひとりと客は腰を上げて牧草地のほうへ帰っていく。夕食ができる頃だ。

「そろそろ眠くありませんか」小屋に着くと、ミセス・アセルニーがフィリップにいった。「朝の五時に起きて、一日ずっと外で働くことなんてめったにないでしょう」

「フィルおじさん、明日もいっしょに泳ぐよね」男の子たちが大声できいた。

「もちろん」

フィリップは疲れて、幸せだった。夕食後、背もたれのない椅子に座り、小屋の壁にもたれてパイプを吹かし、暗い外をながめた。サリーが忙しく立ち働きながら、小屋に出たり入ったりしている。フィリップは彼女がてきぱきと家事をしている姿をみていた。歩き方が目を引く。あまり女らしい歩き方ではないが、軽快で危なげがない。

さっそうと、足でしっかり地面を踏むようにして歩く。アセルニーは近所のだれかと噂話《うわさばなし》をしにいっている。ミセス・アセルニーが独り言のようにいうのがきこえた。

「紅茶がなくなっちゃったわ。あの人にミセス・ブラックのお店で買ってきてっていったのに」それからしばらく間があって、また声がした。「サリー、ちょっとミセス・ブラックのお店にいって紅茶を半ポンド買ってきてくれない。なくなっちゃったの」

「はい、母さん」

ミセス・ブラックの店は道を七、八百メートルほどいったところにある。そこは郵便局と雑貨店を兼ねていた。サリーはまくっていた袖を下ろしながら、小屋から出た。

「サリー、ぼくもいっしょにいこうか」フィリップが声をかけた。

「いいえ、だいじょうぶ。ひとりでいくのは怖くないから」

「怖がってるなんて思ってないけど、そろそろ寝ようと思ってたんだ。だから、散歩がてらに」

サリーは返事をしないまま、フィリップといっしょに出かけた。道は白く、あたりは静まり返っている。夏の夜、物音ひとつしない。ふたりもあまりしゃべらなかった。

「まだ、暑いね」フィリップがいった。

「この時期って本当に素敵」

交わす言葉が少ないのも、ふたりにはまったく苦にはならなかった。並んで歩きながら、言葉を必要としないのがうれしい。ふいに、生垣の踏み越し段のところで低い話し声がきこえた。人影がふたつみえる。ぴったりくっついてすわり、フィリップとサリーが前を通ってもじっと動かない。

「いったい、だれかしら」サリーがいった。

「ずいぶん楽しそうだった」

「わたしたちも恋人同士にみられたかもね」

前に店の明かりがみえてきて、ふたりは店に入った。なかはまぶしくて、一瞬、目がくらんだ。

「こんな時間によくきたね」ミセス・ブラックがいった。「そろそろ閉めようと思ってたとこだよ」そういって時計をみた。「もう九時じゃないか」

サリーは紅茶を半ポンドもらうと（ミセス・アセルニーは半ポンド以上買おうとしない）、フィリップと道をもどった。ときおり、夜の獣が短く鋭い鳴き声を上げる。そのたびに、あたりの静けさが深まる。

「ちょっと立ち止まって。海の音がきこえるから」

耳をすますと、海辺に打ち寄せる小波《さざなみ》の音がかすかにきこえるような気がした。生垣のところにまだあのふたりがいたが、もうしゃべってはいない。抱き合って、男が女の子の唇にキスをしている。

「ふたりとも忙しそう」サリーがいった。

角を曲がると一瞬、暖かい風がふたりの顔を打った。大地のさわやかな息吹《いぶき》が感じられる。夜が震え、そのなかに潜む正体不明の不思議なものが待ち構えているような気がする。静寂がいきなり意味を持って迫ってくる。フィリップの胸に奇妙な感覚がこみあげ、大きく広がって溶けた（使い古された比喩《ひゆ》だが、この神秘的な感覚をうまく言い表している）。心が喜びと不安と期待で満たされた。頭のなかにジェシカとロレンゾの交わす音楽のような愛の科白が浮かんできた。ふたりはまるでじゃれ合っているかのように、気のきいた言葉をやりとりするのだが、そこには、熱い気持ちが明るく鮮やかに輝いている〔シェイクスピアの『ヴェニスの商人』第五幕第一場〕。大気のなかには感覚を異様に鋭くするものがあるのは知っていたが、それがなんなのかはわからない。全身が魂そのものになって、大地の香りと音と味を楽しんでいるような気持ちだ。自分がこれほど繊細に美を感じ取ることができると思ったことはなかった。話しかけられて、この魔法が解けてしまうのではないかと心配だったが、サリーは口をつぐんだままだ。フィリップは彼女の声をききたいと思った。その低く豊かな声は、この田舎の夜の声そのもののような気がする。

ふたりはホップ畑の入り口までできた。この向こうに小屋がある。フィリップは彼女のために門を開けた。

「ここで、おやすみかな」

「つきあってくれて、ありがとう」

彼女は手を差し出し、フィリップはその手を取った。「きみのきょうだいと同じように、キスしてくれるとうれしいんだけど」

「ええ、いいわよ」

フィリップは冗談のつもりだった。彼女にキスしたいと思ったのは、自分がとても幸せで、彼女がかわいくて、夜がとても素晴らしかったからだ。

「じゃあ、おやすみ」フィリップは軽く笑いながら、彼女を引き寄せた。

彼女は唇を寄せた。温かく、ふっくらした、やわらかい唇だ。キスをしているふたりは、ひとつの花のようだった。思わず、そんなつもりもなかったのに、強く抱きしめた。彼女は黙ってじっとしている。フィリップは、たくましく、引き締まった体を感じた。胸に彼女の胸の鼓動を感じる。緊張がほどけ、感覚が洪水のように全身に広がる。フィリップは彼女を生垣の暗い影のなかに引っぱっていった。

120

フィリップは丸太のように眠った。はっとして目を覚ますと、ハロルドが羽根で顔をくすぐっている。フィリップが目を開くと、うれしそうな声が響いた。まだ眠気が残っている。

「起きて、お寝坊さん」ジェインがいった。「サリー姉さんが、早くこないと置いてくっていってるよ」

そういわれて、昨日のことを思い出し、暗い気持ちになった。ベッドから出ようとして、体が止まった。どんな顔をして彼女に会えばいい。突然、なんてことをしたんだろうと思って、申し訳ない気持ちでいっぱいになった。心の底から、昨夜のことを後悔した。今朝、彼女になんといわれるだろう。会うのが怖い。いったい、なぜ、あんな愚かなことをしてしまったんだと、自分を責めた。しかし子どもたちが待ってくれなかった。エドワードがフィリップの水着とタオルを持ち、アセルスタンは毛布をはぎ取った。三分後には全員、騒々しく外に出た。サリーがこちらをみてにっこりした。いつもの無邪気でかわいい微笑みだ。

「着替えるのに時間がかかったのね」サリーがいった。「出てこないのかと思ったわ」

いつもとまったく変わらない。フィリップは大なり小なり、何か変化があると思っていた。恥ずかしそうだったり、怒っていたり、親しげだったりするのではないかと予想していたのだ。ところが何も変わっていない。昨日までとまったく同じだ。みんなで海まで話をしたり笑ったりしながら歩いていった。サリーはほとんどしゃべらなかったが、いつも控えめで、そうでないときのサリーはみたことがない。それにやさしい。話そうとしないが、かといって避けているわけでもない。フィリップはあっけにとられた。昨夜のことは彼女にとって大変なことだったに違いないと思っていたのに、何もなかったかのようだ。夢だったとでもいわんばかりだ。フィリップは片手を女の子と、もう片方の手を男の子とつないで歩き、できるだけ落ち着いておしゃべりをしながら、その理由を考えてみた。サリーはあのことを忘れたいと思っているのだろうか。彼女も自分と同じように理性を失っていて、あのことを異常な状況で起こった事故のように考え、頭から閉め出そうとしているのかもしれない。もしそうなら、彼女にはその年にも性格にも似合わない思考力と大人の分別があるということになる。

こか謎《なぞ》めいたところがある。

フィリップはまったくわからなくなった。以前からずっとそうだったが、彼女にはどこか謎《なぞ》めいたところがある。

フィリップは子どもたちと海で馬跳びをして、水浴びは前日同様の大騒ぎとなった。サリーは母親のようにみんなに目を配って、沖にいきすぎると声をかけて注意した。そしてゆっくり泳ぎながら、はしゃいでいる弟や妹をながめたり、ときどき仰向けになって浮かんだりした。そのうち海から出て、体をふくと、さあ上がりなさいと命令口調でいった。フィリップは子どもたちから解放されたので、思う存分、泳いだ。二日目なので、水の冷たさにも慣れ、海水がさわやかに感じられた。全身を自由に使えるのがうれしく、ゆっくり力強く水をかいた。そのうち、サリーがタオルを体に巻いて波打ち際《ぎわ》までやってきた。

「フィリップ、すぐに水から出ていらっしゃい」まるで自分が世話をしている幼い男の子にでもいうような口調でいった。

フィリップは、その偉そうな言い方がおかしくて笑いながら、彼女のほうに歩いていくと、またしかられた。

「だめじゃない、いつまで泳いでるの。唇がまっ青。歯もかちかち鳴っているし」

「わかったよ。すぐに出るから」

これまで彼女がこんな話し方をするのはきいたことがない。まるで昨日のことで関係が変わり、フィリップの面倒をみる母親になったかのようだ。すぐにみんな着替えて、帰ることになった。サリーがフィリップの手をみていった。

「ほら、手もまっ青じゃない」

「ああ、これはだいじょうぶだよ。血液の循環が悪くなっているだけだから、すぐに元にもどる」

「ちょっとかして」

彼女はフィリップの手を取って、片方ずつ、赤味がもどるまでこすった。フィリップはうれしかったが、戸惑ってもいて、彼女の顔をみつめた。子どもたちがいるので、何もいえなかった。目も合わなかったが、彼女が意識して避けているわけではないのはわかった。ただタイミングが合わないだけだ。昼間の彼女の態度には、ふたりの間に何かあったことを思わせるような変化はなかった。ただ、いつもより少しだけよくしゃべった。ふたたび全員でホップ畑に出ると、彼女は母親に、フィリップが子どもみたいにまっ青になるまで泳いでいたことを話した。信じられないことだが、昨夜の出来事のせいで彼女に唯一起こった変化があるとすれば、フィリップを守らなくてはという気になったことだ。弟や妹に対するように母性本能をかき立てられたのかもしれない。

夕方になって初めて、ふたりきりになれた。彼女は夕食を作っていて、フィリップはたき火のそばの草の上に座っている。ミセス・アセルニーは村まで買い物にいっていて、子どもたちはあちこちで遊んでいる。フィリップは話しかけようかどうしようか迷っていた。内心、おどおどしていたのだ。サリーは落ち着いて手早く料理を作っている。ふたりとも沈黙は気にならない様子だが、フィリップはますます落ち着かなくなった。どう切り出していいかわからない。サリーは話しかけられるか、とくに話したいことがあるときのほかは、ほとんどしゃべらない。フィリップは耐えきれなくなって口を開いた。

「サリー、怒ってない？」フィリップは唐突に声をかけた。

彼女はそっと顔を上げて、いつもの表情でフィリップをみた。

「わたしが？　どうして」

フィリップは驚いて、何もいえなかった。彼女は鍋のふたを取って、なかを混ぜると、ふたをもどした。おいしそうなにおいが広がる。彼女はまたフィリップをみた。軽く微笑んで、唇をかすかに開いている。目のほうはもっと微笑んでいる。

「わたし、ずっとまえから、あなたが好きだったの」

フィリップは心臓が肋骨《ろっこつ》にぶつかるのを感じた。顔がまっ赤になるのがわかる。必死に笑ってみせた。

「そうだったんだ」

「鈍いんだから」

「だけど、ぼくを好きな理由がわからないよ」

「わたしもわからないの」彼女は薪《まき》を少し火にくべた。「あなたを好きだと思ったのは、野宿して、食べるものがなくてうちにきたとき。覚えてる？　わたしと母さんでソープのベッドをきれいにして、あなたが寝られるようにしてあげたでしょう」

　フィリップはまた赤くなった。彼女が知っているとは思ってもいなかったのだ。あのときのことを思い出すと恥ずかしくて恐ろしくなる。

「だから、ほかの男の人とは付き合わなかったの。あなたも覚えてるでしょう。母さんが結婚させようとした若い人のこと。うるさく言い寄ってくるからお茶に呼んだけど、最初から断るつもりだったの」

　フィリップは啞然《あぜん》として、言葉が出なかった。心に奇妙な感情がわいてきたが、なんなのかわからない。これは幸せなのだろうか。サリーがまた鍋のなかを混ぜた。

「あの子たち、そろそろもどってきてくれないと。どこにいったのかしら。もうすぐ夕食ができるのに」

「さがしにいってこようか」

普通の会話ができて、ほっとした。

「そうね。お願いしようかしら……母さんがもどってきたわ」

フィリップは立ち上がった。彼女は平然とフィリップをみている。

「今夜もいっしょに散歩する？　あの子たちを寝かしつけてからだけど」

「うん」

「じゃ、生垣の踏み越し段のところで待ってて。用事がすんだらいくから」

フィリップは星空の下、踏み越し段に腰をかけて待っていた。熟れかかったブラックベリーの生垣が両側に続いている。地面からは夜の豊かな香りが立ちのぼり、空気はじっと動かない。心臓が激しく打っている。自分に何が起こっているのかまったくわからない。フィリップにとって恋とは、歓喜、涙、情熱を呼び起こすものだった。ところが、サリーはそういったものとは無縁だ。しかし恋していなければ、あんなふうに身をまかせるはずがない。とはいえ、彼女がぼくなんかを好きになるだろうか。従兄のピーター・ガンを好きになるならわかる。背が高く、すらりとして、姿勢がよく、日焼けした顔で、悠々とさっそうと歩く。いったい、彼女はぼくのどこが気に入ったんだろう。彼女の考えている愛は、ぼくの考えている愛と違うのかもしれない。それにしても、よくわからないが、彼女が純粋だということは間違いない。ということは、いろんなことが作用した結果だろうか。つまり、彼女が無意識のうちに、空気やホップや夜に酔ってしまい、女としての自然で健康的な本能と、体に流れる温かさと、母親のような姉のような愛情をかき立てられたのかもしれない！　そして心にやさしさがあふれ、すべてを捧《ささ》げてくれた。

　道を足音がやってきて、暗闇から人影が現れた。

「サリー」フィリップは小声で呼びかけた。

　彼女は立ち止まって、踏み越し段のほうにやってきた。田舎の甘くすがすがしいにおいもいっしょにやってきた。彼女は刈ったばかりの干し草の香りと、花盛りのホップの芳香と、若草の新鮮なにおいを身にまとっているかのようだ。触れ合ったときの唇はやわらかく、ふっくらして、両手で抱きしめた体は引き締まって、肉感的だった。

「乳と蜜《みつ》だね」フィリップはいった。「きみは本当に、乳と蜜だ」

　フィリップは彼女に目を閉じさせ、まぶたにキスをした。片方に、それからもう片方に。太くたくましい腕が肘《ひじ》のところまでのぞいている。フィリップは腕をなでて、その美しさに息を飲んだ。暗いなかで輝いている。ルーベンスが描いた肌だ。はっとするほど白く透明感がある。そして外側に金色のうぶ毛が生えている。サクソンの女神の腕だ。だが女神にはこれほどやさしく素朴な自然さはないだろう。フィリップは小さな家の庭に生えている、すべての男が心に描く美しい花を思い浮かべた。タチアオイ、ヨークとかランカスターと呼ばれる赤や白のバラ、クロタネソウ、ビジョナデシコ、スイカズラ、ヒエンソウ、ヒカゲユキノシタ。

「なんで、ぼくのことを好きなんだ」フィリップはたずねた。「なんの取り柄もないし、足が悪いし、平凡だし、顔はひどいもんだよ」

彼女は両手でフィリップの顔をはさむと、唇にキスをした。

「本当に、おばかさん」

121

ホップの収穫が終わると、フィリップはポケットに聖ルカ病院の医局助手の採用通知を入れて、アセルニー家の人たちとロンドンにもどった。そしてウエストミンスターにつつましい部屋を借り、十月の初めから勤務についた。仕事はおもしろく、変化に富み、毎日、発見がある。自分が役に立つ人間に思えてきた。サリーとはしょっちゅう会うようになった。日々の生活が楽しくてたまらない。外来を担当する日以外、六時頃には仕事が終わるので、サリーの働いている店までいって、彼女が出てくるのを待つ。ほかにも数人、若者がいて、従業員専用の出入り口のむかいや、近くの角で待っている。店の女の子たちはふたりか数人ずついっしょに出てきて、若者たちをみると、くすくす笑う。シンプルな黒のワンピースを着たサリーは、いっしょにホップを摘んでいた田舎娘とは別人のようだ。店から足早に出てくるのだが、フィリップに会うと、足をゆるめて、何もいわず微笑《ほほえ》む。ふたりは人通りの多い道を歩いていく。フィリップは病院でどんな仕事をしたか話し、彼女はその日、店で何をしたか話す。フィリップは彼女の同僚の女の子の名前を覚えた。また、彼女には抑制のきいた鋭いユーモアのセンスがあるのがわかってきた。そして店の女の子や、男性の上司のことを話すのだが、それが予想外におもしろい。とてもおかしいことを、まじめな顔で、まったく当然のように話すのだ。そのうえ相手を細かく観察していて、フィリップは思わず吹きだしてしまうのだった。すると彼女は、ほら、おかしいでしょうという顔でフィリップをみる。ふたりは会うと握手をして、別れるときも握手をして別れた。

フィリップは一度、部屋にきてお茶でも飲もうと誘ったことがあるが、断られた。

「それはだめ。だって、変でしょう」

ふたりの間で、恋人らしい言葉が交わされたことはない。彼女ときたら、ふたりで散歩するだけでいいといわんばかりなのだ。ただ、フィリップも、いっしょにいたがってくれるのはうれしかった。とにかく、彼女は最初から謎だった。フィリップは彼女の態度がまるでわからない。が、彼女を知れば知るほど、好きになった。有能だし、自制心があるし、なにより正直なところが魅力的だ。どんな状況にあっても、信頼できそうだ。

「きみは本当にいい人だね」フィリップは唐突にいった。

「ほかの人と同じよ」

フィリップには、自分が彼女を心から愛していないのはわかっていた。彼女のことは好きだし、ふたりでいるのも好きだし、いっしょにいると不思議と心がなごむ。そのうえ、十九歳の店勤めの女の子を相手に奇妙なことだが、敬意まで感じる。彼女は素晴らしく健康だ。すこやかに育った獣のように完璧《かんぺき》だ。肉体的な魅力は、ため息が出るほどだ。とても自分などそばに置いてもらえそうにない。

ロンドンにもどって三週間ほどたったある日のこと、いっしょに散歩をしながら、フィリップは彼女が妙に静かなのに気づいた。いつもならすずしい顔をしているのに、眉間《みけん》にしわが寄って、それが次第に深くなった。

「どうしたんだ、サリー」

彼女はフィリップのほうをみないで、じっと前をみつめている。顔の表情がさらに陰っていく。

「さあ」

そのとたん、フィリップにはわかった。心臓が突然、速く打ち始めた。顔から血の気が引いていくのがわかる。

「どういうこと？　もしかして、心配……？」

フィリップは言葉を切った。とても続けられない。まさか、こんなことになるなんて。あのときには考えもしなかった。そのとき、彼女の唇が震えているのに気がついた。必死に泣くまいとしている。

「はっきりわかったわけじゃないの。たぶん、だいじょうぶ」

ふたりはだまってチャンセリー通りまで歩いた。いつも、ここで別れることになっている。彼女は手を差し出して微笑んだ。

「まだ、心配しないで。たぶん、だいじょうぶよ」

フィリップは別れたあと、ショックで何も考えられなかった。なんてばかなことをしたんだ！　まず頭に浮かんだ言葉がこれだ。救いようのない、どうしようもないばか。それを何度もくり返すうちに、怒りがこみあげてきた。そして自分を軽蔑《けいべつ》した。どうして、こんなことをしてしまった。一方で、この先どうするかを考えていた。頭のなかで、いくつもの考えが絶望的なほど混乱して駆けめぐってはいたが、それらは悪夢に出てくるジグソーパズルのピースのように、ばらばらではあってもひとつの図柄をなしている。目の前が開けてきて、長いこと追い求めてきたものが手の届くところまできたというのに、信じられないほど愚かなことをして、新たな障害が生まれた。まっとうな生活を送りたいという強い思いがある一方、自分でもよくわかっている欠点があって、それをずっと克服できないでいた。それは未来への夢だ。今もまた、病院勤めが落ち着くとすぐに、海外へいくための準備に取りかかった。これまではずっと、先の計画をあまり具体的に考えないようにしてきた。結局、失望するだけだからだ。ところがその可能性がみえてきて、どうしても夢をかなえたくなった。最初は、スペインにいこう。憧《あこが》れの国、スペインへ。その精神、そのロマンスと色彩と歴史と栄光に、フィリップは全身染まっていた。スペインはほかの国が決して与えてくれない特別なメッセージを秘めている。古い街を、子どもの頃からその曲がりくねった通りを歩いてきたかのようによく知っていた。コルドバ、セビリア、トレド、レオン、タラゴーナ、ブルゴス。スペインの偉大な画家たちはフィリップにとっては魂の画家で、彼らの作品を目の前にみるときの恍惚《こうこつ》感を想像するだけで鼓動が速くなる。それらは、悩み苦しむ心にとって、ほかの絵とはくらべものにならないほど大きな意味を持っている。スペインの偉大な詩人の詩も読んできた。彼らの詩はほかの国の詩とちがい、スペイン人の特徴が濃くにじみ出ている。そもそも書く姿勢が違う。彼らは世界文学の一般的な潮流をふまえて書くのではなく、スペインという国の香り立つ灼熱《しゃくねつ》の平原や荒涼たる山々から直接インスピレーションを得て書く。数ヶ月後には、崇高な魂を語り、情熱を語るに最もふさわしい言語を、この耳できくことができるのだ。また自分なりのこだわりもある。たとえばアンダルシアは軟弱で派手で、少し俗なところがあって、好みに合わない。思い描くのは、風の吹きすさぶカスティリアの辺境や、アラゴンやレオンの荒涼とした大地だ。こういう未知の風景に触れて何が得られるのかはわからなかったが、エネルギーがわいて、さらに前へ進めそうな気がしていた。もっと遠くの、もっと知らない異境を訪れ、そこの驚異と向かい合い、理解できるようになれそうな気がしていた。

ここからすべてが始まる。フィリップはすでに船医を雇う船舶会社に連絡を取って、各航路を正確に把握していたし、船に乗ったことのある人からそれぞれの航路の利点と欠点をきいていた。オリエント汽船とペニンシュラ・アンド・オリエンタル汽船は避けることにした。どちらも船医の募集があまりなかったし、客船の場合、医師はあまり自由がきかない。しかしほかにもアジアを回る大きな不定期貨物船を出している会社がある。そこの船はいろんな港に泊るし、停泊日数も様々で、一日二日のこともあれば、二週間ほどのこともある。時間はたっぷりあるし、船から下りて旅行することもできる。給料は安く、食事もあまりよくないので、希望者も少ない。ロンドンで免許をとった医師ならすぐに雇ってもらえるだろう。乗組員以外の客は数えるほどで、寄港先は商船しか寄らないへんぴなところばかりだ。船上では付き合いも生活も楽しいだろう。船の停泊する港はすべて覚えている。そのひとつひとつが心に呼び起こすのは、熱帯の太陽、魔法の色、豊かで、神秘的で、強烈な人生だ。人生！ それこそ自分の求めているものだ。そしてようやくそのすぐそばまでいけそうになった。東京か上海《シャンハイ》で乗り換えれば、南太平洋の島々にもいける。どこでも医者は重宝される。ビルマを旅行することもできるし、スマトラやボルネオの豊かなジャングルを探検することもできる。まだ若い、時間などどうでもいい。イギリスには親戚《しんせき》もいなければ友人もいない。何年でも世界を旅して回れる。人生の美と謎と多様性を追求しよう。

そんなことを考えていた矢先に、これだ。サリーが勘違いをしているという可能性は除外した。奇妙なことに、確信があった。というか、十分にありえることだ。だれだって、自然は彼女を子どもを産んで母親になるようにつくったと思うはずだ。どうすべきかは考えるまでもない。こんな出来事で将来の夢を少しでも変更するべきではない。フィリップはグリフィスのことを思い出した。彼ならこんなことを女の子からきかされたところで、ろくに耳を貸さないに決まっている。面倒なことに関わっていられるかとばかりに逃げだすだろう。賢い男はそうする。やっかいなことは女の子に押しつけて終わりだ。フィリップはこう思った。これは起こるべくして起こった。自分が悪かったわけでもなければ、サリーが悪かったわけでもない。彼女は世間のことも現実の生活もよく知っている。そして両目をしっかり開けて、危険を承知で身をまかせた。こんなことで、未来をだいなしにするなんてばかばかしい。自分は世の中では珍しく、人生のはかなさを痛感しているし、だからこそ人生をできるだけ有効に使わなくてはならないことを知っている。サリーにはできる限りのことをしよう。十分な金を渡そう。その余裕はある。強い人間は決して、目的を見失わない。

フィリップはそんなことを考えたあげく、自分には無理だとわかった。どうしてもできない。自分のことは自分が一番よくわかっている。

「どうしようもなく、弱いんだよな、ぼくは」フィリップはがっかりしてつぶやいた。サリーはぼくを信頼して、やさしくしてくれた。いくら頭のなかでこうするべきだと考えたところで、ひどいことはできない。旅に出ても平気でいられるはずがない。彼女がみじめな思いをしているのがわかっているんだから。それに彼女の両親のこともある。ふたりとも本当によくしてくれた。恩を仇《あだ》で返すわけにはいかない。できるだけ早く結婚する、それしかない。サウス医師に手紙を書いて、結婚することになったので、まだお気持ちが変わっていなければ、ぜひあの提案をお受けしたいといおう。貧しい人たちの医者になる、いまはそれしかない。あそこなら、足が悪くても平気だろうし、妻のそっけない態度を笑う人もいないだろう。彼女を妻にすると考えると、奇妙な、やさしい気持ちがわいてきた。そして自分の子どもが生まれると思うと、胸が詰まった。サウス医師はきっと喜んで応じてくれる。サリーとの漁村での暮らしが目に浮かぶ。海のみえる小さな家に住んで、自分がいくことのない国へいく船をながめる。たぶん、これが最も賢明な判断だ。クロンショーもいっていた。想像力をたくましくして時間と空間を自在に操れる人間にとって、現実の人生などどうでもいい。その通りだ。「永遠に愛せ、されば、彼女は美しい！」〔ジョン・キーツの詩「ギリシアの壺に寄せて」より〕

彼女には結婚の贈り物として、自分の未来の夢を捧げよう。すべてをあきらめよう！　フィリップはそう思うと気持ちが高揚して、朝までそのことを考えた。興奮のあまり、本を読むこともできない。部屋から外に出て、バードケージ通りをいったりきたりした。心は喜びで震えている。待ちきれなかった。この思いを伝えて、サリーの喜ぶ顔をみたい。こんな時間でなければ、彼女のところに押しかけているところだ。長い夜をサリーといっしょに過ごすところを思い描いた。こざっぱりした居間でふたり、開け放った鎧戸《よろいど》からは海がみえる。自分は本を読み、彼女はうつむいて縫い物をする。シェードのついたランプの光が彼女のやさしい顔をいっそう美しく照らす。ふたりで、子どもが育つのは早いとか話して、彼女がちらっとこちらをみると、その目には愛が灯《とも》っている。診療所にやってくる漁師やその妻は、ふたりに深い親しみを感じるようになるだろうし、ふたりもまた土地の人々の楽しみや痛みを分かち合うようになる。しかし思いはふたたび、自分と彼女の子どもにもどる。その子が、いまからかわいくてしょうがない。小さいが完璧な体を、この腕にしっかり抱いているような気さえする。きっとかわいい子だ。この子に、豊かで多様な人生という夢を託すことにしよう。これまでの長かった苦難の道を振り返り、それを喜んで受け入れよう。これまでの人生をつらいものにしたこの足を受け入れよう。このせいで性格がゆがんでしまったのは間違いない。しかしいまになってみると、この足について考えることによって、自分を省みる力を得て、それを楽しめるようになった。これがなかったら、美に向ける鋭いまなざしも、芸術や文学への情熱も、人生の様々な出来事への興味も生まれなかったかもしれない。心に降り積もった人の嘲笑《ちょうしょう》や侮蔑が目を内側に向かせ、いくつもの花を咲かせた。その花は決して香りを失うことがない。そしてわかったのは、世界には普通の人間などほとんどいないということだ。だれもが、体や心になんらかの不具合を持っている。これまでに知り合った人間を考えてみると（この世界はまさに病院のようで、なんの意味もない）、そこに長い列を作っているのは、体をそこね、心がゆがみ、肉体を病み、心臓や肺を痛め、精神をむしばまれ、気力をくじかれ、酒を求める人々ばかりだった。それを目《ま》の当たりにした瞬間、神からの啓示《けいじ》のように、彼らすべてへの共感に体が震えた。彼らはみな、盲目の運命がもてあそぶ無力な玩具《がんぐ》なのだ。グリフィススの裏切りをゆるし、ミルドレッドに与えられた苦痛を忘れた。ふたりとも、どうしようもなかったのだ。自分にできるのは、人のよいところを受け入れ、人の過《あやま》ちに耐えることしかない。死を目前にしたイエスの言葉が記憶によみがえった。

「彼らを赦《ゆる》したまえ。そのなすところを知らざればなり」〔「ルカ伝」二三章第三四節〕

122

フィリップはサリーと、土曜日にナショナル・ギャラリーで待ち合わせた。店が終わるとすぐに、昼食をいっしょにとることになっている。彼女と最後に会ってから二日たっていたが、気持ちの高揚は一瞬もさめることがなかった。この興奮があまりに快く、会おうという気になれなかったくらいだ。彼女に何をどんなふうにいうかは何度もくり返し練習した。そしていま、待ちきれない気持ちでいっぱいだ。サウス医師にはすでに手紙を出して、ポケットには今朝届いた電報が入っている。「ジカセンエンハクビニスル。イツクル？」フィリップはパーラメント通りを歩いた。よく晴れた日で、太陽は寒そうに輝き、通りでは光が踊っている。道は混んでいる。遠くに薄い霧がかかり、豪華な建物の輪郭をやわらかく美しくみせている。トラファルガー広場を横切ったとき、突然、心臓がねじれた。目の前の女がミルドレッドにみえたのだ。よく似た姿で、彼女そっくりに片足を軽く引きずっている。フィリップは思わず、胸を弾ませて駆けだした。そして女が振り向いたとき、知らない女だとわかった。ミルドレッドよりずっと年上で、しわの寄った黄色い顔をしている。フィリップは足をゆるめた。心からほっとしたが、感じたのは安堵《あんど》だけではない。失望も混じっていた。フィリップはぞっとした。これからもずっと、あのときの気持ちから自由になれないのだろうか。あんなことがあったというのに、心の底にはまだ、不思議なことに、あの卑劣な女を貪欲《どんよく》に求めている自分がいた。あれほどの苦しみを味わった恋からは、何があっても決して逃れることができない。この欲望をいやしてくれるのは死しかないのだろうか。

しかしその痛みを胸から引き剝《は》がして、サリーを、そのやさしい青い目を思い浮かべた。すると知らないうちに口元がほころんだ。ナショナル・ギャラリーの正面の階段を上って、最初の部屋の長椅《ながい》子《す》に腰かけた。ここなら、彼女がきたらすぐにわかる。絵に囲まれているといつも気持ちがなごむ。どれかひとつに目を止めることなく、豊《ほう》饒《じょう》な色彩と美しい線が心に語りかけてくるのを楽しんだ。頭のなかはサリーのことでいっぱいだ。彼女をここから連れ去りたい。彼女はロンドンには似つかわしくない。花屋のランやアゼリアのなかにぽつんと置かれたヤグルマソウのようなものだ。ケント州のホップ畑でわかったのだが、彼女に街の暮らしは似合わない。ドーセット州のやわらかい空の下なら、驚くほど美しく花開くだろう。彼女が入ってきたので、フィリップは立ち上がってそちらに向かった。彼女は黒のワンピースを着て、袖《そで》に白のカフスをつけ、首に薄地のカラーをつけている。ふたりは握手をした。

「長いこと待った」

「いや。十分くらいかな。お腹《なか》すいてない」

「あんまり」

「じゃ、ちょっと座ろうか」

「ええ、あなたさえよければ」

ふたりは黙って並んで座った。フィリップは彼女がそばにいてうれしかった。そのまぶしいほどの健康さが心地よい。命の輝きが後光のように彼女を包んでいる。

「それで、あのことなんだけど、どうだった」そのうちフィリップが軽く微笑みながらたずねた。

「安心して。間違いだったの」

「え、そう」

「うれしくないの？」

フィリップは、わけのわからない感情にとらわれた。サリーの不安は当たっていると思っていて、間違いだなどとは一瞬も考えたことがなかったのだ。計画してきたことがすべて、いきなりだいなしになり、あれほど細かく思い描いた生活は実現することのない夢になってしまった。そしてふたたび自由になった。自由！　胸に抱いてきた遠大な計画をあきらめる必要はなくなったのだ。未来はこの手のなかにある。好きなようにできるのだ。しかし、ちっともうれしくなかった。がっかりして、気持ちが落ちこんだだけだ。目の前に続く未来はさびしく虚《むな》しい。まるで何年もかけて荒海を航海し、危機を切り抜け、窮乏に耐えてようやく美しい港にたどりついたかと思ったら、逆風が起こってふたたび大海原に押しもどされたようなものだ。やわらかい草原と快い森ばかり考えていたところに、茫漠《ぼうばく》たる海をみせられ、心が折れてしまった。孤独や嵐《あらし》に立ち向かう気力はない。サリーが澄んだ目でフィリップをみた。

「うれしくないの？」サリーがまたたずねた。「大喜びすると思ったのに」

　フィリップは悲しそうな目で彼女をみた。

「そう思う？」フィリップは小声でいった。

「変な人。男の人はこういうとき、普通は喜ぶでしょう」

　フィリップはようやくわかった。いままでぼくは自分を欺《あざむ》いてきたのだ。結婚を考えたのは、自己犠牲などではまったくない。ただ、妻と家庭と愛がほしかったからなのだ。そしていま、すべてが指の間からこぼれ落ちてしまいそうになって、絶望している。世界中のなによりも、それがほしい。スペインの街も、コルドバもトレドもレオンも、どうでもいい。ビルマの仏塔《パゴダ》がなんだ、南洋諸島の珊瑚礁《ラグーン》がなんだ。理想の地は、いま、ここにある。考えてみれば、いままで追い求めてきた夢は、ほかの人の話や文章から得たことばかりで、自然と心に浮かんだものではなかった。いままで歩んできた道は、こうすべきだと思って選んだものであって、自らこうしたいと思って選んだものではなかった。そういったものはすべて、捨ててしまおう。もう耐えられない。いままでは常に「未来」を考えて生きてきて、「いま」はいつも、いつも指の間からこぼれ落ちてきた。自分の理想はなんだ。それは精巧で美しい模様を織り上げることだ。それも人生に起こる無数の無意味な出来事で。しかしごく単純な模様もいいのではないか。人が生まれ、働き、結婚し、子どもを持ち、死ぬ、これもまた完璧な模様ではないか。幸福に屈服することは敗北を認めることかもしれないが、これは幾多の勝利より得るものが多い敗北だ。

フィリップはサリーの顔をちらっとみた。いったい何を考えているのだろうと思い、また目をそらした。

「結婚を申し込もうと思ってたんだ」

「もしかしたら、そうかもしれないと思ってたけど、あなたの荷物になるのはいやよ」

「そんなことあるはずないじゃないか」

「だって、旅行にいくんでしょう？ スペインや、ほかの国に」

「どうして、ぼくが旅行をしたがっているのを知ってるんだ」

「なんとなくわかるわよ。あなたと父さんが夢中になって話してるのをきいてるんだから」

「もう、そんなことはどうでもよくなった」フィリップはそういってから、ちょっと言葉を切り、かすれた低い声でいった。「きみを置いていきたくない。きみを置いていけるわけがない」

彼女は返事をしない。フィリップには、彼女が何を考えているのかわからなかった。

「ぼくと結婚してくれないか、サリー」

彼女はじっとしたまま、顔には何の表情も浮かんでいない。しかしフィリップのほうをみないで答えた。

「あなたさえよければ」

「きみは、結婚したくない？」

「もちろん、自分の家はほしいし、そろそろ落ち着く頃だとは思ってるわ」

フィリップはちょっと微笑んだ。もう彼女のことはよくわかっている。こんな返事をされても驚きはしない。

「相手がぼくでいいかってきいてるんだ」

「ほかに結婚したい人はいないわ」

「じゃ、決まりだ」

「父さんも母さんもびっくりするわね。そう思わない？」

「ぼくは、とてもうれしい」

「昼食にしましょう」

「まったく！」

フィリップはにこっと笑って、彼女の手を握りしめた。ふたりは立ち上がって、ギャラリーから出た。一瞬、外の手すりの前で立ち止まり、トラファルガー広場をみた。辻馬《つじば》車《しゃ》や乗合い馬車がいきかい、人が大勢、あちらこちらへと急いでいる。太陽が輝いていた。

完

序

サマセット・モーム

これはとても長い小説なので、わざわざ序文をつけるのは気が引ける。それに作品を的確に評価するのに作者ほどふさわしくない人物はいないだろう。これに関して、フランスの大作家、ロジェ・マルタン・デュ・ガールがマルセル・プルーストの示唆に富むエピソードを紹介している。プルーストはフランスのある定期刊行物に彼の大作について文句なしの素晴らしい書評が載ればいいと思っていたが、自分以外にうまく書ける人間はいないと考え、机の前に座って書き上げた。そして文学関係の若い友人に、きみが書いたことにして、ある編集者に持っていってくれ、と頼んだ。若者がいわれた通りにしたところ、数日後、編集者に呼ばれてこういわれた。「これは断る。こんな批評を載せたら、マルセル・プルーストに『許さん!』と怒鳴られるに決まっている。まったく誠意のない、冷ややかな内容だ」。作家というのは自分の書いたものに関してはとても神経質で、非好意的な批評には腹を立てることが多いが、自作に満足していることはほとんどない。手間と時間をかけて書き上げた作品が、自分の表現したいものとどれくらいかけ離れているか、よくわかっているのだ。だから自作を振り返るとき、あちこちにいくつか満足できる箇所があっても、ここがうまく書けなかったといって腹立たしく思うことのほうが多い。作家というのは完璧《かんぺき》を望んでいるのだが、悲しいことに、それに達することはまずない。

ここでは自作について語るのはやめ、小説としてはかなり長生きしてきたこの作品が生まれることになった経緯について語ろうと思う。そんなことに興味のない読者には申し訳ないとあやまるほかない。最初にこれを書いたのは二十三歳のとき、五年間かけて聖トマス病院付属の医学校を卒業して免許を取得した頃で、わたしは作家として生計を立てようと決意し、スペインのセビリアにいった。そのときに書いた原稿はいまでも捨てずに置いてあるのだが、タイプミスを手直ししたきり、みたことはない。ただ、じつに未熟なものであることは間違いない。わたしはそれをフィッシャー・アンウィンに送った。わたしの最初の小説で一定の評価を得た『ランベスのライザ』を出版してくれた人物だ。ところが、原稿料を百ポンド要求したところ、断られてしまった。ほかの出版社にも持ちこんだが、どこも原稿料がいくらでもだめだといわれた。

そのときは失望したものの、いまは、運がよかったと思っている。というのは、どこかの出版社がその作品を引き受けてくれていたら(『スティーヴン・ケアリの芸術的気質』というタイトルだった)、そのときはまだ若くてうまく扱えなかった題材を、書き直して出版する機会を失っていたからだ。あそこに書いた出来事は作品にまとめるにはまだ生々しかった。その後の多くの経験から学んで、はるかに出来のいい作品に仕上がったのだ。知っていることを書くほうが、知らないことを書くより簡単だということさえわかっていなかった。たとえば、最初の作品で主人公はルーアンにフランス語を学びにいくが、本作ではハイデルベルクにドイツ語を学びにいく。わたしはルーアンは何度か訪れただけだが、ハイデルベルクには二年ほど遊学している。

というわけで、出版社から断られた原稿は忘れることにした。その後、いくつか小説を書いて出版する一方で戯曲を書いた。そのうち劇作家として大成功し、これからはずっと劇作に専念しようと決意した……のだが、その決意を無にしてしまう自分の内なる力を考慮に入れていなかった。わたしは幸せだったし、人気者だったし、忙しかった。頭のなかは書きたい芝居で一杯だった。しかしどんなに演劇界で成功しても心からの満足が得られなかったからなのか、それとも、演劇的成功への当然の反動だったのかはわからないのだが、イギリス演劇界の第一人者となった次の日に、かつての記憶があふれてきたのだ。それもすさまじい勢いで、寝ているときも、歩いているときも、リハーサルのときも、パーティのときも押し寄せてくる。わたしはつらくたまらず、それから逃れるための唯一の手段に訴えることにした。それは、すべてを小説の形にまとめることだ。そして非常にせわしい劇作の世界を数年経験したあと、のんびりした小説の世界に心ひかれて、そこへもどってきた。頭のなかにある作品は長いものになるのはわかっていたし、それに専念したかったので、しつこく話を持ちかけてくる劇場の支配人の仕事は断り、しばらく舞台から身を引くことにした。三十七歳のときのことだ。

わたしはプロの作家になってから長いこと、小説作法を身につけようと、じつに退屈な訓練をした。それは文体を磨くためだった。しかし自分の脚本が上演されるようになると、そういう努力を放棄した。そしてふたたび小説を書き始めたときは、別のことに注意して書くようになった。それまでは美しく含蓄のある文体を求めて無駄な努力を続けたのだが、それとは対照的に、平易でシンプルな文体を目指すようになったのだ。自分の表現したいことを一定の長さにまとめるには、無駄を省き、最小限の言葉を使って、伝えたいことを明確に伝えるべきだ。文章を飾る必要はない。演劇界での経験で学んだことは、簡潔に表現することの大切さだった。こうして二年間、ひたすら書いた。タイトルをどうするかではずいぶん思い悩んだが、『灰から生まれた美』というタイトルを思いついた。これは「イザヤ書」の言葉で、この作品にぴったりだと思った。ところが、ちょうどその頃、このタイトルの本が出版されたことがわかり、ほかのタイトルをさがさなくてはならなくなった。そこで最終的に、スピノザの『エチカ』からタイトルをもらって、『人間の絆』とした。ここでもまた、最初に思いついたタイトルをつけられなかったのは運がよかったと思う。

『人間の絆』は自伝ではなく、自伝的小説であって、事実とフィクションが分かちがたく入り混じっている。ここに描かれた感情はわたしのものだが、実際の出来事がそのまま描かれているわけではなく、また主人公の体験も、いくつかは自分の体験ではなく、親しい人の体験をもらってきている。わたしはこの作品を書き上げることで、ようやく思いを遂げることができた。これが出版されたとき（このとき世界はかつてなかった恐ろしい戦争の渦中《かちゅう》にあり、その苦痛と恐怖にさいなまれていて、小説の主人公の冒険になど目もくれなかったのだが）、それまで自分をさいなんできた苦悩と不幸な記憶から解放されたことを実感したのだ。そしてとても好意的な書評を書いてもらった。シオドア・ドライサーが「ザ・ニュー・リパブリック」誌に長い書評を書いてくれたのだ。そのなかでドライサーは、彼がそれまでに書いてきたすべての作品にうかがえる卓抜した知性と共感をもって、この作品を語ってくれた。本作も、出版されて数ヶ月後には忘れ去られるという、ほとんどの小説のたどる道をたどりそうなものの、なぜかはわからないが、たまたまその後数年間、アメリカの多くの素晴らしい作家の目にとまった。そして彼らが雑誌や新聞でこの作品を取り上げてくれ、そのおかげで次第に一般の注目を浴びるようになった。長く読み継がれ、さらに多くの読者を獲得しているのはうれしいかぎりだ。

訳者あとがき

サマセット・モームの『ジゴロとジゴレット　モーム傑作選』のあとがきで、アンソニー・バージェスの次の言葉を引用した。

「短編小説こそモームの真骨頂。彼の短編は英語で書かれたもののなかで最高だ」

たしかにモームの短編はおもしろい。ショートショートに近いものから中編に近いものまで長さも様々なら、その趣向も様々だが、短編を書かせて右に出る人はと考えてみると、案外といないような気がする。やっぱりモームは短編がいいね、という声は日本でもよくきかれる。

ところが、不思議なことに最もよく読まれているのは日本でも海外でも、『月と六ペンス』だ。そして次は『人間の絆』だろう。作家の角野栄子さんに『ジゴロとジゴレット』の解説を書いていただいたあとでお会いしたとき、「次は、『人間の絆』でしょう？」といわれたのをよく覚えている。

じつはJ・D・サリンジャーも似たところがある。本人も「自分は短距離ランナーなんだ」といっているくらいで、得意としたのは短編だ。とくに『ナイン・ストーリーズ』は群を抜いて素晴らしい。そして長編はひとつしか書いていない。にもかかわらず、圧倒的に読まれているのは『キャッチャー・イン・ザ・ライ』だ。

人間は短編小説より長編小説が好きなのか、それとも、モームもサリンジャーも長編のほうがおもしろいのか。たまに不思議になる。

というわけで、『月と六ペンス』『ジゴロとジゴレット』『英国諜報員《ちょうほういん》アシェンデン』の次は『人間の絆』を訳すことになった。

この作品に関してはとにかく強烈な印象が残っていて、高校の頃、中野好夫訳で読みながら、主人公のフィリップを、ほんとにいやなやつだなあと思ったのをよく覚えている。訳してみると印象が変わるのかと考えていたのだが、意外とそのままだった。しかしフィリップをここまで残酷にリアルに描いてみせるモームに、あらためて感心した。そして、作者が添えた序文を読んで、フィリップが彼の分身だということを知り、さらに感心した。

鋭利なメスで現実や人間を——自分までも——あざやかに切り開いて、そこに潜むものを読者にさらしてみせる手腕は鳥肌が立つほどだ。ただ、モームの場合、「外科医がメスを執るようにペンを執って、客観的に描写する」のではなく、そこに彼なりの演出が加わる。要所要所で読者の予想を軽く裏切りながら、ときどき読者の注意をそらしながら、ストーリーを進めていく手法は、ある意味、演劇的でもある。そしてそれにモームの人物造形のうまさが加わる。内向的で、神経質で、大きなコンプレックスを抱え、猜疑《さいぎ》的で、だれからも容易に誤解されてしまうフィリップに不快感を抱く読者も少なくないと思う。なぜなら、彼のそういうネガティヴな部分を多かれ少なかれ、だれもが抱えているからだ。非常に複雑にみえて、案外と単純なフィリップは長編小説の主人公としてとても興味深い。とくに鬱屈《うっくつ》したフィリップの容赦のない描き方は作家としての恐ろしい力を感じさせるし、さらに後半、徹底的に打ちのめされても死ぬことなく、瀕死《ひんし》の状態で現実を漂うフィリップの描き方が素晴らしい。そして、世界の意味のなさに救われるところもフィリップらしい、というかモームらしい。

　そしてわかったのは、世界には普通の人間などほとんどいないということだ。だれもが、体や心になんらかの不具合を持っている。これまでに知り合った人間を考えてみると（この世界はまさに病院のようで、なんの意味もない）、そこに長い列を作っているのは、体をそこね、心がゆがみ、肉体を病み、心臓や肺を痛め、精神をむしばまれ、気力をくじかれ、酒を求める人々ばかりだった。それを目《ま》の当たりにした瞬間、神からの啓示のように、彼らすべてへの共感に体が震えた。彼らはみな、盲目の運命がもてあそぶ無力な玩具《がんぐ》なのだ。（下巻６１２頁）

モームはフィリップを取り巻く女性の醜い面やおぞましい部分を徹底的に冷酷に描きながらも、そういう女性に翻弄《ほんろう》されるフィリップの愚かさやどうしようもなさを辛《しん》辣《らつ》に描いていく。そしてその愚かさとどうしようもなさを、だれよりよく知っているのがフィリップ、という構造がじつにうまい。

さらにその他ユニークな人物が続々と登場する。ハイデルベルクの面々、パリで知り合う美術関係の連中、それぞれに癖があって、粒立っている。そういう人物たちの風貌《ふうぼう》や特徴、考え方や感じ方をモームはときどきグロテスクに描いてみせる。今回、翻訳にあたって、grotesque という単語はほとんどそのまま「グロテスク」と訳しておいた。通常はその文脈に沿ってほかの日本語にすることが多いのだが、今回は徹底してそのまま訳した。というのは、この作品のキーワードのひとつかなと思ったからだ。この切り口は、シャーウッド・アンダーソン『ワインズバーグ、オハイオ』やアメリカ南部作家の人物造形にも通じるところがあるのかもしれない。また、そういった人々を引き立てるかのように配置された伯父と伯母。とてもわかりやすいふたりも、この複雑な絨毯《じゅうたん》模様のなかに置かれると独特の魅力を持つ。人と人の関係がそれぞれにストーリーを形作っていき、そのストーリーがからみあい、そこからひとつの人生が浮かび上がってくる。長編小説の醍醐味《だいごみ》だろう。

さて、訳者としての勝手な感想はこのへんにしよう。本作ができあがった経緯については作者が序文で詳しく書いてくれている。

昔なら、このあと作者の紹介か解説を書くところだろうが、その手のものはネットで簡単に読むことができる。日本語のものも英語のものも、下手な文学事典よりずっと詳しい。

そしてまた、訳者としてはサマセット・モームよりフィリップ・ケアリ本人のことが気になる。おそらくそれは読者も同じではないだろうか。彼がいったいいつごろの人間で、そのときのイギリスはどんなふうだったのか、本書にはそこの部分（解説）がかなり抜けている。というのも、出版当時の人々が常識的に知っていることは説明されていないからだ。しかし百年以上あとのわれわれにとっては、わからないことだらけだ。なので、本文中にはかなり詳しい注をつけておいた。

それから、作者の年譜の代わりに、主人公のごくごく簡単な年譜を添えておこう。これだけ長い作品だと、その出来事がいつのことなのか、フィリップは何歳だったのか、途中で見失う人もあると思うからだ。実際、訳していて、ときどき立ち止まって考えることも多かった。興味のある方はこれを参考にイギリス史をひもといてみてほしい。時代がわかってくると、さらに楽しいと思う。

ただし、もちろんネタバレなので、要注意。

一八七五年　誕生
八五年　母親と死別
　　キングズ・スクール予備クラス入学
八八年　キングズ・スクール本校進学
九三年　退学（6年生イースター学期後）
　　ドイツへ
九五年　帰国
　　ロンドン、会計事務所入所

九六年　パリへ
九八年　聖ルカ病院付属医学校入学
　　　　ミルドレッドに出会う
一九〇二年　投資失敗*、財産を失う
〇四年　伯父死去
　　　　医学校復学
〇五年　卒業

＊フィリップが株で大損をするきっかけになるパールデベルクの戦い、実際は一九〇〇年

また、この時代は運輸、運送、移動手段がちょうど馬車から自動車に変わる直前なので、フィリップやミルドレッドが乗っているのはほとんど馬車と考えていい。辻《つじ》馬車だったり、定期的に運行するバス代わりの馬車だったり。また、本文中「トラム」と訳した乗り物があって、これは馬が引く市街電車のようなものと思ってもらえればいいだろう。

また、百十章に「ボクシングデーの夜、フィリップはダイニングルームに伯父と座っていた。次の日の朝は早い時間に出発しないと、九時までに店に着けないので、い

まのうちに挨拶《あいさつ》をしておこうと思ったのだ。」という記述があるのだが、この章の最初のところで、「その年のクリスマスは木曜日だった。百貨店は四日間、休みになる。」とあり、同じ章内に「火曜日の朝には出なくてはいけない」とある。「ボクシングデー」は十二月二十六日。なので、計算が合わない。作者のミスだと思われる。ちなみに、このあたりでクリスマスが木曜日の年は一九〇二年である。

　本書を訳すにあたって、後藤武士氏のペンギン版の原書につけた注（英潮社、一九六九年）にはとてもお世話になりました。また、中野好夫訳、行方昭夫訳も適宜、参照させていただきました。

　さて、最後になりましたが、細かいところまでチェックしてくださった編集者の菊池亮さん、原文についての細かい質問に根気よく付き合ってくださった滝沢カレン・アンさん、ていねいに原文とのつきあわせをしてくださった田中亜希子さん、中村久里子さん、野沢佳織さんに心からの感謝を！

二〇二一年九月二十五日

金原瑞人

本作品中には、今日の観点からは差別的表現ともとれる箇所が散見しますが、作品の持つ文学性ならびに芸術性、また、歴史的背景に鑑み、原書に出来る限り忠実な翻訳としたことをお断りいたします。（新潮文庫編集部）

本書は訳し下ろしです。

Title : OF HUMAN BONDAGE (vol. 2)
Author : William Somerset Maugham

人《にん》間《げん》の絆《きずな》(下)

新潮文庫　　　　モ－5－12

Published 2021 in Japan
by Shinchosha Company

令和三年十一月一日発行
令和五年五月十五日二刷

訳者　金《かね》原《はら》瑞《みず》人《ひと》

発行者　佐藤隆信

発行所　株式会社 新潮社

郵便番号 一六二―八七一一
東京都新宿区矢来町七一
電話 編集部(〇三)三二六六―五四四〇
読者係(〇三)三二六六―五一一一
https://www.shinchosha.co.jp

価格はカバーに表示してあります。

乱丁・落丁本は、ご面倒ですが小社読者係宛ご送付ください。送料小社負担にてお取替えいたします。

印刷・錦明印刷株式会社　製本・錦明印刷株式会社

ISBN978-4-10-213031-5 C0197